Thorsten
Nagelschmidt

SOLEDAD

Roman

S. FISCHER

MIX
Papier | Fördert gute Waldnutzung
FSC® C014496

Erschienen bei S. FISCHER

Satz: Denise Sterr, Dornbirn
Druck und Bindung: GGP Media GmbH, Pößneck
ISBN 978-3-10-397108-8

»Im Übrigen bist du nie jenseits der Grenze,
selbst wenn du sie überschritten hast.«

Joseph Martin Bauer, *So weit die Füße tragen*

Hellwach am Morgen

Eine außergewöhnliche Entdeckung: die im c/o Berlin gezeigten Fotografien von Anthony Williams

Eindringlich und entrückt, mit einem feuchten Glanz in den Augen, schaut der junge Mann in die Kamera. Sein Blick ist neugierig und offen, und doch sieht es aus, als würde er etwas zurückhalten. Er muss um die achtzehn Jahre alt sein, wirkt aber sowohl älter als auch jünger. Ein inszeniert wirkender Schnappschuss, eine flüchtige Studie, so authentisch wie maskenhaft.

Das verwirrende Porträt trägt den Titel *Young Man XVI, West-Germany, ca 1969*, und es ist der unbestrittene Star unter den gut achtzig Bildern des US-Amerikaners Anthony Williams, die das c/o Berlin seit Anfang vergangener Woche in der oberen Etage des Amerikahauses zeigt.

Anthony Williams, ein Amateurfotograf aus Atlanta, Georgia, war von Mitte 1969 bis Ende 1970 auf der Rhein-Main Air Base am Frankfurter Flughafen stationiert. In diesen gut anderthalb Jahren hat er Hunderte von Fotos gemacht. Aufnahmen von Straßen und Häusern der von Krieg und Zerstörung gezeichneten deutschen Innenstädte, Tankstellen, Bunker, Friedhöfe und Volksfeste, vor allem aber Porträts von Jugendlichen und jungen Erwachsenen, die sich in Fußgängerzonen, auf Rockkonzerten und in den einschlägigen Kneipen und Diskotheken der aufkommenden Subkultur Westdeutschlands tummelten. Williams verwendete eine Hasselblad 500C, eine legendäre Mittelformatkamera, die er ständig bei sich getragen haben muss.

Im Herbst 1970 wurde Anthony Williams von Frankfurt nach Südvietnam abkommandiert. Schwer traumatisiert und heroinabhängig kehrte er bei Kriegsende in die USA zurück. Nach einem erfolgreichen Entzug wurde er Versicherungsvertreter und gründete eine Familie. Die Kamera nahm er nur noch sporadisch in die Hand, bei Familienfeiern, Weihnachtsfesten oder der Einschulung seiner drei Töchter. 2013 kam Anthony Williams bei einem Autounfall ums Leben, seine Frau Agatha starb zwei Jahre später.

Die Schuhkartons voller Negative und unentwickelter Filmrollen habe sie bei der Haushaltsauflösung entdeckt, sagt Williams' jüngste Tochter Melissa, eine in New York lebende Modefotografin. Die Kartons hätten jahrzehntelang unangetastet zwischen ausrangierten Möbeln auf dem Dachboden des elterlichen Hauses gestanden. »Kein Mensch hat von den Fotografien meines Vaters aus seiner Zeit in Deutschland gewusst«, sagt Melissa Williams im Interview mit dieser Zeitung. »Niemand hat diese Bilder je zu Gesicht bekommen, teilweise wohl nicht einmal er selbst.«

In den USA ist der Fund eine Sensation, vergleichbar mit der Entdeckung des Werks von Vivian Maier gut zehn Jahre zuvor. Die von Melissa Williams persönlich kuratierte Ausstellung in der angesehenen New Yorker Kaufman Gallery wird ein Erfolg. Williams' Fotografien, vor allem seine Porträts, zeichnen sich durch eine eigene Handschrift aus, die ganz der Flüchtigkeit des Moments verpflichtet ist und sich um Fragen wie Stil und Technik nicht zu kümmern scheint. Anthony Williams kommt den Menschen nahe, ohne sie zu bedrängen. Ein Hobby-Chronist mit einer außergewöhnlichen Beobachtungsgabe, dessen Bilder sich durch eine fesselnde Beiläufigkeit auszeichnen.

Insbesondere das Porträt des *Young Man XVI, West-Germany, ca 1969* erregt mit der Ausstellung in New York großes Aufsehen. Tausendfach wird es in den sozialen Medien geteilt und diskutiert. Wer ist dieser junge Mann? Was hat er erlebt, was ist aus ihm geworden? Haben er und der Fotograf sich gekannt, und wenn nicht, wie ist es Williams gelungen, diese fast unheimliche Nähe einzufangen?

»Eine Fotografie ist ein Geheimnis über ein Geheimnis«, so ein berühmt gewordenes Zitat der Fotografin Diane Arbus, das dem Betrachter hier unweigerlich in den Sinn kommt. »Je mehr sie einem sagt, desto weniger weiß man.«

Nach Stationen in Los Angeles und London sind Williams' Bilder nun unter dem Titel *I'm wide awake, it's morning. Fotografien aus Nachkriegsdeutschland* nach Berlin gekommen. Der Ausstellungskatalog ist schon wenige Tage nach der Eröffnung ausverkauft. »Das hat es noch nie gegeben«, sagt Tabea Wittkamp von der Pressestelle des c/o Berlin. In der Nacht nach der Eröffnung sei einer der Schaukästen vorm Amerikahaus eingeschlagen worden. Die Beute: ein Ausstellungsplakat mit dem Konterfei des unbekannten jungen Mannes.

I.

ALLES AUF POSITION

Es kam nichts. Ich hielt das Teil senkrecht, probierte verschiedene Winkel, versuchte es mit Schütteln und mit ruckartigen Stößen, doch es kam einfach nichts raus aus dem Ding.

»Das Teil pfeift aus dem letzten Loch«, sagte ich.

»Auf«, sagte Sonja. Sie saß mir gegenüber und tippte unter dem Tisch auf ihrem iPhone herum. Ihr Garnelen-Ceviche hatte sie kaum angerührt.

»Was?«

»Es heißt *auf* dem letzten Loch. Nicht *aus* dem letzten Loch.«

»Sehr hilfreich, danke.«

Sie sah mich an. Ihr Gesicht war ausdruckslos, doch ich wusste, dass sie tief im Innern triumphierte. Wie sehr sie ihre Überlegenheit genoss, was für eine Befriedigung ihr Spitzfindigkeiten dieser Art verschafften. Ich knallte den Salzstreuer zweimal hintereinander auf den Tisch und probierte es erneut. Nichts. Überall im Raum wurden die Köpfe gereckt, und ich konnte sehen, welche Anstrengung es Sonja kostete, mich zu ignorieren. Hinter mir ertönte eine Stimme.

»Problemas, señora?«

Ricardo, der Kellner. Beim Einchecken in der Casa Isabella vor zwei Tagen hatte er sich uns gleich mit Namen vorgestellt. Woher wir kämen, hatte er gefragt und auf Sonjas Antwort gerufen: »Ah, Hamburg, Deutschland, bienvenidos a Cartagena!« Als wir am nächsten Morgen zum Frühstück runtergekommen waren, hatte er uns begrüßt wie alte Bekannte und zu einem Zweiertisch ganz hinten geführt, der seitdem unser Stammplatz war und an dem wir auch an diesem Abend saßen. Nach einer schweißtreibenden Wanderung auf den Islas del Rosario hatten wir beschlossen, im Hotelrestaurant zu essen, und auf Ricardos Frage, was wir trinken wollten, hatte Sonja *una copa de vino tinto y una copa de vino blanco* bestellt, *por favor*. Obwohl er die Frage auf Englisch gestellt hatte.

»No, no«, sagte sie nun, »todo bien.«

Ihr joviales Getue. Ganz die weltgewandte Travellerin. Bloß nie bedürftig erscheinen, bloß nie jemandem zur Last fallen. Lieber später eine schlechte Bewertung auf Trip Advisor hinterlassen. Ricardo richtete einen Zeigefinger auf sie, kniff ein Auge zusammen und schnalzte mit der Zunge – *Wir verstehen uns*. Schwule Männer standen auf Sonja, war schon immer so. Je unterkühlter sie sich gab, desto mehr lagen sie ihr zu Füßen.

Mit einer leichten Verbeugung zog Ricardo wieder ab. Ich streckte mich zum Nebentisch, den das schweigsame Rentnerpaar aus den USA gerade verlassen hatte, und griff nach deren Salzstreuer. Ein trauriges Wölkchen Salzstaub rieselte auf meine zerkochte Pasta hinab.

»Nimm den Deckel doch einfach ab«, sagte Sonja.

»Ich möchte das Salz dosieren«, antwortete ich. »Kennst du, *dosieren*?«

Seufzend beugte Sonja sich vor und nahm mir den Salzstreuer aus der Hand. Sie schraubte den Deckel ab und befreite die Innenseite mit ihrem Messer von den verkrusteten Ablagerungen. Dann schraubte sie den Deckel wieder fest, schüttete sich ein paar flockige Krümel in die Hand und verteilte sie mit spitzen Fingern auf meinem Teller. Sie sah mich an: *Siehste, geht doch*. Dann rieb sie sich die Salzreste von den Fingerkuppen, stellte das Gefäß ordentlich zurück auf den Nachbartisch und wandte sich wieder ihrem iPhone zu.

Den ganzen Tag über behandelte sie mich schon so. Wie die letzte Idiotin. Ihr Augenrollen, als ich am Kiosk auf dem Boot zwei Empanadas und Wasser bestellen wollte, wie sie vor der gesamten Schlange mein Spanisch verbessert und den restlichen Tag nur noch das Nötigste mit mir geredet, mich bei der Wanderung über die Isla Grande regelrecht geghostet hatte. Ihre gelangweilten *Mhms*, diese alles abwürgenden *Ja, voll interessant*-Konversationsboykottkommentare und dann, beim Abstieg eines weiteren beschissenen Hügels, ihr genervt nach hinten geworfenes »Alles okay, Alena?«, als wäre ich irgendwie stulle oder fußlahm oder so, ein lästiges Anhängsel, eine Zumutung.

Ich spürte etwas in mir wachsen. Ein dumpfes Gefühl, das ich nur zu gut kannte. Ich drehte ein paar Nudeln auf die Gabel. Steiger dich da jetzt nicht rein, dachte ich, konnte mich dann aber doch nicht beherrschen.

»Was unterscheidet uns eigentlich noch von den anderen Ehepaaren hier?«

»Wir sind nicht verheiratet«, antwortete Sonja tonlos.

Ich ließ die Gabel auf den Teller sinken. »Ist das alles, was dir dazu einfällt?«

»Cómo?«, fragte Sonja.

»*Cómo?*«, äffte ich sie nach.

Endlich legte sie ihr iPhone auf den Tisch. »Alena, nerv mich nicht. Was willst du von mir?«

»Ich will wissen, ob wir jetzt eines dieser Paare sind, die sich schweigend im Restaurant gegenübersitzen und in ihrem Essen stochern.«

»Sieht ganz so aus«, sagte Sonja mit einem Blick auf meine Gabel. Sie lachte.

Ich ließ mich gegen die Stuhllehne fallen und schaute an die Decke, unter der sich träge der Ventilator drehte. Es war unmöglich, mit ihr zu diskutieren. Alles prallte an ihr ab, alles musste sie ins Lächerliche ziehen. Das dumpfe Gefühl wurde stärker. Eine Anspannung im Nacken, ein Druck auf der Brust. Ich nahm einen großen Schluck Weißwein. Bei den Blumen auf unserem Tisch handelte es sich um Nelken. Beerdigungsblumen. In meinem Kopf erklang ein gedämpfter, statischer Ton. Ich dachte: Gleich schleudere ich ihr mein Glas in die Fresse.

»Du bist eine dumme Sau, weißt du das?«

»Tja«, sagte Sonja. »Augen auf bei der Partnerwahl.«

Ich starrte sie an, dann schoss ich aus dem Stuhl hoch, schwarze Punkte vor den Augen. Mein Kreislauf, ich war zu schnell aufgestanden. Beim Versuch, meine Handtasche von der Stuhllehne zu ziehen, verlor ich das Gleichgewicht und stieß mit der Hand gegen die Blumenvase, die mit einem lauten Krachen auf den Fliesen zerschellte. Ich wusste nicht, wo ich hinschauen sollte. Spürte ein Dutzend Augenpaare auf mir. Ich ging in die Hocke und begann, ein paar der größeren Scherben aufzusammeln. Auf einmal stand Ricardo neben mir. Er bat mich, ein Stück zur Seite zu treten, und winkte eine Kollegin mit Handfeger und Kehrblech heran.

»Perdón, lo siento«, sagte Sonja zu Ricardo, und dann noch etwas, das ich nicht verstand. Es klang, als würde sie sich für ihren tollpatschigen Nachwuchs entschuldigen.

Betont vorsichtig nahm ich meine Handtasche vom Stuhl und drehte mich um. »Ich geh nochmal kurz um den Block.«

»Tu das«, hörte ich Sonja hinter mir sagen.

Mit schwirrendem Kopf, nun auch spürbar angeschickert, trat ich hinaus in die schwüle Nacht. Ziellos lief ich durch die Gassen der Altstadt, bis ich zur Plaza de Bolívar kam, wo ich mich an den Tresen einer Bar in einem dieser historischen Kolonialgebäude klemmte und einen Ron Collins bestellte, und dann noch einen. Die von einer ratternden Klimaanlage durch den Raum geschobene Luft kitzelte auf meiner schweißnassen Haut, aus den Boxen schepperte kolumbianischer Reggaeton. Neben mir saß ein Deutscher in meinem Alter, ein paar Jahre jünger vielleicht, Anfang bis Mitte dreißig. Er trank Bier, nuckelte an einer Zigarette und gab sich abgeklärt. Die Altstadt von Cartagena sei *eine einzige tourist trap*, sagte er, ein *zu Tode aufgehübschtes Museumsdorf für Touris aus Amiland und Europa*. Er hieß Sven oder Jens, war freier UX-Designer in Essen und schon seit vier Monaten mit dem Rucksack unterwegs durch Lateinamerika. »Sabbatical oder so«, sagte er achselzuckend und dass er außerdem Gitarrist in einer Rockband sei, »eher so Folkrock, kennst du nicht.« Nach Cartagena habe es ihn *nur wegen der Scheißeritis* verschlagen, die er sich bei einer mehrtägigen Wanderung durch die Sierra Nevada eingefangen habe, vermutlich Denguefieber. »Ich war so dehydriert, ich wär beinahe abgenippelt«, sagte er stolz und exte sein Bier, worauf ihm vom Barkeeper gleich ein neues hingestellt wurde, Standleitung.

Ich nickte. Ich kannte diese Leute, viele von Sonjas Freundinnen waren genauso. Überzeugte Backpacker, die die Mühen der täglichen Organisation von Schlafen, Essen und Transport zu einem Lifestyle erhoben hatten und mit Verachtung auf all jene herabblickten, die einfach mal Urlaub machen wollten. Ich fragte mich, was dieser Folkrockdesigner von mir dachte. Wie er mich sah, wo er mich einordnete. Ich schnorrte eine seiner Marlboro Lights und ließ mir Feuer geben. Ein angenehmer Schwindel erfasste mich. Ich war klassische Partyraucherin, doch seit Sonja aufgehört hatte, rauchte ich kaum noch.

Meine Fresse, dachte ich und blies den Qualm aus. Dieser dämliche Salzstreuer, wirklich?

Es war unsere fünfte und letzte Woche in Kolumbien und unser letzter Abend in Cartagena. Früh am nächsten Morgen würden Sonja und ich nach Capurganá aufbrechen. Der Höhe- und Schlusspunkt unserer Reise, nachdem wir die letzten Wochen mit diesem Fotoprojekt in den Vororten Bogotás und in den Bergen bei San Gil verbracht hatten. Eine der intensivsten Erfahrungen, die ich in meiner Karriere als Fotografin je gemacht hatte. Dennoch hatte ich mich von Tag zu Tag mehr auf den letzten Abschnitt unserer Reise gefreut, den Urlaubsteil. Drei Übernachtungen in Cartagena und dann fünf Tage bei Capurganá, diesem abgelegenen Fischerort wenige Meilen südlich der Grenze zu Panama, von dem Bekannte von Sonja uns ein paar Monate zuvor bei einem gemeinsamen Abendessen vorgeschwärmt hatten – das Karibische Meer, der tropische Regenwald und die Wasserfälle, die Papageien Pelikane Brüllaffen Korallenriffs, »und das Beste: Es gibt dort nicht mal Autos«. Nach dem Essen hatten Sonja und ich bei einem letzten Glas Rotwein auf dem Sofa gelegen und die Hotelangebote in Capurganá gecheckt. Bis Sonja auf die Tortuga Lodge gestoßen war, eine urig aussehende kleine Hotelanlage ein paar Kilometer außerhalb des Dorfes. Die Lodge lag direkt am Meer, war von wildem Dschungel umfasst und nur per Boot zu erreichen, und als wir durch die Bilder scrollten und die Reviews lasen, war uns klar: Da müssen wir hin.

In den folgenden Wochen ließ Sonja ihre Kontakte spielen und zog den Fotojob dieser internationalen Netzwerkorganisation an Land. Zwölf Arbeitstage mit zwei Journalistinnen und einer Dolmetscherin, davon sieben in den Vororten Bogotás und nochmal fünf auf einer von Frauen betriebenen Kaffeekooperative in der Region Santander. Alleine hätte ich ein so großes Projekt nie angenommen. Und doch war am Ende ich es gewesen, die das gestalterische Konzept entworfen und sich tiefer in die Geschichte der Bürgerkriege und bewaffneten Konflikte in Kolumbien eingelesen hatte. Sonja hatte sich um das Organisatorische gekümmert, die Verträge und Honorare, die Flugbuchungen, die Hotels. Wir hatten uns gut ergänzt. Ich hatte uns immer für ein gutes Team gehalten, nicht nur was die Arbeit und das gemeinsame Reisen anging. Wie sie mir bei der Krebserkrankung meiner Mutter den Rücken freigehalten und Aufträge von mir übernommen, mir bei der Überführung des Leichnams nach Krasnojarsk geholfen und bei der Beerdigung die Hand gehalten hatte. Wie sie auf Partys kaum von meiner Seite wich, weil sie wusste, dass zu viele Fremde auf einem Haufen mich überforderten, wie sie mich rechtzeitig an das Beantragen eines neuen Reisepasses erinnert und mir in den Wochen vor der Reise wiederholt angeboten hatte, mir ein paar Grundzüge Spanisch beizubringen.

Als der Folkrockdesigner seine Kippe ausdrückte und sich aufs Klo entschuldigte, nutzte ich die Gelegenheit und stand auf. Ich legte ein paar Scheine auf den Tresen, steckte die noch halbvolle Schachtel Marlboro Lights und das Feuerzeug ein und verließ die Bar. Die Plaza de Bolívar war immer noch voller Menschen. Ich zwängte mich an Straßenmusikern mit Gitarren und Quetschkommoden vorbei, an schlendernden Pärchen und Gruppen ausgelassener junger Männer und Frauen und ließ gleich mehrere kolumbianische Jungs abblitzen, die mir ihr Zeug andrehen wollten, Blumen, Sonnenbrillen, Kaugummis und Zigaretten, Kokain oder gleich ihre Körper, »Hey my friend what's your name where you from aaah Alemania Germany Deutscheland Football Lukas Podolski you're very sweet I like your hair …«.

Ich sah auf die Uhr. Schon halb zwölf durch. Ob Sonja mich bereits als vermisst gemeldet hatte? Die Vorstellung brachte mich zum Lachen. Ich zündete mir eine Zigarette an und stellte fest, dass mein Ärger verflogen war. Sie war halt genervt gewesen, so what. Wahrscheinlich hatte ich sie provoziert, auf jeden Fall hatte ich sie beleidigt, und es tat mir leid. Ich beschloss, mich zu entschuldigen und den Rest der Reise zu genießen. Ich konnte das, solche Dinge einfach beschließen. Ich hatte keine Lust auf Streit, und ich war nicht nachtragend. Andernfalls wärst du auch längst nicht mehr mit ihr zusammen, dachte ich, und: Das wird schon, Lena. Wenn ich zu mir selbst sprach, nannte ich mich immer noch bei der verkürzten Variante meines Vornamens, von der ich damals auf meiner zweiten deutschen Schule gehofft hatte, dass sie mich als *ganz normal* ausweisen würde. Bis viele Jahre später Sonja in mein Leben getreten war und mich überzeugt hatte, dass Alena doch der viel schönere Name war.

Im Zickzack wankte ich durch die Altstadtgassen und genoss die sich langsam abkühlende Luft. An der Casa Isabella angekommen, nahm ich einen letzten Zug, trat die Kippe aus und warf die Zigaretten in einen Mülleimer. Ich öffnete die Tür, grüßte den Rezeptionisten mit einem Nicken und stieg die Treppen hoch in den ersten Stock. Einen Moment blieb ich vor unserer Zimmertür stehen und horchte. Alles still. Ich schrubbte mir mit dem Zeigefinger über die vorderen Zahnreihen und atmete durch. Cool bleiben, Lena, dachte ich. Was immer da gerade zwischen euch steht, ihr könnt es notfalls auch zuhause noch klären. Contenance, okay?

»Okay«, sagte ich lautlos, dann hielt ich meine Karte an die Tür. Es summte. Ich drückte die Klinke runter und machte einen Schritt ins Zimmer. Die Vorhänge waren aufgezogen, von draußen fiel matt das Licht einer Straßenlaterne durchs Fenster. Das Zimmer war leer. Auf dem Bett lag ein Zettel.

Hab meinen Flug umgebucht und den Nachtbus nach Bogotá genommen. Wir haben ja oft genug darüber geredet, Alena. Es hat so keinen Sinn mehr. Tut mir leid.

Ich schaute mich um. Ihr Koffer und ihre Klamotten waren weg, ihre Sachen im Schrank und die im Bad. Sogar die Zahnpasta hatte sie eingepackt.

Hardcore, dachte ich und musste mich an der Badezimmertür festhalten. Einen Moment stand ich so da, ohne mich zu rühren. Dann drehte ich mich um und öffnete die Minibar.

Am frühen Morgen erwachte ich lang ausgestreckt auf dem Bett und mit dem Hangover des Jahrhunderts. Meine Klamotten stanken nach kaltem Rauch, von den Schuhen abgesehen war ich in voller Montur. Ich stand auf, nahm eine Ibu und putzte mir die Zähne, dann packte ich meinen Koffer und stapfte runter zur Rezeption, wo ich erfuhr, dass das Zimmer und alle Extras bereits bezahlt waren. Der Rezeptionist hat nichts gesagt, aber dieser Blick.

Ich nahm ein Taxi zum Busbahnhof und schrieb Rainer, dass ich anders als geplant alleine kommen, aber trotzdem gerne bei der gebuchten Hütte mit dem Doppelbett bleiben würde. Rainer war der Betreiber der Tortuga Lodge, er hatte sich tags zuvor noch per E-Mail mit Informationen zur Anreise bei uns gemeldet. Am Busbahnhof kaufte ich mir ein Ticket nach Turbo und stieg in einen dieser auf minus tausend Grad runtergedrehten VIP-Busse Richtung Westen. Die fünf Nächte auf der Lodge waren schließlich schon bezahlt, und ich würde einen Dreck tun, Sonja hinterherzudackeln. Sie war weg, es war ihre Entscheidung gewesen, also scheiß auf sie.

Erst auf der zwölfstündigen Fahrt über Montería nach Turbo wurde mir bewusst, was passiert war. Sonja hatte mich verlassen. Lieber flog sie allein und eine Woche früher als geplant zurück ins kalte Hamburg, als die Reise mit mir auch nur einen Tag fortzusetzen. Damit hatte ich nicht gerechnet. Nicht nach drei Wochen Kolumbien, nicht nach über fünf Jahren Beziehung. War die bescheuert? Wollte sie mich verarschen?

Auf etwa der Hälfte der Strecke, wir hatten die Küstenstraße verlassen, die Straßen wurden schlechter und der Wald immer dichter, ließ der Schock langsam nach, und sofort machte sich eine alles beherrschende Leere in mir breit. Vor Kälte bibbernd, mit dem Kopf am verschmierten Busfenster und den Kopfhörern in den Ohren, saß ich da, und ausgerechnet bei *… Baby one more time*, das der Algorithmus in meinen *Mix der Woche* gespült hatte, konnte ich nicht mehr an mich halten. Der Bus schob sich gerade in Schrittgeschwindigkeit durch eines dieser nach mariniertem Hühnchen und Autoabgasen riechenden Durchfahrdörfer, deren Ränder aussehen wie komplett aus dem Ruder gelaufene Müllkippen, als Britney ihr *Oh pretty baby, I shouldn't have let you go* über die sanften Klaviertöne hauchte und ich beim darauffolgenden *I must confess that my loneliness is killing me no-o-o-o-ow* jämmerlich zu weinen anfing. Draußen vor dem Fenster drückten sich abgerissene Snackverkäufer und halb verhungerte Straßenhunde durch den Staub, Männer und Frauen mit sehnigen Armen und sonnengegerbten Gesichtern, chancenlose Kinder und Jugendliche, die sich an Schlaglöchern und Autos vorbeischlängelten und kaum weiter denken konnten als bis zur nächsten Mahlzeit. Natürlich beweinte ich mein eigenes Schicksal, nicht das ihre, doch offenbar hatte ich diese Kombination aus Nostalgiekeule und ungeschöntem Anblick der

Kaputtheit der Welt im frühen 21. Jahrhundert gebraucht, um einen Zusammenbruch dieser Art überhaupt zulassen zu können. Seit meiner Ankunft in unserer ersten deutschen Stadt sechsundzwanzig Jahre zuvor hatte ich nicht mehr so geflennt. Damals war ich neuneinhalb Jahre alt gewesen und überzeugt davon, dass das Weinen die einzige Sprache war, die mir noch blieb.

Am späten Abend kam ich in Turbo an. Von ihrem wichtigen Hafen abgesehen hatte die alte Schmugglerstadt nicht viel zu bieten. In meinem Reiseführer wurde ausdrücklich davon abgeraten, das Hotel nach Einbruch der Dunkelheit zu verlassen, und obwohl ich nun schon seit Wochen in Kolumbien unterwegs war und allein bei unseren Shootings in den Vororten von Bogotá so einiges an Elend und Armut gesehen hatte, war mir bei der Einfahrt in dieses finstere Nest sofort klar, dass das nochmal eine ganz andere Nummer war. Ein feuchtheißer und komplett zubetonierter Ort, in dem grimmig dreinblickende Männer auf stinkenden Motorrädern durch dunkle, staubige Straßen jagten. Alles in mir sagte: STEIG HIER BLOSS NICHT AUS. Dummerweise war es die Endstation.

Mit letzter Kraft manövrierte ich meinen Koffer aus dem Bus. Sofort fühlte ich mich von tausend Augen beobachtet. Ich war die einzige Weiße weit und breit. Und die einzige Frau. Eine neuerdings alleinreisende Frau. Fuck, dachte ich und steuerte, den Blick stur geradeaus gerichtet, auf eins der zerbeulten Taxis an der Straße zu. Im Reiseführer gab es nur eine einzige Hotelempfehlung, unter deren Nummer ich aber den ganzen Tag niemanden erreicht hatte, und das WiFi-Signal im Bus war zu schwach gewesen, um etwas anderes zu buchen. Mit Händen und Füßen gab ich dem Fahrer zu verstehen, dass ich ein Zimmer in einem halbwegs zentralen

Hotel bräuchte. Wie aufgeschmissen ich ohne Sonja und ihre Spanischkenntnisse war, wurde mir erst jetzt bewusst.

Der Fahrer deutete auf ein dunkles Gebäude am Ende der Straße. Hotel Granada stand in verwitterten grünen Lettern über dem Eingang. Es war ungefähr zweihundert Meter entfernt. Ich stieg ins Taxi und ließ mich dorthin fahren.

Ich war am Ende, und ich hatte Angst. Ich konnte einfach nicht mehr.

Der Eingang des Hotels war mit einem schweren Gitter verriegelt. Ein bewaffneter Secu öffnete mir die Tür. Ich bekam ein Zimmer im vierten Stock mit Balkon zur Straße. Mein Abendessen bestand aus einer Dose Cola und einer Packung Pringles aus dem Snackautomaten auf dem Flur. Winzige Eidechsen huschten die Wände entlang und verschwanden in den Löchern der Deckenlampe. Vom Balkon aus sah die Straße aus wie die Kulisse eines dystopischen Endzeitfilms. Ich machte ein paar Fotos mit der Canon und dann noch irgendwelchen artsy Quatsch mit dem iPhone, mit dem ich manisch meine Insta-Story fütterte, bis unten auf der Straße ein Mann entlangkam. Er trug schwere gelbe Gummistiefel und trieb ein Schwein an einem Strick vor sich her. Das Schwein war unfassbar dick und schmutzig. Ich hatte gerade wieder zu meiner Kamera gegriffen und das Motiv herangezoomt, als der Mann dem Schwein mit voller Wucht gegen den Kopf trat. Das Tier gab einen grauenhaften Laut von sich. Ich stürzte zurück ins Zimmer, verriegelte die Balkontür und warf mich aufs Bett.

Nachts wurde ich immer wieder von Schüssen geweckt. Frühmorgens stand ich auf und ging runter zum Hafen.

Der Fährhafen von Turbo war ein von Gittern umzäuntes Areal, vor dem Dutzende Motorräder und Autos mit laufenden Motoren standen, die ohne erkennbaren Anlass vor sich hin hupten. Es dauerte eine Weile, bis ich den richtigen Schalter gefunden hatte, um einen Platz auf dem Acht-Uhr-Boot nach Capurganá zu reservieren. Es war gerade mal halb sieben, und schon herrschte Hochbetrieb. Muskelbepackte Männer in schmutzigen Unterhemden be- und entluden Boote, alles schrie wild durcheinander, niemand lächelte oder lachte, abgesehen von den Kindern, die zwischen den Holzhütten am Wasser spielten. Halb verfaulte Kanus und Fischkutter dümpelten in den sanften Wellen auf und ab, dazwischen schwammen Getränkedosen, Plastiktüten, ein leerer Ölkanister.

»Sechs Kilo Übergewicht«, sagte der Ticketkontrolleur mit Blick auf meinen rosafarbenen Rollkoffer, über dessen Umfang und Farbe Sonja sich die letzten Wochen ständig lustig gemacht hatte. Auf dem Schnellboot seien nur zwölf Kilo Gepäck pro Person erlaubt, erklärte eine Frau in der Schlange, die für mich übersetzte, während ich die genervten Blicke der Passagiere im Nacken spürte – *Seht euch die verwöhnte Gringa mit ihrem Koffer an* … Schließlich konnte niemand ahnen, dass es sich dabei um ein Fake-Rimowa-Produkt handelte, das ich für dreißig Euro in einem der Ramschläden in St. Georg gekauft hatte und in dem sich nicht etwa zwanzig Paar Schuhe und ein Haufen Abendkleider für die unterschiedlichen Anlässe meines dekadenten Jetsetlebens befanden, sondern vor allem meine Kameratasche mit Objektiven, Blitzgeräten, Akkus und Festplatten.

Ich drückte dem Kontrolleur ein paar Scheine in die Hand und schob mich durch ein Spalier von Körpern in den Wartebereich. Alle Sitzbänke waren besetzt, überall stand scheinbar wahllos abgestelltes und mit schwarzen Plastiksäcken umhülltes Gepäck herum. Auch ich ließ mir einen dieser Müllsäcke aufschwatzen, für zweitausend Pesos, offenbar der Touristentarif. Ich spannte den Sack über meinen Koffer, doch der Koffer war zu groß oder der Beutel zu klein, nur widerstrebend und mit einem hässlichen Knirschen ließ er sich abstreifen und riss dabei an gleich zwei Seiten auf. Ich fluchte. »Komm schon, du Drecksding«, sagte ich durch die Zähne, dann bemerkte ich den Jungen auf der Bank schräg gegenüber, der mir bei meinem unbeholfenen Gehampel zugesehen hatte. Er war um die sieben Jahre alt. Wacher Blick, freches Grinsen.

»Guck nicht so blöd«, zischte ich ihm zu, auf Deutsch.

Erschrocken sah der Junge mich an. Seine Mutter warf erst ihm, dann mir einen fragenden Blick zu. Ich drehte ihnen den Rücken zu, verschnürte den Sack und kritzelte meinen Namen auf das winzige Klebeetikett. Anschließend hockte ich mich auf den Boden und vergrub das Gesicht in meinen Händen. Jetzt komm mal klar, Alte, sagte ich zu mir selbst, aber ich kam nicht klar, ich kam überhaupt nicht klar, im Gegenteil, ich wurde von Minute zu Minute unruhiger. Der Schweiß lief mir die Schläfen entlang, und mein Herz klopfte so schnell, dass ich glaubte, es würde mir jeden Moment aus der Brust springen. Lena, dachte ich, du kannst in diesem Zustand unmöglich auf ein Schnellboot steigen. Ich versuchte, tief durchzuatmen, doch es gelang mir nicht. Ich war kurz davor zu hyperventilieren. Mein Blickfeld verengte sich, und dann begann wieder dieses hochfrequente Sirren in meinem Kopf. *Anxiety*. Ich dachte: Du musst sofort raus aus dieser Situation.

Und da fielen mir die Tabletten wieder ein.

Lorazepam, die Zweifünfer. Eine Bekannte von Sonja hatte sie mir gegen meine Flugangst verschrieben. Ich bin als Jugendliche häufiger geflogen, meist von Frankfurt über Moskau nach Krasnojarsk und zurück, Geburtstage Familienfeiern Begräbnisse. Dann war ich einige Jahre zu pleite für Fernreisen, seit meinen späten Zwanzigern aber wieder mehr mit dem Flieger unterwegs gewesen. Erst vor ein paar Jahren war das mit der Flugangst losgegangen. Zunächst nur ein leichtes Unwohlsein, hatte das beklemmende Gefühl von Mal zu Mal zugenommen, bis ich schon bei dem Gedanken, ein Flugzeug zu betreten, eine halbe Panikattacke bekam. Tanasgol hatte mir die Benzos empfohlen. Tanasgol war Ärztin in einer psychiatrischen Klinik in Altona, Sonja und sie kannten sich vom Pilates. Eine Zeitlang hatte ich den Verdacht, zwischen den beiden liefe was, ich habe Sonja sogar mal drauf angesprochen, doch die hat nur gelacht und gemeint, Tanasgol sei straight wie ein Lineal und meine Eifersucht so langsam ein Fall für die Couch. Jedenfalls, Tanasgol hat mir dieses Rezept ausgestellt, ich hab's am Tag vor unserem Abflug eingelöst und mir noch beim Check-in in Fuhlsbüttel eine halbe Pille eingeworfen, exakt dreißig Minuten vor Boarding, genau wie sie es empfohlen hatte. Die andere Hälfte nahm ich beim Umstieg in Amsterdam. Und es hatte gewirkt. *Scheißegalpillen* hatte Tanasgol das Zeug genannt, und das passte. So relaxt hatte ich noch in keinem Flieger gesessen.

Mit zittrigen Fingern wühlte ich mich durch das Chaos meiner Handtasche. Ich fand das Lorazepam-Döschen im vorderen Fach, schüttete mir eine Pille in die Hand und schluckte sie runter. Eine ganze, ohne Wasser. Ich lehnte mich gegen die Reling und schloss die Augen. Und entspannte mich sofort. Zumindest kommt es mir im Rückblick so vor.

Es war schon kurz nach halb neun und ich wohl kurz weggenickt, als endlich der Aufruf zum Boarding kam. Sofort setzte ein irres Gedränge ein. Jeder Fahrgast trug sein Gepäck selbst, einige benutzten ihre Koffer und Taschen als Rammbock, um Mitreisende aus dem Weg zu schieben. Ich nahm das alles wahr, ließ mich davon aber nicht stressen. Du wirst schon irgendwie aufs Boot kommen, sagte ich mir, man wird dich schon nicht hier stehenlassen.

Die Frau mit dem Klemmbrett am Kai rief meinen Namen auf. Ich zog die Rettungsweste über, die sie mir hinhielt, und nahm den mir zugewiesenen Platz auf einer der mittleren Bänke rechts außen ein. Als der Bootsführer sich an mir vorbeidrängte, bat ich ihn, mich kurz vor Capurganá an diesem Ort namens Soledad aussteigen zu lassen, genau wie Rainer es mir per E-Mail erklärt hatte.

Nach etwa anderthalb Stunden Fahrt gab es eine kurze Pause am Anleger eines kleinen Ortes auf der anderen Seite des Golfes. Kisten und Kartons wurden ein- und ausgeladen, während die Fahrgäste sich auf dem Steg die Beine vertraten oder aufs Klo gingen. Ich blieb als eine der wenigen sitzen. Ich fühlte mich gut. Ich machte mir keine Sorgen. In aller Ruhe betrachtete ich die langgestreckte Bucht und die bunten Häuser, in deren Mitte sich ein großzügig angelegtes, aber verlassen wirkendes Resort erhob. Dann stiegen alle wieder ein, und es ging weiter.

Waren es bisher noch überwiegend flache Mangroven gewesen, hinter denen sich unbewohnt wirkendes Land erstreckte, so tauchten nun nach und nach dicht bewaldete Hügel auf und Klippen, die steil zum Meer abfielen. Schließlich wurden die Motoren erneut gedrosselt.

»Soledad!«, rief eins der Crewmitglieder. Das Schnellboot hielt an einem winzigen Anleger aus Holz. Der Kapitän wuchtete eins der verpackten Gepäckstücke auf die Kaimauer und half mir aus dem Boot. Ich taumelte ein wenig, Puddingbeine, und noch bevor ich das Namensschildchen auf dem Müllsack kontrollieren konnte, hatte das Boot schon wieder abgelegt, und ich war allein.

Am Ende des Anlegers stand eine Marienstatue, von der die Farbe abblätterte, dahinter erhob sich wie eine Wand der Urwald. Riesige Laubbäume, an denen Kletterpflanzen emporrankten, gigantische Farne und etwas gelb Leuchtendes, das aussah wie eine explodierte Bananenstaude. Ich drückte meine Knie durch, dann folgte ich dem Weg, der an einer Holzhütte vorbei den Hügel hinaufführte. Schon nach wenigen Metern befand ich mich im tiefsten Dschungel. Das Licht, die Luft, der Geruch und die Geräuschkulisse, alles hatte sich innerhalb von Sekunden verändert. Kolonnen fetter schwarzer Ameisen kreuzten meinen Weg, Hunderte, nein, Tausende von Tieren, es sah aus, als würde sich der gesamte Boden bewegen. In den Baumwipfeln sangen exotisch klingende Vögel, rechts und links des Weges hätte man eine Machete gebraucht, um weiterzukommen, und wirklich, fifty shades of green.

Vorsichtig balancierte ich den steilen und vom Wurzelwerk der Bäume durchzogenen Trampelpfad empor, versetzt arrangierte Steine dienten als improvisierte Treppe. Oben auf dem Hügel war das Rauschen des Meeres wieder zu hören. Für einen Moment schloss ich die Augen. Ich wischte mir den Schweiß von der Stirn, dann ging ich weiter. Bergab verlor ich auf dem schlammigen Untergrund kurz den Halt, konnte mich dank meines Koffers aber noch fangen. Der Pfad machte einen Knick nach rechts, und dann sah ich ein Holzschild mit der Aufschrift: *TORTUGA LODGE.*

Die Vegetation lichtete sich und gab den Blick auf eine offene Rasenfläche frei. Ich zog den Koffer jetzt mit beiden Händen hinter mir her, an einem kreisrunden Pool und mehreren bunt gestrichenen Hütten vorbei, hinter denen sich ein

Katalogstrand mit Kokospalmen und das türkisfarbene Meer erstreckten. Es sah aus wie in einer Raffaello-Werbung.

Auf der Veranda einer palmgedeckten Holzhütte standen ein Mann und eine Frau. Die Frau war klein und schwarz, Anfang dreißig vielleicht und ausgesprochen hübsch. Der Mann war groß und weiß und drahtig. Ich schätzte ihn auf etwa doppelt so alt wie die Frau. Mit einer Schirmmütze in der Hand stand er da und musterte mich. Kurzes graues Haar, ein Trikot der deutschen Nationalmannschaft und ein Paar stahlblauer Augen hinter einer randlosen Brille. Ich weiß noch, dass ich dachte: Mein lieber Scholli, der sieht aber echt verdammt deutsch aus.

Tja, das war Rainer. Das war das erste Mal, dass ich Rainer Nack sah, und seine ersten Worte zu mir waren: »Du musst Alena sein. Ein Gesicht aus dem Vaterland, wie schön!«

Er hat das wirklich so gesagt, *Vaterland*. Er machte einen Schritt auf mich zu und hielt mir die rechte Hand hin. Ich ließ den Griff meines Koffers los und schlug ein.

»Setz dich«, sagte er und wies auf einen Tisch, der im Schatten einer Palme neben der Hütte stand. Es klang wie ein Befehl. Dann sagte er etwas auf Spanisch zu der Frau, und an der Art, wie sie ihm antwortete, erkannte ich, dass es sich nicht um eine Angestellte, sondern um seine Partnerin handelte. Der Altersunterschied zwischen den beiden war grotesk. Die Frau verschwand in der Hütte, aus der das Geklapper von Schranktüren und Geschirr erklang. Ich ließ mich in einen der schmuddelig weißen Plastikstühle fallen. Die Sonne brannte vom Himmel, doch auf dem Gelände ging ein angenehmer Wind. Rainer verschränkte die Arme vor der Brust und sah auf mich herab.

»Gute Anreise gehabt?«

»Hat 'ne Weile gedauert«, antwortete ich. »Ganz schön ab vom Schuss hier.«

Er lachte. »Wem sagst du das.«

An irgendwen erinnerte er mich. Einen Schauspieler oder so. Gene Hackman vielleicht? Gene Hackman als Royal Tenenbaum nur in Deutsch? Er drehte sich um und rief einem der Arbeiter etwas zu, die an einer blau gestrichenen Hütte schräg gegenüber mit Umbauarbeiten beschäftigt waren. Dann knarrte hinter uns eine Stufe, und die Frau stand vor mir, ein Glas mit einer orangefarbenen Flüssigkeit in der Hand, das sie wortlos lächelnd vor mir abstellte.

»Begrüßungscocktail«, sagte Rainer. »Keine Sorge, alkoholfrei. Und voll bio.«

Er lachte dünn und schob sich die Mütze in die Stirn. Erst jetzt erkannte ich das grüne Hakenkreuz darauf. Und dass ich da zusammengezuckt bin, das kann man sich vielleicht vorstellen.

Am Vormittag des 8. Januar 1961 machen Spaziergänger bei Osterspai, einem an der großen Rheinschleife gelegenen Dorf zwanzig Stromkilometer nördlich des Loreleyfelsens, eine grauenhafte Entdeckung. Im Kiesbett, genau bei Rheinkilometer 575, wurde eine Wasserleiche angespült. Der Körper ist stark aufgequollen und liegt auf dem Bauch. Die Spaziergänger, ein junger Mann und eine junge Frau, die wenige Tage zuvor erst ihre Verlobung bekanntgegeben haben, kommen gerade vom Gottesdienst in der katholischen Kirche St. Martin. Der 8. Januar 1961 ist ein Sonntag. Dem Toten fehlt der linke Schuh, ansonsten ist er vollständig bekleidet. Es handelt sich um einen Mann im Alter zwischen vierzig und sechzig Jahren, genauer lässt sich das bei dem Zustand der Leiche nicht sagen. Ein übler Geruch geht von ihr aus, die Haut schimmert bläulich weiß. Der junge Mann übergibt sich in einen Brombeerstrauch, dann eilt das Paar ins Dorf und meldet den Fund bei der örtlichen Polizeiwache. Ein herbeigerufener Arzt stellt den Tod fest, die Leiche wird in das Pathologische Institut Koblenz gebracht. Es scheint keine Fremdeinwirkung vorzuliegen. Der Tote trägt weder Papiere bei sich noch einen Ehering oder sonstigen Schmuck. Nachdem eine Überprüfung der Vermisstenanzeigen in der Region ergebnislos geblieben ist und keinerlei Rückschlüsse auf die Identität des Mannes gezogen werden konnten, wird die Leiche in einem Reihengrab auf dem Bezirksfriedhof Metternich beigesetzt.

Genau zehn Jahre und sieben Wochen zuvor, am 22. November 1950, kommt gut fünfundvierzig Kilometer stromabwärts in Bingen am Rhein ein Junge zur Welt. Die Eltern nennen ihn Rainer. Rainer ist das mittlere von drei Kindern. Ein neugieriger, aber schüchterner Bub von zarter Konstitution. Sein Bruder Wolfgang ist ein Jahr älter als er, die Schwester Mia gut zwei Jahre jünger.

Jeden Morgen nach dem Frühstück verlässt der Vater die kleine Mansardenwohnung und geht zur Arbeit. Heinrich Nack ist Dienstvorsteher in der Güterabfertigung am Bahnhof Bingerbrück, nur ein Stück die Straße runter am Fuße des Hügels. Als wichtiger Verkehrsknotenpunkt der Deutschen Reichsbahn wurde Bingen im Krieg stark zerstört. Die Deutsche Reichsbahn heißt nun Deutsche Bundesbahn. Auf dem Rangierbahnhof stoßen Dampflokomotiven dunklen Qualm in die Luft. Der Alltag ist grau. Die Häuser, die Straßen, die Kleider, alles grau. Selbst die wenigen Autos haben traurige Farben. Im Frühling wirkt es, als schämten die Blumen sich für ihren freudvollen Anblick.

Im Oktober 1956, kurz vor Rainers sechstem Geburtstag, wird Heinrich Nack zum Oberinspektor bei der Eisenbahndirektion im dreißig Kilometer entfernten Mainz befördert. Die Familie zieht in eine Wohnsiedlung in der Mainzer Oberstadt, direkt gegenüber der Uniklinik. In den von den Luftangriffen der Alliierten verschont gebliebenen Mietshäusern wohnen überwiegend Mitarbeiter der Deutschen Bundesbahn mit ihren Familien. Dahinter kommen die Wohnblöcke für die städtischen Angestellten, dann die mit den Beschäftigten der Deutschen Bundespost. Die Wohnung der Nacks liegt im zweiten Stock und ist fast doppelt so groß wie die Wohnung in Bingerbrück. Neben Eltern- und Kinderschlafzimmer gibt es noch ein Wohnzimmer und das vordere Zimmer, in dem sich die Nähmaschine der Mutter Frieda Nack, geborene Haas, und eine Klappcouch für Gäste befinden.

Das Familienleben spielt sich am Küchentisch ab. Heinrich Nack isst zum Abendbrot gerne noch etwas Warmes, den mit heißer Brühe übergossenen Kartoffelsalat der Mutter oder ein paar Rühreier, die sie ihm auf einem Extrateller neben sein Brettchen stellt. Manchmal reicht er Rainer eine Gabel und gibt ihm etwas von seinem Essen ab. Neben seinem Papa zu sitzen, beim Tischgebet seine Hand zu halten und mit ihm vom selben Teller zu essen ist für Rainer das Schönste auf der Welt.

Im vorderen Zimmer hängt ein gerahmtes Bild vom Vater als junger Soldat, das Rainer sich gerne ansieht. Heinrich Nack war Leutnant bei der Luftwaffe und während des Krieges in Narvik stationiert, einer Hafenstadt in Norwegen, ganz weit oben, nördlich des Polarkreises. Die Bilder in seinem Norwegen-Fotoalbum zeigen ihn und die Kameraden vor ihren Hütten und am Lagerfeuer, beim Essen und beim Kartenspielen, auf Pferden, auf Skiern und vor einer flachen alten Kirche. Auch ein paar Kanonen und zerstörte Kriegsschiffe sind zu sehen. Auf Rainers Lieblingsbild steht der Vater in seiner gebügelten Uniform an einem Fjord und blickt in die Kamera, neben sich sein Hund, der aufrecht im Schnee sitzt. Der Hund heißt Rex und ist ein Deutscher Schäferhund. Die Kinder wollen alles über Rex und über die Erlebnisse ihres Vaters in Norwegen wissen, doch wenn sie zu viele Fragen stellen, heißt es von der Mutter immer nur, sie sollen nicht so neugierig sein.

Oft stellt Rainer sich die Mitglieder seiner Familie als Tiere vor. Sein großer Bruder ist ein schlauer Fuchs, die kleine Mia eine Kuschelkatze oder ein zotteliges Hündchen, und wenn sie sich nicht gerade zanken, stellt er sich die beiden immer als Susi und Strolch vor. Seine Mama ist eine Eule, manchmal aber auch ein bissiger Hund. Seinen Papa hingegen sieht Rainer immer als Bär. Als einen großen braunen Bären mit lieben Augen und ganz weichen Tatzen.

Im Frühjahr wird Rainer eingeschult. Obwohl die Lehrer streng sind und, wie die meisten Erwachsenen, niemals lachen, geht Rainer gerne zur Schule. Besonders mag er Raumlehre und den Turnunterricht. Ein aufgeschlossener Junge, der oft vor sich hin träumt und meist jünger geschätzt wird, als er ist. Außerdem ist er sehr dünn. So dünn, dass die Mutter ihn zu Dr. Franck schleppt, dem Hausarzt der Familie, der aber Entwarnung gibt – dem Knirps fehle nichts, er sei halt nur etwas später dran und außerdem sehr lebhaft. Von nun an bekommt Rainer von seiner Mutter jeden Morgen einen Löffel Sanostol verabreicht. Eine kleine Vorzugsbehandlung, die er als mittleres Kind sehr genießt.

Ihre Nachmittage verbringen die Brüder mit den anderen Kindern der Siedlung an der frischen Luft. Sie veranstalten Wettrennen um die Häuserblocks, spielen Fangen und Verstecken in den Brachen am Römerwall oder lassen auf den Steinplatten im Innenhof ihre Murmeln laufen. An waschfreien Tagen wird der Hof zum Bolzplatz, meist aber kicken sie am Plätzchen, einem Plateau nördlich der Siedlung, das zum Fort Josef gehört und an dessen Rand die Kanone steht, ein Denkmal für die Gefallenen eines Fußartillerie-Regiments im Ersten Weltkrieg. Dort zu spielen ist den Kindern streng untersagt, und wenn der Wildschütz kommt, müssen sie rennen.

Rainer ist sieben Jahre alt, als er seinen ersten Toten sieht.

*

Es war Wolfgangs Idee, ins Geisterhaus einzusteigen. An einem verregneten Herbstnachmittag Anfang Oktober treffen sich die Jungs beim Fort Josef an der Kanone. Neben Wolfgang und Rainer sind noch Hans Kiesewetter, Heinz Paduch und Alfred Voigt dabei, alles Jungs aus der Siedlung, außerdem Wilfried Ruschke, der in einer der Baracken am Römerlager wohnt, bei den *Ausgebombten*, wie die Mutter sie nennt.

Das Geisterhaus ist eine von Unkraut und Gestrüpp überwucherte Ruine, die zwischen Klinikgelände und Plätzchen steht. Geduckt schleichen die Jungs rüber zum Zaun und geben sich gegenseitig Räuberleiter. Nur Alfred Voigt bleibt unter einem der Kastanienbäume zurück, um Schmiere zu stehen. Alfred Voigt wurde letzten Sommer auf der Flucht vor dem Wildschütz von einem Auto angefahren, seitdem hat er einen Gehschaden und wird von allen nur noch *Der Humpelhopser* gerufen.

»Alles dicht«, sagt Wolfgang, und tatsächlich, sämtliche Eingänge des Geisterhauses sind von Trümmern und Schutt versperrt. Dann aber entdeckt Hans Kiesewetter neben der verschütteten Kellertreppe ein ausgebranntes Fenster, etwa vierzig Zentimeter breit und knapp einen Meter hoch. Es wird entschieden, dass der Schmächtigste und Kleinste als Erster einsteigen soll. Der Schmächtigste und Kleinste von allen ist Rainer.

»Ich mach das nicht.«

Hans Kiesewetter verzieht das Gesicht. »Und ob du das machst, Klein-Nack.«

»Ich will aber nicht.«

»Dann gehst du wohl besser nach Hause«, sagt Wolfgang streng. »Aber glaub bloß nicht, dass du dann nochmal mitdarfst.«

Murrend gibt Rainer sich geschlagen. Mit den Füßen voraus hangelt er sich durch das Loch und in den Keller hinab. Er stützt sich an der Wand ab und lässt sich fallen. Er horcht, dann macht er einen vorsichtigen Schritt nach vorne. Hans Kiesewetter leuchtet ihm den Weg. Die Kiesewetters wohnen schräg unter den Nacks im selben Haus. Hans geht in Wolfgangs Klasse, die Taschenlampe hat er seinem Alten aus dem Keller geklaut. Er stopft sie sich in den Hosenbund und klettert durch das Loch, Wolfgang und Ruschkes Wilfried machen es ihm nach. Nur Heinz Paduch will auf einmal lieber draußen bleiben und Wache schieben.

»Doppelt gemoppelt hält besser«, sagt er.

Die Jungen lachen. Heinz Paduch galt von jeher als gnadenloser Schisser. Seine eigene Angst versucht Rainer hinunterzuschlucken. Vor dunklen und verlassenen Orten wie diesem hat er sich schon immer gefürchtet. Auch wenn er sich häufig fragt, wie es wäre, ein Geist zu sein. Ob Geister wohl auch einsam und traurig sind? Ob sie manchmal weinen, und wenn ja, kann man ihre Tränen sehen?

Unter Einsatz ihrer Ellbogen schieben Wolfgang und Hans Kiesewetter sich an Rainer vorbei. Links und rechts gibt es zwei Kellerräume mit halb aus den Angeln gerissenen Türen. Der Raum auf der rechten Seite ist bis auf ein paar Holzbretter und eingestürzte Regale leer. Die Luft ist modrig und feucht, überall Spinnweben und Mäusekot, der Raum links ist komplett verschüttet.

»Was ist da unten?«, ruft Heinz Paduch von draußen.

»Schlaraffenland«, antwortet Wolfgang.

»Schön wär's«, sagt Hans Kiesewetter und lacht.

»Psst«, macht Ruschkes Wilfried. »Oder wollt ihr den Wildschütz auf den Plan rufen?«

Am Ende des Gangs, neben der Treppe nach oben, befindet sich eine Tür. Sie ist nicht verschlossen, geht aber nach außen auf, und der Boden ist von Schutt und Brettern übersät. Die Kinder räumen alles zur Seite. Als sie damit fertig sind, halten sie einen Moment inne, bevor Wolfgang mit einem Ruck die Tür aufreißt. Ein strenger, fauliger Geruch schlägt ihnen entgegen. Durch das verschüttete Fenster dringt schwaches Licht in den Raum. Er ist größer als die anderen beiden und geht Richtung Straße. Unruhig zuckelt der Lichtkegel der Taschenlampe über den staubigen Boden. Wolfgang macht einen Schritt nach vorne. Rainer, der sich mit der linken Hand am Riemen der Lederhose seines Bruders festgekrallt hat, folgt ihm.

»Leuchte mal in die Ecke«, sagt Wolfgang.

»Wohin?«, fragt Hans Kiesewetter.

»In die Ecke da.«

»Welche Ecke?«

»Gib schon her, Doofkopp«, stöhnt Wolfgang und reißt dem Nachbarsjungen die Taschenlampe aus der Hand. Systematisch leuchtet er den Boden ab, bis der Lichtstrahl an der hinteren Ecke des Raums an einem Stiefel hängenbleibt. Es ist ein schwerer schwarzer Lederstiefel, einer dieser Knobelbecher. Langsam wandert der Lichtstrahl nach oben. In dem Stiefel steckt ein Bein.

»Da sitzt jemand«, flüstert Wolfgang.

»Verarschen kann ich mich selbst«, sagt Ruschkes Wilfried, der ganz hinten im Türrahmen steht und den Kopf recken muss, um überhaupt was zu sehen.

»Wenn ich's doch sage!«

»Hör auf, Mensch, ich scheiß mich gleich ein«, sagt Hans Kiesewetter, und wenn sein Alter ihn so hören könnte, der würde ihm gehörig das Maul mit Seife auswaschen.

»Passt auf«, sagt Wolfgang, dann richtet er den Schein der Taschenlampe in die Zimmerecke. Hans Kiesewetter entfährt ein spitzer, fast lautloser Schrei. Rainer spürt es warm an seinem Bein hinunterlaufen. Drei Meter vor ihnen, in einem Schaukelstuhl aus Holz, sitzt ein Mann.

»Was ist denn los da unten? Gibt's was zu sehen?«, erklingt von weit entfernt Heinz Paduchs Stimme.

Der Mann ist vollständig bekleidet. Ganz zusammengesunken hockt er da, den Kopf auf der linken Schulter abgelegt, wie eingeschlafen. Er trägt eine Wehrmachtsuniform, auf seinem Kopf thront ein Stahlhelm. Das Gesicht ist Richtung Wand gerichtet, neben ihm auf dem Boden liegt eine Pistole. Eine Pistole und eine schwarze Aktentasche.

Hans Kiesewetter ist der Erste, der spricht. »Ist der tot?«

»Das wollen wir doch hoffen«, antwortet Wolfgang. Es soll lässig klingen, doch Rainer spürt, dass auch seinem großen Bruder die Muffe geht.

»Leck mich doch am ...«, sagt Ruschkes Wilfried, bringt den Satz aber nicht zu Ende.

Für einen kurzen Moment ist es vollkommen still. Dann macht Hans Kiesewetter einen Schritt nach vorne. Langsam streckt er den Arm aus, doch Wolfgang ist schneller. Blitzschnell greift er sich die Pistole und schiebt sie unter den Latz seiner Lederhose.

»Spinnst du? Was soll das?!«, protestiert Hans Kiesewetter. »Ich hab sie zuerst gesehen, und meine Funzel ist es auch!«

Wolfgang drückt ihm die Taschenlampe gegen die Brust. »Schnapp dir die Tasche, und dann nichts wie raus.«

Die Jungen rennen den Gang hinunter und klettern durch die schmale Öffnung zurück ins Freie, erst Wolfgang, dann Hans Kiesewetter und dann Ruschkes Wilfried, der nicht genug Anlauf nimmt und wie wild mit den Beinen strampelt, so dass lauter kleine Steine auf Rainer hinabregnen und er immer weiter zurücksackt. Er kriegt Panik und ruft um Hilfe, doch der bescheuerte Ruschke läuft einfach los. Dann kommt Wolfgang zurück. Er zieht seinen Bruder über die Schwelle nach draußen und hinter sich her, um das Geisterhaus herum und über den Zaun zum Kastanienbaum, wo die anderen schon auf sie warten.

»Was hast du denn da für ’ne Tasche, Kiesewetter?«, will Alfred Voigt wissen. Dann blickt er an Rainer hinab und wiehert los. »Na, Klein-Nack, haben wir uns eingestrullt?«

Wolfgang boxt ihm auf den Oberarm, der Humpelhopser verstummt.

»Morgen um drei an der Kanone«, flüstert Wolfgang und blickt von einem zum anderen. »Bis dahin kein Mucks, ist das klar?«

Allgemeines Nicken. Die Brüder laufen zur Straße, gefolgt von Hans Kiesewetter, am Plätzchen vorbei, den Abhang hinunter und auf ihren Wohnblock zu. Sie vergewissern sich, dass die Luft rein ist, dann schlüpfen sie durch die offen stehende Haustür und geradewegs die Treppenstufen runter zum Kohlenkeller der Nacks.

Die Aktentasche ist nicht verschlossen. Sie hat zahlreiche Fächer, und in diesen Fächern befinden sich lauter Schnallen, in denen schmale Fläschchen mit Flüssigkeiten in unterschiedlichen Farben stecken, Grün, Rot, Hellblau, Braun. Bei der Pistole handelt es sich um eine Walther P.38. Ein Rückstoßlader mit innen liegendem Hahn. Ihr Vater hatte so eine im Krieg, wie Wolfgang und Rainer von einem der Bilder aus dessen Norwegen-Fotoalbum wissen. Jeder darf die Knarre einmal anfassen und in den Händen wiegen, bevor Wolfgang sie in der Tasche verstaut und die Tasche unter den leeren Kartoffelsack hinter der Kohlenkiste stopft. Dort sollte sie so schnell niemand finden. Die Kohlen werden alle paar Wochen vom Kohlenhändler gebracht, der ständig in Eile ist und seine Briketts achtlos in die Kiste kippt, und diese Briketts hoch in die Wohnung zu holen, das ist Aufgabe der Jungs, jeden Samstagnachmittag vorm Baden, mit einer speziellen Trage und am besten immer gleich die Ration für die gesamte Woche. Sie löschen das Licht, schließen die Tür und gehen den Gang runter zum Keller der Kiesewetters. Hans Kiesewetter legt die Taschenlampe seines Vaters zurück an ihren Platz, anschließend hocken die Kinder sich im Kreis auf den Boden und beratschlagen, was jetzt zu tun sei.

Sie müssten den Eltern von ihrem Fund und von dem toten Soldaten erzählen, findet Rainer. Schließlich könnte es sein, dass sie gesehen wurden, »und wenn herauskommt, dass wir im Geisterhaus waren und einen Toten gefunden und nichts gesagt …«.

»… und seine Pistole mitgenommen haben und seine Aktentasche …«, ergänzt Wolfgang.

»… dann kommen wir in Teufels Küche …«

»… oder direkt in den Knast …«

»Unsinn!«, ruft Hans Kiesewetter. Mit flehendem Blick beschwört er die beiden dichtzuhalten. In der Siedlung kennt jeder jeden, und wenn die Eltern des einen etwas spitzkriegen, dann wissen es bald auch die anderen. Eine ordentliche Tracht Prügel ist für den jungen Kiesewetter keine Ausnahme, genau wie für viele andere Kinder der Siedlung. Alfred Voigt und seine acht Geschwister etwa werden regelmäßig von ihrem Vater in die Waschküche kommandiert, wo sie sich wie die Orgelpfeifen aufstellen müssen und eins mit dem Stock auf den Arsch kriegen, und das Schlimmste ist, sämtliche Nachbarn bekommen es mit. Heinrich Nack ist sogar mal höchstpersönlich zu Herrn Voigt gegangen, um ihm ins Gewissen zu reden. »Mensch, Willi«, hat er gesagt, »das kannst du mit den Kindern doch nicht machen, du bist doch auch Christ!« Aber der alte Voigt hat nur abgewunken und gelacht. Er habe keine Lust, sich nach einem langen Arbeitstag jedes Mal die Diskussionen zuhause anzuhören, von wegen die Kleinen hätten die Großen geärgert, die Großen passten nicht richtig auf die Kleinen auf und all diese Sperenzien. Da ziehe man den Gören besser unterschiedslos eine über: »Das schärft den Truppengeist und hat uns ja wohl auch nicht geschadet!«

Der Papa von Wolfgang und Rainer dagegen sagt immer nur: »Das tut man nicht«, wenn die Kinder etwas falsch gemacht haben, und die schlimmste Strafe ist, wenn es samstagabends keine Bluna gibt. Viele ihrer Freunde beneiden die beiden um ihren Vater. Nur ganz selten rutscht ihm mal die Hand aus, zuletzt im Winter, als die Kinder vom Spielen nach Hause kamen und Rainer auf die Frage, warum alle aufs Klo müssten, nur er nicht, wahrheitsgemäß antwortete, er habe unten in die Hecke gepinkelt, worauf er sich so dermaßen eine fing, dass er durch den halben Wohnungsflur geschleudert wurde. Abends beim Gutenachtgebet setzte der Vater sich dann auf Rainers Bettkante und erklärte, er sei nun mal Beamter und eine Respektsperson und dass in der Nachbarschaft über die Familie geredet würde, wenn sie als Inspektorenkinder sich nicht anständig zu benehmen wüssten. Was Rainer, so verstört er auch war, irgendwie einleuchtete. Schließlich dürfen die Geschwister auch nichts zu essen von den Nachbarn annehmen, damit bloß nicht der Eindruck entsteht, sie seien bedürftig.

Ein paar Wochen später ist die Aktentasche mitsamt der Pistole verschwunden. Wer sie entdeckt und weggeschafft hat, die Brüder wissen es nicht. Niemand macht eine Bemerkung, niemand stellt sie oder den jungen Kiesewetter zur Rede. Im neuen Jahr wird das Geisterhaus abgerissen, um Platz für ein neues Klinikgebäude zu machen, und schon bald kommt es Rainer vor, als hätte er die ganze Sache nur geträumt. Auch wenn der Anblick des Toten ihn noch lange verfolgt.

*

»Und, wie läuft's in der Schule?«, fragt die Oma.

»Gut«, antwortet Wolfgang.

»Bei mir auch«, sagen Mia und ihre Cousine Hildegard unisono. Beide wurden Anfang des Jahres eingeschult. Die Nesthäkchen.

Oma Seibersheim wendet sich an Rainer. »Und du, freust du dich schon auf die Erstkommunion im Frühjahr? Dann wirst du Messdiener, wie dein Bruder. Wie heißt euer Pfarrer noch?«

»Lüders«, antwortet Rainer.

»Lüders, richtig«, sagt die Oma. »Und, freust du dich nun auf deine Erstkommunion oder nicht?«

»Was soll der sich denn nicht auf die Kommunion freuen, auf die Kommunion freut sich doch jeder«, sagt der Großvater.

»Unterbrich mich nicht, kleiner Mann«, gibt die Oma in breitem Dialekt zurück – *Unnerbresch misch net, klaa Männsche.*

»Pah«, macht der Großvater und kneift die Augenbrauen zusammen.

Nach der Zehn-Uhr-Messe in der Stephanskirche haben die Geschwister sich mit ihren Eltern auf den Weg zum Hauptbahnhof gemacht, den Zug nach Bingen und von dort aus den Bus nach Seibersheim genommen, wie jeden zweiten Sonntag. Opa und Oma Seibersheim sind die Eltern des Vaters und schon sehr alt, und weil sie so oft streiten, schlafen sie in getrennten Zimmern.

Die Oma würde ihn um höchstens einen Zentimeter überragen, behauptet der Großvater, »und das auch nur wegen deiner Frisur«.

»Ach ja?« Die Oma steht auf. »Dann lass uns einen Vergleich machen.«

»Einen Vergleich?«

»Ich fordere dich heraus, komm.«

»Nun werd nicht albern, Frau«, sagt der Großvater.

Seine Worte gehen im Gejubel der Kinder unter: »AU JA, EIN VERGLEICH!«

Leise vor sich hin meckernd steht er auf. Die Großeltern stellen sich Rücken an Rücken in die Mitte der Stube, und während Wolfgang auf den Tisch klettert und den beiden ein Frühstücksbrettchen auf die Köpfe legt, versammeln sich die Cousins und Cousinen als Jury auf den Bänken. Ihr Urteil ist einstimmig. Das Brettchen liegt schief, und es neigt sich ganz klar zum Kopf des Großvaters.

»Schiebung!«, ruft Opa Seibersheim. »Der Wolfgang hat sich bloß nicht getraut, der Oma die Dauerwelle platt zu drücken!«

Dann geht er zur Tür und sagt, er müsse die Kuh melken, obwohl es schon fast Mittag ist und die Kuh bestimmt schon längst gemolken wurde.

Die Großeltern versorgen sich auf ihrem Hof weitestgehend selbst, neben der Kuh haben sie noch eine Ziege, ein Schwein und mehrere Hühner, außerdem einen Gemüseacker, zahlreiche Obstbäume und ein paar Weinreben am Hang. Wenn Rainers Vater zu einem Späßchen aufgelegt ist, holt er die Kuh aus dem Stall und reitet unter dem Gejohle der Kinder über den Hof, als wäre er ein Cowboy und die Kuh sein Pferd. Zur Weinernte und zum Schlachten fährt er stets für ein paar Tage nach Seibersheim, und wenn er zurückkommt, hat er selbstgemachten Käse oder Wurst dabei.

Heinrich Nack ist das jüngste von sechs Geschwistern und ein ausgesprochener Familienmensch. Als er hört, dass sämtliche Bahnmasten auf der Strecke von Bingerbrück nach Bad Kreuznach neu gestrichen werden sollen, nutzt er seine Kontakte und schanzt Onkel Hermann den Auftrag zu, der einige Jahre zuvor den Malerbetrieb des Großvaters übernommen hat. Dann bekommt er Wind davon, dass Onkel Hermann heimlich einen Teil der bereitgestellten Farbe zur Seite schafft, um sie für andere Aufträge zu verwenden. Er redet seinem Bruder so lange ins Gewissen, bis der einwilligt, die gestohlene Farbe zu ersetzen und künftig die Finger von krummen Geschäften dieser Art zu lassen.

»Wer ist der Ältere von euch beiden?«, fragt Rainer einmal, als die beiden in der Stube am Tisch sitzen und Bier trinken.

»Ich, sieht man das nicht?«, antwortet Onkel Hermann und lacht.

Rainer zeigt mit dem Finger auf seinen Onkel. »Haha, dann musst du als Erster sterben!«

Erbost haut sein Vater auf den Tisch. »Hältst du wohl die Backen, so was sagt man nicht!«

Für einen Moment ist es ganz still im Raum, dann prusten der Vater und der Onkel gleichzeitig los. Erschrocken schaut Rainer zu Boden, dann stimmt er in das Gelächter ein, aber ganz leise und vorsichtig, weil er nicht weiß, worüber genau die Erwachsenen lachen und was er falsch gemacht hat.

Von seinen Tanten versucht Rainer sich fernzuhalten, die wollen ihn immer abknutschen, weil er so *zart* und *knuffig* ist. Besonders Tante Wilhelmine ist ganz vernarrt in ihren Neffen. Tante Wilhelmine ist Rainers Patentante und stramme fünfzehn Jahre älter als sein Vater. Eine runzlige Frau mit dünnen, farblosen Lippen und wässrigen Augen. Ihr Mann, Onkel Franz, hat seit dem Krieg eine Metallplatte im Kopf, die ihn manchmal von jetzt auf gleich furchtbar ausrasten lässt, die Kinder dürfen mit dem Onkel nicht alleine sein. Eines

Sommernachmittags wird die ganze Familie Zeuge, wie Onkel Franz während eines Gewitters unter grässlichem Kreischen und mit rudernden Armen durch den Garten rennt, bis er von mehreren Männern überwältigt und in den Hühnerstall gesperrt wird, wo er sich auf dem Boden wälzt und immer wieder seinen Kopf gegen das Gitter schlägt.

Wochen später wird Rainer selbst in den Hühnerstall gesperrt, von seinen Cousins und Cousinen, die sich gar nicht mehr einkriegen über den verweichlichten Stadtjungen, der sich aus Angst vor den aufgeregt um ihn herumflatternden Hühnern in den Staub geworfen hat. Danach geht Rainer nicht mehr so gern zu den Großeltern nach Seibersheim.

*

Ihre Ferien verbringt die Familie in den Bergen. Mit der Bahn geht es nach Enzisweiler am Bodensee, St. Johann im Pongau oder ins Stubaital, immer nach Süden, nie nach Norden oder Westen, und nie ans Meer. Rainer liebt die Reisen mit der Familie, in Erinnerung bleiben wird ihm aber vor allem jener Osterurlaub in den österreichischen Alpen, in dem zum ersten Mal etwas spürbar anders ist.

Schon bei der Ankunft kommt es zu einem hässlichen Streit zwischen den Eltern, als diese nach zwanzig Minuten Fußmarsch vom Bahnhof erfahren müssen, dass ihre Pension abgebrannt ist. Die Mutter ist vollkommen außer sich.

»Warum in drei Gottes Namen hast du dich vor der Abfahrt nicht noch einmal dort gemeldet?«, herrscht sie den Vater an, der nur hilflos die Schultern hebt. Was die Mutter noch wütender macht. »Das ist doch nicht NORMAL, was hast du dir denn dabei GEDACHT, WO SOLLEN WIR DENN JETZT HIN?«

Statt ihr zu antworten, dreht der Vater sich um und marschiert zurück Richtung Bahnhof.

»BLEIBST DU WOHL HIER!«, brüllt die Mutter ihm hinterher. »DU ELENDER VERSAGER, DU!«, alles vor den Augen und Ohren der Kinder und mitten auf der Straße. Leute bleiben stehen und glotzen, die kleine Mia fängt an zu weinen, auch Rainers Augen füllen sich mit Tränen.

Wenige Minuten später kommt der Vater zurück, in Begleitung eines dicken Mannes, der die Familie zu einer anderen Pension führt, in der es tatsächlich noch zwei freie Zimmer gibt, ein kleines für Wolfgang und Rainer und ein größeres direkt nebenan, in dem die Eltern und Mia schlafen. Die Gemüter beruhigen sich, und die ersten Urlaubstage ist alles ganz normal. Jeden Morgen füttern die Geschwister die Schafe hinter dem Haus, nachmittags spielen sie Fußball mit den Kindern des Dorfes oder gehen zum Angeln an den Bach. Nach dem Besuch des Schwimmbads im Nachbarort dürfen sie sich im Souvenir- und Spielwarengeschäft jeder eine Kleinigkeit aussuchen. Mia wählt ein buntes Perlenarmband, Wolfgang einen beigefarbenen Mercedes 300 SL von Dinky, dessen Flügeltüren sich öffnen lassen. Rainer kann sich nicht zwischen einem Satz schöner bunter Glasklicker und der Figur eines Indianerhäuptlings mit Pfeil und Bogen entscheiden. Dann fällt sein Blick auf ein rotbraunes Wurzelholzkästchen in der Souvenirabteilung. Das Kästchen ist etwa zwölf Zentimeter breit und acht Zentimeter hoch. Vorsichtig fährt er mit den Fingerspitzen über das in den gewölbten Deckel eingelassene Sternenmuster und stellt sich vor, dass das Kästchen auf hoher See von einem mutigen Piraten als private Schatztruhe genutzt wurde, bevor es auf verschlungenen Wegen in den Bergen Tirols gelandet ist.

»Das will ich haben«, sagt er zu seinem Vater, und an der

Art und Weise, wie der das Kästchen aus dem Regal nimmt, es in der Hand dreht und die Qualität des Holzes und der Scharniere überprüft, erkennt Rainer, dass es wohl *nicht ganz billig* ist, wie der Vater sich immer ausdrückt, wenn er sagen will, dass etwas viel zu teuer ist. Dann aber überreicht er seinem Sohn mit einer feierlichen Geste das Kästchen und geht mit ihm zur Kasse.

»Etwas Langweiligeres hatten sie wohl nicht im Angebot?«, witzelt Wolfgang auf dem Heimweg, und auch von der kleinen Mia wird Rainer für seine *Omi-Schatulle* ausgelacht. Bis der Vater vor den beiden in die Hocke geht und ihnen die Leviten liest.

»Ihr durftet euch alle drei etwas aussuchen, und niemand wird für seine Wahl verspottet, habt ihr gehört?«, sagt er, Wolfgang muss sich sogar bei seinem Bruder entschuldigen.

Für den Ostermontag hat Heinrich Nack sich etwas Besonderes überlegt. Eine achtzehn Kilometer lange Wanderung zu einem alten Kloster und einem Ausflugslokal in den Bergen, die einen Kreuzweg beinhaltet. »Wandern ist eine Tätigkeit der Beine und ein Zustand der Seele«, sagt der Vater, und einen Kreuzweg zu gehen, das sei für jeden Christenmenschen eine ganz besondere Erfahrung, so etwas gebe es nicht überall.

Nach dem Frühstück geht es los. Die Sonne scheint *in Strömen*, wie die Mutter immer sagt, es ist fast sommerlich warm. Am Ortsausgang treffen sie auf einen Dorfbewohner. Der Mann wirft einen Blick auf die Sandalen der Kinder und der Mutter. »Nicht ganz das passende Schuhwerk für diese Jahreszeit«, sagt er. »Jetzt im April liegt dort oben noch Schnee.«

Der Vater wiegelt ab. »Keine Sorge, Sie haben hier ein paar erfahrene Wanderer vor sich. Trotzdem recht schönen Dank für den Hinweis und grüß Gott!« Dann läuft er pfeifend los, in der Linken die Wanderkarte und in der Rechten Rainers Hand.

Der Kreuzweg besteht aus vierzehn Stationen, in deren Holzschaukästen der Leidensweg Jesu Christi nachgebildet ist, von der Verurteilung bis zur Grablegung. An jeder Station kniet der Vater kurz nieder und spricht ein Gebet. Die Kinder tun es ihm gleich, nur Wolfgang verliert nach der dritten oder vierten Station die Lust, und die Mutter macht lieber ein paar Fotos mit ihrer Leica.

Auf halber Strecke begegnen sie erneut einem Einheimischen, der ihnen rät, wegen der Schneeschmelze besser umzukehren.

»Kommt gar nicht in Frage«, brummt der Vater, als der Mann weitergegangen ist. Sie haben gerade die siebte Station passiert, man kann das Kloster bereits sehen. Doch dann, hinter der nächsten Kurve, genau zwischen der achten und der neunten Station, liegt tatsächlich tiefer Schnee links und rechts des Wegesrands, und kurz darauf ist gar kein Weg mehr zu erkennen. Überall gluckert und tröpfelt es aus den Bäumen, und dann gibt es auf einmal ein knackendes Geräusch. Rainer fährt herum. Die Mutter. Sie ist bis zur Hüfte im Schnee eingesackt.

»Papa, Papa!«, ruft er, während die Mutter seltsam still bleibt.

Umständlich legt der Vater sich auf den Bauch und robbt über den Schnee zu der Stelle, wo die Mutter eingebrochen ist. Er schafft es, ihr aus dem Loch zu helfen, wobei aber eine ihrer Sandalen stecken bleibt. Ein kalter Wind kommt auf, weit und breit ist kein Mensch zu sehen. Wolfgang erinnert sich, dass sie gut zwanzig Minuten zuvor an einem Bauernhof vorbeigekommen sind.

»Haben Sie recht vielen Dank«, sagt die Mutter bibbernd, nachdem eine Frau geöffnet und sie in die Stube vor den Kamin geführt hat. »Wie konnten wir nur so dumm sein … Ich bitte vielmals um Entschuldigung …«

Die Tochter des Hauses bringt ihr ein Paar dicke Socken, das die Mutter sich, unaufhörlich weitere Entschuldigungs- und Dankesformeln vor sich hin brabbelnd, über die rot angelaufenen Füße zieht, während die Bäuerin in der Küche eine Kanne heißen Kakao für ihre unerwarteten Gäste zubereitet. Obwohl Rainer keine Milch verträgt, versucht auch er, von dem Kakao zu trinken, aus Anstand und um die Mutter nicht noch mehr zu beschämen. Doch schon als seine Lippen die fiese Milchhaut berühren, muss er aufstoßen, und als er die heiße Flüssigkeit darunter geräuschvoll einschlürft und den Kakao sekundenlang in seinem Mund hin und her schiebt, nur um ihn anschließend doch wieder in die Tasse spucken zu müssen, da schämt er sich beinahe zu Tode. Als ob die Mutter nicht schon genug Ärger hätte.

Nachdem die Tochter des Hauses die Tassen abgeräumt hat, fährt ihr Vater, ein dürrer Kerl mit großen Händen und buschigen Augenbrauen, die Familie zurück ins Dorf. Während der knapp zwanzigminütigen Autofahrt spricht die Mutter kein Wort. Auch beim Abendessen ist sie auffallend still, und als die Brüder in ihren Betten liegen, können sie ihr Gezeter durch die Wand hören: »*Weil du immer recht behalten musst … Familie in Gefahr gebracht … nicht mehr normal …*«

Am nächsten Morgen sind Wolfgang und Rainer die Ersten beim Frühstück. Erst um kurz vor neun kommt die Mutter mit Mia die Treppe herunter. Mia klettert neben Rainer auf die Sitzbank. Die Mutter setzt sich auf den Stuhl gegenüber und schenkt sich eine Tasse Kaffee ein.

»Wo ist denn der Papa?«, fragt Rainer.

»Der Papa liegt bestimmt noch im Bett!«, sagt Wolfgang.

»Dieser Langschläfer«, sagt Rainer und lacht.

»Der Papa hat schon gefrühstückt«, sagt die Mutter knapp und mit einer Härte in der Stimme, dass die Brüder augenblicklich aufhören zu kauen und, als ihnen das bewusst wird, gleichzeitig wieder damit anfangen. Die Mutter legt ein angestrengtes Lächeln auf, dann streicht sie Rainer beunruhigend sanft über die Hand: »Es ist alles gut, mein Schatz.«

Sie gießt jedem ein Glas Apfelsaft ein, dann trinkt sie ihren Kaffee aus und steht auf. Sie habe noch etwas zu erledigen, sagt sie und dass die Kinder in Ruhe aufessen und anschließend draußen spielen gehen sollen.

»Der Papa lag gar nicht in seinem Bett«, sagt Mia, als die Mutter den Frühstückssaal verlassen hat. Sie flüstert, obwohl außer ihnen niemand im Raum ist. »Und die Mama war ganz komisch, als sie aufgestanden ist.«

»Wie, *komisch*?«, will Wolfgang wissen.

»Sie hat mit sich selbst geredet. Im Badezimmer.«

»Und was hat sie gesagt?«

»›Heini, Heini‹, hat sie gesagt, ›was machst du denn für Sachen, was ist denn mit dir los‹, und noch mehr so Kram, den ich nicht genau verstanden habe.«

Ratlos schauen die Geschwister sich an. Dann trinken sie ihren Saft aus und gehen hoch zur Wiese, um die Ziegen zu streicheln.

Beim Mittagessen sitzt der Vater wieder am Tisch. Sitzt einfach da, als wäre nichts gewesen. Kein Wort darüber, warum er nicht beim Frühstück war oder wo er den ganzen Vormittag über gewesen ist.

*

Nach den Osterferien wird Heinrich Nack als Unfallrentensachbearbeiter zur Bundesbahndirektion Frankfurt berufen, ein weiterer Aufstieg. Sein Bauch wölbt sich über dem Gürtel, der Familie geht es gut, und dann ist da ja auch noch die finanzielle Unterstützung von Oma und Opa Bingen.

Die Großeltern mütterlicherseits wohnen in einer Dachgeschosswohnung am Stadtrand von Bingen, in der man vor Sauberkeit kaum atmen kann. Dunkle Dielen, schwere Teppiche und Vorhänge, Schränke wie Festungen und eine ewig tickende Standuhr in der Diele. Bei ihnen wird kein Dialekt gesprochen, sondern ordentliches Hochdeutsch, und sie sind auch viel vornehmer gekleidet als die Verwandten in Seibersheim. Bei den sonntäglichen Besuchen gibt es zu Mittag meist Omas guten Kalbsbraten, im Ofen geschmort und mit Soße, Kartoffeln und Paprikagemüse auf eleganten Porzellantellern serviert. Zum Nachtisch wird Vanillepudding serviert, von dem Rainer sich wegen seiner Unverträglichkeit meist nur ein, zwei Löffel reinzwängt, bevor er das Schälchen seinem großen Bruder rüberschiebt, sehr zum Missfallen der Großmutter. Bei ihr und dem Opa muss man höllisch aufpassen, was man sagt und wie man guckt, isst, atmet, sich bewegt. Jammern ist verboten. Jammern jaulen heulen klagen quäken nörgeln plärren winseln lamentieren, alles streng verboten. »Kinder, die was wollen, kriegen was auf die Bollen«, brummt die Großmutter, sobald eins der Geschwister einen Satz mit *Ich will* beginnt. Völlig undenkbar, bei Opa und Oma Bingen die Ellbogen auf den Tisch zu legen oder dazwischenzuquatschen, wenn die Erwachsenen sich unterhalten. Wenn Rainer sich die Großeltern als Tiere vorstellt, dann immer als Greifvögel mit lauerndem Blick und verkniffenen Schnäbeln.

Nach dem Essen geht es zu ausgedehnten Spaziergängen runter an die Nahe und bis hoch zur Mündung in den Rhein, wo die Kinder den Ausflugsbooten und Frachtern hinterherschauen. Auf der anderen Rheinseite, hoch über den Rüdesheimer Weinlagen, thront das Niederwalddenkmal mit der Germania, die an den glorreichen Sieg über Frankreich und die Einigung Deutschlands erinnern soll, wie Opa Bingen den Kindern erklärt. Der Rhein sei *der Vater aller deutschen Flüsse*, sagt er, und manchmal singt er den Satz »Warum ist es am Rhein nicht schön?« zur Melodie des Liedes *Warum ist es am Rhein so schön*, nur um sich anschließend selbst die Antwort zu geben: »Weil der Franzmann, der Drecksack, das Rheinland besetzt hat. Deshalb ist es am Rhein nicht schön.«

Auch Opa Bingen war im Krieg, in zweien sogar. Als junger Mann wurde er bei der Schlacht um Verdun durch einen Streifschuss im Gesicht verletzt. Seitdem sorgt eine tiefe Kerbe an der linken Seite seines Nasenbeins dafür, dass ihm niemals die Brille runterrutscht, was Rainer immer wieder aufs Neue fasziniert. Opa Bingen arbeitet als Handelsvertreter bei der Badischen Tabakmanufaktur. Ein stattlicher Mann mit sauber gescheiteltem Haar, eckigem Kinn und starken Grundsätzen, der sich weigert, in großen Kaufhäusern einzukaufen, und der aus Überzeugung keinen Urlaub im Ausland macht. Er kennt Gott und die Welt und hat einen eigenen Dienstwagen, einen hellgrauen und herb nach Roth-Händle und Weißer Rabe duftenden VW-Käfer, und wenn er beruflich in Mainz und Umgebung unterwegs ist, übernachtet er auf der Klappcouch im vorderen Zimmer. Seinen jüngsten Enkel nennt er spöttisch *Goldlöckchen*, meist dann, wenn Rainer etwas falsch gemacht oder mal wieder zu lange getrödelt hat – »Mensch, Goldlöckchen, haben wir's bald?«.

Wenn die Großeltern gemeinsam nach Mainz kommen, werden die Geschwister meist sofort zum Friseur geschickt, während die Mutter mit der Oma zum Bummeln in die Stadt geht. Dann kehren sie mit Taschen voller Einkäufe zurück, Haushaltswaren, Anziehsachen für die ganze Familie und Stoffe für die Kissen und Gobelins, die die Mutter so gerne stickt. Manchmal sind auch ein paar schicke Römergläser oder eine Porzellanvase von einer Auktion in Wiesbaden dabei. Was dann regelmäßig für dicke Luft sorgt, denn Heinrich Nack kann es nicht leiden, wenn Menschen verschwenderisch sind oder über ihre Verhältnisse leben. Die Mutter hingegen legt größten Wert auf schöne Dinge und auf Qualität.

Nach und nach kommen ein Staubsauger ins Haus, ein Musikschrank und eine elektrische Eisenbahn für die Kinder, und dann wird, diesmal auf Betreiben des Vaters, ein Fernseher angeschafft. Familie Nack gehört zu den Ersten in der Siedlung, die einen eigenen Fernsehapparat besitzt. Samstagabends dürfen die Kinder länger aufbleiben und mit den Eltern *Hätten Sie's gewusst* gucken, und ab Februar läuft die Serie *So weit die Füße tragen* im Ersten. Mit angehaltenem Atem verfolgen Rainer und Wolfgang die Geschichte des deutschen Oberleutnants Clemens Forell, der nach dem Zweiten Weltkrieg zu fünfundzwanzig Jahren Zwangsarbeit am Ostkap verurteilt wird, aus dem Kriegsgefangenenlager ausbricht und sich auf den langen Weg nach Hause macht. Mehr denn je fragt Rainer sich, was für Abenteuer sein Papa wohl als junger Soldat in Norwegen erlebt haben mag. Doch sosehr Wolfgang und er ihn auch mit Fragen löchern, der Vater erzählt immer nur davon, wie viel Zeit sie dort zum Schwimmen, Klettern oder Angeln gehabt hätten. Bei der Spionageabwehr in Narvik, das sei *fast wie Urlaub* gewesen.

»Musstet ihr denn nie jemanden erschießen?«, traut Wolfgang sich eines Abends zu fragen.

»Genug jetzt«, zischt die Mutter, während der Vater anfängt zu lachen und seinem Ältesten über den Kopf streicht.

Opa Bingen aber, der an diesem Abend mal wieder in Mainz übernachtet, sagt, dass sie in seiner Kompanie sehr wohl Menschen erschossen hätten, und zwar *nicht zu knapp*, in diesem südukrainischen Dorf zum Beispiel, als er und seine Kameraden in einen Hinterhalt geraten und von Partisanen angegriffen worden seien und mit ihren *Singenden Sägen* so lange *draufgehalten* hätten, bis aus den Kellerlöchern *kein Mucks* mehr gekommen sei.

»JETZT REICHT'S ABER«, ruft die Mutter, »NICHT VOR DEN KINDERN!«, worauf der Großvater mit den Achseln zuckt und die Geschwister ihren Blick rasch wieder auf den Fernseher richten.

Na gut, denkt Rainer, als er später mit seinem Teddybären im Arm im Bett liegt: Bevor jemand anders mich und meine Kameraden erschießt, ich würde auch mit dem MG draufhalten.

*

Der zweite Tote, den Rainer zu Gesicht bekommt, ist Opa Seibersheim. Der Großvater war schon eine Weile bettlägerig und ist gestürzt, als er mitten in der Nacht aus dem Bett aufstehen wollte, um die Kuh zu melken. Die Trauerfeier findet auf dem Hof der Großeltern statt. Der Vater hat schon tags zuvor den Zug genommen. Er sitzt mit Onkel Hermann und Tante Wilhelmine in der Stube, als die Kinder mit ihrer Mutter dort ankommen. Grußlos schaut er auf, dann wendet er sich wieder den Stapeln von Briefen und Broschüren auf dem Tisch zu. Rainer fragt sich, ob sein Papa wohl geweint hat, wo er den Opa doch so gernhatte. Er hat seinen Papa noch nie weinen sehen.

Opa Seibersheim ist im Wohnzimmer aufgebahrt, in einem offenen Sarg aus Eichenholz. Die Rollläden sind heruntergezogen, nur ein schmaler Strahl Sonnenlicht fällt auf das matt schimmernde Gesicht des Großvaters. Ganz gelb ist er, eine Haut wie aus Wachs, die auf dem Bauch gefalteten Hände sind knorrig und steif. Neben dem Sarg steht Tante Ingrid und weint. Schluchzend fordert sie die Geschwister auf, ihren Großvater mit einem Kuss zu verabschieden. Vorsichtig beugt Wolfgang sich über den Sarg. Er spitzt die Lippen und gibt dem Toten einen Kuss auf die Wange. Dann tritt er mit hochrotem Kopf und gesenktem Blick zur Seite. Als Nächstes ist Rainer dran. Er stellt sich auf die Zehenspitzen und schließt die Augen. Er kann bereits die widerlichen Bartstoppeln des Großvaters an seinen Lippen spüren, als plötzlich der Vater ins Zimmer gestürmt kommt.

»Hast du sie noch alle?«

Erschrocken fährt Rainer herum, doch zum Glück ist nicht er gemeint, sondern Tante Ingrid.

»DAS SIND KINDER, DU WAHNSINNIGE!«

In den folgenden Monaten ist Heinrich Nack immer öfter zuhause, wenn die Kinder von der Schule kommen. »Der Papa ist krank«, sagt die Mutter, dabei wirkt er äußerlich ganz normal. Auch Dr. Franck findet nichts. Körperlich scheint dem Vater nichts zu fehlen, nur dass er von Tag zu Tag blasser und immer stiller wird. Er kontrolliert die Hausaufgaben der Kinder nicht mehr und setzt sich nur noch selten abends zum Beten zu ihnen ans Bett. Wenn sie nach dem Spielen nach Hause kommen, müssen sie ganz leise sein, um den Vater nicht zu stören. Richtig unheimlich sieht er aus, wenn er beim Abendessen mechanisch das Essen zum Mund führt oder sich in seinen Filzpantoffeln wie ein Geist von Zimmer zu Zimmer bewegt. »Dieses Geschleiche ewig, es macht einen ganz verrückt«, hören die Geschwister ihre Mutter zischen, und es gibt Tage, da wäre auch Rainer das Türenschlagen und Geschrei lieber, das regelmäßig aus den umliegenden Wohnungen herüberschallt, von den Kiesewetters, den Büssers oder den Voigts.

Im Frühjahr 1960 stirbt auch Oma Seibersheim. Heinrich Nack baut immer mehr ab, und irgendwann geht er gar nicht mehr zur Arbeit. Seine Beförderung mitsamt der Versetzung nach Frankfurt wird aufgehoben, auch in das Mainzer Büro wird er nicht mehr zurückkehren. Stattdessen sitzt er den lieben langen Tag auf dem Sofa und raunt Gebetsfetzen und Zeilen aus Kirchenliedern vor sich hin, unrasiert und mit dreckigen Fingernägeln, und wo dieser Dreck herkommt, Rainer kann es sich nicht erklären, der Vater verlässt ja kaum noch das Haus. Der Sommerurlaub in den Bergen fällt in diesem Jahr ohne Begründung aus.

An einem Donnerstag Mitte November, wenige Tage vor Rainers zehntem Geburtstag, wird der Vater ins Krankenhaus eingeliefert, *zur Beobachtung*, wie die Mutter sagt. Das Krankenhaus befindet sich auf dem Gelände der Universitätsklinik direkt gegenüber. Erst nach einer Woche dürfen die Kinder ihren Vater besuchen. Er ist in Bau 11 untergebracht. In Bau 11 befindet sich die Nervenklinik. Grell beleuchtete Gänge mit nackten Wänden und schweren Türen, von denen jede einzelne durch einen Pfleger auf- und wieder abgeschlossen werden muss.

Der Vater liegt auf einem Zweibettzimmer. Es gibt einen Schrank, einen Tisch und nicht genug Stühle für alle. Das Fenster geht Richtung Straße und ist von innen vergittert. Im zweiten Bett liegt ein still vor sich hin dämmernder Mann, dessen Gesicht und Hände von furchtbar verschorften Narben übersät sind. Das sei der Herr Wolken, »Wolken wie Regen!«, ruft der Vater und lacht schrill auf, dann wird er wieder ernst und erklärt feierlich, dass er dem Herrn Wolken jeden Abend aus dem Johannesevangelium vorliest. Wie zum Beweis zieht er eine speckige und ganz abgegriffene Ausgabe der Bibel hervor und wedelt damit in der Luft herum, »Nicht wahr, Herr Wolken?«, doch der nickt nur abwesend, als ginge ihn das alles nichts an. Frieda Nack hat eine Thermoskanne Kaffee und fünf Stück Bienenstich mitgebracht, die sie, jeden ihrer Schritte sinnlos kommentierend, auf dem schmalen Tisch ausbreitet. Beim Kuchenessen erzählen die Kinder artig von der Schule, nur die schönen Dinge und Erfolgserlebnisse, genau wie die Mutter es ihnen zuhause eingetrichtert hat. Bei einem ihrer Gespräche mit Oma Bingen ein paar Tage zuvor hat Rainer das Wort *Elektroschocks* aufgeschnappt, doch als er die Mutter darauf ansprach, meinte die nur, er solle sich keine Sorgen machen, der Vater brauche nur ein bisschen Ruhe.

Nach einer Dreiviertelstunde ist die Besuchszeit vorbei. Bei der Verabschiedung stehen Rainer Tränen in den Augen. Der Vater hingegen scheint es ganz normal zu finden, dass er in Bau 11 bleiben muss, während seine Familie den Heimweg in die so nahe und für ihn doch so unerreichbare Wohnung antritt.

Kurz vor Weihnachten wird er schließlich aus dem Krankenhaus entlassen. Zu Beginn des neuen Jahres soll er erneut zu einer Untersuchung vorstellig werden und bis dahin regelmäßig seine Medikamente einnehmen. Über die Feiertage gibt es so etwas wie ein normales Familienleben. An Heiligabend holen die Kinder die Holzkrippe aus dem Keller und bauen sie im Wohnzimmer auf, anschließend schmücken alle gemeinsam den Weihnachtsbaum, wie früher. Beim Baden wäscht Rainer sich unaufgefordert die Ohren und die Kniekehlen und die Armbeugen, danach werden er und seine Geschwister gekämmt und in ihre besten Sachen gesteckt. Die Großeltern kommen mit dem Auto aus Bingen und begleiten die Familie sogar zur Christmette in der Stephanskirche, obwohl sie evangelisch sind und sonst nie mit zum Gottesdienst kommen. Abends gibt es Forelle mit Kartoffeln und Meerrettichsahne, dazu teilt sich die Mutter mit ihren Eltern eine Flasche Rotwein. Die Kinder kriegen jeder eine Flasche Bluna, der Vater trinkt ein kleines Bier. Er ist genauso verschlossen wie vor seinem Krankenhausaufenthalt, doch Rainer ist einfach froh, seinen Papa wieder bei sich zu haben.

Einen Tag vor Silvester feiert die Mutter ihren sechsunddreißigsten Geburtstag. In aller Frühe stehen die Geschwister auf, bereiten das Frühstück vor und bringen es den Eltern ans Bett. Wolfgang schenkt der Mutter ein Männchen aus Kastanien und Streichhölzern, Mia hat ihr ein Bild gemalt. Von Rainer bekommt sie ein Schiffchen aus Baumrinde, das er ihr vor den Ferien in der Schule gebastelt hat.

Am frühen Nachmittag gehen die Eltern zum Kaffeetrinken in die Stadt. Die Kinder geben sie vorher bei Frau Kiesewetter ab, die mit der ganzen Bagage rodeln geht. Während Mia wieder und wieder mit Andrea Kiesewetter auf ihrem neuen Schlitten den Abhang des Plätzchens hinunterrast, spielen die Jungen auf dem Schlitten der Kiesewetters Szenen aus *So weit die Füße tragen* nach, wobei es ständig Streit darüber gibt, wer Clemens Forell sein darf und wer die bösen Russen spielen muss.

Kurz vor Einsetzen der Dunkelheit holen Frieda und Heinrich Nack ihre Kinder am Plätzchen ab. Mia fängt an zu quengeln, sie will noch nicht nach Hause. »Können wir nicht noch ein bisschen bleiben, nur ganz kurz?«

»Sei gefälligst still«, sagt Rainer. »Die Mama hat heute Geburtstag, also darf sie bestimmen.«

»Aber die Laternen sind doch noch gar nicht an …«

Die Mutter sagt, die Kinder sollen nicht streiten. Sie bedankt sich bei Frau Kiesewetter, und just in diesem Moment gehen die Lichter der Gaslaternen an. Die Frauen lachen, dann packen alle zusammen. Heinrich Nack steht nur unbeteiligt daneben und sagt kein Wort.

Am Haus angekommen, bringen die Mutter und Frau Kiesewetter die Schlitten in den Keller. Die Geschwister verabschieden sich von Hans und Andrea Kiesewetter und gehen hoch zur Wohnung. Der Vater schließt ihnen die Tür auf, doch statt mit ihnen reinzugehen, bleibt er vor der Wohnungstür stehen. Er ruft Wolfgang zu sich, geht in die Hocke und legt ihm die Hände auf die Schultern.

»Nun bist du schon fast erwachsen«, sagt er und schaut seinem Ältesten fest in die Augen. »Du musst immer gut auf dein Brüderlein und dein Schwesterchen aufpassen, hörst du?«

»Natürlich«, sagt Wolfgang, irritiert von dem salbungsvollen Ton. Er tritt seine Füße ab und beginnt, sich von seinen Stiefeln und der Jacke zu befreien.

»Ich helfe der Mama kurz mit dem Schlitten«, sagt der Vater noch, dann steht er auf und geht die Treppenstufen hinunter.

Wenige Minuten später, die Jungs stehen vor ihrer Märklin-Eisenbahn und spielen mal wieder *Zugentgleisen*, hören sie die Wohnungstür ins Schloss fallen. Aus den Augenwinkeln sieht

Rainer, wie die Mutter ihren Mantel an den Haken hängt, bevor sie in die Küche geht und die Einkäufe in die Schränke räumt. Weitere Minuten vergehen, dann steht sie auf einmal in der Zimmertür.

»Wo ist denn der Papa?«

»Der wollte dir doch helfen«, sagt Wolfgang.

»Mir helfen? Womit?«

»Mit dem Schlitten.«

»Wieso soll der mir mit dem Schlitten helfen?«

»Ich weiß nicht«, sagt Wolfgang und schaut seinen Bruder an.

Rainer zuckt mit den Schultern. »Keine Ahnung.«

Die Mutter sieht im Wohnzimmer nach, im vorderen Zimmer, im Schlafzimmer und im Bad. Dann fällt ihr auf, dass der Mantel des Vaters gar nicht an der Garderobe hängt. Auch seine Schuhe sind nicht an ihrem Platz. Wortlos stürmt sie aus der Wohnung, so wie sie ist, ohne Mantel und ohne Hut. Die Brüder folgen ihr nach unten auf die Straße. Die Mutter läuft ein paar Meter nach rechts, dann nach links Richtung Klinik. Sie zittert und beginnt, den Namen des Vaters zu rufen, während sie weiter die Straße auf und ab läuft.

Unterhalb des Plätzchens kommt ihr ein Nachbar entgegen, Herr Taunstien. Er hat seinen Hut tief ins Gesicht gezogen und den Mantelkragen hochgeschlagen. Es hat wieder zu schneien begonnen. Ja, er habe ihren Mann gesehen, sagt Herr Taunstien, vor einigen Minuten erst, drüben am Römerwall, doch der Heinrich sei einfach weitergegangen, ohne den Gruß zu erwidern. »War wohl in Gedanken.«

Die Mutter läuft los, die schwach beleuchtete Straße hoch zum Römerwall und weiter seinen Namen rufend. Die Brüder sehen ihr nach, bis sie um die Kurve verschwunden ist. Ratlos schauen sie sich an, dann gehen sie zurück ins Haus und die Treppen hinauf in die Wohnung, wo sie bereits von ihrer aufgelösten Schwester erwartet werden, die wissen will, was eigentlich los ist.

Noch an diesem 30. Dezember 1960 wird bei der Polizeidirektion Mainz eine Vermisstenanzeige aufgegeben. Dass es sich bei der verschwundenen Person um einen Psychiatriepatienten handelt, der an schweren Depressionen leidet und möglicherweise unter Medikamenteneinfluss steht, scheint die Beamten nicht weiter zu interessieren. In der darauffolgenden Nacht wird überall voller Hoffnung und Zuversicht das neue Jahr begrüßt. Heinrich Nack bleibt verschwunden. Er ist genau sechsundvierzig Jahre, sechs Monate und sieben Tage alt.

Mein erster Restaurantbesuch im neuen Land war mit meiner Klassenkameradin Julia und ihren Eltern. Unsere Lehrerin muss sie gebeten haben, mich ein wenig unter ihre Fittiche zu nehmen, anders kann ich mir diese völlig anlasslose Einladung zum Italiener in der Fußgängerzone nicht erklären. Ich bestellte dasselbe wie Julia, Salamipizza und Cola. Zum Nachtisch gab es Tiramisu, das mir nicht schmeckte. Ich aß trotzdem artig auf, und als ich fertig war und der Kellner die Teller abräumte, wollten Julias Eltern mich dazu bringen zu sagen: »Vielen Dank, es hat mir gut geschmeckt.« Ich weigerte mich. Ich hätte es sagen können, kein Problem, ich wusste, was die Worte bedeuteten, und konnte jedes davon fehlerfrei aussprechen, ich brachte sie nur einfach nicht über die Lippen. Alle starrten sie mich an, Julia, ihre Eltern und der Kellner, mit hochgezogenen Augenbrauen und diesem erwartungsvollen Lächeln im Gesicht. Julias Mutter brachte es sogar fertig, mir einen aufmunternden Knuff in die Seite zu geben, doch ich war wie erstarrt. Irgendwann hatten sie ein Einsehen und ließen von mir ab. Auf der Heimfahrt wurde kein Wort darüber verloren. Julia und ihre Eltern luden mich noch ein paarmal zu sich ein, doch ich fand immer einen Vorwand, die Angebote auszuschlagen.

Daran musste ich denken, nachdem Rainers Frau in die Küche gegangen und mit einem Tellerchen Obleas zurückgekommen war, über die ich mich gleich hermachte, während sie vor mir stehen blieb und mich erwartungsvoll ansah.

»Muy rico«, sagte ich mit vollem Mund. Ich hatte seit den Pringles am Abend zuvor in Turbo nichts gegessen. »Disculpe«, fügte ich hinzu, »mi espagnol no es bueno.« Mein vermutlich meistgesprochener Satz auf dieser Reise. Ich beugte mich vor und streckte meine Hand aus. »Alena.«

»Camila«, sagte die Frau leise. Sie griff meine Hand und ließ sie gleich wieder los. Es war von Anfang an kein guter Vibe zwischen uns. Camilas Englisch war kaum besser als mein Spanisch und ihr Verhalten mir gegenüber so was von reserviert, dass ich sofort dachte: Lena, die mag dich nicht.

»Permiso«, sagte sie noch, dann nahm sie mein leeres Glas und den Teller und ging wieder rein.

Rainer war an seinem Telefon zugange. Er sah genervt aus. »Virus, Virus, ich hör nur noch Virus«, murmelte er, dann sah er drei Frauen mittleren Alters hinterher, die in weiten Gewändern und mit Schnorchelmasken in der Hand runter zum Strand gingen. Hüpfend kam ihnen ein kleines Mädchen entgegen, direkt auf uns zu. Es war fünf, höchstens sechs Jahre alt. Knallbuntes Disney-Princess-T-Shirt und ganz seidiges schwarzes Haar. Einen Meter vor mir schlug die Kleine einen Purzelbaum, gefolgt von einem Knicks. Sie reckte die Arme in die Luft und schaute mich strahlend an, so dass ich mich tatsächlich genötigt sah, ihr zu applaudieren. Schlagartig hellte Rainers Miene sich auf. Er ließ das Handy in die Hosentasche gleiten, zog das Mädchen an sich und wuschelte ihm über den Kopf.

»Saira, meine Tochter«, sagte er. »Saira ist ein indischer Name. Er bedeutet *Die Reisende.*«

Lachend entwand Saira sich seinem Griff. Sie machte eine wacklige Pirouette, dann rannte sie im Affenzahn zurück zum Strand.

»Und Reisende soll man ja bekanntlich nicht aufhalten«, sagte ich. Ein Witz, fast so müde wie ich selbst. Rainer aber lachte.

»So sieht's aus!«, rief er. Für seine Tochter gebe es an diesem Ort nicht viel zu tun, nächstes Jahr komme sie auf die Schule, »in Apartadó, drüben auf dem Festland«. Er räusperte sich. »Na ja, technisch gesehen sind wir hier nicht auf einer Insel. Praktisch aber schon.«

Er nahm seine Mütze ab und setzte sich zu mir an den Tisch, und dann nannte er auch sein eigenes Alter: »Neunundsechzig, im November werde ich siebzig«, hüstelnd und mit hochgezogenen Augenbrauen, als wolle er damit schon mal prophylaktisch gegen die Reaktion angehen, die der ja nun wirklich eklatante Altersunterschied zu Frau und Kind bei seinem Gegenüber zwangsläufig auslösen musste. Er sei am Buß- und Bettag 1950 geboren, fügte er hinzu, und ich weiß noch, dass mir das als eine reichlich seltsame Information erschien. Vor allem aber irritierte es mich, wie fit dieser beinahe siebzigjährige Mann für sein Alter war. Ich hatte ihn gut zehn Jahre jünger geschätzt und musste an meinen Vater denken, der schon mit Anfang fünfzig deutlich fertiger ausgesehen hatte. Und der ein paar Jahre darauf dann ja auch elendig verreckt war, zerfressen von Alkohol und Sorgen.

Ich wischte mir eine Ameise vom Bein und warf einen Blick auf die Mütze in Rainers Hand. *1925–2015*, stand darauf, *90 AÑOS DE LA REVOLUCIÓN DULE.* Rainer folgte meinem Blick. Er müsse mir ja sicher nicht erklären, dass die Swastika nicht von den Nazis erfunden worden sei, sagte er und dass es sich in diesem Fall um das Emblem der Kuna-Indianer handle, einem indigenen Volk, das ursprünglich in diesem Gebiet gelebt habe und vor den Spaniern in die Urwälder des heutigen Panama geflohen sei. Er erzählte noch einiges mehr über die *gewaltvolle Geschichte und Gegenwart* dieser *unwirtlichen Gegend*, doch ich konnte ihm kaum folgen, weil ich die ganze Zeit damit beschäftigt war, diesen Kerl irgendwie einzuordnen. Etwas provozierend Selbstbewusstes ging von ihm aus.

»So, Alena«, sagte er schließlich und stand auf. »Dann zeig ich dir mal deine Unterkunft.«

In reichlich altbackener, mir in meinem Zustand aber durchaus willkommener Gentleman-Manier schulterte er meinen Koffer, natürlich nicht ohne einen Kommentar zu dessen Farbe und Umfang abzulassen. »Mann Mann Mann, dass sie dich mit dieser Barbietonne überhaupt aufs Boot gelassen haben …«

Ich folgte ihm über das Grundstück, vorbei an der blauen Hütte, in der die Arbeiter mit freien Oberkörpern bohrten, sägten und hämmerten. Das Gebäude habe gerade ein neues Dach bekommen und müsse bis Ostern fertig werden, sagte Rainer, dann rief er einem der Männer etwas auf Spanisch zu, das der mit einem zackigen »Sí, señor!« parierte, eine Reaktion, die mir ironisch vorkam, beinahe höhnisch.

»Newton, mein bester Mann«, sagte Rainer. »Kannte schon seinen Vater. Schlimmer Säufer, hat seiner Frau mit der Schrotflinte die Rübe weggeschossen. Da war Newton zehn. Der Vater hatte Monate zuvor ein Kilo Koks am Strand gefunden und ist brutal abgeschmiert. Jetzt sitzt er drüben in Acandí im Knast, lebenslänglich. Newton ist als Waise aufgewachsen, drüben in Capurganá. Zwei uneheliche Kinder mit zwei unterschiedlichen Frauen.«

Ich nickte. Ich fragte mich, warum er mir das alles erzählte.

»Seit anderthalb Jahren ist er jetzt bei mir, kümmert sich um die Wartungsarbeiten und wohnt zusammen mit unserer Hilfskraft Yenifer vorne im Anbau neben der Waschküche. *Wilde Ehe*, nennt man das wohl.«

Newton, ein schlanker Mann von Mitte zwanzig mit pockennarbigem Gesicht, winkte mir zu. Ich erwiderte seinen Gruß. Er zeigte mir den erhobenen Daumen und machte sich wieder an die Arbeit.

Etwas versetzt hinter der Baustelle stand das Haupthaus, in dem Rainer mit seiner Frau und seiner Tochter lebte. Ein doppelstöckiges Gebäude auf dicken Holzpfeilern, das als einziges nicht bunt angestrichen war. Etwas Abweisendes und Düsteres ging von dem Haus aus, ich dachte nur: Bates Motel. Dahinter begann der Sandstrand, auf dem sich mehrere kleinere Hütten mit palmgedeckten Spitzdächern verteilten, zwei blaue, zwei grüne und eine in Schweinchenrosa. Aus einer der Hütten ertönte das Gelächter einer Frau, ich konnte aber niemanden sehen.

Meine Cabaña war die letzte auf dem Gelände. Eine winzige Holzhütte auf einer felsigen Anhöhe, eingeklemmt zwischen Dschungel und Meer, die als einzige gelb gestrichen war. Ich folgte Rainer eine breite, aus dem Fels gehauene Treppe hinauf, die am Wurzelwerk eines mächtigen Mandelbaums entlang zu einer schmalen Veranda führte. Er stellte meinen Koffer ab und öffnete die Tür: »Dann mal rein in die gute Stube.«

Von innen wirkte die Hütte noch kleiner als von außen. Sie war direkt in den Fels gebaut. Mächtige dunkle Steine hoben sich aus dem mattgrün schimmernden Betonfußboden, das schmale Holzbett sah aus, als wachse es direkt aus der Wand. Es gab zwei Nachtschränkchen, einen schmalen Tisch mit Stuhl, einen Ventilator und einen gebrechlich aussehenden Kleiderschrank, an dem vorbei man sich ins Bad quetschte. Vor dem mit Muschelschalen und bunten Glasscherben verzierten Waschbecken blieb Rainer stehen und betrachtete sich im Spiegel. Der Holzrahmen war brüchig, das Glas milchig und verkratzt. In aller Ruhe bleckte er die Zähne und richtete sich die Frisur, als sei ich gar nicht da.

Zurück im Schlafraum, fiel sein Blick auf ein rostrotes Häufchen Holzmehl, das unter dem Nachtschränkchen lag. Er ging in die Hocke, fegte sich das Häufchen in die Hand und richtete sich ächzend wieder auf. »Termiten. Wenn du nicht aufpasst, fressen sie dir die Möbel unterm Arsch weg.« Er seufzte, dann ging er mit dem Spruch »Alter vor Schönheit!« zurück nach draußen.

In der Gegend falle immer mal wieder der Strom aus, sagte er, während er das Holzmehl über das Geländer kippte, und dass ich nachts möglichst all meine Geräte aufladen solle, »Handy, Laptop, elektrische Zahnbürste, was ihr jungen Leute halt so mit euch rumschleppt«. Er machte eine Pause. »Aber dich interessiert wahrscheinlich nur, wie es mit dem WiFi aussieht, hab ich recht?«

Ich ignorierte den verächtlichen Unterton und nickte.

Das Passwort laute *CamilaSaira*, der Router befände sich in der Küche, und wenn der Wind gut stehe, reiche das Signal so gerade eben bis hierher, ratterte er seinen Text runter. Kein Papier in die Toilette, und dass man mit dem Wasser in einer Umgebung wie dieser sparsam umgehen sollte, müsse er mir ja hoffentlich nicht erklären. »Es ist ein wildes Stück Land. Direkt hinter uns beginnt der Darién Gap, die einzige Unterbrechung der Panamericana. Die Panamericana sagt dir was?« Fragend hob er die Augenbrauen, redete aber gleich weiter. »Die längste Schnellstraße der Welt. Die Panamericana hat auf ihren fünfundzwanzigtausend Kilometern Länge nur eine einzige Lücke, und zwar genau hier. An diese hundert Kilometer Urwald haben sie sich nie rangetraut. Die Berge, die Flüsse und die Sumpfgebiete, die gefährlichen Tiere, die Krankheiten. Malaria, Denguefieber, Legionärskrankheit, hier im Chocó gibt es das alles noch.« Er sah mich an. Und irgendwie auch so komisch an mir vorbei. »Nicht zu reden von den Narcos, den Paramilitärs und all den anderen Banditen. Die Strecke von Capurganá bis zum ersten Grenzposten drüben in Panama gilt als eine der gefährlichsten Flüchtlingsrouten der Welt. Alle wollen sie da durch. Kubaner, Haitianer, ganze Familien aus Afrika oder Bangladesch, Männer, Frauen und Kinder. Viele schaffen es nicht.« Er richtete seinen Blick ins Nichts des Dschungels. »Alles voller Leichen da oben.«

Ich wusste nicht, was ich sagen sollte. Was war los mit dem Typen, begrüßte der seine Gäste immer so?

»Hier hinten bist du ganz für dich«, wechselte Rainer das Thema. »Momentan haben wir Vollbelegung, das wird sich aber in den nächsten Tagen ändern. Wo ist denn deine Kameradin abgeblieben?«

»Meine *Kameradin*«, sagte ich betont langsam, »ist unterwegs verschüttgegangen.« Ich probierte mich an einem Lächeln. »Missing in action.«

Rainer nickte, dann warf er einen Blick auf den Eingang der Hütte, die etwas schief in den Angeln hängende Tür, die rostigen Scharniere. »Die ersten Wochen habe ich selbst hier hinten gewohnt. Das hier war die erste Cabaña, die meine Arbeiter und ich errichtet haben. *Casa Sucre*, hab ich sie damals getauft.«

»*Zuckerhütte?*«

»Das wäre die wörtliche Übersetzung, ja. Ich hab sie aber nach Sucre benannt, Hauptstadt Boliviens und mein erster Wohnsitz in Lateinamerika.«

Ich fragte ihn, wie lange das her sei.

»Bolivien?«

»Nee, dass du die Hütte hier gebaut hast.«

»Ach so«, sagte er. »Fast vierzehn Jahre.« Er schüttelte ungläubig den Kopf.

Ich wollte wissen, was er vorher gemacht habe.

Rainer winkte ab. »Frag lieber, was ich nicht gemacht hatte. Über mein Leben könnte man ein Buch schreiben.«

Keine Ahnung, wie oft ich diesen Spruch schon gehört hatte. Meistens bei der Arbeit, meistens von Männern und immer mit diesem Unterton, der so etwas sagen wollte wie: *Ach, Mädchen, komm du erstmal in mein Alter.*

Er zupfte einen Fetzen gelber Farbe von einem der Holzbalken, betrachtete ihn gedankenverloren und schob ihn in seine Hosentasche. Es vergingen zehn Sekunden, in denen niemand etwas sagte. Dann zwanzig Sekunden, dreißig, eine ganze Minute. Ratlos stand ich da und blickte mich um. Das Sonnensymbol aus Bambus über der Tür. Die zwischen den Balken gespannte blau-gelbe Hängematte. Die hochgewachsenen Palmen, die Farne, das Meer.

»Ich muss mal zurück«, sagte Rainer schließlich mit einem Blick auf seine Armbanduhr. »Sonst denkt meine Frau noch, ich wäre mit dem neuen Gast aus Deutschland durchgebrannt.«

Powersätze aus der Boomerhölle.

»No offense«, hörte ich mich sagen, »aber dazu gehören immer noch zwei.« Ich lächelte. Der Satz war ein wenig schärfer herausgekommen als beabsichtigt.

Rainer sah mich an. »Ab sechs gibt es Abendessen«, sagte er, dann stieg er ein wenig steif, fast eckig, die Stufen hinab. Der Mann, der nur von hinten alt aussieht, dachte ich.

Er war schon fast unten, da drehte er sich noch einmal zu mir um. »Nimm's nicht so schwer, Alena. Andere Mütter haben auch schöne Töchter.«

*

Quälend langsam rieselten die E-Mails in mein Postfach, darunter auch eine von Sonja. Die Sonne stand bereits schräg hinter der Hütte, der Platz war in das elektrische Gesumm der Zikaden gehüllt. Nachdem ich meinen Koffer aufs Bett gewuchtet und ihn halb ausgekippt hatte, war ich in meinen Badeanzug und die Flipflops gestiegen und runter zum Strand gegangen. Ich hatte einen Fuß ins Wasser gehalten, Badewanne, und ein paar Schritte hineingemacht. Auf dem Rücken liegend hatte ich die anmutig über der Bucht im Wind stehenden Greifvögel betrachtet, an Sonja gedacht und lautlos in die Wellen geweint. Wie sehr es ihr hier gefallen hätte. Wie schön das alles hätte sein können. Dann war ich zurück zu meiner Casa Sucre gegangen, hatte mich unter die zunächst noch lauwarme, dann kalte Dusche gestellt und in ein Handtuch gewickelt das Ladegerät meines iPhones in die Steckdose gesteckt. Nachdem ich das WiFi-Passwort eingegeben hatte, war ein einsamer Balken erschienen, immerhin.

Ihre Nachricht bestand aus wenigen Sätzen. Der Ton war sachlich und kühl. Sie sei nun wieder in Hamburg und gut zuhause angekommen, schrieb sie. Sie wisse nicht, wo ich jetzt sei, sie gehe aber mal davon aus, dass ich mich alleine *eher nicht* zur Tortuga Lodge aufgemacht hätte, weswegen sie die Buchung storniert und den Betrag auch bereits zurückerhalten habe, *nur dass du Bescheid weißt*. Ob es für mich bei dem ursprünglich geplanten Rückflug Mitte März bliebe? Dann würde sie schon mal anfangen, meine Sachen zusammenzupacken und in den Keller zu stellen. Wir seien uns ja sicher einig, dass es *das Beste* sei, wenn ich mir so schnell wie möglich *etwas Neues* suche. Falls nötig, würde sie für ein paar Wochen bei ihren Eltern oder ihrem Bruder unterkommen, bis ich *etwas Eigenes* gefunden habe. *Alle, mit denen ich darüber gesprochen habe, meinten, du solltest dir endlich professionelle Hilfe suchen*, beendete sie ihre Nachricht, *S.*

Für einen Moment war alles taub. Dann ging dieses Sirren in meinem Kopf wieder los.

Professionelle Hilfe.

Alle, mit denen ich darüber gesprochen habe.

Ich hackte meine Antwort ins Handy, löschte alles und tippte dieselben Sätze in veränderter Reihenfolge nochmal. Dann löschte ich den Text erneut, schrieb JA VERSTANDEN BOSS BITCH ABER GIB NICHT WIEDER MEINE BILDER ALS DEINE EIGENEN AUS OKAY, drückte auf Senden und zog das Lorazepam-Döschen aus meiner Tasche.

Diesmal achtete ich genau auf das Einsetzen der Wirkung. Es schien ein bisschen länger zu dauern, doch der Effekt war der gleiche wie morgens am Fähranleger in Turbo. Die Anspannung ließ nach, mein Herz schlug langsamer, das Geballer im Kopf ging zurück. Von Minute zu Minute wurde ich ruhiger, und das Beste: Ich nahm all das bewusst wahr.

Ich zog den Beipackzettel aus meiner Handtasche und faltete ihn auseinander. In der Liste der unerwünschten Nebenwirkungen das Übliche: *Übelkeit, Verstopfung, Kopfschmerzen, Schwindel.* Aber auch: *Depression, Verwirrtheit, Sprachstörungen, Selbstmordgedanken.* Nach regelmäßiger Einnahme sollte man das Medikament nicht plötzlich absetzen, sondern die Dosis *langsam und schrittweise verringern.* Ich musste lachen. Das gute alte *Ausschleichen.* War es nicht genau das, was Sonja und ich seit Jahren praktizierten?

Ihre Hände auf meiner Haut, wenn sie sonntagvormittags im Bett zu ihrer Debussy-Playlist auf meinem Rücken Klavier spielte, und wie diese *privaten Aufführungen* dann nicht von einer Woche auf die andere aufgehört hatten, nicht einmal von einem Jahr auf das andere, sondern über einen langen Zeitraum immer seltener und liebloser geworden waren, genau wie alles andere auch. Der Trott, die zu Gewohnheiten erstarrten Pärchenrituale und das innere Augenrollen, wenn eine von uns vor Bekannten eine Geschichte erzählte, die die andere bereits mitsprechen konnte. Die Ungeduld, die genervten Blicke, die Konkurrenz im Job. Sogar unsere Zyklen, die sich im Laufe der Jahre synchronisiert hatten, hatten sich zuletzt wieder voneinander entkoppelt. Dann aber auch immer wieder Momente gegenseitiger Unterstützung und Anerkennung, im Großen wie im Kleinen. Wie sie mir samstags mein Lieblingsnaschi vom Einkaufen mitbrachte, Jumpys, Schnüre oder Choclait Chips, und andersherum meine kindliche Freude, wenn ich ihr nachmittags einen Espresso an den Arbeitstisch brachte, wissend, wie sehr sie sich bei stundenlanger Bildbearbeitung nach einem Koffeinkick verzehrte, wie sie es aber gleichzeitig hasste, ihre Arbeit unterbrechen und sich mit der Bialetti abmühen zu müssen, den getrockneten Kaffeeklumpen aus dem Aluminiumtrichter zu klopfen, das Sieb und den Dichtungsring von Rückständen zu befreien und sich die flockigen Krümel von den Fingern zu spülen. Dann die fünfunddreißig Geburtstagsküsse auf meinen Hals und Nacken und die fünfunddreißig Rosen in der zum Niederknien schönen Murano-Glasvase auf dem reich gedeckten Frühstückstisch, kurz darauf die unausgesprochene Hoffnung, unserer Beziehung mit dem gemeinsamen Job in Kolumbien frischen Wind einzuhauchen, und die umso niederschmetterndere Erkenntnis, dass wir all unsere Probleme mit auf die Reise gebracht hatten, statt sie zuhause in Hamburg zurückzulassen.

Und was hatte ich erwartet? Natürlich war ich es, die gehen musste. Die Wohnung gehörte ihr. Genau genommen ihren Eltern, jedenfalls solange die noch lebten. Doch Sonja betrachtete die Wohnung schon jetzt als ihr Eigentum, eine Art vorgezogenes Erbe, das für sie auch ohne diese Immobilie noch prall genug ausfallen würde. Sonjas Eltern waren stinkreich. Auch wenn sie darauf achteten, das nicht allzu sehr raushängen zu lassen. Statt in die standesgemäßen Feinschmeckerlokale an der Binnenalster oder in der Hafencity zog es sie, wenn sie ihre malerischen Ländereien im Alten Land verließen und uns in der Stadt zum Essen ausführten, eher in die kleinen Restaurants und Bistros in der Schanze oder Eimsbüttel, in denen es *so herrlich ungezwungen* zuging und wo es *immer etwas zu sehen* gab, was besonders Elisabeth, Sonjas Mutter, ein *steter Quell der Freude* war. Ein Abend in Gesellschaft weltoffener Großstädter unter vierzig, und sie fühlte sich *wie einem Jungbrunnen entstiegen*. Mit manchen von *Sonjas Girls* verstand sie sich besser als Sonja selbst. Und tatsächlich, man konnte mit Elisabeth und Rolf überall hingehen. Sie waren aufmerksam und up to date und wirkten alles in allem wie die typischen Vertreter eines kunst- und kulturaffinen Großstadtbürgertums, auch äußerlich. Nur dass sie für ihre Schuhe und Mäntel und Frisuren halt ein paar Scheine extra hingelegt hatten, genau wie für die von Koryphäen auf ihrem Gebiet durchgeführten Liftings an Rolfs Augenpartien und Elisabeths Nasolabialfalten. Nicht zu vergessen ihr Model X, für den es eine eigene, 350 Tage im Jahr leer stehende Garage am Wohlers Park gab und in dem sie nach einem *bezaubernden Abend* in der *quirligen City* lautlos zurück in ihr Biohof-Reetdach-Idyll auf der anderen Elbseite glitten, sofern sie nicht *das eine Crémönchen zu viel* gehabt hatten und sich spontan ein Zimmer in der Stadt nahmen, im Steigenberger, im Empire Riverside oder, heute mal ganz frech und jugendlich, in dem *kultigen Party-Hostel* bei uns ums Eck.

Sonja hatte bereits ein paar Jahre in der Wohnung gelebt, als ich bei ihr eingezogen war. Damals waren wir gerade ein gutes Jahr zusammen gewesen. Elfeinhalb Monate, in denen ich mehrere Nächte die Woche bei ihr geschlafen hatte. In meinem WG-Zimmer hatten wir genau eine Nacht verbracht, die unseres Kennenlernens, nach diesem Festival in Wilhelmsburg, wo ich neben Sonja im Chill-out-Zelt gelegen und mit ihr Händchen gehalten und sie anschließend in ein Taxi zu meinem schäbigen Verschlag mit den vom Vormieter übernommenen Billigmöbeln in Kirchdorf-Süd verfrachtet hatte. »Ohne dich läge ich jetzt todes-lost auf dem Sofa, würde literweise Sauce hollandaise trinken und Katzenvideos glotzen«, hatte Sonja am nächsten Tag in meinem Bett gestöhnt, und spätestens da wusste ich, dass ich mich hart verknallt hatte. Erst abends nahm sie ein Taxi nach Hause, *in die Stadt*, wie sie sich ausdrückte, und danach war sie nie wieder zu mir gekommen. Warum auch. Gegen ihre frisch sanierten neunzig Quadratmeter in der Schanze konnte ich mit meiner Sperrmüllhalde im Wohnsilo nicht anstinken.

Das mit dem Zusammenziehen war dann auch ihre Idee gewesen, und sosehr ich mich darüber gefreut hatte, so latent unwohl hatte ich mich in den ersten Wochen damit gefühlt, mich in dieses gemachte und einschüchternd geschmackssicher eingerichtete Designermöbelnest gesetzt zu haben. Sonja zahlte nicht viel mehr als die monatlichen Nebenkosten, und zwar auf ein Konto, das irgendwann, genau wie alles andere, ihr und ihrem Bruder zugutekommen würde. Immerhin gestattete sie mir, mich mit symbolischen zweihundert Euro an der Miete zu beteiligen.

Zweihundert Euro warm. Für Drei-Zimmer-Altbau mit Holzdielen, Stuck und Südbalkon, Julius Ecke Lippmann.

*

Hochdramatisch, wie ausgedacht, versank der blutrote Ball hinter dem Hügel. Der Himmel sah aus, als stünde er in Flammen. Davor zeichneten sich die Umrisse der Palmen ab, zwischen denen Fledermäuse hin und her jagten. Für einen Moment blieb ich stehen und ließ das Schauspiel auf mich wirken, dann ging ich weiter auf den Restaurantbereich der Lodge zu. Bei jedem Schritt gruben sich meine Absätze in den feinen Sand. Ich trug meine goldenen Riemchenpumps, dazu den cremefarbenen Jumpsuit aus Maulbeerseide, den ich vor ein paar Monaten in einer Secondhandboutique in Eppendorf gefunden und mir selbst zu Weihnachten geschenkt hatte. Es war das einzige Ausgeh-Outfit, das ich für diese Reise eingepackt und das zu tragen sich bisher leider nicht ergeben hatte, weil Sonja nach unserer Landung in Bogotá ja plötzlich entschieden hatte, zu dieser sozial engagierten Outdoormaus zu mutieren.

Nach dem Einsetzen der Wirkung hatte ich den Beipackzettel der Benzos in den Mülleimer geworfen und beschlossen, mich mal richtig in Schale zu schmeißen. Ich hatte mein vom Salzwasser sprödes und wie ein geplatztes Sofakissen in alle Richtungen abstehendes Haar mit Kokosöl und Wachs gebändigt, mir einen Mittelscheitel gezogen, das Haar sleek zurückgekämmt und es zu einem strengen Zopf gebunden. Dann hatte ich etwas Bronzer auf Nase, Stirn und Wangen aufgetragen, Mascara und den mit Chili versetzten Lip Plumber, der meine Lippen so schön voll machte, die goldenen Ohrhänger angelegt und mich in den Jumpsuit und die Pumps geschossen. Vorm Losgehen hatte ich mir den dunkelblauen Paschminaschal um die Schultern geworfen, den ich von Sonjas Eltern zum Geburtstag bekommen hatte. Ich sah rattenscharf aus. Ich war completely overdressed.

Das Restaurant lag etwas erhöht auf einem Felsplateau, dessen hinteres Ende mehrere Meter über das Meer hinausragte. Es war zu allen vier Seiten offen und hatte, wie die anderen Gebäude der Lodge, ein mit Palmblättern gedecktes Dach. Bunte Lampions sorgten für ein dezentes, warmes Licht. Rainer lehnte oben am Geländer und gab den Maître d'.

»Da bist du ja, meine Liebe!« Er zwinkerte mir zu. »Gibt's was zu feiern?«

»Alles und nichts«, antwortete ich. Es war seltsam, den Klang meiner Stimme zu hören. Als entspringe er einer Stelle leicht außerhalb meines Körpers, irgendwo am Nacken oder Hinterkopf.

Rainer lächelte. »Ich hab dir einen schönen Platz am Wasser freigehalten.«

Ich betrat das Restaurant wie eine Bühne. Ein Kolumbianer aus einer größeren Gruppe verrenkte sich derart den Kopf, dass seine Frau oder Freundin ihm unterm Tisch gegen das Schienbein treten musste. Und was soll ich sagen? Ich habe in meinem Leben nur zweimal mit einem Mann geschlafen, und es hat mir beide Male nicht sonderlich zugesagt, aber wie der mich jetzt so sabbernd anstierte, es machte schon ein bisschen Spaß. Rainer führte mich zu einem Zweiertisch ganz außen, direkt an der Brüstung zum Meer. Er schob mir den Stuhl zurecht, ich setzte mich.

Er fragte, was ich trinken wolle.

Ich bat ihn um eine kalte Cola und lehnte mich zurück.

Die Sonne war hinter den Bergen verschwunden, der Himmel leuchtete blass in rosa- und blaufarbenen Schlieren, darüber Fetzen wattiger Quellwolken. Ich überlegte, ein Foto zu machen, doch ich hatte meine Kamera nicht dabei. Das war mir auf der gesamten Reise noch nicht passiert. Ich tastete nach meinem Handy, ließ es aber gleich wieder in die Tasche gleiten. Warum immer alles festhalten? Ich war zufrieden, einfach nur dazusitzen. Diese Scheißegalpillen waren wirklich ein Traum.

Die Gruppe Kolumbianer am Nebentisch war zu sechst, Vater und Mutter mit ihren beiden erwachsenen Töchtern und deren Männern oder Freunden, in ihrer Mitte stand eine halbvolle Flasche Aguardiente. »Patrón! Patrón!«, rief der Vater und drückte dem herangewunkenem Rainer ein bis zum Rand gefülltes Pinnchen in die Hand, das der gleich hinunterstürzte, gefolgt von einem tiefen »Aaaahhhh«. Eine Geste, über die sich die Runde köstlich amüsierte. Rainer Nack, Showman No 1. Der Vater schenkte nach, während sein notgeiler Schwiegersohn mich mit glasigem Blick taxierte, ob schon wieder oder immer noch, keine Ahnung. Am Tisch dahinter saßen zwei australisch klingende, aber eher nach Berlin-Neukölln aussehende Twentysomethings mit abgeschnittenen Jeans, Vokuhilas und Gürteltaschen, dahinter die drei Amerikanerinnen mittleren Alters, die ich mittags mit ihren Schnorchelmasken zum Strand hatte gehen sehen, alle drei von oben bis unten mit Ethnokitsch behangen. Die anderen Tische waren mit Paaren unterschiedlichen Alters besetzt. Immer wieder trug der Wind Gesprächsfetzen in verschiedenen Sprachen zu mir herüber, doch statt mich davon ablenken zu lassen, wurde mir, die ohne ihre Noise-Cancelling-Kopfhörer sonst völlig aufgeschmissen war, alles zu Hintergrundrauschen. Es gab nur mich und den Tisch und diese unwirkliche Szenerie.

Plötzlich stand Rainer wieder neben mir. Er stellte eine 0,3-Flasche Coca-Cola vor mir ab und schnippte den Kronkorken in einen Behälter auf dem Boden. Träge perlte das Kondenswasser den Flaschenhals hinab. Ich bedankte mich und nahm einen Schluck. Ich hatte noch nie eine so gute Cola getrunken. Das Essen wurde von Camilas Küchenhilfe serviert, Yenifer. Als Vorspeise gab es einen kleinen grünen Salat. Während ich auf den Hauptgang wartete, checkte ich meine Mails. Sonja hatte geantwortet. Unsere Rechnung für den Job in Bogotá sei bereits beglichen worden. Sie hoffe, es sei okay, wenn sie meinen Anteil erst einmal einbehalte, sie würde mir *die restlichen Schulden* dann *einfach erlassen*, die Flüge gingen *wie abgesprochen* auf sie, wir wären dann also *quitt. Gib mir doch kurz Bescheid, wie deine Pläne sind*, schrieb sie. *Auch wegen der Wohnung.*

Kein Wort zu der wütenden Mail, die ich ihr nur anderthalb Stunden zuvor geschickt hatte. Und das, obwohl sie mit ihrer Mail auf meine geantwortet hatte. Ich scrollte extra nochmal nach unten, um mich zu vergewissern, und ja, da standen sie, meine fünfzehn hässlichen Wörter, in Großbuchstaben. Ich sperrte das iPhone, legte es auf den Tisch, winkte Rainer heran und fragte nach einem Glas Rotwein.

Sie böten den Wein hier nur flaschenweise an, sagte er.

»Okay«, sagte ich. »Dann eben eine Flasche.«

Er sagte, er könne mir trotzdem erstmal nur ein Glas bringen und den Rest für mich verwahren.

»Bring mir ruhig die ganze Flasche.«

Es war ein Cabernet Sauvignon von einer Marke namens Frontera. Logo und Etikett sahen aus wie Discounterregal ganz unten, doch als ich den albernen Probierschluck nahm und ihn auf meiner Zunge herumschob wie die Connaisseurin, die ich in den vergangenen Jahren so überzeugend zu spielen gelernt hatte, da erschien mir dieser vermutlich nicht allzu exquisite Tropfen wie ein Geschenk des Himmels. Ich trank das erste Glas in zwei Zügen aus und schenkte mir nach. Im Beipackzettel der Benzos war vor der Kombination mit Alkohol gewarnt worden, aber in welchem Beipackzettel wurde es das nicht.

»Bitt' schön, die Dame.«

Mit einer angedeuteten Verbeugung stellte Rainer eine Flasche Wasser und ein Glas vor mir auf den Tisch. Ich fuhr mir mit der Hand über den Mund und sog die Spucke ein. Ich hatte ihn gar nicht kommen hören. Der Teller mit den Resten meines Rotbarschfilets war bereits abgeräumt. Ich schaute mich um. Ich war die Letzte im Restaurant, alle anderen Tische waren verlassen. Offenbar war die kolumbianische Familie aufgestanden und gegangen, ohne dass ich etwas davon mitbekommen hatte, genau wie die drei Amerikanerinnen. Lena Lena, dachte ich, nun bist du aber doch ganz schön verschallert. Doch eher, als dass mein Zustand mir Sorgen bereitet hätte, faszinierte er mich. Es war abgefahren, derart berauscht zu sein und den Rausch gleichzeitig mitdenken zu können.

Rainer schenkte mir ein. Dann fragte er, ob er sich noch *auf ein Feierabendbierchen* zu mir setzen könne.

»Klar«, sagte ich und hob mein Glas. »Salud!«

»Prost«, antwortete Rainer.

Ich nahm einen Schluck Wasser. Hinten am Strand sah ich ein paar Silhouetten auf und ab hüpfen, aus einer der Cabañas ertönte schriller Akkordeonpop. Rainer folgte meinem Blick.

»Paisas«, sagte er. Er spie das Wort beinahe aus.

»*Pai*-was?«

»Paisas. So nennt man die Leute aus Antioquia und der Gegend um Medellín. Halten sich für die cleversten Geschäftsleute der Welt, sind es vermutlich auch. Die verkaufen dir ihre Großmutter als Jungfrau, und saufen können die, heidewitzka, Herr Kapitän!«

Er öffnete seine Bierflasche, nahm einen Schluck und stellte die Flasche auf den Tisch. Und dann, wie aus dem Nichts und ohne mich anzuschauen, stellte er mir eine Frage. Er wollte wissen, was ich von Berufs wegen mache. Genauso drückte er sich aus: *von Berufs wegen.*

Ich sagte, dass ich Fotografin sei.

»Aber nicht eine dieser Reisebloggerinnen, oder?«

»Gott bewahre.«

»Dann ist ja gut.«

Ich hob die Augenbrauen und sah ihn an. »Schlechte Erfahrungen gemacht?«

»Es ist die Pest. An denen geht die Welt zugrunde.«

»Okay«, sagte ich und lachte. In ein paar Sätzen erzählte ich von meinen Arbeiten für unterschiedliche Zeitschriften und Verlage und von unserem Job für diese NGO in Bogotá und im Departamento de Santander, von den Tausenden Bildern, die dabei entstanden waren, überwiegend Porträts von ehemaligen Guerillerakämpferinnen und ihren Familien, »weil, das war das Thema: *The female face of the conflict*«.

Rainer nickte desinteressiert und nahm einen Schluck Bier. Er wollte wissen, was für eine Kamera ich nutze.

»Eine Canon 5D«, sagte ich. »Wieso?«

»Nur so.«

Ich fragte, ob er sich mit Kameras auskenne.

»Gott bewahre«, sagte er, meinen Tonfall imitierend, und dann, nach einer längeren Pause: »Meine Mutter hatte eine Leica.«

»Ah.«

»Eine der ersten Spiegelreflexkameras, wenn mich nicht alles täuscht.«

Ich musste an die Zenit denken, die mein Opa Oleg mir geschenkt hatte, kurz bevor wir ins neue Land gegangen waren. Eine schöne alte Spiegelreflex, die mich durch meine gesamte Jugend begleitet hat, während alles andere in die Brüche ging.

Die Filme klaute ich bei Schlecker, die Bilder entwickelte ich selbst. Auf meiner zweiten deutschen Schule hatte es eine Foto-AG gegeben, bei der ich mich sofort anmeldete, als Einzige aus meinem Jahrgang. Nach zwei Unterrichtsstunden überreichte der Lehrer, Herr Siebert, mir den Schlüssel zum Labor, wo ich von nun an machen konnte, was ich wollte. Unzählige glückliche Nachmittage habe ich in diesem Raum verbracht. Wer brauchte schon Freunde, wenn er eine Dunkelkammer hatte.

»Ihr größter Schatz«, sagte Rainer.

»Was?«

»Die Leica«, sagte Rainer.

»Ach so«, sagte ich.

»Wir Kinder durften nicht einmal daran denken, sie anzufassen. Meine Mutter hat als junge Frau eine Ausbildung bei einem Drogisten in Bingen gemacht und angefangen zu fotografieren. Das war noch im Krieg. Erst Anfang der Sechziger hat sie damit aufgehört, von einem Tag auf den anderen.«

Ich wartete darauf, dass er noch etwas sagte, doch Rainer hustete nur und kräuselte die Nase.

Die Zenit musste mittlerweile in einem unserer Schlafzimmerschränke in der Juliusstraße verstauben. Sie war seit Jahren defekt, der Verschlussvorhang. Ich hatte sie immer mal reparieren lassen wollen, war aber nie dazu gekommen.

»Ich hab auch mal viele Fotos besessen«, sagte Rainer. »Ganze Schuhkartons voll, darunter mehr als tausend Dias von meinen Reisen. Sri Lanka, Indien, Indonesien und so, unser Fachwerkhaus in Ba-Wü, mein Haus in Sucre und die schönen Oldtimer, das Hotel in Venezuela. Mein Bruder hat das alles für mich digitalisieren lassen, als ich für ein paar Wochen in Deutschland war. Die Originale habe ich bei meiner Exfrau im Keller deponiert, und … na ja, da komm ich jetzt nicht mehr ran. Den Laptop mit den Scans habe ich kurz darauf bei einem Bootsunglück verloren.«

Er machte eine Pause. Er gibt dir die Gelegenheit, eine Frage zu stellen, dachte ich, sagte aber nichts. Schließlich begann er von sich aus, die Geschichte zu erzählen.

»Es war im September, vor fünfeinhalb Jahren. Wir waren auf dem Weg vom Festland zurück zur Lodge, meine Frau, unsere Tochter und ich. Saira war noch keine drei Wochen alt. Die See war unruhig an diesem Tag und das Schnellboot völlig überladen, wie so oft. Du hast den Zirkus ja gesehen, die vielen Leute und was sie alles transportieren. Einrichtungsgegenstände, Proviant, was weiß ich, lebende Tiere. Der Kapitän hatte außerdem zwei riesige Fässer Treibstoff an Bord geschafft, die er an die Paracos in Capurganá verscherbeln wollte.«

»Paracos?«

»Die Paramilitärs. Kontrollieren hier alles. Man redet besser nicht zu laut drüber. Weißt du, die Menschen hier … Na ja. Es geht nur noch um die Kohle.«

»Wo nicht«, sagte ich, was Rainer als Zustimmung wertete, nicht als Einwand.

»*Wo nicht*, du sagst es. *If you're not at the table, you're on the menu.* Alter Spruch aus meiner FedEx-Zeit. Ist ja auch was dran. Nur dass es in diesem Teil der Welt so … so brutal geworden ist.«

Ich verstand nicht recht, was er mir sagen wollte. Es klang wirr und irgendwie nach Stammtisch. Er redete weiter.

»Weil auf dem hinteren Teil kein Platz mehr war, hatte dieser Hegel von Kapitän die halbe Ladung vorne im Bug verstaut, und als die Motoren voll gestartet wurden, hatten sie nicht die Kraft, den Bug anzuheben. Du musst dir vorstellen«, Rainer rutschte auf die Stuhlkante vor und hielt seine flache Hand in die Luft, die eine ins Senkrechte kippende Position beschrieb, »so lag das Boot. Die erste Welle trifft das Boot mit voller Wucht, und der Kapitän entscheidet sich umzukehren. Er geht in die Kurve, und BÄM!, trifft uns eine weitere Welle von der Seite. Das Boot kippt um hundertachtzig Grad, meine Frau verliert den Halt, das Baby wird im hohen Bogen ins offene Meer geschleudert.« Er sah mich an. *Hörst du mir noch zu?*

»Krass«, sagte ich.

»Dann sind wir selbst über Bord gegangen. Ich bin unter dem Boot und sehe ein paar Meter entfernt ein helles Bündel unter einer Welle verschwinden. Saira. Sie war in eine Decke eingepackt und lag mit dem Gesicht nach oben, zum Glück. Ich schwimme zu ihr, einer der Bootsführer ist hinter mir und nimmt mir das Bündel ab. Drüben am Boot sehe ich Camila, wie sie panisch versucht, sich an den Stangen des Dachs hochzuziehen. Camila kann kaum schwimmen, sie hat es nie richtig gelernt.«

»Und dann?«

»Ich hab sie einfach gepackt und hinter mir her ans Ufer gezogen. Der Kleinen war wie durch ein Wunder nichts passiert. Nur die Tasche mit dem Laptop, die war weg.«

Rainer sprach klar, prägnant und sortiert. Nicht unbedingt, als hätte er seine Story auswendig gelernt, aber doch so, als sei er sie wieder und wieder im Kopf durchgegangen, bis endlich der Zeitpunkt gekommen war, an dem er sie mit jemandem teilen konnte. Und dieser Jemand war nun also ich. Es mag Zufall gewesen sein, *right time, right place*, so was. Klar ist aber auch, dass ich das perfekte Opfer war. Zu höflich, um einfach aufzustehen und mich ins Bett zu verabschieden, und zu träge, um ihn zu unterbrechen oder das Gespräch in welcher Form auch immer zu lenken.

Ein Jahr vor dem Unfall erst seien Camila und er im Urlaub beinahe ertrunken, fuhr Rainer fort, beim Schnorcheln im flachen Gewässer der San-Blas-Inseln, als sie plötzlich von der Unterströmung ins offene Meer hinausgezogen wurden und sich nur dank eines aufmerksamen Fischers hatten retten können. »Es ist das Wasser, das immer wieder in mein Leben eingreift«, sagte er. Er nahm seine Brille von der Nase, legte sie auf den Tisch und rieb sich mit beiden Zeigefingern die Augen. Dann setzte er die Brille wieder auf und sagte: »Unterschätze nie die Wasserkraft.«

Daran erinnere ich mich noch genau.

Er sagte nicht *die Kraft des Wassers* oder etwas in der Art, er sagte: *Unterschätze nie die Wasserkraft.*

»Ertrinken ist Ersticken durch Eintauchen in Flüssigkeit«, erklärte er mit nüchterner Strenge, und dann, eingeleitet von einem Räuspern, als habe er eine amtliche Bekanntmachung zu verlesen, erzählte er mir von der Wasserleiche, die fast sechzig Jahre zuvor in irgendeinem rheinland-pfälzischen Kaff am Ufer des Rheins angespült worden war.

Der April des Jahres 1961 ist ungewöhnlich warm, an jenem Dienstag gegen Monatsende aber liegen dunkle Wolken über dem Rhein-Main-Gebiet, und als Wolfgang, Rainer und Mia sich auf den Heimweg von der Schule machen, fällt kalter Nieselregen vom Himmel. Sie passieren die Baustelle auf dem Gelände der Uniklinik, wo seit einigen Wochen ein neues Gebäude hochgezogen wird. Aus dem Kofferradio der Bauarbeiter scheppern die Nachrichten. Es geht mal wieder um die Invasion in der Schweinebucht. Mit eingezogenen Köpfen rennen die Geschwister an der Baustelle vorbei, biegen in die Siedlung ab und stürmen die Treppe hoch zur Wohnung. Wolfgang schließt die Tür auf. Er hat vor wenigen Wochen einen eigenen Wohnungsschlüssel bekommen. Wolfgang sei jetzt der Mann im Haus, hat die Mutter gesagt. Heinrich Nack ist seit fast vier Monaten verschwunden.

Rainer pfeffert seinen Ranzen in die Ecke, hängt seine nasse Jacke an den Haken und rennt in die Küche. Er hat Hunger, außerdem muss er nach dem Mittagessen gleich wieder los zum Turnen. Die Mutter steht mit dem Rücken zu ihm am Herd. Am Küchentisch sitzen Oma und Opa Bingen. Rainer stutzt. Erst gestern früh, als der Großvater nach einer Nacht auf der Klappcouch im vorderen Zimmer zu seinen Kundenbesuchen im Mainzer Umland aufbrach, hat er sich mit den Worten »Bis Sonntag dann« verabschiedet. Was macht er nun schon wieder hier? Und wieso ist die Großmutter dabei, an einem ganz normalen Wochentag? Wie angewurzelt sitzen die beiden da. Sie grüßen die Kinder mit einem kaum wahrnehmbaren Nicken, und als die Mutter sich zu ihm umdreht, sieht Rainer, dass sie weiß ist wie die Wand. Dann fällt ihm auf, dass auf dem Herd gar keine Töpfe stehen. Es riecht auch gar nicht nach Essen.

»Mama, ich muss mich beeilen, ich hab doch gleich Turnen!«

»Du musst heute nicht mehr in die Schule, Kind.«

»Wieso nicht, ich will aber!«, protestiert Rainer. Heute wird Völkerball gespielt, darauf freut er sich schon den ganzen Tag. Obwohl immer noch spillerig dünn, ist er in den letzten Monaten zu einem der besten Sportler des Jahrgangs gereift.

»Setz dich bitte hin. Und ihr beiden ebenfalls.«

Die Kinder setzen sich zu den Großeltern an den Tisch. Die Mutter bleibt stehen.

»Sie haben den Papa gefunden.«

Rainers Herz macht einen Sprung. Sie haben den Papa gefunden? Das gibt's doch gar nicht! Abend für Abend hat er in den letzten Monaten in seinem Bett gelegen und an den lieben Gott appelliert, ihm doch bitte bitte seinen Vater zurückzubringen. Einmal hat er Gott sogar gedroht und daraufhin tagelang in der Angst gelebt, sich selbst und seinem Papa damit geschadet zu haben. Bis er bei der sonntäglichen Beichte Pfarrer Lüders davon erzählte, der ihm drei Ave-Maria zur Buße auftrug und ansonsten kein Wort zu der Sache verlor, in den gesamten dreieinhalb Monaten nicht, genau wie Rainers Lehrer, die Großeltern und sogar die Mutter, die seit dem Verschwinden des Vaters allesamt weitergemacht haben wie bisher, ganz so, als komme es halt mal vor, dass ein Familienvater einfach so verschwindet, als gäbe es Schlimmeres auf der Welt.

Die Mutter schaut ihn an. Dann schaut sie Mia an, schließlich Wolfgang. Sie holt tief Luft und sagt: »Der Papa ist tot.«

Am Vormittag war Kaplan Wickenrodt da, ein junger Pfarrvikar aus der Nähe von Seibersheim, der während einer Fortbildung in Boppard ein Gespräch zweier Männer mit angehört hat, in dem es um die Bestattung einer nicht identifizierbaren Wasserleiche auf einem Koblenzer Friedhof ging. Kaplan Wickenrodt zählte eins und eins zusammen und informierte die zuständige Polizeidirektion in Mainz. Nachdem das Grab geöffnet worden war, gab Kaplan Wickenrodt zu Protokoll, dass es sich bei dem Toten definitiv um den Vermissten handele. Anschließend machte er sich auf den Weg nach Mainz und überbrachte Frieda Nack die Nachricht.

In der kommenden Woche soll der Leichnam in die Gerichtsmedizin Mainz überführt und dort von Frieda Nack identifiziert werden. Wozu es allerdings nicht mehr kommt.

Was genau an diesem letzten Freitag im April geschehen ist, es wird sich trotz unzähliger Nachfragen nie ganz aufklären. Auch spätere Versuche der Geschwister, Licht ins Dunkel zu bringen, rufen nur neue Widersprüche hervor. Sicher ist, dass die Mutter in irgendeiner Angelegenheit nach Wiesbaden musste und dass sie sich vom ältesten Sohn der Büssers fahren ließ, Robert Junior, einem gutaussehenden jungen Mann mit dunkelbrauner Tolle, der vor kurzem eine Autowerkstatt eröffnet hat und einen apfelgrünen 58er Triumph TR3 mit Ledersitzen und Faltdach fährt, dessen Anschaffung in der Siedlung für einiges Aufsehen gesorgt hat. *Prahlhans*, wurde gesagt, *Gernegroß, macht hier auf dicken Zampano …*

Es ist ein schöner Frühlingstag, wolkenloser Himmel, zweiundzwanzig Grad. Robert Büsser Junior öffnet das Verdeck seines Wagens und hält seiner Begleiterin die Beifahrertür auf, und die halbe Siedlung am Gaffen. Welchen Weg sie nehmen, ob sie vorher noch irgendwo anhalten und ob der junge Büsser die Geschwindigkeitsbegrenzung missachtet oder anderweitig abgelenkt ist, es bleibt bei Gerüchten. Klar ist nur, dass er an einer Kreuzung unweit der Wiesbadener Rhein-Main-Hallen die Kontrolle über den Wagen verliert. Der Sportwagen schießt in voller Fahrt über den Bürgersteig und knallt frontal gegen einen Baum. Der junge Büsser bleibt von ein paar Schrammen abgesehen unverletzt, Frieda Nack aber wird in hohem Bogen aus dem Wagen geschleudert und mit Frakturen an den Armen, einem komplizierten Bein- und einem Schlüsselbeinbruch sowie zahlreichen Prellungen und offenen Wunden ins Wiesbadener St. Josefs-Hospital eingeliefert, wo sie vier Wochen bleiben muss.

Die Großeltern ziehen in dieser Zeit in die Mainzer Wohnung und kümmern sich um die Kinder, die ihre Mutter in dieser Zeit nicht im Krankenhaus besuchen dürfen – zu schlimm seien die Verletzungen in ihrem Gesicht.

*

Der Vorplatz des Hauptfriedhofs ist bereits voller Menschen, als die Geschwister mit ihren Großeltern dort eintreffen. Den Morgen über hat es geregnet, nun klart es langsam auf. Auch wenn Wolfgang und Rainer als Messdiener schon mehrere Beerdigungen begleitet haben, so voll haben sie den Platz noch nie gesehen. Die Großmutter geht vor Rainer in die Knie und richtet ihm mit Spucke die Frisur, dann schiebt sie ihren Enkel vor sich her Richtung Trauerhalle. Die Mutter liegt noch immer transportunfähig im Krankenhaus. An der nunmehr zweiten Bestattung ihres Mannes kann sie nicht teilnehmen.

In der Trauerhalle ist jeder Platz besetzt, viele der Gäste müssen stehen. Während er den schmalen Gang zwischen den Bankreihen durchschreitet, ist Rainers Blick starr auf den dunklen Sarg gerichtet, der in einem Meer aus Kränzen und Blumen auf einem Podest vor dem Altar thront. »Unmöglich«, hat die Oma gesagt, als Rainer sie fragte, warum die Kinder ihren Papa nicht noch einmal sehen dürfen, und der Opa: »Kein schöner Anblick.«

Kaplan Wickenrodt persönlich hat sich bei Pfarrer Lüders dafür eingesetzt, dass der Tote ein anständiges Begräbnis bekommt, »trotz allem«, wie Rainer die Großmutter tags zuvor am Telefon zur Mutter hat sagen hören. Der Telefonanschluss ist neu. Der Großvater hat sich darum gekümmert. Auch die Kinder durften kurz mit ihrer Mutter sprechen. Sie sollen sich bei der Trauerfeier gut benehmen und den Erwachsenen keine Schande machen, hat die Mutter gesagt und dass sie bestimmt ganz bald nach Hause könne.

Je näher Rainer dem Sarg kommt, desto größer wird sein Widerwillen. »Nein«, flüstert er, »ich glaub das nicht, das kann nicht sein …« Auf seinen Schultern spürt er die knochigen Hände von Opa Bingen, der ihn weiter durch den Gang schiebt. »Nein nein nein«, sagt Rainer, lauter jetzt, »das ist nicht der Papa, das kann doch gar nicht sein!« Er befreit sich aus dem Griff des Großvaters, doch der fängt ihn wieder ein, führt ihn zu einem Platz in der zweiten Reihe und drückt ihn unsanft in die harte Holzbank.

Rainer fängt an zu wimmern. »Ich will den Papa sehen …«

Mit weit aufgerissenen Augen beugt sich die Großmutter zu ihm hinab: »Das geht nicht, Bub!«

»Aber beim Opa und bei der Oma ging es doch auch!«

»Schhht«, macht die Großmutter, »gibst du wohl Ruhe!«, und da zerreißt etwas in dem Jungen.

»ICH WILL HIER WEG!«, schreit er und springt auf. »DAS IST NICHT DER PAPA, ICH WILL HIER RAUS!«

Brutal packt Opa Bingen ihn am Hinterkopf, mit der anderen Hand hält er ihm den Mund zu: »Schluss jetzt, ein für alle Mal, sonst setzt es was!«

Von der Ansprache Pfarrer Lüders' und dem Trauergottesdienst bekommt Rainer kaum etwas mit. Er steht auf, wenn alle anderen aufstehen, und setzt sich wieder hin, wenn alle sich setzen. Mechanisch spricht er das Vaterunser mit, dann geht es raus und in einer langen Prozession hinter der Metallkiste her zum hinteren Teil des Friedhofs, wo neben einem Kastanienbaum, direkt vor der Mauer, ein frisch ausgehobenes Loch in der Erde klafft.

»Lieber Wolfgang, lieber Rainer«, sagt der ehemalige Vorgesetzte des Vaters, der als Letzter seine Grabrede hält, »vielleicht nehmt ihr euch ja eines Tages euren Vater zum Vorbild und kommt zur Eisenbahn. Das würde ihn sicher stolz machen«, und jetzt fängt auch Rainers großer Bruder an zu weinen. Ganz still und tapfer steht Wolfgang da und lässt seine Tränen auf das blaue Kommunionsjackett tropfen, aus dem er längst herausgewachsen ist. Rainers Arsenal an Tränen hingegen scheint versiegt, und als sich das Theater dem Ende zuneigt, der Sarg in die Grube gelassen wird und die Erwachsenen einer nach dem anderen ans Grab treten und mit steifer Miene zu der albernen Schippe greifen, um ihre Häuflein dunkler Erde in das Erdloch zu werfen, da kann er nicht anders, als sich alle als Hasen vorzustellen, deren Hasenzähne strahlend weiß und glänzend über die Unterlippe ragen und deren Hasenohren lustig im Wind wackeln. Mit der Hand vor dem Mund kichert Rainer in sich hinein, bis der Großvater sich vor seinen Enkel schiebt, um ihn von den irritierten Blicken der anderen Trauergäste abzuschirmen.

Statt die Familienangehörigen ins Gasthaus Drossel zu begleiten, beschließt Oma Bingen, Rainer nach Hause zu bringen. Den Leichenschmaus könne man dem Bub nicht mehr zumuten, sagt sie zum Großvater.

»Pah«, erwidert der. Es sei wohl eher der Bub selbst, den man hier niemandem mehr zumuten könne.

*

Ende Mai wird Frieda Nack aus dem Krankenhaus entlassen. Die Großmutter bleibt noch ein paar Tage in der Mainzer Wohnung und geht ihr im Haushalt zur Hand, dann packt sie ihre Sachen und nimmt den Zug zurück nach Bingen.

Rainers Mutter trägt nun ausschließlich Schwarz, auch wenn sie kaum noch vor die Tür geht. Die Getränke und das Gemüse werden einmal die Woche geliefert, die restlichen Einkäufe erledigen die Kinder. Ächzend, mit einem dicken weißen Gips am rechten Bein und auf Krücken, bewegt die Mutter sich durch die Wohnung, beim Kochen zieht sie sich einen der Küchenstühle an den Herd, abends liegt sie fix und fertig auf dem Sofa. Erst im Frühherbst wird ihr der Gips abgenommen. Sie bekommt Massagen verschrieben und muss zweimal die Woche zur Krankengymnastik.

Es wird geredet. In der Siedlung, auf dem Schulhof, sogar auf dem Vorplatz der Kirche nach der sonntäglichen Messe. Was hatte die frisch verwitwete Frau mit dem jungen Büsser zu schaffen? Was wollten die beiden in Wiesbaden, mit dem protzigen Sportwagen von Robert Junior und nur wenige Monate nach dem Verschwinden ihres Mannes? Hatte sie etwa vor, eins ihrer Trödelgeschäfte oder Auktionshäuser zu besuchen, etepetete und kaufsüchtig, wie sie war? Oder, Jesus, Maria und Josef, lief da was mit dem jungen Büsser? Wie hat es in den letzten Jahren um ihre Ehe gestanden, und was genau war es wohl, das den armen Heinrich Nack ins Wasser getrieben hat?

Beim Spielen schnappen die Geschwister hässliche Wörter auf, Begriffe wie *Ehebruch*, *Klapse* oder *Freitod*, doch niemand sagt ihnen etwas ins Gesicht. Auch zuhause werden die mysteriösen Umstände vom Verschwinden des Vaters nicht weiter thematisiert. Statt Antworten gibt es nur eine Wand und hinter dieser Wand keine weiteren Fragen mehr.

Seiner Mutter und den Großeltern zuliebe spielt Rainer mit. Innerlich aber weigert er sich zu akzeptieren, was ihm aufgetischt wird. Wahrscheinlich war sein Papa mit der Familie unzufrieden. Die Kinder waren ihm zu laut und die Mutter zu fordernd, da ist er eben abgehauen, um sich eine neue Familie zu suchen, in den Bergen vielleicht oder in Norwegen, an einem dieser Orte eben, an denen er immer so glücklich war, viel glücklicher als in Mainz, dieser großen und lauten Stadt mit ihren Baustellen und Häuserruinen und Straßen und Autos, in der er sich nie wirklich heimisch gefühlt hat. Eines Tages, da ist Rainer sich sicher, wird sein Vater zurückkommen und ihm alles erklären.

Wolfgang will von alldem nichts wissen. »Träum weiter«, giftet er, und wenn es ihm zu viel wird, boxt er seinem kleinen Bruder brutal auf den Oberarm: »Lass mich in Ruhe mit deinen Phantastereien.«

Die kleine Mia hingegen ist auf Rainers Seite. Das spürt er, wenn sie gemeinsam auf dem Sofa sitzen und durch die alten Fotoalben blättern oder sich auf der Straße gleichzeitig nach Männern umdrehen, deren Statur oder Kleidung sie an den Vater erinnert.

Wie am Tag von Rainers Geburt fällt der Buß- und Bettag in diesem Jahr auf den 22. November. An seinem elften Geburtstag steht er im Nieselregen am Grab seines Vaters und spricht mechanisch ein Gebet für dessen Seelenfrieden. Die Adventszeit ist bedrückend, das Weihnachtsfest eine einzige Qual. Die Mutter und die Großeltern tun so, als wäre alles ganz normal. Weihnachtslieder werden gesungen und Geschenke ausgepackt, doch jede Besinnlichkeit und Freude wird von der Erinnerung an die schrecklichen Ereignisse im Vorjahr überlagert. Ob der Vater bereits mit seiner neuen Familie unter dem Weihnachtsbaum sitzt? Ob sie dort auch singen und lachen und es schön warm haben, ob seine neuen Kinder ihren Papa genauso lieb haben wie Rainer?

Eines Nachmittags, die Kinder sind gerade aus der Schule gekommen, ist Mias Bett verschwunden. Der Großvater habe es am Vormittag abgebaut und in den Keller gebracht, sagt die Mutter, die Mia werde ab sofort bei ihr im Elternschlafzimmer schlafen. »Dann ist die Mama nicht so alleine«, sagt sie und dass die Kinder nun in ein Alter kämen, in dem es sich nicht mehr schicke, Jungen und Mädchen in einem Zimmer schlafen zu lassen.

Mia ist gerade neun Jahre alt geworden. Sie versteht nicht, wovon die Mutter redet. Sie würde lieber bei ihren Brüdern im Kinderzimmer bleiben oder hätte, noch besser, ihr eigenes Zimmer. Das vordere Zimmer steht die meiste Zeit leer, und die zwei oder drei Tage im Monat, an denen der Großvater in Mainz übernachtet, könnte er doch auch auf dem Sofa im Wohnzimmer schlafen. Die Mutter aber bleibt hart: »Das ist jetzt so, fertig, aus.«

Fortan also schläft Mia im Ehebett der Eltern und auf der ehemaligen Matratze des Vaters. Der Bereich des Kleiderschranks, der für ihre Kleider freigeräumt wird, wird noch monate-, wenn nicht jahrelang nach seinen Sachen riechen.

Dann ist ein Jahr um. Die schwarzen Sachen der Mutter verschwinden im Schrank, und die letzten Gegenstände des Vaters werden entsorgt, sein Rasierpinsel, die Schuhe und Krawatten, auch das gerahmte Bild von ihm als junger Wehrmachtsoffizier im vorderen Zimmer. Die Trauerphase ist vorbei, der Kontakt zu den Verwandten in Seibersheim vollkommen eingeschlafen. Von nun an wird nach vorne geschaut, und nur noch nach vorne. Für Rainer bricht eine dunkle Zeit an.

Der sich öffnende und schließende Mund des Lehrers an der Schultafel. Der unerreichbare Himmel draußen vor dem Fenster. Die Phantasien, der mutige Forschungsreisende Samuel de Champlain auf dem wilden Sankt-Lorenz-Strom zu sein oder einer der Pizarros bei der Eroberung Südamerikas, und das Zusammenzucken, wenn wieder mal das Lineal des Lehrers auf den Tisch knallt.

Das Stottern und das Stammeln, das Trödeln, das Zuspätkommen und die Ermahnungen: *Lass knacken, Rainer … Komm in die Gänge, Goldlöckchen … Wir haben nicht den ganzen Tag Zeit, Junge …*

All die verlorenen Handschuhe und Mützen, die liegengebliebenen Turnbeutel und die verschusselten Bleistifte und Radiergummis, die er versprochen hat, diesmal wirklich nicht zu verlieren, das Blindekuhspielen mit den Mädchen, das Seilspringen und das hämische Gelächter der Klassenkameraden, *Weichei, Weiberfreund, Sissi, Hätschelbiebche …*

Die Verbissenheit beim Fußball, beim Völkerball, in der Leichtathletik. Der Tischtenniskurs beim Eisenbahnsportverein, der Fahrtenschwimmer, die Schulwettbewerbe und die Anmeldung beim USC Mainz, wo auch Manfred Steinbach trainiert, der drei Jahre in Folge Deutscher Meister im Weitsprung geworden ist und der zu Rainers großen Idolen zählt, den er sich aber nie traut anzusprechen.

Das zum Himmel gerichtete Flehen, man möge ihm doch endlich den Papa zurückbringen, die bis zur Verkrampfung gefalteten Hände und immer wieder diese schlimme, furchteinflößende Wut auf Gott. Die Mutter am Küchentisch, die Fäuste auf der Tischplatte geballt, vor sich stapelweise behördliche Schreiben und Unterlagen, und die mit gepresster Stimme in den Telefonhörer gesprochenen Worte, *Sachbearbeiterin*, *Witwenrente*, *Suizid*.

Nicht mehr jeden Abend vorm Einschlafen an den Vater denken wollen.

Sich schuldig fühlen, wenn man abends vorm Einschlafen mal nicht an den Vater gedacht hat.

Die Bilder von brennenden Städten im Fernsehen und der immer aufs Neue wiederkehrende Traum, in dem sämtliche Häuser der Siedlung in Flammen stehen und die Bewohner sich in die Keller flüchten, nur die Mutter mit ihrem steifen Bein kommt nicht hinterher. Rainers Versuche, ihr zu helfen, und wie er seine Mutter nicht vom Boden kriegt und sie in den Flammen zurücklassen und zuhören muss, wie sie unter entsetzlichen Qualen verbrennt.

*

Rainers Bruder hat nicht vergessen, was der Vater ihm am Abend seines Verschwindens mit auf den Weg gegeben hat, und er nimmt seine Rolle als Beschützer ernst. Die kleinste Stichelei oder Ungerechtigkeit, noch der harmloseste Scherz auf Kosten seiner Geschwister, und Wolfgang ist zur Stelle. Er fackelt nicht lange, verteilt Backpfeifen und Kopfnüsse, und er legt sich keineswegs nur mit Gleichaltrigen an.

Eines frühen Sommerabends beim Kicken am Plätzchen. Mit einem verunglückten Fallrückzieher hat Rainer den Ball gerade ins Aus geschossen, und als er sich umdreht, sieht er, wie Grusel-Uwe, ein alleinstehender Säufer mit aufgeschwemmter Mariacron-Visage, der sich regelmäßig beim Wildschütz über die am Fort Josef spielenden Kinder beschwert, zum Ball eilt und ihn aufhebt. Er klemmt sich die Pille unter den Arm und marschiert Richtung Straße davon. Wolfgang sprintet über den Platz und schneidet ihm den Weg ab.

»Geben Sie den Ball zurück.«

»Jetzt mal nicht frech werden, du Knilch. Das ist kein Bolzplatz hier, und das wisst ihr auch.«

»Das ist unser Ball. Geben Sie ihn sofort zurück«, sagt Wolfgang mit fester Stimme, »sonst …«

Grusel-Uwe grinst. »Sonst *was*?«

»Sonst setzt es was.«

»HA!«, macht der Süffel, und ehe er sichs versieht, hat er eine sitzen. Verdutzt fasst er sich mit beiden Händen ins Gesicht. Ein dünner Streifen Blut läuft ihm aus der Nase, der Ball rollt genau vor Wolfgangs Füße. Wolfgang hebt ihn auf, ohne den Blick von Grusel-Uwe zu lassen und als hätte er das alles genau so geplant. Fassungslos betrachtet der Mann erst ihn, dann seine blutverschmierten Finger. Er versteht nicht, was gerade passiert ist.

»Alles wieder auf Position, Männer!«, ruft Wolfgang, während er in aller Ruhe zurück aufs Spielfeld geht, und auch wenn er nie derjenige ist, der anfängt, schon bald ist Wolfgang Nack in der ganzen Siedlung bekannt als einer, mit dem man sich besser nicht anlegt.

Nur die Arztsöhne wissen das noch nicht.

Die Arztsöhne sind eine Gruppe älterer Jungs vom Rabanus-Maurus-Gymnasium, deren Väter in unterschiedlichen Abteilungen der Uniklinik arbeiten und die sich nachmittags in einer leer stehenden Garage unweit des neuen Schwesternwohnheims treffen. Regelmäßig kommen sie rüber zum Plätzchen, um Zigaretten zu rauchen und die Kleinen aus der Siedlung zu drangsalieren.

Rainer und Wolfgang stehen gerade mit ihren Freunden an der Kanone und füllen eine Langnesedose mit dem Pulver von der Straße aufgesammelter Feuerwerkskörper, als sie ihre Schwester schreien hören. Es ist Anfang Januar, und es hat geschneit. Unten am Hang, unweit der Straße, liegen Mia und Andrea Kiesewetter im Schnee, vor ihnen ihre Schlitten. Die kleine Kiesewetter blutet aus der Nase, Mia hält sich mit schmerzverzerrtem Gesicht den Arm. Oben stehen die Arztsöhne und lachen. Einer von ihnen schießt den Mädchen mit dem Fuß bräunlichen Schneematsch ins Gesicht. Seine Freunde kriegen sich gar nicht mehr ein.

Wolfgang lässt den aufgeribbelten Knallkörper in seiner Hand fallen und sprintet über den Platz. Ohne Vorwarnung stürzt er sich auf den Arztsohn. Er wirft den Schnösel zu Boden und prügelt mit beiden Fäusten auf ihn ein, bis ihm das Blut ins Gesicht spritzt, sein eigenes ebenso wie das des anderen. Es braucht mehrere Jungs aus der Siedlung, um Wolfgang von seinem Opfer hinunterzuziehen. Der Arztsohn ist komplett hinüber. Wie einen Müllsack ziehen seine Freunde ihn hinter sich her zur Klinik.

Wolfgang kühlt seine Fäuste mit Schnee, doch die Knöchel werden immer dicker und laufen blau an, also geht er heim und erzählt der Mutter, was passiert ist. Die Mutter lässt alles stehen und liegen und bringt ihn rüber zum Krankenhaus, wo man feststellt, dass der Bub sich zwei Knochen angeknackst hat, an jeder Hand einen. Der Arzt will wissen, wie das passiert sei.

Er habe beim Fußballspielen vor Wut gegen eine Mauer geboxt, sagt Wolfgang.

»Mit beiden Händen gleichzeitig?«

»Ja.«

Der Arzt schaut ihn komisch an, sagt aber nichts. Von dem vermöbelten Arztsohn ist nichts zu sehen.

»Hat wahrscheinlich zwei Zimmer weiter eine Privatbehandlung von seinem Arztvater bekommen«, spottet Wolfgang, als sie wieder zuhause sind, worauf er sich prompt von der Mutter eine fängt.

»WARUM TUT IHR MIR DAS AN?«, brüllt sie und fängt bitter an zu weinen. »Wollt ihr etwa alle in ein Heim?«

Von nun an achten die Geschwister darauf, in Gegenwart ihrer Mutter und der Großeltern lieb und artig zu sein. Sie fluchen und sie klauen nicht, es gibt keine Beschwerden in der Schule und kaum Zank untereinander. Ohne zu murren, holen sie die Wäsche aus dem Keller, spülen das Geschirr und machen ihre Betten, und ob nun von den Kiesewetters, von Pfarrer Lüders oder von wildfremden Menschen auf der Straße, regelmäßig kriegt die Mutter ein Lob für ihren wohlerzogenen Nachwuchs ausgesprochen. Und doch wird sie immer gereizter. Besonders vor den Besuchen bei den Großeltern in Bingen ist die Stimmung angespannt. Ein herumliegendes Spielzeug, ein winziger Fleck auf der Hose oder ein harmloser Ausdruck, der ihr nicht passt, schon rastet die Mutter aus. »Könnt ihr denn nicht EINMAL …«, »Muss man denn ALLES SELBER …«, und dann kommt auch der Vater wieder ins Spiel: »WENN DER PAPA EUCH SO HÖREN KÖNNTE!«

Im Winter ist es meist schon dunkel, wenn die Kinder sich mit ihrer Mutter auf den Heimweg machen. Im Schneckentempo zum Bahnhof, durch die Flügeltür und mit Tüten voller Lebensmittel und anderer Gaben der Großeltern den gefliesten Gang rauf zum Schalter, Fahrkarten holen und auf dem kalten Bahnsteig auf den Zug warten. *Vorsicht an der Bahnsteigkante*, rein in den Zug und nach vier freien Sitzplätzen suchen. Während der Fahrt in die vorbeifliegende Dunkelheit starren und wieder und wieder die Sätze auf der Fensterscheibe lesen, *Nicht hinauslehnen*, *Do not lean out*, *Ne pas se pencher au dehors*. Ansonsten keine Worte, keine Sprache und kein Trost, nur Regentropfen, die ruckelnd die Scheiben entlangzittern. Irgendwann endlich der Hauptbahnhof, *Willkommen in Mainz, der Heimat von Blendax*, den Berg hoch und die Treppen rauf zur Wohnung, raus aus den schweren Sachen und nicht selten ohne Abendbrot ins Bett.

Dann kommen die Großeltern mit den Hütchen um die Ecke. Grauenhafte Stoffdinger mit dunklen Krempen, die Wolfgang und Rainer jeden Sonntag aufsetzen und lüpfen sollen, wenn sie Erwachsenen begegnen, und das nicht nur in Bingen, sondern auch bei den sonntäglichen Spaziergängen in Mainz, wo sie von ihren Freunden und Bekannten feixendes Gelächter und hämische Gesänge ernten: *»Ich kauf mir lieber einen Tirolerhut, der steht mir so gut, der steht mir so gut …«*

»Wir wollen die Hüte nicht mehr tragen«, sagt Wolfgang eines Sonntagabends zu seiner Mutter. Die Großeltern haben sich gerade erst verabschiedet. Beim stinklangweiligen Nachmittagsspaziergang zur Zitadelle mussten die Brüder mal wieder den Hohn und den Spott der halben Stadt über sich ergehen lassen. Sogar der Großmutter ist es aufgefallen, Rainer hat es genau gesehen, ihre irritierten Blicke und wie sie sich bei den

Baracken der Ausgebombten nach dem *Tirolerhut*-trällernden Ruschke umgedreht hat, während Opa Bingen nur mit verkniffenem Mund geradeaus sah, als hätte er mit der ganzen Chose nichts zu tun.

Mit verschränkten Armen lehnt die Mutter sich in den Türrahmen des Jungenschlafzimmers. »Was ist denn jetzt schon wieder? Wieso wollt ihr die Hüte nicht mehr tragen?«

»Die Hüte sind peinlich.«

»*Peinlich*, soso.«

»Wir werden ausgelacht.«

»Von wem?«

»Von unseren Freunden.«

»Ach ja?«

»Unsere Freunde machen sich über uns lustig.«

»Und? Habt ihr euch die mal angesehen? Wie die aussehen? Was da für ASOZIALE und PROLETEN bei sind?«

»Die Hüte sind affig«, springt Rainer seinem Bruder zur Seite, worauf die Mutter ihm einen böse funkelnden Blick zuwirft. Wenn Frieda Nack wütend wird, läuft ihr Gesicht tiefrot an, und aus ihren Augen schießen Flammen, die alles abfackeln, was sich ihnen in den Weg stellt.

»UNDANKBARES PACK seid ihr, wisst ihr das? ALLE BEIDE! Die Oma und der Opa wollen NUR EUER BESTES! Sie geben sich SO VIEL MÜHE, und ihr könnt ihnen nicht EINMAL am Sonntag EINE KLEINE FREUDE MACHEN?«

»Aber, Mama, wir sind weit und breit die Einzigen, die solche Hüte …«

»NA UND? Kein Wunder, dass euer Vater das nicht mehr AUSGEHALTEN hat! Bald habt ihr mich so weit, DANN GEH ICH AUCH NOCH INS WASSER!«

Rainer friert das Herz ein, wie immer, wenn die Mutter diesen Satz sagt. Er wagt nicht, sich zu bewegen. Mia hat sich schon längst ins Wohnzimmer verzogen. Die Hüte der Brüder sind ihr schnurz, sie hat ihre eigenen Probleme mit der Mutter. Wolfgang aber steht mit geballten Fäusten da und schaut die Mutter herausfordernd an.

»Wer schreit, hat unrecht!«

»HALT DEN RAND, DU KLEINES AAS, DU!«

Wolfgang macht einen Satz zum Fenster und reißt es auf. »Schrei nur weiter, die ganze Siedlung kann dir dabei zuhören!«

Mit zwischen die Zähne geklemmter Zunge wirft die Mutter das Fenster zu. Wolfgang reißt es wieder auf. Die Mutter dreht sich um und stürmt aus dem Zimmer. Rainer und Wolfgang hören sie die Küchenschublade aufziehen und darin herumwühlen, dann kommt sie zurück, einen Kochlöffel in der Rechten, den großen aus Holz von Dr. Oetker. Sie packt Wolfgang bei den Haaren, drückt ihn zu Boden und drischt wie von Sinnen auf ihn ein. Rainer macht einen Schritt zurück und presst sich an die Wand. Das Fenster steht noch immer offen. Wolfgang hat sich schützend die Arme über den Kopf gelegt. Er stößt die Mutter zur Seite und springt auf sein Bett. Als die Mutter mit dem Löffel ausholt, packt er ihr Handgelenk. Er kriegt auch ihr linkes Handgelenk zu fassen und hält sie in Schach. Die Mutter keift und schreit wie eine Verrückte. Sie versucht, sich loszureißen, »ICH BRING DICH UM!«, doch Wolfgang ist stärker. Er wartet, bis sie sich erschöpft hat, dann lässt er ihre Handgelenke los und versetzt ihr einen schnellen Schlag gegen den rechten Unterarm, genau auf die Pulsadern. Die Mutter heult auf und lässt den Kochlöffel fallen, greift sich ans Handgelenk und macht auf dem Absatz kehrt. Sie knallt die Tür des Kinderzimmers hinter sich ins Schloss, Sekunden später auch die Küchentür.

Am nächsten Morgen stehen Wolfgang und Rainer vorm Waschbecken und putzen sich die Zähne, als die Mutter ins Bad kommt. Sie wirft einen entsetzten Blick auf Wolfgangs Rücken.

»Was hast du denn da gemacht?«

Sein Rücken ist von oben bis unten mit Blutergüssen übersät, ebenso die Schultern und Oberarme. Wolfgang spuckt die Zahnpasta aus und fixiert die Mutter im Spiegel.

»Das warst du. Gestern Abend mit dem Kochlöffel, schon vergessen?«

Die Mutter lacht. »Da hast du mich wohl mal wieder geärgert, was?«

Es klingt, als würde sie scherzen, doch sie scheint sich tatsächlich nicht zu erinnern. Lachend schließt sie Wolfgang und Rainer in die Arme und drückt sie fest an ihre Brust. »Ach, meine Jungs, ihr seid schon ein paar Rabauken …«

Als die Großeltern am folgenden Sonntag wissen wollen, wo die Buben ihre Kopfbedeckungen gelassen haben, antwortet die Mutter, die Hüte lägen zuhause im Schrank, »und dort werden sie auch bleiben«.

»Ja, aber …«, beginnt die Großmutter, verstummt aber gleich wieder, und die peinlichen Hütchen sind nie wieder Thema.

Durch die Vorhänge drang fahles Morgenlicht, irgendwo krähte ein Hahn. Das dünne Laken, das als Bettdecke diente, lag weggestrampelt und zusammengeknüllt am Fußende des Betts. Ich tastete nach meinem Handy. Fast sieben. Ich sank zurück in das Kopfkissen und lauschte dem Kläffen der Hunde auf der anderen Seite des Hügels und dem Grummeln, mit dem gut zwanzig Meter entfernt die Wellen an den Strand brachen. Ich fühlte mich erstaunlich gut.

Als ich acht Stunden zuvor von meinem Platz aufgestanden war, war mir so schummrig gewesen, dass ich mich an der Holzbrüstung des Restaurants hatte festhalten müssen. Rainer hatte mir einen besorgten Blick zugeworfen, aber nichts gesagt. Mit meinen Riemchenpumps in der Hand war ich zu meiner Casa Sucre gewankt, vorbei an der Partyhütte der Familie aus Medellín, aus der immer noch kolumbianische Vallenatos dröhnten.

Da hattest du wohl deine runden Schuhe an, ging mir eine Formulierung durch den Kopf, die ich mit sechzehn irre lustig fand und die mir auch nun wieder ein Lächeln ins Gesicht zauberte. Ich stopfte mir das zweite Kissen in den Nacken, rieb mir den Schlaf aus den Augen und betrachtete das verschnörkelte Muster der Holzstreben unter der Decke meiner Cabaña.

Ich hatte schon immer ein Faible für Redewendungen. Als Heranwachsende im neuen Land gab es mir ein Gefühl von Sicherheit, deutsche Sprichwörter zu verstehen und zu beherrschen, Redensarten, Wortwitze und sarkastische Bemerkungen. Schon mit zwölf oder dreizehn besaß ich feinere Antennen für die Eigenheiten der deutschen Sprache als viele meiner Klassenkameraden. Später kamen die Aphorismen hinzu, die Anglizismen und die Ironie, die gezielt auf dem Schulhof eingesetzten Derbheiten: *Der Teufel scheißt immer auf den größten … When the shit hits the …*

Russisch sprach ich nur noch zuhause, wenn überhaupt. Meinen Eltern hatte ich nun spürbar etwas voraus. Das wurde auch erwartet, schließlich wollte man stolz sein auf das einzige Kind, wo es doch sonst kaum etwas gab, das einem Freude machte. Mit der Zeit aber grenzte ich mich durch mein Sprechen immer mehr von ihnen ab, was insbesondere meinem Vater zu schaffen machte, der innerlich noch immer der stolze Fernsehfabrikarbeiter aus Krasnojarsk war und wie aus Trotz immer russischer wurde.

Ab und zu ging mir beim Jonglieren mit den Phrasen etwas durcheinander, wenn auch kaum jemals zu meinem Nachteil. Einen Mitschüler in der Oberstufe bezeichnete ich einmal als *Achtmalklugen*, was schnell zu einem beliebten Spruch auf dem Schulhof wurde. Vermutlich der größte soziale Erfolg meiner Schullaufbahn. Viele Jahre später behauptete ich, mir sei während eines Films *ein kalter Schauer über die Leber* gelaufen. Ich spielte damit auf die Szene in *Das weiße Band* an, in der dem pubertierenden Sohn des Pastors nachts die Hände ans Bettgestell gefesselt werden, damit er nicht mehr an sich rumspielen kann, und ich erinnerte mich noch so genau an diesen Fauxpas, weil Sonja, die ich damals noch nicht lange kannte und die es nicht hatte fassen können, dass ich dieses *Meisterwerk vom Haneke* noch nie gesehen hatte, mich nach meinem unbeabsichtigten Sprichwort-Mash-up in den Arm nahm und sagte, ich sei *das Sweeteste*, was ihr *je passiert* sei, worauf mein Herz einen Sprung machte und ich dachte: Krass, ich glaub, wir sind jetzt ein richtiges Paar. Dabei hatte ich damals längst begonnen, mir die vor Allgemeinplätzen und

Floskeln strotzende Art zu sprechen abzugewöhnen, mit der ich in meinem neuen Umfeld kaum Punkte landen konnte.

Was mich seit Beginn des Studiums immer gerettet hat, war meine Herkunft. Auch wenn man sie mir nicht gleich ansah, brachten meine russischen Wurzeln ein wenig Abwechslung in Sonjas ansonsten komplett biodeutsche Clique. In diesen Kreisen konnte ein fleißiges sibirisches Aussiedlermädchen mit seinen gelegentlichen Versprechern und Bildungslücken auf mehr Verständnis hoffen als die Trash-TV- und junkfoodsüchtige Tochter eines arbeitslosen Säufers und einer Raumpflegerin, die ich ja auch war. Dafür, woher man kam, konnte man schließlich nichts. Dafür, ungebildet und arm zu sein, hingegen schon. Vermutlich hatte man sich in der Schule nicht genug angestrengt oder sich mit den falschen Leuten abgegeben, war faul, dumm oder konnte einfach nicht mit Geld umgehen. Es hat eine Weile gedauert, bis ich dieses Gehabe als den Standesdünkel erkannte, der er war. Genau genommen wurde mir erst jetzt, in dieser morschen Holzhütte am Arsch der Welt, alleingelassen und zurückgeworfen auf mich selbst, in aller Deutlichkeit bewusst, dass es keine zunehmende Entfremdung zwischen Sonja und mir gegeben hatte, sondern eine grundsätzliche Fremdheit von Anfang an, die auch der größte Aufstiegswille niemals hätte überwinden können. Und mit einem Mal war da wieder diese spiralartig in mir aufsteigende Wut, gegen die ich aktiv angehen musste, indem ich mir sagte: Lena, entspann dich, *tranquilo*! Diese Frau hat viel zu lange zu viel Macht über dich gehabt. Lass dich von ihr nicht stressen, gönn dir ein paar erholsame Tage.

Der darauffolgende Griff zum Lorazepam-Döschen fühlte sich bereits an wie Routine. Was er von nun auch war. Eine Pille morgens, eine abends, das sollte für eine Weile meine tägliche Dosis bleiben.

*

Ich kam als eine der Letzten zum Frühstück, die meisten Tische waren bereits verlassen. Die Familie aus Medellín war Rainer zufolge am frühen Morgen abgereist, genau wie eins der älteren Paare. Als Grund für den Abbruch der Reise hatten sie dieses neue Virus genannt, das mittlerweile auch Südamerika erreicht habe. Nur die beiden Neuseeländer saßen noch da, die ich am Abend zuvor für nach Neukölln aussehende Australier gehalten hatte und die tatsächlich in Berlin lebten, aber kaum ein Wort Deutsch sprachen, sowie die drei Ethnotanten aus den USA. Wie sich herausstellte, handelte es sich um Kaufinteressentinnen der Lodge. Sie kamen aus San Diego und waren hier, um gemeinsam *a sense for the place and its energy* zu entwickeln, wie die mit den braunen Locken mir erzählte, als ich mir an ihrem Tisch eine Tasse Kaffee einschenkte. Ich hatte sie morgens nach dem Aufstehen im Schneidersitz am Strand sitzen und meditieren sehen. Sie hieß Lydia, war Masseurin von Beruf und hatte so einen unnatürlich-natürlichen Cindy-Crawford/Kaia-Gerber-Glow, nur halt als älter gewordenes Blumenkind. Ich schätzte sie auf Ende vierzig, Anfang fünfzig, ihre Begleiterinnen waren ein paar Jahre älter.

Sie seien schon seit einer Weile auf der Suche nach der richtigen Location für ihr Projekt, sagte die mit dem Strohhut und der Pluderhose, eine ehemalige Motivationstrainerin, deren Namen ich sofort wieder vergessen hatte, einer Location fernab vom Stress und Tempo des Alltags, um dort ein exklusives Mental-Health-Retreat aufzubauen. Dann habe ein Immobilienmakler aus Orange County ihnen von dieser Lodge mitten im kolumbianischen Urwald erzählt, deren Besitzer händeringend nach einem Käufer suche, ergänzte Lydia.

Ihre Art zu gestikulieren erinnerte mich an Sonja, und gegen meinen Willen stellte ich fest, dass mir das sympathisch war.

»This place is absolutely gorgeous«, sagte sie und verdrehte schwärmerisch die Augen.

»It is«, pflichtete die Motivationstrainerin ihr bei. »Just a little far off.«

»And a little *far out*, if I may so«, sagte die Dritte und lachte. Sie hieß Saffron, und sie lachte wie eine, der man schon als Kind gesagt hatte, sie hätte eine schöne Lache. Ihre schneeweißen Zähne, der ultraperfekte Lip Flip und die gigantische Victoria-Beckham-Sonnenbrille schienen nicht so recht zu dem aschgrauen Baumwollwickelrock und den klackernden Perlenketten an ihren Armen zu passen, aber was wusste ich schon über die Schönheitsideale gut betuchter Westcoast-Ladies in the Age of Aquarius. Ich dachte nur: Wahrscheinlich braucht man eine Menge Geld und lots of time to kill, um heutzutage noch auf die Idee zu kommen, Hippie zu werden.

»Ich wusste gar nicht, dass du verkaufen willst«, sagte ich zu Rainer, als die drei aufgestanden waren und er mir das Frühstück brachte.

»Gibt so einiges, das du nicht von mir weißt«, blaffte er.

Ja, schönen guten Morgen auch, grumpy old man, dachte ich und machte mich über die Arepas und Spiegeleier auf meinem Teller her. Yenifer räumte derweil den Nebentisch ab und trug das Tablett in die Küche. Es war schon wieder sehr heiß. Gedankenverloren beobachtete ich einen Gecko, der langsam den Wasserkrug hinaufkletterte, am Kondenswasser schleckte und anschließend im Play-dead-Modus verharrte. »Wer als Erster zuckt«, sagte ich leise. Der Gecko reagierte nicht. Dann kam Rainer zurück.

»Sag mal, haben die eigentlich was gesagt?«

»Wer?«

»Na, diese Amiweiber. Über mich oder die Lodge oder so.«

»Nee, tut mir leid.«

»Glaubst du, die haben ernsthaftes Interesse?«

»Du, das kann ich dir nicht sagen«, antwortete ich. »Ich kenn die doch gar nicht.«

»Ich mein ja nur«, sagte er beschwichtigend. »Vielleicht haben die sich ja irgendwie geäußert, so von Frau zu Frau oder was weiß ich.«

»Sorry, Rainer.«

»Ist ja auch egal. Was die hier alles vorhaben …«

»Was haben sie denn vor?«

»Ach, frag mich nicht. Selbstfindungsseminare, Akupressurmassagen, Yogakurse und was nicht alles. Floating sessions, breathwork workshops …«

»Klingt ambitioniert.«

»Aber hallo. Finde ich grundsätzlich ja gut, wenn einer 'ne Vision hat.«

»Wer Visionen hat, soll zum Heilpraktiker gehen«, sagte ich und lächelte.

»Das Problem ist, ich kann die nicht so richtig einschätzen«, ging Rainer darüber hinweg. »Weißt du, wie die sich kennengelernt haben? Bei einer Ayahuasca-Zeremonie in der Wüste von Arizona. Die eine, Saffron, hat irgendwas mit Kräutern zu tun. In Wirklichkeit heißt sie Amber. Ist wohl mit 'ner Reihe Airbnb-Wohnungen und Duftelixieren zu einem Haufen Asche gekommen.« Er schüttelte den Kopf. »*Duftelixiere*. Also, ich hab ja auch 'ne spirituelle Ader, aber … Na, wie dem auch sei. Du kannst ja mal die Ohren offen halten, wie so die Tendenz ist bei denen.«

»Alles klar«, sagte ich und dachte: Alter, bin ich hier deine Stasi, oder was?

Als Nächstes standen die Neuseeländer vor mir. Sie wollten ein Boot nach Capurganá nehmen und fragten, ob ich mitkommen wolle. Dankbar nahm ich die Einladung an, schließlich musste ich vor meiner Abreise in drei Tagen unbedingt noch Geld abheben.

»Good luck«, brummte Rainer, der das Gespräch mitgehört hatte. Wie in der Guest Information in seinen Bestätigungsmails aufgeführt, könne man in ganz Capurganá kein Bargeld ziehen, die nächste Bankfiliale befinde sich drüben in Turbo. »So ein Geldautomat, der lässt sich ohne Probleme abreißen und wegschaffen, und damit kämst du an einem gesetzlosen Ort wie diesem auch durch«, sagte er. »Vorausgesetzt, du kennst die richtigen Leute.«

Davon, dass unsere Buchung von Sonja storniert worden war, sagte er nichts. Hatte er das noch nicht mitgekriegt? Aber Sonja hatte doch geschrieben, sie habe den Betrag bereits zurückerstattet bekommen. Wartete Rainer darauf, dass ich das Thema ansprach? War er deswegen heute früh so maulig?

Ich war verwirrt und irgendwie auch schon wieder ganz schön erschöpft. Plötzlich mutlos geworden, ließ ich die Neuseeländer ohne mich fahren und zog mich auf meine Cabaña zurück.

Den Vormittag verbrachte ich in der Hängematte. Abwechselnd dösend und lesend, genoss ich die frische Brise vom Meer und schaute den Pelikanen zu, die in den Bäumen am Ende der Bucht saßen und sich in regelmäßigen Abständen in die Luft erhoben, um sich kopfüber und mit dem Schnabel voraus ins Wasser zu stürzen. Immer wieder sah ich Rainer über den Platz rennen und fluchend irgendwelches Zeug von A nach B schleppen, Sägen und Hämmer, schwere Bretter, Türen und Glasscheiben, während er seinen Arbeitern im

Kommandoton genervt klingende Befehle erteilte. Die Arbeiter zogen sich immer mal wieder zu ausgedehnten Zigarettenpausen in den Schatten hinter der blauen Hütte zurück, bis auf Newton, der nicht zu rauchen und seine Verpflichtungen dem Chef gegenüber deutlich ernster zu nehmen schien. Als er seinen Pinsel nach stundenlanger Arbeit endlich einmal zur Seite legte und sich mit einer Flasche Cola lang unter einer Palme ausstreckte, dachte ich: Jetzt kommt bestimmt gleich Rainer um die Ecke und flippt aus, und so war es dann auch. Mit flackerndem Blick kam er aus Richtung Haupthaus herangetrabt und brüllte etwas auf Spanisch, das wie kurz vor Herzinfarkt klang, worauf Newton sich langsam erhob und ich schon damit rechnete, dass er Rainer seinen Pinsel vor die Füße schmiss. Stattdessen beendete er seine wohlverdiente Pause und machte sich wieder an die Arbeit. Amber alias Saffron und die Motivationstrainerin durchmaßen derweil langsamen Schrittes das Gelände und blieben mal hier, mal dort stehen, um an einer Pflanze zu riechen und *ein Gespür für den Platz und seine Energie* zu bekommen, während Yenifer damit beschäftigt war, körbeweise Wäsche aufzuhängen. Saira war mit ihrer Mutter unten am Strand und spielte Fangen mit den Wellen. Immer wieder machte sie ein paar Schritte ins Wasser, nur um kreischend wieder abzudrehen, sobald sich eine Welle näherte. Ein Hasch-Mich mit der Natur, bei dem Camila lediglich als Publikum oder Aufpasserin zu dienen schien. Als Saira von dem Spiel mit den Wellen genug hatte, jagte sie Purzelbäume schlagend über den Rasen, vorbei an einem der älteren Paare, die in Handtücher gehüllt vom Schwimmen zurückkamen und umständlich versuchten, einen Bogen um die mit AirPods in den Ohren in ihr MacBook gestikulierende Lydia zu machen, die auf der Suche nach dem stärksten WiFi-Signal zwischen Küche und Restaurant hin und her tigerte. Es war wie eine Sitcom, und die Lacher vom Band spielte ich mir selbst ein.

Beim Mittagessen saßen die drei Amerikanerinnen an ihrem Tisch von gestern. Sie hatten den Hauptgang bereits beendet und warteten auf das Dessert.

»Hi darling, how are you?«, fragte Lydia, als ich an ihnen vorbeiging, um mich an den Nachbartisch zu setzen.

»Good, thanks«, antwortete ich, und für einen Moment verschränkten sich unsere Blicke ineinander. Lydia lächelte kokett, dann zwirbelte sie eine Locke zwischen den Fingern und zwinkerte mir zu. Ich stutzte. Flirtete sie etwa mit mir? Wie gut sie aussah. Das gesunde, glänzende Haar, diese perfekten Nägel. Sogar das naturweiße Häkelminikleid mit den Trompetenärmeln stand ihr hervorragend. Dann wurde sie von ihren Begleiterinnen zurück ins Gespräch gezogen. Es ging um die *target audience* und das *values alignment* ihres zukünftigen Mental-Health-Retreats. Aber wie ihr gemeinsames Unternehmen nun genau aussehen sollte, darüber schien es unterschiedliche Vorstellungen zu geben. Die Kräuterfrau, Amber alias Saffron, tendierte zu einem Konzept aus *nativeness* und *austerity*, das die *traditional ways of healing* der in dieser Gegend ansässigen *indigenous people* einbezog, während Lydia eher Team Digital Nomads/Offene Küche/Microdosing zu sein schien und die Motivationstrainerin, offenbar eine wahre New-Age-Veteranin, immer wieder zusammenhangslos auf ihre Erfahrungen in verschiedenen nordindischen Ashrams zu sprechen kam. Sie verstummten, als Rainer mit einem Tablett die Stufen zum Plateau des Restaurantbereichs hinaufstieg.

»Ladies?«, sagte er und nickte ihnen im Vorbeigehen zu.

Wortlos erwiderte Lydia den Gruß. Die anderen beiden

schauten demonstrativ auf ihre Hände. Rainer ging an ihnen vorbei und reichte mir den Teller und das Besteck.

»Ratatouille mit Reis und Feta, Spezialität meiner Frau«, sagte er, worauf die Amerikanerinnen ihr Gespräch mit gedämpften Stimmen wieder aufnahmen.

»Dicke Luft?«, fragte ich, den Kopf leicht in ihre Richtung geneigt.

»Ach«, Rainer winkte ab. »Nur eine kleine Meinungsverschiedenheit heut Vormittag.«

»Was war denn los?«

»Nichts.«

»Nichts?«

»Na ja.« Er warf einen Blick über die Schulter. »Ich hab denen gesagt, dass das alles ja schön und gut ist mit ihren Plänen, dass sie hier vor Ort aber einen Mann brauchen.«

»Einen Mann?«

»Am besten einen Kolumbianer. Einen, der weiß, wie er die Leute hier zu nehmen hat, der ordentliches Spanisch spricht und der sich durchsetzen kann.«

»Und?«

»Kam nicht so gut an.«

»Surprise«, sagte ich.

Rainer schüttelte den Kopf. »Die wissen eh längst, dass sie nicht kaufen werden. Die machen halt einfach noch ein bisschen Urlaub auf meine Kosten.«

Ich nahm an, dass er mit dieser Einschätzung nicht ganz falschlag, hielt aber meinen Mund. Rainer stand noch einen Moment unschlüssig da, bevor er sich mit den Worten »Na dann, lassen Sie es sich schmecken, junge Frau« umdrehte und zurück Richtung Küche marschierte, aus der ihm Yenifer mit dem Nachtisch für die Amerikanerinnen entgegenkam.

Ist der nun so ein Chauvi, fragte ich mich, oder hat er bloß ein besonderes Talent dafür, in Fettnäpfchen zu treten? Und war ich eigentlich die Einzige, die das Essen vom Chef persönlich serviert bekam?

In Heimatkunde sollen Rainer und seine Mitschüler eine Hausarbeit über ein europäisches Land ihrer Wahl schreiben. Der Lehrer, Herr Knoth, ist neu an der Schule. Ein moderner junger Mann, viel freundlicher und offener als die anderen Lehrer. Rainer entscheidet sich für das Land Norwegen. Er paust eine Karte mit den Umrissen des Landes aus dem Weltatlas ab und trägt die wichtigsten Städte ein, die größten Berge und Fjorde, führt die Einwohnerzahl auf und die wichtigsten Bodenschätze und schreibt kurze Texte über die Fuchszucht, die Fichtenwälder, die Wikinger und die Nordlichter, alles per Hand und in Schönschrift. Er lässt sich einen Ausweis für die Stadtbibliothek erstellen, leiht einen Norwegen-Bildband aus und den Roman *Und ewig singen die Wälder*, dessen Verfilmung mit Gert Fröbe und Hansjörg Felmy er mit Wolfgang und seinem Vater im Kino gesehen hat, kurz bevor der kaum noch das Haus verließ. Auch über den Krieg schreibt er ein paar Sätze, über die Neutralität des Landes im Zweiten Weltkrieg, die Stadt Narvik mit ihrem Erzbahnhof und dem sowohl für die Deutschen wie für die Engländer so wichtigen Hafen. Vorsichtig klebt er Bilder aus dem Fotoalbum des Vaters in seine Arbeit, Schneelandschaften und Gebirge, auch eins, auf dem der Vater mit seinen Kameraden vor einem mit leuchtenden Kerzen geschmückten Christbaum im Soldatenheim steht. Zum Schluss bastelt er einen Einband aus Pappe, auf dem er eine Zeichnung vom Nordkap mit untergehender Sonne anlegt, schreibt groß *NORWEGEN* darüber und malt alles mit Buntstiften aus.

Sichtlich beeindruckt lässt Herr Knoth seinen sonst allenfalls durchschnittlichen Schüler an die Tafel kommen, für die

Hausarbeit gibt er ihm eine Eins. Am Sonntag drauf ermutigt die Mutter Rainer, den Großeltern sein *kleines Kunstwerk* zu zeigen. Ungewöhnlich still blättert der Großvater durch das Heft, anschließend drückt er seinem Enkel ein Zweimarkstück in die Hand, »Gut gemacht, Goldlöckchen«, ein seltenes Lob, nach dem Rainer mit heißen Ohren zu Boden schaut, während die Mutter ihm stolz durch die Haare wuschelt und der Großvater sich räuspernd ins Esszimmer verzieht, um der Oma beim Aufdecken zu helfen, was er sonst nie tut.

Bei Herrn Knoth sehen Wolfgang und Rainer auch zum ersten Mal Bilder aus den Konzentrationslagern und der Nazizeit. Sie haben sich freiwillig zu der jahrgangsübergreifenden Arbeitsgemeinschaft gemeldet, in der der junge Lehrer dienstagnachmittags Filme zu den Themen Zweiter Weltkrieg und Drittes Reich zeigt. Dazu brauchten sie das schriftliche Einverständnis ihrer Mutter, die es ihnen auch anstandslos gab, obwohl Frieda Nack zuhause immer sofort umschaltet, wenn im Fernsehen etwas über den Krieg kommt.

Nach den Filmen sprechen die Schüler mit ihrem Lehrer über die furchtbaren Dinge, die sie gesehen haben: Reden von Hitler und Goebbels, Bilder von brennenden Bücherhaufen, überfüllten Zügen, ausgemergelten Körpern und Bergen von Kinderschuhen, Brillengestellen, Leichen. Rainer ist erschüttert. Er hat noch nie von diesen Dingen gehört. Eine derartige Grausamkeit erscheint ihm unvorstellbar. Sogar die mit Judensternen beschmierten Schaufensterscheiben eines Geschäfts in der Mainzer Innenstadt waren zu sehen.

Es habe schon ein paar Leute gegeben, die von einem Tag auf den anderen verschwunden seien, sagt die Mutter, als die Brüder sie abends am Küchentisch darauf ansprechen. Bei ihrer Ausbildung in Bingen habe sie während des Kriegs immer mal wieder Bilder von Gegenständen entwickeln müssen, die aus den Wohnungen von deportierten Juden geholt worden waren, Antiquitäten, Gemälde und andere Besitztümer.

»Aber warum hat den Juden denn keiner geholfen?«

»Angst, nehme ich an«, sagt die Mutter, dann steht sie auf und holt eine Flasche Sherry vom Küchenschrank. »Der Hitler, das war ein böser Mensch. Und die Deutschen hatten's auch nicht leicht.«

Sie schenkt sich ein Glas ein und beginnt zu erzählen. Von den Bombennächten und der Lebensmittelknappheit, von dem Abbruch ihrer Ausbildung in der Drogerie Rommel und der Zwangsverpflichtung bei der Chemiefabrik Boehringer in Ingelheim, vom Kriegsende und den alliierten Soldaten und wie eines Morgens im Juni 46 dieser völlig zerlumpte und abgemagerte Mann vor der Tür stand, den sie erst anhand seiner Stimme als ihren eigenen Vater erkannte. Der Großvater war an der Westfront und später in einem der berüchtigten Rheinwiesenlager im Hunsrück interniert gewesen. Nach seiner Entlassung war er nach Bingen gelaufen, wo seine Frau und seine Tochter ihn als Erstes in die Badewanne gesetzt und vorsichtig gesäubert hatten, »so vermilbt und verlaust, wie der war, spindeldürr und dann diese geschwollenen Füße …«.

Das Haus ihrer Eltern sei da schon längst beschlagnahmt gewesen, sagt die Mutter. Erst seien die Amerikaner drin gewesen, dann die Franzosen. Ihre Eltern und sie hätten nur noch ein einziges Zimmer bewohnt und seien dann auch bald in die Dachgeschosswohnung an der Drususbrücke gezogen, wo die Oma und der Opa heute noch lebten. Weil Nahrungsmittel auch nach dem Krieg knapp waren, sei sie als junges Fräulein mit dem Fahrrad über die Dörfer gefahren und habe Kleidung und Erinnerungsstücke der Familie gegen Essbares getauscht. »*Stoppeln*, nannte man das.«

Auf einem dieser Höfe, in einem Dorf namens Seibersheim, habe sie schließlich einen gutaussehenden Mann kennengelernt. Der Heini sei neuneinhalb Jahre älter als sie und bereits mit der Tochter eines der größten Bauern des Nachbardorfs verlobt gewesen, habe diese Verlobung aber gelöst, sehr zum Entsetzen seiner Mutter, der Oma Seibersheim, die sich bis an ihr Lebensende dafür geschämt und die Schuld insgeheim immer ihrer Schwiegertochter gegeben habe.

Mit weitaufgerissenen Augen und offenen Mündern hören die Geschwister ihrer Mutter zu. So hat sie noch nie über den Vater gesprochen. Überhaupt hat sie noch nie so ausführlich aus ihrem Leben erzählt. Sie schenkt sich ein zweites Glas Sherry ein und bald auch das dritte und kommt vom Hundertsten ins Tausendste. Der Besitzer eines Möbelgeschäfts in Bingen, der ihr über Jahre nachgestellt und einen Antrag gemacht habe, und ihre Eltern, die sich diesen wohlhabenden und allseits respektierten Herrn gut als Ehemann für ihre einzige Tochter hätten vorstellen können. Dann die Enttäuschung, als sie stattdessen mit diesem *bäuerlichen Katholen* nach Hause kam. Kein halbes Jahr später ihre Konversion von der evangelischen zur römisch-katholischen Kirche, eine Bedingung der Seibersheimer, um der Eheschließung zuzustimmen, die Geburt von Wolfgang nur vier Monate später und der Einzug in die Mansardenwohnung in Bingerbrück, im Jahr drauf die Geburt von Rainer und die von Mia anderthalb Jahre später, »und dazwischen die Fehlgeburt«.

Die Kinder zucken zusammen. *Fehlgeburt*, dieses Wort haben sie noch nie gehört. Ungerührt spricht die Mutter weiter und erzählt davon, wie Oma Bingen ihren Schwiegersohn eines Tages zur Seite genommen und ihm erklärt habe, er ruiniere ihre Frieda, wenn er sie jedes Jahr schwängere, worauf der nur trocken geantwortet habe: »Jedes Jahr ein Kind, bis wir deutscher Meister sind!« Die Mutter schüttelt den Kopf. Einen Moment sieht es so aus, als würde sie anfangen zu weinen, dann aber bricht sie in helles Gelächter aus: »DEUTSCHER MEISTER! ZU MEINER MUTTER! Das muss man sich mal VORSTELLEN!«

Sie legt sich die Hand auf den Mund und kriegt sich gar nicht mehr ein, bis sie mit einem Mal verstummt und von einem zum anderen schaut, als sei sie überrascht, ihre Kinder hier um sich versammelt zu sehen. Ein verwirrter Blick auf die Uhr über der Anrichte, die benutzten Teller und die halbleere Sherryflasche, dann steht sie mit einem Ruck auf: »Ach du liebes bisschen, das ist ja schon halb zehn durch, jetzt aber ratzfatz in die Falle mit euch!«

Und so geht es weiter. Ausflüchte, Vorwände, fickfacken. Der Sherry, das Frauengold, die Medikamentenschachteln: Aspirin, Valium, Librium, Captagon. Die blitzblanke Küche daheim, der Geruch von Bohnerwachs und Angstschweiß auf den Schulfluren, die kollektive Amnesie und die soldatischen Tugenden: Was uns nicht umbringt … Wer nicht hören will … Wintermäntel des Schweigens, Leichenwasser im Keller. Klappehalten wegducken runterschlucken. Das gehört sich nicht, das macht man nicht, es wird schon alles seine Richtigkeit … Panzerfrauen, Trümmermänner. Stell dich nicht so an, reiß dich zusammen, sei nicht so empfindlich. Rasenmähen heckeschneiden wäschefalten. Sitz gerade, schling nicht so, geschieht dir ganz recht. Schuld war nur der … Pack die Badehose … Humba tätärä. Ordnung muss sein. Anders geht es nicht.

Das vierwöchige Ferienlager der Deutschen Bundesbahn in einer ehemaligen Kaserne am Bodensee mit Solbädern,

Lagerfeuern und Pfadfinderliedern und dem von Dr. Franck ausgestellten Attest über Rainers Unverträglichkeit von Milchprodukten, das der verpickelte Gruppenleiter gleich bei der Ankunft mit einem boshaften »Solche Fisimatenten werden wir dir hier schon austreiben« zusammenknüllt und in den Papierkorb wirft. Dann die Abende, an denen es ausschließlich Milchreis mit Zimt zu essen gibt und Rainer seine Portion Wolfgang überlässt und mit knurrendem Magen ins Bett geht, bis sie dabei erwischt werden und der Gruppenleiter Rainer mit dem lauwarmen Brei füttert wie ein Baby, ihm mit sadistischem Eifer Löffel für Löffel in den Mund schiebt, was den anderen Kindern im Speisesaal nicht verborgen bleibt. Die stumme Selbstbeschwörung: Reiß dich zusammen, würg es hinunter und denk an nichts, wie aber nach dem fünften oder sechsten Bissen der pelzigen Pampe nichts mehr in ihn reingeht, der Ekel zu groß ist und Rainer einfach nicht mehr schlucken kann. Der unerbittliche Gruppenleiter, der ihm schon den nächsten Löffel an die Lippen presst, die an Rainers Wangen hinablaufenden Tränen und die Spucke an seinem Kinn, schließlich das Aufstoßen und Losreißen und wie er sich gerade noch zur Seite beugen kann, bevor ihm die brockige Suppe aus dem Hals schießt und durch die zu einer Schale geformten Finger auf den Tisch und den Stuhl und die Kleidung spritzt, das Entsetzen in den Augen des Gruppenleiters, die aus hundert begeisterten Mündern bekundeten Ausrufe des Ekels und die erfolglosen Versuche der anderen Betreuer, für Ruhe im Saal zu sorgen – die Hütte tobt, die Stimmung kocht, was für ein Schauspiel! Dann die winzige Krankenstation im oberen Teil des Gebäudes, das schmale harte Bettchen und die erste Nacht seines Lebens, die er ohne seinen Bruder verbringen muss. Am nächsten Vormittag ein kurzer Besuch von Wolfgang, der den ganzen Weg runter ins

Dorf gerannt ist, um eine Packung Salzstangen und eine Flasche Cola zu kaufen, zuhause gibt es bei Erbrechen immer Salzstangen und Cola, und wie die Betreuer ihm grinsend die von seinem Taschengeld abgezwackten Einkäufe abnehmen und abends am Lagerfeuer selbst verdrücken, wie sie den entkräfteten und vor allen bloßgestellten Rainer erst am folgenden Abend zurück in den Schlafsaal der Gruppe B bringen, wo er von nun an einen Schlafplatz im Stockbett ganz unten hat – »Nicht dass du nachts noch auf mich runterreiherst«, wie Theo Fromme witzelt, ein glubschäugiges Großmaul aus dem Badischen, das bisher unter ihm gelegen und in Rainers zweitägiger Abwesenheit den Spitznamen *Reiher-Rainer* etabliert hat. »Guten Morgen, Reiher-Rainer, heute schon gereihert?«, rufen sogar die Jüngeren aus Gruppe C, wenn der in der gnadenlosen Hackordnung des Ferienlagers nun ins Bodenlose gerutschte Bub ihnen entgegenkommt, oder: »Ich sehe was, was du nicht siehst, und das ist komplett vollgereihert!«, und wie nicht mal Wolfgang etwas dagegen ausrichten kann, dem am Ende des Aufenthalts nach einem verpfuschten Pass von Rainer auf dem Bolzplatz selbst ein frustriertes und von allen Anwesenden mit wieherndem Gelächter quittiertes »ZUM KOTZEN, RAINER! ECHT ZUM KOTZEN!« herausrutscht.

Nicht mehr Klein-Nack sein und im Schatten des großen Bruders stehen wollen.

Froh sein über den großen Bruder, in dessen Schatten man stehen und hinter dem man sich verstecken kann.

Die quälende Vorstellung, ein Leben lang Klein-Nack zu bleiben.

Zuhause dann die Scham und das Erröten, als er der Mutter von den Erlebnissen im Ferienlager erzählt, worauf sie ihn an ihren großen Busen drückt und ihm gut zuredet, »Ach, mein Filius, lass dich von diesen Versagern doch nicht unterkriegen«, nur um beim nächsten Streit damit zu drohen, dass sie ihn, sollte er nicht auf der Stelle Ruhe geben, im kommenden Sommer wieder ins Ferienlager schicken wird – »Da kannst du aber Gift drauf nehmen, Bürschchen …«.

*

Im Schlafsaal des Kindererholungsheims hat Rainer beobachtet, wie bei einigen der älteren Jungen Nacht für Nacht rhythmisch die Decken hoch- und runtergingen. Auf seine Frage, was die da machten, bekam er von Wolfgang nur ein lapidares »Na, was wohl, wichsen« zur Antwort, und bei Rainers verständnislosem Blick rollte er mit den Augen: »Saftpresse, Handorgel, Taschenbillard, noch nie gehört? DIE RUBBELN SICH EINEN, DU DÖDEL!«

Nun stellt Rainer fest, dass auch Wolfgang mit dem Wichsen begonnen hat. Sobald er glaubt, sein jüngerer Bruder sei eingeschlafen, geht es los, *Fläp-Fläp-Fläp*, *Grunz-Stöhn-Grunz*, so gut wie jede Nacht, und es dauert nicht lange, bis auch Rainer Gefallen daran findet. Meist denkt er dabei an die Monika aus seiner Parallelklasse oder an Nscho-tschi, die kleine Schwester von Winnetou, deren aus der *Bravo* ausgeschnittenes Bild zusammengefaltet in dem Wurzelholzkästchen unter seinem Bett liegt, in dem er seine wertvollsten Besitztümer verwahrt, die Indianerfiguren aus Gips, die Glasklicker und das wöchentliche Taschengeld.

Doch immer kommt irgendwann der Sonntag, an dem das sündhafte Verhalten gebeichtet werden muss. *Ich war ungehorsam*, *Ich habe gelogen*, *Ich habe nicht auf meine Mutter gehört*, all das kommt Rainer leichter über die Lippen als der

Satz: *Ich war unkeusch.* Zumal Pfarrer Lüders ihn auch hinter dem Gitterfenster des dunklen Beichtstuhls immer gleich an seiner Stimme erkennt.

»Du hast dich unsittlich berührt, mein Sohn?«

»Ja, Herr Pfarrer.«

»Wo?«

»Zwischen den Beinen, Herr Pfarrer.«

»In deinem Bettchen?«

»Ja, Herr Pfarrer.«

»Wie alt bist du jetzt, Rainer?«

»Ich werde bald vierzehn, Herr Pfarrer.«

»Vierzehn, soso. Kein einfaches Alter. Und du bereust, was du getan hast?«

»Ja, Herr Pfarrer.«

»Nun gut, ich gebe dir drei Vaterunser als Absolution. Und grüß bitte deine Mutter von mir.«

Die Furcht vor den Flecken in der Unterhose, der Bettwäsche, dem Schlafanzug. Der lähmende Schreck, wenn er auf dem Schulweg oder im Klassenzimmer feststellt, dass er vergessen hat, die zusammengeknüllten und zwischen Matratze und Bettrahmen gestopften Taschentücher ins Bad zu schmuggeln und im Klo runterzuspülen.

Der zusammengeschmissene Fünfer an Alfred Voigt, der am Samstagnachmittag das Oberlicht im Bad öffnen soll, bevor seine fünf Schwestern eine nach der anderen duschen gehen, darunter die Edith, die schon einen richtigen Busen hat und sich heimlich mit amerikanischen GIs in der Stadt trifft und mit Platten von Elvis Presley nach Hause kommt, und wie Alfred Voigt, dieser Humpelhopser-Dämlack, das mit dem Oberlicht dann vergisst und den Heiermann nicht wieder rausrücken will, worauf er von Wolfgang vor versammelter

Mannschaft eine geschallert kriegt und mit blankem Arsch in die Brennnesseln geworfen wird.

Wolfgang, der vor allen auf dem Schulhof seine umgedichtete Version von Schillers *Lied von der Glocke* vorträgt: »Festgemauert in der Erde / liegt der Mann auf seiner Frau / heute soll das Kind noch werde / denn die Eier sind schon blau«, dann der Lehrer mit dem Rohrstock und der Anruf bei der Mutter.

Der Abend, an dem die Mutter eine Viertelstunde nach Löschen des Lichts zurück ins Zimmer stürmt und die Bettdecken der Jungs zurückschlägt: »Dass ihr euch nicht schämt! Oben im Himmel sitzt euer armer Vater und muss sich diese WIDERWÄRTIGKEITEN anschauen! EUER PAPA IST SO WAS VON ENTTÄUSCHT VON EUCH!«

Mia, die ihren Brüdern für ein bisschen Schokolade ihre kaum entwickelten Brüste zeigt, und wie sie sich dann beide vor ihr einen von der Palme wedeln und anschließend noch mehr Schokolade und einen nicht unbeträchtlichen Teil ihres Taschengelds abdrücken müssen, um sicherzustellen, dass ihre kleine Schwester auch wirklich dichthält.

Dann der Besuch bei den Großeltern, bei dem Opa Bingen umständlich ankündigt, er habe nach dem Essen etwas mit den Jungs zu besprechen, »unter Männern«, und wie er auf dem Spaziergang die Nahe entlang dann nur verdruckstes Zeug über das Wetter und die Arbeit von sich gibt, bis sie fast am Mäuseturm angekommen sind und er mit einem Mal stehen bleibt und konfus vor sich hin stammelt, »Ihr kommt jetzt in ein Alter, wo ihr, nicht wahr, wo die Weiber … Ihr wisst schon, wo die Weiber ihre Reize … Und das kann, da muss man als Mann, nicht wahr … Also, ihr müsst wissen …«, ganz fleckig im Gesicht und mit wild zwischen seinen Enkeln hin und her zuckendem Blick, bis er mit dem rechten Fuß aufstampft und mehr bellt, als dass er es sagt: »EINE FOTZE ZIEHT MEHR ALS ZEHN PFERDE, SCHREIBT EUCH DAS HINTER DIE LÖFFEL!«

Ich trat auf etwas Spitzes und geriet ins Taumeln. Das Wasser ging mir nur bis zur Hüfte, doch dann wurde ich von einer Welle erfasst, verlor den Halt und ging zu Boden.

Nach dem Mittagessen, der Wind hatte sich gelegt, und es war schwül geworden, war ich runter zum Strand und ins Wasser gegangen. Ich hatte eine andere Stelle gewählt als tags zuvor, weiter hinten in der Nähe eines Felsens, der meterhoch aus dem Wasser emporragte.

Auch der Untergrund war steiniger hier. Ich schlug mit dem Knie an einer scharfen Kante auf, und als ich mich vom Boden hochdrücken wollte, durchfuhr mich ein stechender Schmerz. Ich hatte in einen Seeigel gefasst. Panisch riss ich mir die Stacheln aus den Handballen und Fingern, geriet dabei ins Wanken und wurde erneut umgeworfen, und als ich es endlich zurück an den Strand geschafft hatte, sah ich ein paar Meter entfernt Saira unter einer Palme stehen. Wie es aussah, hatte sie mein linkisches Manöver die ganze Zeit verfolgt. Sie deutete auf mein Knie, aus dem ein dünnes Rinnsal Blut lief, dann drehte sie sich um und rannte los, über den Strand Richtung Küche. Ich befürchtete schon, sie würde ihren Vater holen oder ihre Mutter, doch Saira kam alleine zurück, mit einem Fläschchen Desinfektionsspray in der einen und einer Packung Pflaster in der anderen Hand. Sie packte meinen Unterarm und zog mich über den glühenden Sand hinter sich her zu meiner Cabaña, und nachdem ich mir mit einer Pinzette aus meinem Reisenecessaire die restlichen Stacheln aus der Hand gezupft und die Wunde am Knie ausgewaschen hatte, tupfte sie mir vorsichtig mit einem Handtuch das Bein ab. Anschließend sprühte sie etwas von dem Spray auf meine

Hände und klebte mir die Pflaster aufs Knie, drei Stück untereinander, so dass von der kleinen, aber erstaunlich tiefen Schürfwunde nichts mehr zu sehen war.

»Muy bien, Dottora Saira«, sagte ich. Ich war mir nicht sicher, ob das korrektes Spanisch war, doch das Mädchen lächelte, und dann fing es an, schnatternd auf mich einzureden. Überfordert hob ich die Augenbrauen und schüttelte den Kopf, »disculpe, no entiendo«, worauf Saira mich auf die Veranda zog, die Stufen hinunter und an der Rückseite der Hütte entlang zur Kante des hoch über uns aufragenden Dschungels. Ein rascher Blick über die Schulter, dann schob sie einen mächtigen Farnwedel zur Seite.

»Vamos!«, sagte sie und verschwand im Dickicht.

Geduckt folgte ich ihr, einen schmalen Pfad entlang, der zu einem Verschlag aus Ästen und Palmblättern am Hang führte. Eine Höhle im Urwald, offenbar selbstgebaut. Das Innere war mit Plastiktüten und Folie ausgelegt und hatte gerade genug Platz für uns beide. Vor einem riesigen dunklen Stein, der die Rückwand der Höhle darstellte, lag ein wuchtiger Baumstumpf, darauf aufgereiht lauter Dinge, die Saira am Strand aufgesammelt und hierhergebracht haben musste. Ein Paar Plastiksandalen. Ein einzelner Adidas-Sneaker. Eine nackte Barbiepuppe ohne Kopf und eine aufgequollene Basecap mit der Aufschrift *Fly Emirates*. Gegenüber, im feuchten Boden des ansteigenden Hügels, befand sich ein aus Hunderten von matt geschliffenen Glasscherben bestehendes Mosaik. Wie das Richter-Fenster im Kölner Dom, dachte ich, und: Wie lange mag sie daran gearbeitet haben?

Ich ließ einen leisen Pfiff erklingen. Aus großen Augen sah Saira mich an. »Pssst«, machte sie, »es un secreto«, und dafür reichte sogar mein Spanisch.

*

Mein Deutsch war schon recht gut, als wir von der ersten deutschen Stadt in die zweite zogen, und als ich nach den Sommerferien in die neue Schule kam, hatte ich alle Reste meines Akzents abgelegt. Ich weiß sogar noch, wann und wo ich mich dazu entschlossen habe: bei der Abschlussfeier an meiner ersten deutschen Schule, als drei meiner Mitschülerinnen bei einer Art Miniplaybackshow in der Schulaula das Lied *Ich find dich scheiße* aufführten und bei den Refrains immer wieder in meine Richtung sahen und verstohlen in sich reingrienten, bis auch der Letzte im Saal verstanden hatte, an wen ihre gehässigen Zeilen sich richteten.

Dass ich nicht zu den beliebtesten Mädchen der Schule zählte, war mir da längst klar. Je mehr ich die Nähe meiner Klassenkameradinnen suchte, desto schroffer wurde ich abgewiesen. Meinen Eltern erzählte ich davon nichts. Bei uns zuhause war kein Platz für Gejammer und Wehleidigkeiten, meine mittlerweile unentwegt miteinander streitenden Eltern hatten ganz andere Sorgen, und als ich mich in jenem Frühsommer mit gesenktem Blick von dem Spektakel in der Schulaula davonstahl und lautlos weinend in eine Klokabine sperrte, wurde mir klar, dass ich den bevorstehenden Schulwechsel nutzen und alles ablegen musste, was mich in dieser Welt als Alien markierte. Den Akzent, die aus irgendeinem Altkleidersack gezogenen Klamotten, die von meiner Mutter mit der Küchenschere geschnittene Kurzhaarfrisur und all die verräterischen Eigenarten und Angewohnheiten meiner Familienmitglieder und Landsleute. Und hätte ich es nicht von Anfang an wissen müssen? Keine zweieinhalb Jahre zuvor, direkt nach unserer Ankunft im neuen Land, hatten meine Eltern mir eröffnet, dass ich mich für einen neuen Namen entscheiden müsse – niemand in diesem Land hieße Aljona, die Deutschen könnten diesen Namen nicht einmal aussprechen, also: Elena oder Alena, was wäre mir lieber? Ich war neuneinhalb Jahre alt und dachte, was ist denn mit den Deutschen los, sind die dumm oder was?

In dieser Klokabine sitzend, mit dem hämischen Schulaulagelächter noch in den Ohren, war ich also bereits geübt darin, von einer Identität in die andere zu wechseln, und das Gute war: Diesmal hatte ich es selbst in der Hand. Durch unseren Umzug während der Sommerferien konnte ich mich ganz neu erfinden. In der neuen Stadt würde mich niemand kennen. Ich konnte also selbst entscheiden, wer ich von nun an sein wollte. Ich musste es nur gut machen, mir einen Plan zurechtlegen und ihn konsequent durchziehen. Und genau das habe ich getan. In den Ferien trug ich Zeitungen aus, sparte das Geld und legte mir zwei akzeptable Outfits von H&M zu. Ich ließ mir die Haare wachsen und von einem echten Friseur in Form bringen, und ich las, so viel ich konnte. Die interessantesten deutschen Wörter und ihre Bedeutungen schrieb ich in ein Vokabelheft, das ich immer bei mir trug. Mein Lieblingswort war *ambivalent*, dicht gefolgt von *Sternschnuppe* und *Loreley*. Ich wechselte in meinem Tagebuch vom Russischen ins Deutsche und entschied, von nun an erwachsen zu sein und souverän. Auf der neuen Schule gehörte ich schon nach zwei Jahren zu den Klassenbesten.

Wahrscheinlich musste ich den drei Playbackschlampen sogar dankbar sein. Ohne das Gedisse von Lisa, Laura und Lara, oder wie auch immer sie hießen, hätte ich wohl nie ein so gutes Abi gemacht, und ganz bestimmt wäre ich nicht an die Uni gegangen, um eine, wie mir damals vorschwebte, *berühmte Fotokünstlerin* zu werden. Mein Ehrgeiz war meine Form von Rache. Die gesamte Schulzeit über war ich eine fleißige, gewissenhafte und toporganisierte Schülerin. Auch in der Oberstufe noch, als alle anfingen zu kiffen und zu knutschen, nur ich nicht. Wenn die anderen sich in der Stadt trafen, am Baggerloch oder in einer sturmfreien Bude, half ich meiner Mutter, die Fußböden von Großraumbüros zu schrubben, in der Schule galt ich als Streberin. Ein Image, das ich wiederum korrigierte, als ich zum Studieren nach Hamburg ging.

Wie beim letzten Schulwechsel nutzte ich die Chance und erfand mich komplett neu. Der Mitte der Nullerjahre angesagte Indie-Style kam mir dabei entgegen. In einer an Understatement und Schlabberklamotten orientierten Jugendkultur fiel ich mit meinen Secondhandsachen nicht weiter auf, meine heimliche Faszination für Glamour, Glitzer und Bling behielt ich für mich. Bei den Bad-Taste-Partys im Grünen Jäger tanzte ich als Einzige völlig unironisch zu Britney Spears oder Ace of Base, mein Coming-out hatte ich in einer Gondel des Riesenrads auf dem Hamburger Dom vor zwei Kommilitoninnen, Erstis wie ich, denen gegenüber ich mich zuvor versehentlich als Yvonne-Catterfeld-eigentlich-ganz-niedlich-Finderin zu erkennen gegeben hatte, die dann aber kein bisschen schockiert waren und mich innerhalb weniger Wochen mit meinem ersten richtigen Date verkuppelten.

Nie hingegen werde ich ihre Blicke beim Brunch in dieser Eimsbütteler WG vergessen, als ich in einem unvorsichtigen Moment fragte, was das eigentlich für eine schrumpelige Frucht da auf dem Tisch sei. Worauf alle anfingen zu lachen und plötzlich verstummten und mich verständnislos ansahen, bis sich irgendwer erbarmte zu sagen: »Äh … eine Avocado?«

»Heute hat mich der alte Lorenz angesprochen, ehemaliger Arbeitskollege vom Papa«, sagt Wolfgang und reicht Rainer das Glas Marmelade aus dem Eisschrank. »Einer aus der Signalmeisterei hatte Geburtstag, da standen sie nach der Schicht noch bei einem Bierchen zusammen. Ich wollte eigentlich nur meine Sachen aus dem Spind holen, als Lorenz mich auf einmal rüberwinkt. ›Du bist doch Wolfgang, der Bub vom Heinrich‹, meint er und hält mir seine Zigarettenschachtel hin und guckt mich so komisch an.«

Es ist ein Mittwochabend im Juni, die Brüder decken gerade den Tisch fürs Abendbrot. Gelb und satt schwappt das frühabendliche Licht durch das Küchenfenster. Die Mutter ist im vorderen Zimmer und bügelt, Mia sitzt nebenan im Wohnzimmer und macht ihre Hausaufgaben.

»Ich bedank mich und nehm mir 'ne Fluppe und lass mir Feuer geben«, fährt Wolfgang fort, »und auf einmal nimmt der alte Lorenz mich zur Seite und meint: ›Was war denn da los, damals? *Selbstmord*, hat es ja geheißen.‹«

Rainer wirft einen raschen Blick über die Schulter. Die Mutter mag es nicht, wenn die Kinder über das Verschwinden des Vaters sprechen. Auch wenn das jetzt, viereinhalb Jahre danach, kaum noch vorkommt. Seit gut drei Monaten ist Wolfgang jetzt in der Ausbildung zum Starkstromelektriker bei der Deutschen Bundesbahn und durchläuft im monatlichen Wechsel die verschiedenen Abteilungen, die Fernmeldemeisterei, die Schlosserei, den Batteriebau, das Betriebswerk. Eigentlich hatte er vor, die Mittlere Reife zu machen und danach das Abitur, um anschließend Elektrotechnik studieren zu können. Dann aber saß die Mutter immer öfter am Küchentisch und führte hitzige Gespräche mit unterschiedlichen Verwaltungsangestellten der Bahn. Es gab Probleme mit der Wohnung, auf die die Familie dem zuständigen Sachbearbeiter zufolge kein Anrecht hat, nun, wo mit dem Tod des Vaters kein Mitarbeiter der Deutschen Bundesbahn mehr im Haushalt lebt. Die Wohnung der Nacks ist hundertzwanzig Quadratmeter groß und kostet zweihundert Mark warm. So etwas fände sie nie wieder, sagte die Mutter und dass sie doch nichts habe als ihre Witwenrente und die Zuwendungen ihrer Eltern. Die Geschwister wissen, dass Frau Kiesewetter ihr mehrfach eine Stelle in dem Altstadtcafé angeboten hat, in dem sie selbst regelmäßig aushilft, und dass die Mutter das Angebot unter Verweis auf ihr schlimmes Bein und die drei Kinder immer ausgeschlagen hat. »Ganz normal arbeiten gehen wie andere Menschen?«, spottete Mia, als sie unter sich waren. »Dafür ist die Mama sich doch viel zu fein«, worauf Rainer seine Schwester anfuhr, sie solle das Maul halten, denn selbst wenn da etwas dran war, so redete man ja wohl nicht über die eigene Mutter. Eines Sonntags beim Mittagessen in Bingen jedenfalls wurde beschlossen, dass Wolfgang mit dem Erlangen seines Volksschulabschlusses eine Lehre bei der Bahn beginnen solle. Die Bundesbahn, das sei ein guter Arbeitgeber, meinte die Mutter und dass er das Abitur auch später noch nachholen könne. Wolfgang fügte sich ihrem Willen und wurde Eisenbahner, genau wie es sich der ehemalige Vorgesetzte des Vaters in seiner Trauerrede gewünscht hatte.

»Und was haste diesem Lorenz daraufhin gesagt?«, will Rainer wissen.

»Nix hab ich gesagt. Ich hab gesagt: ›Ich dachte, *ihr* könntet *mir* sagen, was mit meinem Vater los war.‹«

»Und er?«

»Hat nur mit den Schultern gezuckt. Seine Kollegen genauso. Die waren auf einmal ganz Ohr. Die haben den Papa ja alle gekannt, die meisten konnten sich noch gut an ihn erinnern. Denen ist aber nie etwas aufgefallen. ›Tüschtische Kerl, der Heini‹, meinte der eine, ›auf den konnschd dich verlasse.‹«

Wenn Wolfgang die Kollegen nachmacht, dann stets in breitestem Rheinhessisch, und immer öfter schleicht sich der Dialekt auch in seine eigene Sprechweise ein, sehr zum Missfallen der Großeltern, die solches *Wirtshausgebabbel* an ihrem Tisch nicht dulden.

»Und dann?«

»Ja, nix *und dann.*« Wolfgang reicht Rainer die Butter und die Schüssel mit dem schwäbischen Kartoffelsalat, den die Mutter morgens zubereitet und den Tag über hat ziehen lassen, dann schließt er den Eisschrank und öffnet die Besteckschublade. »Die haben alle bloß genickt und in ihre Bierflaschen gestiert, und der alte Lorenz hat so komisch geseufzt und gemeint: ›Guuder Mann, da kannsch ned gegn saae.‹« Mit roten Wangen, als sei ihm das Gespräch mit einem Mal unangenehm, hält Wolfgang seinem Bruder das Besteck hin. Dann dreht er sich um, geht in den Flur und ruft: »Abendessen!«

Wie an den meisten Tagen dieses Frühsommers ist Rainer nach dem Abendbrot noch zu einem Fußballspiel am Plätzchen verabredet.

»Kommst du mit?«, fragt er seinen Bruder, während er auf dem Schuhschränkchen sitzt und seine neuen Turnschuhe anzieht, ein Geschenk seiner Mutter zu den Bundesjugendspielen, die tags drauf an der Sportanlage in Hechtsheim stattfinden und auf die er sich schon seit Wochen freut. Seit seinem Wachstumsschub am Ende der Sechsten gehört Rainer in sämtlichen Leichtathletikdisziplinen zu den Jahrgangsbesten, und im Fußball hat er sich über die Siedlung hinaus einen Ruf als exzellenter Dribbler erarbeitet.

»Kann nicht, muss Berichte schreiben«, antwortet Wolfgang, und so, wie er dabei guckt, scheint ihn das nicht mal groß zu stören.

»Komm, los, nur heute«, bettelt Rainer.

»Nee, echt nicht«, sagt Wolfgang und schlägt sein Heft auf. Seit er in der Ausbildung ist, kommt er erst am späten Nachmittag nach Hause, und obwohl er jedes Mal hundemüde aussieht, erledigt er immer noch gewissenhaft seine dämlichen Berichte und vertieft sich in irgendwelche Zeichnungen von Geräten, Schaltplänen und Spezialwerkzeugen, die Rainer mit seinem Desinteresse für alles, was mit Technik zu tun hat, auf ewig ein Rätsel bleiben werden.

Die Sonne steht bereits tief am Himmel, als er am Plätzchen ankommt. Sie sind zu zehnt an diesem Abend und spielen fünf gegen fünf. Hans Kiesewetter und Lothar Baumbinder sind die Kapitäne. In drei Meter Abstand stehen sie sich gegenüber und gehen Schuhlänge für Schuhlänge aufeinander zu, bis Kiesewetter im richtigen Moment den Fuß schräg stellt, so dass Baumbinder ihn im nächsten Schritt knapp verfehlt. Gackernd latscht Kiesewetter dem anderen auf die Zehen, als ersten Spieler für seine Mannschaft wählt er Rainer aus.

Stolz auf seinen Rang als einer der besten Kicker der Siedlung, gleichermaßen frustriert von der Zurückweisung seines Bruders, der jetzt berufstätig ist und mit den ehemaligen Arbeitskollegen des Vaters Zigaretten raucht, legt Rainer sich heute besonders ins Zeug. Schon nach wenigen Minuten geht Team Kiesewetter durch einen Flachschuss von Rainer in Führung. Ein paar Spielzüge später nimmt er Lothar Baumbinder den Ball ab und jagt erneut auf das durch zwei Holzlatten markierte gegnerische Tor zu, in dem der schiefe Georg nervös auf und ab hüpft. Rainer will sich die Pille gerade schussbereit vor den rechten Fuß legen, da kommt von links Lothar Baumbinder angeflogen, mit Karacho und gestrecktem Bein. Als Rainer nach unten schaut, steht seine linke Kniescheibe eigenartig hervor. Er geht zu Boden, und durch den Aufprall springt die Kniescheibe zurück ins Gelenk. Glück im Unglück, denkt Rainer, doch als er sich aufgerappelt hat und mit dem linken Fuß auftreten will, fällt er um wie ein alter Klappstuhl.

Hans Kiesewetter ist außer sich. »Baumbinder, du Fickspecht, was soll die Scheiße!«

»War keine Absicht, ehrlich. Geht's denn wieder, Nacki?«

Rainer presst die Zähne zusammen. »Das tut höllisch weh. Ich glaub, ich muss abbrechen.«

»Du bist auch kreidebleich«, sagt Hans Kiesewetter. »Und guck mal, wie das anschwillt.«

Tatsächlich. Rainers Knie wird von Sekunde zu Sekunde dicker. Wenigstens sieht man was, denkt er. Alles, nur nicht als Memme rüberkommen, als Schwächling oder Simulant, als einer, der markiert.

»Ich geh das mal besser kühlen.«

»Ja, das ist, glaub ich, 'ne gute Idee«, sagt der schiefe Georg.

Vorsichtig steht Rainer auf. Mit Kiesewetters Hilfe lässt er sich den Abhang hinuntergleiten, dann hüpft er auf einem Bein über die Straße und die Treppen rauf zur Wohnung.

»Baumbinder, dieser elende Hundsfott«, murmelt Wolfgang, während er seinem Bruder aus den Schuhen und der Hose hilft. »Der kann was erleben.«

Nur mit Mühe kann Rainer ihn überzeugen, dass das Ganze

ein Unfall war und keine böse Absicht vom Baumbinder. Auch wenn er selbst seine Zweifel hat. Die Mutter legt ihm einen Satz kalter Umschläge an.

»Wie schade um die Bundesjugendspiele«, sagt sie und streicht ihm sanft übers Haar. »Du hattest dich doch so darauf gefreut.«

Ach ja, die Bundesjugendspiele. Verdammt.

Mit dem Knie sei alles wieder in Ordnung, behauptet Rainer beim Frühstück, und tatsächlich kann er auf dem Weg zum Sportplatz ganz normal gehen. Auch die erste Disziplin, den 75-Meter-Lauf, kriegt er einigermaßen hin, wenn auch beschämende anderthalb Sekunden langsamer als bei seinem persönlichen Rekord ein paar Tage zuvor. Dann der Weitsprung. Der Anlauf gerät ihm noch ganz passabel, genau wie der Sprung selbst, doch als er zum Take-off ansetzt und die Beine nach vorne reißt, springt ihm erneut die Kniescheibe aus dem Gelenk. Wie ein nasser Sack bleibt er im feuchten Sand der Sprunggrube liegen.

»Eine Patellaluxation«, sagt der Arzt in der Uniklinik und dass sie mal schauen müssten, wie man das wieder eingerenkt kriege. Mit der linken Hand hält er Rainers Unterschenkel fest, während er den Oberschenkel mit dem rechten Arm in die Untersuchungsliege drückt und ihm gleichzeitig mit Karacho die Kniescheibe zurück ins Gelenk schiebt. Für einen kurzen Moment hat Rainer das Gefühl, den Verstand zu verlieren. Der Arzt grinst. »Ein Indianer kennt keinen Schmerz, nicht wahr, junger Mann?«

Nach der Entfernung des Gipses einige Wochen später ist Rainers linkes Bein nur noch ein dünner Strich, kalkweiß und schwabbelig. Er bekommt Massagen verschrieben, Bewegungsbäder und unterschiedliche Übungen, bei denen ihm die Mutter hilft, die sich seit ihrem eigenen Unfall bestens damit auskennt. Mit einer Engelsgeduld massiert sie ihm die Muskeln und Bänder und wirkt hinterher jedes Mal selbst ganz erholt.

Trotz der Warnungen des Arztes fängt Rainer schon bald wieder an zu kicken, zunächst nur für sich und auch nur, um ein Gespür für den Ball zu bekommen. Doch als er sich an einem heißen Spätsommerabend aufs Spielfeld am Plätzchen traut und schon nach wenigen Minuten ins Stolpern gerät, springt ihm zum dritten Mal die Kniescheibe aus dem Gelenk. Diesmal renkt er sich das Knie selbst wieder ein.

»Um Gottes willen …«, flüstert der schiefe Georg, während Hans Kiesewetter sich die Hände vors Gesicht hält und Würggeräusche von sich gibt. Die beiden helfen Rainer über die Straße und die Treppen hoch zur Wohnung, und als er erneut mit den kalten Umschlägen seiner Mutter auf dem Sofa liegt, dämmert ihm, dass die Zeiten als Leichtathletik-Ass und passionierter Kicker ein für alle Mal vorbei sind.

Anders als sein Bruder und viele seiner Freunde hat Rainer keine Ahnung, was er einmal werden möchte. Weil sich auch sonst niemand vorstellen kann, dass ein *Hans Guckindieluft* wie er schon im kommenden Jahr seine Schullaufbahn beenden und einen Beruf erlernen soll, meldet die Mutter ihn für das soeben neu eingeführte freiwillige neunte Jahr an der Ludwig-Schwamb-Schule an. Während seine Klassen- und Spielkameraden sich auf ihre Ausbildung und den damit verbundenen Ernst des Lebens vorbereiten – Heinz Paduch fängt bei einem Fertighaushersteller in Nieder-Olm an, Ruschkes Wilfried wird Fernsehtechniker, Alfred Voigt hat eine Stelle bei Erdal in der Produktion gefunden, und Lothar Baumbinder, *dieser elende Hundsfott*, will allen Ernstes das Abitur machen und Programmierer werden –, geht es für Rainer nach den Sommerferien mit einem Haufen aus dem Großbereich Mainz zusammengewürfelter Jungs und Mädchen zurück auf die Schulbank.

Als er gegen Ende des Schuljahrs noch immer keine Klarheit über seine Berufswahl erlangt hat, wird es der Mutter zu bunt. Kurzerhand schickt sie ihn für eine zweijährige Ausbildung auf eine private kaufmännische Handelsschule. Für die Schulkosten soll der Großvater aufkommen.

Auf der Steinhöfelschule in der Rheinallee lernt Rainer Stenographie und Schreibmaschineschreiben, kaufmännisches Rechnen und Englisch, Betriebswirtschaftslehre, Volkswirtschaftslehre, Buchhaltung. Bei seinen Mitschülern handelt es sich überwiegend um Töchter und Söhne von Unternehmern oder leitenden Angestellten, die nach ihrem Abschluss in die Betriebe ihrer Eltern einsteigen werden. Einer der wenigen, der wie Rainer nicht aus einer Familie von Unternehmern oder leitenden Angestellten kommt, ist Erwin Kropetzky, ein etwas einfach gestrickter Bursche mit Meckischnitt und einer Vorliebe für Roy Black und Peter Alexander, von dem Rainer sich schon allein aus Angst, sein Langweilerstatus könne auf ihn abstrahlen, fernzuhalten versucht.

Seit dem Schulwechsel lässt er sich die Haare wachsen, sehr zum Verdruss der Großeltern und immer im Windschatten seines älteren Bruders, der mit seiner Frisur ständig neue Grenzen auslotet und es sogar in Kauf nimmt, bei der Arbeit einen Helm tragen zu müssen, auch im Hochsommer und an der Schmiede. Genau wie Wolfgang feilt Rainer an seinem Look, er trägt bunte Trevirahemden und verschiedenfarbige Socken zu dunklen Garbadinehosen, und an seinem siebzehnten Geburtstag sind unter der blonden Matte nicht einmal mehr die Ohrläppchen zu sehen. Wie bei Steve Marriott von den Small Faces, nur ohne die Koteletten, denn Rainer kann sich *mit 'nem Zwieback rasieren*, wie seine Mitschüler ihn zu triezen pflegen.

Nachmittags gammelt er mit Freunden vorm Hertie oder am Gutenbergdenkmal gegenüber dem Theater rum, wo sie Limo und Bier trinken, Platten tauschen, mit Mädels quatschen und sich von Passanten als *Abschaum* beschimpfen lassen, den man *nach drüben* schicken sollte oder gleich *ins Arbeitslager,* und statt ihre Mutter und die Schwester zu den Großeltern zu begleiten, gehen die Brüder nun jeden Sonntagnachmittag zum Tanztee in die Tanzschule Senzer, wo, so brav und gesittet es dort auch zugehen mag, immerhin englischsprachige Popmusik gespielt wird, und jedes *Downtown*, jedes *These boots are made for walkin'*, jeder Hüftschwung und jeder beim vorsichtigen Twisten und Shouten hochgerutschte Petticoat ist ein Farbtupfer im Meer aus Prüderie, Stille und Schweigen.

Nach und nach lernt Rainer immer mehr Leute aus Mainz und Umgebung kennen, die er bei den Auftritten lokaler Beatgruppen im Bürgerhaus Kastel oder im Dehos, einem Wirtshaus und Tanzlokal in Gonsenheim, wiedertrifft. Auf seiner ersten Demo landet er durch Zufall. Er ist gerade auf dem Weg zum Schuster am Schillerplatz, als er einen Zug mit Hunderten von »Ho-Ho-Ho-Chi-Minh!«-Sprechchöre skandierenden jungen Menschen durch die Ludwigsstraße ziehen sieht. Unter dem Beifall zweier rattenscharfer SDS-Bräute hält er die rot gebundene Mao-Bibel in die Luft, die er sich ein paar Wochen zuvor von einem ernst dreinblickenden Jurastudenten am Eingang des Dehos hat andrehen lassen und die er seitdem, ohne auch nur eine Seite darin gelesen zu haben, als schickes Accessoire in der Gesäßtasche mit sich herumträgt.

Rainer beschäftigt sich nicht allzu sehr mit Politik, doch die Aufbruchstimmung elektrisiert ihn. Es ist, als hätte endlich jemand den Deckel vom Topf genommen, unter dem es schon viel zu lange gebrodelt hat.

An diesem Abend fiel mein Auftritt im Restaurant eine Ecke weniger glamourös aus. Aufgequollen und verkratzt, mit einem derben Sonnenbrand auf der Nase und im Nacken, lauter Flecken und Schrammen an den Händen und drei kreuz und quer übereinanderklebenden Kinderpflastern am Knie stieg ich in Flipflops, Shorts und einem ausgebeulten Weekday-Shirt die Treppenstufen hinauf.

Nachdem Saira mich in ihr Geheimnis eingeweiht und aufgefordert hatte, ihr Kunstwerk durch zwei weitere vom Salzwasser glatt geschliffene Scherben zu ergänzen, die sie mir verschwörerisch in die Hand legte, waren wir noch eine Weile auf dem Boden der Höhle sitzen geblieben und hatten uns unterhalten. Auch wenn ich keine Ahnung hatte, worüber. Saira hatte kontinuierlich vor sich hin geplappert, ein melodischer Singsang, auf den ich mit gelegentlichem Nicken oder Lächeln reagiert hatte, bis ich auch mal selbst etwas einwarf, kurze Bemerkungen auf Englisch oder Deutsch oder, keine Ahnung, wo das nun plötzlich herkam, Russisch, so dass tatsächlich so etwas wie ein Gespräch oder wenigstens die Simulation eines Gesprächs zustande gekommen war, die mir ganz gut zur Gesamtabsurdität der Situation zu passen schien: ich, gemeinsam mit einer Fünfjährigen, in einem konspirativen Müllmuseum mitten im kolumbianischen Urwald.

Rainer hatte von meinem kleinen Unfall am Strand schon gehört.

»Hast du keine Badeschuhe dabei?«, sagte er, nachdem er mich mit einem milden Spott in den Augen gemustert hatte.

»Badeschuhe?«, antwortete ich. »So etwas habe ich noch nie besessen.«

»Mein Gott«, stöhnte er, »liest denn wirklich niemand meine Guest Information?«

Die drei Amerikanerinnen saßen an dem großen Tisch ganz vorne. Sie waren am Nachmittag tauchen gewesen, an einer Lagune ein Stück südlich der Lodge und mit einem Diveguide aus Capurganá, den Rainer ihnen organisiert hatte.

»Hey, good-looking«, flötete Lydia, »how are we doing tonight?«

»Good«, sagte ich, »thanks«, und sah an mir hinunter. *Good-looking?* Machte die sich einen Spaß mit mir?

Lydia strich sich eine Haarsträhne hinters Ohr. Sie lächelte. Ich senkte den Blick und setzte mich auf den Holzstuhl einen Tisch weiter. Ich dachte gerade darüber nach, ob es zu spät war zu fragen, mich zu ihnen zu setzen, und ob ich dazu denn überhaupt in der Verfassung war, als über mir eine tiefe Stimme ertönte.

»Hey, Alena, what's up!«

Ich zuckte zusammen.

Auftritt Neuseeland. Ungefragt setzten die beiden Schmuddelhipster sich zu mir an den Tisch und berichteten von ihrem Tag. Sie waren von Capurganá aus zu Fuß über die Hügel nach La Miel gelaufen, einem winzigen Ort auf der panamaischen Seite, nicht mehr als ein Badestrand mit ein paar Häusern und Imbissbuden. Unterwegs hatten sie Tukane gesehen und Kolibris und Titi-Affen, die sich hoch über ihnen durch die Baumwipfel hangelten. »Fantastic, man!«, schwärmte der mit dem weiß blondierten Mullet und den lackierten Fingernägeln. »Fucking awesome!«, doch an der Dramaturgie seiner Erzählung ließ sich erkennen, dass das noch nicht der Höhepunkt ihres Ausflugs gewesen war. Weil Rainer sie gebeten habe, ihm einen Karton Milch aus Capurganá mitzubringen, hätten sie auf dem Rückweg an einem Lebensmittelladen gehalten und dort einen nach *Surf Instructor* aussehenden *Whitey* beobachtet, der ein Beutelchen voller Pulver aus der halbvollen Schachtel Marlboro zog, die er soeben bei dem Jungen im Minimercado gekauft hatte. Prüfend habe er den Beutel gegen das Licht gehalten, bevor er es in der Tasche seiner knielangen Bermudashorts verschwinden ließ, »totally relaxed, man, not even hiding it«. Er rückte ein Stück näher an mich heran und sagte, er und sein Kumpel hätten sich daraufhin ebenfalls mit *Blow* eingedeckt, Spitzenware für umgerechnet nicht einmal acht Dollar das Gramm.

»Literally just ordered it at the counter«, schwärmte der andere, als sei es das Krasseste, was er je erlebt hatte – ob ich heute Abend vielleicht Lust auf *a litt-le par-tey* in ihrer Hütte hätte?

Dankend lehnte ich ab. Ich konnte mir kaum etwas Abtörnenderes vorstellen, als an einem Ort wie diesem mit zwei von ihrem eigenen Draufgängertum geflashten Expats am Tisch zu riechen. Und überhaupt, was sollte ich mit Kokain, wo ich doch die Loras hatte?

Sie boten mir ein Glas von dem *amazing rum* an, den sie drüben in La Miel gekauft hatten und den ich ebenfalls ablehnte. Die beiden hatten hier augenscheinlich die Zeit ihres Lebens, alles war *fantastic* und *amazing*, und ihre Begeisterung hatte sogar etwas Niedliches an sich, sie waren halt *hip* und *jung* und *open minded*, und wenn man sie gefragt hätte, wären sie bestimmt auch irgendwie *queer* gewesen, in so einem *Ich hab mir mal auf dem CSD mit 'ner Dragqueen 'ne Pille geteilt und bin jetzt voll der Ally*-Sinne. Und trotzdem, als Rainer mir die Vorspeise brachte, frittierte Kochbananen mit Guacamole-Dip, nutzte ich die Gelegenheit und setzte mich zwei Tische weiter, auf genau jenen Platz an der Brüstung, an dem ich bereits am Abend zuvor gesessen hatte.

Bei der Sache mit der Avocado damals hatten alle am Tisch gelacht. Ich hatte mitgelacht, was blieb mir auch anderes übrig. Erst später, als ich im Bett lag, hatte ich verstanden, dass es an der Zeit war für eine erneute Häutung. Es reichte nicht mehr, zielstrebig und klug zu sein, auf diesen Feldern konnte ich in meiner neuen Umgebung nicht reüssieren. Was ich brauchte, waren Ecken und Kanten. Etwas, das mich von den anderen abhob. Es war an der Zeit, meine Schwächen in eine Waffe zu verwandeln. All meine gut situierten Freundinnen und Bekannten sehnten sich danach, *real* und *authentisch* zu sein, doch das meiste, was sie an sich als echt erkannten, galt als konventionell und spießig. Nicht so bei mir. Meine Herkunft, meine sexuelle Orientierung und diese ganzen kleinen Spleens, das war alles wertvolles Kapital. Kapital, das viel zu lange ungenutzt herumgelegen hatte. Niemand in dieser Runde hat heute zum ersten Mal eine Avocado gesehen, sagte ich mir, niemand außer dir, also mach was draus. Nach und nach baute ich mein gesamtes Schizo-Dasein zu meinem USP um. Ich entwickelte ein Gespür für bissige Bemerkungen und originelle Standpunkte, lernte komplette Gangsta-Rap-Alben auswendig, und statt aus Susan Sontags *Notes on »Camp«* zitierte ich lieber gleich aus der *Gala*. Ich schärfte mein Profil und legte mir eine geheimnisvolle Aura zu, die an guten Tagen sogar mich selbst überraschte. Es machte Spaß, mir und allen anderen etwas vorzuspielen, *fluide* zu sein und *nicht zu fassen*.

Nur meine Wut, die habe ich mir nie erlaubt. Zu tief saß das Gefühl, dankbar sein zu müssen. Dankbar dafür, aufs Gymnasium gehen zu können und später zur Uni. Dankbar für den BAföG-Höchstsatz und das bezahlbare WG-Zimmer, dann für den Platz in Sonjas Altbaupalast in der Schanze und die finanzielle Unterstützung durch sie und ihre Eltern. Dankbar für jeden Mappentermin bei jeder noch so unbedeutenden Online-Klitsche, dankbar für jeden Assi-Job und jedes unverbindliche Schulterklopfen von Bildredakteurinnen und Projektmanagern. Doch auch wenn ich nur selten ein Ventil dafür fand, über die Jahre wurde ich immer wütender. Wütend auf ein System, das meine Mutter, die zuhause in Krasnojarsk eine patente Ingenieurin gewesen sein mochte, im neuen Land aber froh sein konnte, eine Teilzeitstelle als Putze zu finden, auf die Knie gezwungen und meinen Vater in die Arme der AfD getrieben hatte, während für mich nur eine als Bescheidenheit getarnte Unterwürfigkeit geblieben war. Wütend auf die powerposenden Artdirektoren und Schauspielerinnen und Politiker, wütend auf die selbstbesoffenen Agenturchefs, auf die schmierigen CEO-Wichser und Consulting-Arschlöcher mit ihren Zahnpastawerbungsfressen und auf all die anderen geilen Böcke, die sich einbildeten, ich würde mit ihnen flirten, wo ich einfach nur versuchte, professionell und freundlich zu sein. Wütend aber auch auf meine bis zum Get-No durchtherapierten Unifreundinnen mit ihren augenzwinkernden *Trashpop*-Partys und den beschissenen Bio-Avocados, die den lieben langen Tag über *Privilegien* sprachen, nur halt nie über ihre eigenen.

Brach die Wut doch mal aus mir hervor, dann plötzlich und unkontrolliert, wie ein kotzender Vulkan. Was mich jedes Mal genauso erschreckte wie die Person, gegen die sie sich richtete. In den letzten Jahren war das meist Sonja gewesen, und als sie mir gegenüber zum ersten Mal Begriffe wie *Impulskontrolle* und *Anger Management* in den Mund nahm, da empfand ich nichts als kalte Verachtung für sie und die Welt an ihrer Seite. Sonja aber war sich ihrer Macht über mich immer bewusst. Das war mir nun, wo ich dank der Loras so vergleichsweise unemotional und sachlich darüber nachdenken konnte, plötzlich klar. Bewundert wurde ich nur, wenn ich sowohl gefügig war als auch *edgy* und *passionate*, so richtig schön *on fire* halt. »Ich geb dir einen Hunni, wenn du dem Agenturproll da vorne wie zufällig an den Arsch fasst«, hat sie mal auf einer Gruner + Jahr-Party zu mir gesagt, vor all unseren Leuten, die sich darüber beömmelten wie die Blöden. Es war erniedrigend, zumal ich tatsächlich mitspielte und Sonjas beschissenen *Hunni* nach vollbrachter Leistung in eine Runde Prosecco für alle investierte und mir den restlichen Abend vorkam wie ein Stricher mit Stockholm-Syndrom. Aus Rache zündete ich ihr nachts im Bett das Schamhaar an. Sonja schlief meist nackt und auf dem Rücken und hatte sich zuletzt einen Busch wachsen lassen, was zwischen uns immer mal wieder Thema gewesen war. Als sie nun aus dem Schlaf hochschoss und panisch mit der flachen Hand auf ihrem Unterleib herumtrommelte, erschrak ich so sehr über mich selbst, dass ich anfing, hysterisch zu gackern, und das Ganze wie einen dämlichen Joke aussehen ließ.

Stumm löffelte ich mein Eis und ließ den Blick über den Platz schweifen, auf dem immer mal wieder einer dieser Cangrejos aufblitzte, rötliche, im gedämpften Licht der Lampen silbrig schimmernde Krebse, die im Seitwärtsgang über den Rasen huschten. Dann stand Rainer vor mir, in der Hand sein mir jetzt, am zweiten Abend, bereits obligatorisch erscheinendes *Feierabendbierchen.* Diesmal setzte er sich zu mir, ohne vorher um Erlaubnis zu bitten.

»Und? Hast du die Energie dieser Landschaft schon in dich aufgenommen?«

Ich zuckte mit den Schultern und blickte wieder aufs Meer hinaus. Die verschwommenen Lichter der Strandbars von Capurganá. Die dumpfen Bässe, die vom anderen Ende der Bucht herüberwaberten. Ein Schwarm Fregattenvögel zog in Formation über die Wasseroberfläche hinweg. In einer geschmeidigen Bewegung tauchten die Vögel ab und stiegen dann mit Schwung wieder auf. Ich fragte mich, wie dieses komplexe System funktionierte. Wie man es bewerkstelligte, sich so nahe zu sein, ohne sich dabei in die Quere zu kommen.

»Sieht ganz danach aus«, hörte ich Rainer murmeln. Er lehnte sich in seinem Stuhl zurück und gähnte. »Dieser Ort macht was mit einem.«

»Ist das so«, sagte ich.

»Das ist so«, antwortete er. »Es gibt unterschiedliche Arten, damit umzugehen. Die meisten versuchen, alles mit ihren Handykameras auf Abstand zu halten. Andere probieren, sich dagegen aufzulehnen, die werden dann komisch, hast du ja gestern bei den Paisas gesehen. Und dann gibt es noch diejenigen, die keine andere Wahl haben, als sich der Herausforderung zu stellen.« Er machte eine Pause. »Und zu denen gehörst du, Alena. Das habe ich von Anfang an gespürt.«

Ich schaute ihn an. Ich hatte keine Ahnung, wovon er redete.

»Wenn du Hilfe brauchst, lass es mich wissen. Für empfindsame Seelen kann das alles hier eine ganz schöne Herausforderung sein.«

Er sprach ohne jede Spur von Ironie. Was sollte dieser Quatsch?

»Echt jetzt«, sagte er.

»Okay«, antwortete ich.

Wir schwiegen eine Weile. Dann sah ich ihn an. »Kann ich dich mal was fragen?«

»Hast du ja schon.«

»Witzig.«

»Ach komm, war nur Spaß. Worum geht's?«

Ich lehnte mich zurück, atmete die salzige Luft ein und schloss die Augen. »Gibt es hier eigentlich irgendwo Schildkröten?«

Schritte im Treppenhaus, ein Schlüssel in der Wohnungstür, gefolgt von seinem charakteristischen Räuspern – Opa Bingen ist heute mal wieder beruflich in Mainz unterwegs und hat vor, das Mittagessen bei seiner Tochter einzunehmen. Eigentlich schon längst im Rentenalter, steigt der Großvater weiterhin jeden Morgen in seinen nach Tabak duftenden Käfer, um seine Kunden in ihren Geschäften abzuklappern. Rainer hört ihn die Füße abtreten, erst links, dann rechts, dann zweimal zackig links und zweimal zackig rechts. Selbst auf der Fußmatte herrscht bei dem zweifachen Kriegsteilnehmer noch eiserne Disziplin.

Rainer liegt bei geschlossener Zimmertür auf seinem Bett, ein Kissen unter dem Kopf und gleich zwei unter dem linken Bein. Morgens in der Handelsschule ist ihm mal wieder die Kniescheibe aus dem Gelenk gesprungen. Dieses Mal konnte er die Sache nicht selbst beheben, zu heftig war der Schmerz. Rainers Englischlehrerin, Frau Krause, musste ihn in ihrem bananenfarbenen Karmann Ghia zur Uniklinik fahren, wo ihm wie üblich das Knie eingerenkt und ein Gips angelegt wurde. Er müsse ihm empfehlen, dringend einen Spezialisten aufzusuchen, meinte der Arzt, Rainers Bänder seien ausgeleiert wie ein altes Gummi, langsam, aber sicher würden auch die Sehnen in Mitleidenschaft gezogen – je eher er sich unters Messer begebe, desto besser.

Von unten dringt Gelächter zu ihm hoch, die jüngeren Kinder der Siedlung kommen gerade aus der Schule. In der Küche redet der Großvater mit der Mutter. Rainer hört Schritte auf dem Flur und das Knarren der Diele vor seiner Zimmertür. Es vergehen mehrere Sekunden, in denen er schon meint, sich verhört zu haben, dann klopft es dreimal hintereinander kurz und hart an der Tür. Ohne Rainers *Herein!* abzuwarten, platzt der Großvater ins Zimmer. Im Türrahmen bleibt er stehen und schaut auf seinen Enkel hinab.

»Wie man hört, hat unser Goldlöckchen sich weh getan?«

»Diesmal war es wirklich übel«, antwortet Rainer.

Der Großvater verzieht den Mund. »So eine Verletzung ist kein Grund, den Unterricht zu verpassen«, sagt er kalt. »Morgen bist du wieder in der Schule, hast du verstanden? Ich zahl das Schulgeld nicht umsonst.«

Die gut zehnminütige Taxifahrt zur Schule am nächsten Morgen zahlt Rainer aus eigener Tasche, und sobald er wieder besser zu Fuß ist, schaut er sich nach einem Job um. Er meldet sich zur Inventur bei Hertie, schaufelt Sand auf Baustellen in ganz Mainz und verrichtet, mit einem Fünfer die Stunde sein bestbezahlter Job, einfache Küchendienste im Hotel Interconti in Frankfurt am Main. Nie wieder will er auf das Geld und das Wohlwollen anderer angewiesen sein.

Trotz seiner Nebenjobs bringt er immer noch respektable Noten nach Hause, und mit fast achtzehn Jahren hat Rainer endlich seine Mittlere Reife in der Tasche. Auf Wunsch seiner Mutter bewirbt er sich bei einem Wirtschaftsgymnasium in Wiesbaden, scheitert aber bei der Aufnahmeprüfung an den Anforderungen im Bereich Mathematik. Sosehr es ihn auch quält, die Mutter enttäuscht zu haben, so froh ist er doch, die schulische Laufbahn endlich beenden und sein eigenes Geld verdienen zu können.

Der Personalchef bei der Volksbank am Neubrunnenplatz ist ein hagerer Mann mit krausem Haar und Hornbrille, der in einer Wolke Rasierwasser hinter seinem Schreibtisch hockt und seinen Gästen erst einmal das Gefühl gibt, ihn von einer äußerst wichtigen Sache abzuhalten. Frieda Nack hat darauf bestanden, Rainer zu seinem ersten Vorstellungsgespräch zu begleiten – »Du kriegst doch sonst die Zähne nicht auseinander.«

Nach gut zehn Minuten Gespräch, in denen er tatsächlich kaum ein Wort über die Lippen bringt, bittet der Personaler, den Bewerber noch einmal kurz unter vier Augen sprechen zu dürfen. Sichtlich pikiert verlässt die Mutter den Raum.

Ein junger Mann von fast achtzehn Jahren, der mit seiner Mama zum Vorstellungsgespräch komme, das sei ja nun doch eher, »wie soll ich sagen – *ungewöhnlich*«.

Rainer spürt, wie ihm das Blut ins Gesicht schießt. Der Mann hat recht, was für ein peinlicher Auftritt. Während in Paris die Barrikaden und an der Frankfurter Zeil die Kaufhäuser brennen und sich im ganzen Land junge Menschen in Schüler- und Studentengruppen, republikanischen Clubs und alle Regeln und Gesetze der bürgerlichen Gesellschaft auf den Kopf stellenden Wohngemeinschaften und Kommunen zusammenschließen, trottet er selbst an Muttis Rockzipfel zum Bewerbungsgespräch bei der örtlichen Volksbankfiliale.

Der Personaler aber scheint ihm nun durchaus wohlgesonnen. Bei seinem Zeugnis stünden Rainers Chancen auf eine Stelle gar nicht schlecht, sagt er, bevor er mit einem Blick auf Rainers Haare hinzufügt: »Natürlich legen wir hier Wert auf das äußere Erscheinungsbild.«

Rainer, der eigentlich sowieso nicht in einer Bank arbeiten möchte, stellt sich dumm. »Schon klar.«

»Ich rede von Ihrem Haar, Herr Nack.«

»Mein Haar? Was ist damit?«

»Was damit ist? Da müsste ein gutes Stück runter, das ist damit!«

»Tja, dann geht es sich wohl leider nicht aus«, antwortet Rainer in einem gestelzten österreichischen Tonfall und steht auf. Unter dem verdutzten Blick des Personalers dreht er sich um und verlässt das Büro. Seine Mutter wartet in einem Sessel gegenüber dem Schalter. Sie folgt ihm nach draußen.

»Schon fertig? Wie ist es gelaufen?«

»Gut.«

»Was hat der Mann denn noch von dir gewollt?«

»Nichts.«

»Der wird doch irgendwas gewollt haben!«

»Nur reden.«

»Worüber denn?«

»Dies und das.«

»Herrgott, nun lass dir doch nicht jedes Wort aus der Nase ziehen!«

Abrupt bleibt Rainer stehen. »GAR NICHTS hat er gewollt, klar? NICHTS! Die melden sich, hat er gesagt! OKAY?«

Entgeistert starrt die Mutter ihn an. Rainer sieht sie schon zu einem ihrer gefürchteten Wutanfälle ansetzen, dann aber schüttelt sie nur traurig den Kopf, bevor sie weiter die Große Bleiche hochhumpelt. »Schon gut, schon gut, du brauchst nicht so zu schreien …«

Bevor es weitergeht mit der Lehrstellensuche, kümmert Rainer sich endlich um sein Knie. Die OP in der Orthopädischen Klinik Wiesbaden verläuft ohne Komplikationen. Er verbringt eine Woche im Krankenhaus und anschließend weitere vier Monate Rehabilitationszeit zuhause, vier lange Monate, in denen er liest, Bewerbungen schreibt, dreimal die Woche zur Krankengymnastik geht und zur Musterung ins Kreiswehrersatzamt bestellt wird.

»Wie wollen Sie mit dem Krüppelbein denn Ihr Vaterland

verteidigen«, höhnt der Amtsarzt, nachdem er einen beinahe angewiderten Blick auf das Attest der Orthopädischen Klinik geworfen hat. »Kriechend vielleicht?«

Rainer wird als Ersatzreserve 2 eingestuft, womit er ein für alle Mal aus dem Schneider ist. Auf die achtzehn Monate Freiheitsberaubung samt Stubenkontrolle und Bürstenschnitt kann er gut verzichten.

Von dem Ausbildungsplatz zum Industriekaufmann bei der Sektkellerei Kupferberg hört er durch seinen ehemaligen Klassenkameraden Erwin Kropetzky. Diesmal geht er alleine zum Vorstellungsgespräch. Und wird sofort genommen. Nicht einmal einen Kommentar zu seiner Frisur muss er sich anhören. Erwin Kropetzky hingegen geht leer aus und redet fortan kein Wort mehr mit Rainer.

Im ersten Lehrjahr verdient Rainer hundertfünfzig Mark, von denen er fünfzig als Kostgeld bei seiner Mutter abgibt. Er lebt sparsam und legt jeden Monat etwas für den Führerschein zur Seite. Das Geld verwahrt er in seinem Wurzelholzkästchen, das nach wie vor an seinem festen Platz unter dem Bett steht und von niemandem außer ihm angerührt werden darf. Auch wenn er bei Kupferberg zu Anfang nicht mehr als der Laufbursche ist – Kaffee kochen, Getränke aus dem Automaten holen, irgendwelche Dokumente von A nach B tragen –, die Arbeit macht ihm Spaß. In der Kellerei wird zu allen möglichen oder unmöglichen Anlässen ein Fläschchen geöffnet, auch in den anderen Abteilungen genehmigt man sich gern mal einen zwischendurch, und wenn die Whiskylieferung kommt und Proben aus den Fässern gezogen werden, steigt die Stimmung im Einkauf & Import spürbar an.

Bei Kupferberg arbeiten jede Menge Frauen, die attraktivsten von ihnen in der Werbung. Der Leiter der Abteilung ist noch keine dreißig und gräbt alles an, was nicht bei drei auf dem Schrank ist. Er heißt Johannes Jakob, hinter seinem Rücken nennen sie ihn *Jakob Johannes*. Eines Vormittags drückt er Rainer ein Zweimarkstück in die Hand und sagt »Reval ohne« in herrischem Tonfall, bevor er sich wieder den Anzeigenentwürfen auf seinem Schreibtisch zuwendet.

»Ich bin aber nicht hier, um Kippen zu holen«, antwortet Rainer und legt die Münze auf den Schreibtisch.

Herr Jakob lehnt sich in seinem Sessel zurück. »Ach nein?«

»Nein. Ich bin kein Bote, ich bin Lehrling. Das heißt, ich bin hier, um etwas zu lernen.«

Der ganze Raum hält die Luft an. Die Sekretärin, das andere Lehrmädchen, auch Rainer selbst. Noch vor wenigen Monaten wäre er klaglos aufgesprungen und hätte erledigt, was von ihm verlangt wurde, doch diese Zeiten sind vorbei. Die Arbeit bei Kupferberg und seine vielen neuen Bekanntschaften in der Stadt und im Dehos haben seinem Selbstbewusstsein einen enormen Schub gegeben, er lässt sich nicht mehr rumschubsen.

»Da schau an. Etwas lernen will der Bursche, interessant!« Johannes Jakob prustet los, doch sein Lachen wirkt aufgesetzt, und als niemand mit einstimmt, gefriert sein Gesicht zu einer Fratze. Ratlos mustert er Rainer von oben bis unten. Dann schiebt er sich das Zweimarkstück in die flache Hand, steht auf und geht selbst zum Automaten, und Rainer muss nie wieder private Botendienste für seinen Abteilungsleiter unternehmen.

»Wir fahren nach England«, verkündet Wolfgang beim Abendbrot.

»Wer *wir*?«

»Die Klasse. Über Ostern.«

»Nach London?«

»Auch.«

Rainer ist baff. »Kann ich mit?«

»Du?« Wolfgang lacht. »Auf keinen Fall.«

»Wieso nicht?«

»Weil du nicht auf unserer Schule bist, Einstein.«

Nach Beendigung seiner Lehre ist Wolfgang noch ein halbes Jahr bei der Bahn geblieben, nun macht er die Mittlere Reife an einer Berufsaufbauschule in Bingen, um anschließend das Abitur nachholen und Elektrotechnik studieren zu können, so wie es sein ursprünglicher Wunsch war. Unter der Woche übernachtet er häufig bei den Großeltern, außerdem hat er ein Mädchen aus Groß-Gerau kennengelernt, die Jeannette. Nur mühsam konnte Wolfgang dem Großvater verklickern, dass es sich bei der Jeannette nicht um eine Tochter des *Erbfeinds* handelt, sondern um ein deutsches Mädel, das von seinen Eltern lediglich einen französischen Vornamen bekommen hat, was der Großvater immer noch für den *Gipfel an Geschmacklosigkeit* hält.

»Aber vielleicht ist ja noch ein Platz frei«, sagt Rainer. »Im Bus, meine ich. Würdest du mal nachfragen? Bitte bitte!«

Seufzend willigt Wolfgang ein, und tatsächlich, es sind noch Plätze frei, und der Lehrer stimmt zu, Rainer mitzunehmen.

Die Osterfeiertage verbringen sie in Hitchin, der Partnerstadt von Bingen. Sie werden auf verschiedene Gastfamilien verteilt, und Rainer arbeitet konzentriert an seinem Englisch. Danach geht es für weitere drei Nächte nach London. Sie kommen in einer Jugendherberge im Stadtteil Stockwell unter, und während der Lehrer, ein bigotter Katholik mit permanenter

Ginfahne, allabendlich durch die Peepshows und Stripclubs der Stadt zieht, streunt Rainer mit Wolfgang und zwei seiner Mitschüler durch Soho, immer die sagenumwobene Carnaby Street auf und ab, in die Regent Street, zum Piccadilly Circus und runter zum Big Ben. Sie schmeißen ihr Geld für Pornohefte und Schallplatten zusammen, ernähren sich ausschließlich von Fish and Chips und beobachten fasziniert den Abbau der London Bridge, die in ihre Einzelteile zerlegt in die USA verschifft und an einem Stausee in Arizona wieder aufgebaut werden soll. Bis sie von den Arbeitern, die ihr überdrehtes Gegacker belauscht haben, als *bloody Krauts* beschimpft und mit Flaschen und Holzbrettern beworfen werden. Abends schlägt ihnen aus dem Eingang eines Pubs der neueste Hit der Beatles entgegen: »Get back, get back, get back to where you once belonged …«

Nach dem London-Trip ist Rainer angefixt. Er absolviert die Führerscheinprüfung und ergreift jede Gelegenheit, das verschnarchte Mainz zu verlassen. Übers Wochenende geht es nach Köln, nach Luxemburg oder Antwerpen, immer mit Andreas Köhler, einem aus dem Ruhrgebiet stammenden ausgelernten Anstreicher mit Schnauzbart und großer Klappe, den er beim Flippern in der Altstadt kennengelernt hat. Köhler lebt bei seinen Eltern in Biebrich und ist bereits im Besitz eines eigenen Wagens, eines giftgrünen Ford Taunus, den er liebevoll *Die Badewanne* nennt. In der Badewanne brettern sie nach Paris, mit runtergekurbelten Fenstern durch die Stadt und zu den Cabarets von Montmartre, dem Moulin Rouge und dem Crazy Horse, sie kriegen die Münder gar nicht mehr zu bei all den Lichtern und den Leuchtreklamen und in handtuchbreiten Miniröcken und kniehohen Stiefeln auf und ab stolzierenden Bordsteinschwalben in den

Seitenstraßen, die Rainer auf sein verdruckstes »Cuanto cuesta?« fluchend zum Teufel jagen, während Köhler sich den Bauch hält vor Lachen, »Das war Spanisch, du Experte!«, also wieder rein in die Karre und halb aus den Fenstern hängend unter hysterischen »Vive la France!«-Rufen weiter durch die Stadt, an all den unfassbaren Frauen und den lässigen Männern mit ihren Gitanes im Maul vorbei, Sacré-Cœur, Notre-Dame, Eiffelturm, bis sie ein Stück außerhalb der Stadt den Wagen parken und sich auf der Rückbank mit der süßen Puffbrause aus Rainers monatlichem Umsonstkontingent bei Kupferberg volllaufen lassen und erst am frühen Morgen und dank zwei erstaunlich höflicher Flics realisieren, dass sie auf dem Grünstreifen direkt neben einer Autobahnauffahrt geparkt haben.

In Amsterdam übernachten sie zu viert in der Badewanne, eingelullt vom süßen Hasch, das sie einem verstrahlten Deutschen vorm sagenumwobenen Paradiso abgekauft haben. Diesmal ist noch ein Arbeitskollege von Köhler an Bord und Rainers Schwester, die gerade sechzehn geworden ist und alles tut, um der Enge zuhause zu entfliehen, genau wie Rainer, nur nochmal zwei Nummern kompromissloser. Anfang des Jahres hat sie eine Ausbildung zur Industriekauffrau bei der Schott AG begonnen. Seitdem kauft sie, statt bei der Mutter Kostgeld abzudrücken, ihre eigenen Lebensmittel ein, die sie sich unabhängig von den Familienmahlzeiten selbst zubereitet und für die es ein gesondertes Fach im Eisschrank gibt. Anfangs haben sich die Brüder noch köstlich über das Gebaren ihrer Schwester amüsiert und sie jedes Mal mit *Hochwürden* oder *Madame* angesprochen, sobald sie die Küche betrat, womit sie bei ihr allerdings kaum Eindruck schinden konnten – »Und die Herren der Schöpfung lassen es sich heute wieder gutgehen im Gasthof Mutti?«

Mia trägt zerschlissene Hosen mit breitem Schlag und hautenge Rollis, liest dicke Wälzer mit Titeln wie *Die Unfähigkeit zu trauern* oder fotokopierte Auszüge aus Wilhelm Reichs *Funktion des Orgasmus*, und wo Wolfgang und Rainer die Studentenproteste auf zwar sympathisierende Weise, aber doch aus der sicheren Distanz verfolgen, da treibt ihre Schwester sich mit ihren sweet sixteen bereits in einschlägigen Altstadtkneipen und trotzkistischen WGs herum. Frühmorgens steht sie mit ihren APO-Freunden vor den Werkstoren von Blendax und Hakle oder am Hauptbahnhof, wo sie selbstgemachte Flugblätter gegen das *Schweinesystem* an die Arbeiter und Pendler verteilen, und auch in Köhlers Badewanne, als einziges Mädchen unter einem Haufen testosterongeladener Jungs, weiß sie sich zu behaupten: »Nimm deine Wichsgriffel weg, Köhler, sonst liegst du ruckzuck in der Gracht …«

Nur an ihrem größten Traum, einem eigenen Zimmer, beißt sie sich seit Jahren die Zähne aus. Je mehr sie die Mutter bekniet, ins vordere Zimmer ziehen zu dürfen, das immerhin eine Klappcouch hat und das nun, wo der Großvater in Rente gegangen ist, allenfalls noch als Bügelzimmer und Abstellkammer genutzt wird, desto rigoroser stellt die Mutter sich quer. Frustriert von diesem Ausmaß an Härte und Unverständnis, verbringt Mia kaum noch Zeit zuhause. Sie schlägt sich die Nächte in verrauchten Beatkneipen um die Ohren und hat ständig einen anderen Typen am Wickel, lauter liebeskranke und bejammernswerte Tölpel, die nach Feierabend mit ihren Fahrrädern oder Mofas oder im von Vati geborgten Pkw an der Straßenecke auf ihre Angebetete warten, nur um ein paar Wochen drauf wieder abgesägt zu werden von dieser nonchalanten jungen Frau, die es nicht zu jucken scheint, wenn man sie dafür als *Flittchen* oder *Luder* tituliert.

Wolfgang verfolgt die Entwicklung seiner Geschwister mit Distanz. Während Mia und Rainer ständig auf der Rolle sind und das Leben auf ihre je eigene Art in vollen Zügen genießen, bleibt er zuhause und macht auf Eigenbrötler. Ganze Wochenenden liegt er mit der Jeannette auf dem Bett und arbeitet sich durch alle vierundvierzig Bände von Otto Zierers *Bild der Jahrhunderte*, und manchmal kommt es Rainer vor, als sehe sein großer Bruder es als seine Aufgabe an, ihm ein ständiger Gegenpol zu sein. Er sondert sich ab, verändert sich. Oder verändert sich alles andere, nur Wolfgang bleibt der Alte?

So gerne Rainer seinen großen Bruder auch dabeihätte, so sehr genießt er es, endlich aus dem Schatten des Älteren getreten zu sein und nicht mehr überall Klein-Nack sein zu müssen. Gemeinsam mit Köhler erkundet er die Diskotheken im Umland, das Sound in Ingelheim, den Scotch-Club in Frankfurt und das V20 in Wiesbaden, das schnell zu ihrem Lieblingsladen wird. Ein nach Hasch, Schweiß und Patschuli duftender Undergroundschuppen, der mitten in einer Wohngegend liegt und aus dessen mächtiger Anlage Jimi Hendrix dröhnt, Janis Joplin und die Doors, »Father! Yes, son? I want to kill you!«, epische Klänge aus dem tiefsten Innern, die niemals im Radio laufen. Im V20 begrüßt man sich mit Umarmung, sogar die Männer untereinander, und niemand sieht normal aus. Auch Rainer geht vorm Aufbruch in die Vollen. Er trägt Kajal auf und bearbeitet mit dem Lockenstab der Mutter seine schulterlange Mähne, dann entdeckt er einen ihrer abgelegten Pelzmäntel für sich, einen bläulich weißen Nerz, der ihm eine ganz neue Aura verleiht. Mit einem Mal ist sein zartes Äußeres kein Nachteil mehr. Die Frauen beachten ihn, und mehr als einmal findet er sich wild knutschend mit einer Unbekannten im Durchgang zu den Toiletten oder in einem der umliegenden Wiesbadener Vorgärten wieder.

Vorm Eingang des V20 wird meist noch schnell einer durchgezogen, und eines Abends im Frühsommer wird Rainer dabei von einem amerikanischen GI angequatscht, einem großen Schwarzen, der Bilder von den schrägsten vorm V20 rumlungernden Gestalten macht.

»May I take your picture, Sir?«, fragt er höflich.

»Yes, of course«, antwortet Rainer.

»Don't smile«, sagt der Ami, nachdem er sein Motiv vor einer Hauswand positioniert hat, und: »be natural«, und da kann Rainer nicht anders, als zu lächeln. Der Mann drückt auf den Auslöser, und das war's auch schon.

»You're a cool cat«, sagt er noch, dann wendet er sich dem Nächsten zu, und als Rainer hinter Köhler die Kasse passiert, da platzt ihm fast der Brustkorb vor Stolz.

»Hast du gehört, wie der mich genannt hat?«

»Hab ich.«

»*Cool cat.*«

»Ganz ruhig, Nackiboy, bleib auf dem Teppich.«

Solange er jeden Tag pünktlich zur Arbeit geht und es keine Beschwerden gibt, nimmt die Mutter Rainers Eskapaden hin. Sonntags schläft er aus, und wenn er am späten Vormittag aufwacht, ist sie meist schon unterwegs nach Bingen, um ihren gebrechlich werdenden Eltern im Haushalt zu helfen. Abends kommt sie völlig gerädert nach Hause und will beim Sticken ihrer Gobelins nicht angesprochen, alles, nur nicht angesprochen werden.

»Für die bin ich nur das Zimmermädchen«, sagt sie bitter und mehr zu sich selbst, und einmal, nach einem Telefonat mit der Großmutter, schleudert sie mit zornesrotem Gesicht ein Päckchen Butter an die Küchenwand, dessen Fleck noch bei ihrem Auszug viele Jahre später zu sehen sein wird.

An seinen Vater denkt Rainer in dieser Zeit nur selten, und wenn, dann meist aus heiterem Himmel.

Gerd Ruge im *ARD-Weltspiegel*, dessen ruhige Art zu sprechen ihn immer an den Vater erinnert.

Die Nachricht, dass der alte Wenzel, Ingenieur von schräg gegenüber, für ein Jahr nach Brasilien versetzt wird. Der Gedanke, der Vater könne ebenfalls nach Brasilien gegangen sein – in Brasilien feiern die Menschen Karneval, den Karneval hat der Vater immer geliebt.

Dann die zunehmenden Auseinandersetzungen seiner Freunde und Klassenkameraden mit ihren Eltern, vor allem mit den Vätern, die sie *mein Alter* nennen, wie Hans Kiesewetter, der seinem Alten bei einem Streit über die Notstandsgesetze den Spruch: »Ich wichs dir in die Hand, dann hast du deinen Einsatz zurück«, drückt, worauf er sich eine fängt, Reißaus nimmt und, wie man munkelt, in einer Kommune entlaufener Fürsorgezöglinge im Frankfurter Westend unterkommt.

Im Sommer fahren die Geschwister ein letztes Mal mit ihrer Mutter in den Urlaub. Es geht nach Rottach-Egern am Tegernsee. Die gemeinsamen Aktivitäten beschränken sich auf ein Minimum. Die Mutter musste sich kurz zuvor einer Schilddrüsen OP unterziehen und will sich einfach erholen. Auf dem Hotelfernseher verfolgt sie mit ihren Kindern die ersten Schritte eines Menschen auf dem Mond, den Rest der Zeit verbringt sie auf dem Balkon ihres Hotelzimmers, während Wolfgang, Mia und Rainer sich die Nächte im Don Quichotte um die Ohren schlagen, einem erstaunlich lockeren Beisl mit Tanzfläche, das sechs Tage die Woche geöffnet hat und in dem Rainer gleich mehrere Bekanntschaften macht, die sein weiteres Leben nachhaltig beeinflussen werden.

1. Johnny

Ein schlaksiger Kerl mit feurigen Augen und wilden Locken, der die Geschwister vorm Eingang des Quichotte mit den Worten »Wo haben's euch Schlawuzis denn ausgegraben?« begrüßt und Rainer, als der die Augen zusammenkneift und antwortet: »Wir sind aus Mainz, wieso?«, verschmitzt grinsend die Hand gibt: »Grüß Gott, Herr Saupreiß, Sie können Johnny zu mir sagen!«

Johnny sieht aus wie eine blasse Version von Jimi Hendrix, er kann rauchen wie Humphrey Bogart, und seine Hose hat den breitesten Schlag, den Rainer je gesehen hat. Eigentlich heißt er Johann Zeibig. Seine Eltern kommen aus dem Sudetenland, er hat Automechaniker gelernt und arbeitet in einer Werkstatt zwei Dörfer weiter. Einnehmendes Lachen, herzlich und schlagfertig und dann diese unfassbare Ausstrahlung – Rainer weiß sofort: Mit dem will er befreundet sein.

2. Roland Vogl

Johnnys bester Freund. Ein heller Kopf mit fleischigen Lippen und überbordendem Selbstbewusstsein, der seit seinem Abitur *erstmal ein wenig Siesta* macht. Dabei ist *der Vogl*, wie sie ihn im Don Quichotte nennen, enorm umtriebig. Er kennt alle und jeden und scheint überall seine Finger im Spiel zu haben. Beim Vogl kauft Rainer sein erstes eigenes Gramm Piece, ein harziges, in Stanniolpapier eingewickeltes Klümpchen, »frisch aus Marokko, astreines Kraut«, aus dem er unter Johnnys Anleitung einen stattlichen Fünfblattjoint fabriziert, den Mia, Johnny, Vogl und er sich auf einer Bank am See teilen. »Guten Flug«, sagt Johnny, als er Rainer Feuer gibt, und der Vogl: »Welcome to Oberbayern!«

3. Vreni

Eine verhältnismäßig hübsche junge Frau mit vollem, dunklem Haar und kurzem Minikleid, Typ Uschi Nerke, die Rainer, nachdem Johnny und er dicht bis in die Haarspitzen zurück ins Quichotte gestolpert sind, an der Bar anquatscht: »Mogst danzn?«

Überfordert schüttelt Rainer den Kopf. Johnny legt ihm den Arm um die Schulter und zieht ihn an sich. »Das ist die gute Butter Eier Milch. Keine Sorge, bei der bist' in guten Händen.«

Die junge Frau verdreht die Augen. »Hör nicht auf den.« Sie hält ihm die Hand hin. »Ich bin die Vreni.«

»Hallo, Vreni«, sagt Rainer und schlägt ein. »Schön, dich kennenzulernen.«

»Mein lieber Schwan, ihr Mainzer geht aber ganz schön ran!«, spottet Johnny, dann senkt er die Stimme und wendet sich an Vreni: »Unser Gast ist womöglich ein bisschen schüchtern. Es sollte in Erwägung gezogen werden, ihn zu seinem Glück zu zwingen.«

Vreni lacht, dann zieht sie Rainer zu den Anfangstönen von *I Heard It Through The Grapevine* auf die Tanzfläche und etwas später über die Straße zu einer nahegelegenen Scheune, wo sie ihm zeigt, wie das eigentlich geht, heavy petting.

Vreni wohnt über dem Lebensmittelladen ihrer Eltern in Bad Wiessee und macht eine Ausbildung zur Zahnarzthelferin. Nach Rainers Abreise bleiben die beiden in Kontakt. Beinahe wöchentlich schreiben sie sich Briefe, im Herbst kommt Vreni ihn für ein paar Tage in Mainz besuchen. Wolfgang ist ein paar Wochen vorher zu den Eltern seiner Freundin nach Groß-Gerau gezogen, nach einem hässlichen Streit mit der Mutter, die die Jeannette nie leiden konnte und sie das auch hat spüren lassen. Doch obwohl Wolfgangs Bett noch steht, wird Vreni wie selbstverständlich auf der Klappcouch im vorderen Zimmer untergebracht, was Mia zu einem sarkastischen »Na, da freut sich das Zimmer aber, dass es mal wieder zu etwas gut ist« veranlasst. Gleich am ersten Abend wird Vreni von Rainers Mutter in die Mangel genommen.

»Und, Fräulein Vreni, wie ist es so, am schönen Tegernsee aufzuwachsen?«

»Ich mag's schon sehr, Frau Nack.«

»Es ist eine herrliche Gegend.«

»Danke, das finde ich auch.«

»Ziemlich touristisch ja auch. Da kommt gerade in den Sommermonaten sicher einiges an Urlaubern durch, nicht wahr?«

»Im Winter eigentlich auch. Und es werden immer mehr.«

»Und wie ist das, unterhält man da viele Freundschaften zu jungen Männern von auswärts? Ich meine, mit Briefwechseln, gegenseitigen Besuchen und so?«

»Ja, also … Nein, viele, das würde ich jetzt nicht sagen.«

»Aber es kommt vor.«

»Na ja …«

»Da werden doch sicher Woche für Woche neue fesche junge Männer in die Stadt gespült, oder nicht?«

»Äh …«

»Fesche junge Männer wie mein Rainer?«

»MAMA!«, ruft Rainer. »BITTE!«

In den folgenden Tagen verbringen Vreni und er so viel Zeit wie möglich außerhalb der Wohnung. Sie ziehen durch die Stadt und gehen zum Fummeln an den Rhein, und als Vreni in einer nach verschüttetem Bier und Bratfett riechenden Altstadtkneipe vom Klo kommt, drückt sie Rainer unter dem Tisch ein Päckchen Kondome in die Hand.

Am Sonntagabend soll es passieren. Rainer wartet, bis die Mutter ins Bett gegangen ist, dann umschifft er die knarrende Diele vor seiner Zimmertür und schleicht sich durch den Flur ins vordere Zimmer. Er drückt die Tür ins Schloss, tastet sich zum Schlafsofa vor und kriecht unter die Decke. Vreni erwartet ihn schon. Geduldig hilft sie ihm, das Kondom überzustreifen, und verkneift sich jeden Kommentar, als er zur Sicherheit noch ein zweites drüberzieht. Nach einer Minute ist die Sache vorbei, und Rainer stiehlt sich zurück in sein Zimmer. Befriedigender als das Erlebnis selbst ist das Wissen, es endlich hinter sich gebracht zu haben. In wenigen Wochen wird er neunzehn Jahre alt. Nun ist er endlich ein Mann.

Erst viele Monate später sehen Vreni und er sich wieder. Spontan und ohne sich bei irgendwem anzumelden, sind Köhler, Mia und Rainer nach der Arbeit in die Badewanne gesprungen und ohne Halt nach Rottach-Egern runtergebrettert, nur um dort zu erfahren, dass die gute Vreni jetzt mit einem angehenden Versicherungsmakler aus Wasserburg verlobt ist, der ihr auf einem selbstgebauten Floß mitten auf dem See einen Antrag gemacht hat, während Johnny und Vogl aus Bayern verschwunden sind, »in einer Nacht-und-Nebel-Aktion«, wie Vreni sagt, »nach Berlin«.

Schon früh fiel mir seine Art auf, sich zu räuspern, bevor er etwas aussprach, das ihm als bedeutsam erschien, ein entscheidendes Detail oder eine zwingende Erkenntnis. Manchmal geriet er ins Stocken und suchte nach der passenden deutschen Vokabel, oder er sprach plötzlich auf Spanisch weiter, das er mir und sich selbst dann rückübersetzen musste. Abend für Abend entdeckte ich mehr charakteristische Merkmale, Widersprüche und Eigenheiten in seinem Vortrag, was mich auf eigenartige Weise bei der Stange hielt. Wer oder was würde wohl als Nächstes *verhältnismäßig* gewesen sein – *verhältnismäßig beliebt* wie Rainer auf der privaten Handelsschule, *verhältnismäßig schwierig* wie die Beziehung zwischen seiner Mutter und seiner Schwester oder *verhältnismäßig hübsch*, was auf so ziemlich alle Frauen zutraf, die er jemals getroffen hatte. Je später der Abend, desto offenherziger wurde er, und so manches Mal fragte ich mich, ob ihm eigentlich klar war, was er mir da alles anvertraute, dass ich kein anonymes Publikum war, sondern ein real existierendes Gegenüber, das diese oder jene Meinung zu dem Gehörten haben konnte. Er begann, Dinge doppelt zu erzählen, dreifach oder noch öfter. Auf die traumatischen Sonntage bei seinen Großeltern in Bingen kam er immer wieder zu sprechen.

»Diese Kälte. Die Härte. Das kennt ihr ja gar nicht mehr. Deutschland, das ist ja ein ganz anderes Land mittlerweile.«

Komm mir jetzt bloß nicht mit dieser Sommermärchenscheiße, dachte ich, doch Rainer wollte auf etwas anderes hinaus.

»Der Erwachsene, das war zu meiner Zeit nicht dein Freund. Das war der Gegner. Und heute? Sehen die Erwachsenen ja schon aus wie ihre Kinder! Guck dir allein unsere Freunde aus Neuseeland an, diese Schlawuzis da aus Hütte drei. Die kann man doch nicht für voll nehmen, das sind ja nicht mal mehr Gammler oder Punker oder so, das sind einfach nur noch Lappen! Und dann diese, wie heißt das noch bei euch … *Helikoptereltern?* Ein Albtraum! Die ganzen kleinen Versager, die sie da ranzüchten. Gibt's hier in Capurganá auch, zur Genüge. Man findet ja kaum noch einen Arbeiter, der nicht bei der ersten Schwierigkeit die Segel streicht. Den jungen Leuten ist alles zu anstrengend mittlerweile, die wollen sich nur noch besaufen und 'ne schnelle Mark machen.« Er schüttelte den Kopf. »Also manchmal frag ich mich schon, ob das antiautoritäre Pendel in den letzten Jahrzehnten nicht ein bisschen zu weit ausgeschlagen hat …«

Am Anfang hörte ich mir das alles vor allem deswegen an, weil ich so sediert war. Ich ließ mich berieseln. Die Verbindung zwischen uns war ganz einfach: Er redete, ich hörte zu. Ich fand das angenehm. Ich musste nichts tun, Rainer lief auf Autopilot. Nur selten stellte ich eine Zwischenfrage, und er wollte so gut wie nichts von mir wissen.

Die gemeinsamen Besuche mit Sonja in unserer zweiten deutschen Stadt kann ich an einer Hand abzählen. Die Zweizimmerkitschbastion meiner Mutter. Der geschmacklose goldene Kronleuchter im Wohnzimmer, die auf Hochglanzpapier ausgedruckten Kinderfotos auf der Anrichte im Flur, die Furnierschrecklichkeiten und diese Unmengen an Essen, die sie jedes Mal auffuhr, Aufläufe und Eintöpfe und Berge von Roggenbrot und Smetana, eine einzige Zumutung für meine ernährungsbewusste Low-Carb-Freundin. Was diese meine Mutter aber nicht spüren lassen wollte, meine stolze gastfreundliche Mutter, die mit hilfloser Begeisterung auf jeden Furz reagierte, den Sonja von sich gab, und die sie am Ende sogar Solnyshko nannte, *Sonnenschein*, so, wie sie mich als Kind gerufen hatte.

Meinen Vater hat Sonja nur einmal getroffen, an einem Spätnachmittag im Sommer, als ich es nicht über mich brachte, an unserer ersten deutschen Stadt vorbeizufahren, ohne wenigstens kurz anzuhalten und ihm hallo zu sagen. Wir kamen gerade vom Fotofestival in Arles, und immerhin rief ich kurz vorher an, statt unangekündigt bei den bis unter die Decke mit Unrat und Müll vollgestopften achtunddreißig Quadratmetern aufzutauchen, die das Amt meinem Messie-Vater zustand, der ein paar Jahre zuvor, nach der Trennung von meiner Mutter und für niemanden nachvollziehbar, an den Ort seiner Entwurzelung zurückgekehrt war. Wir verabredeten uns in einem Eiscafé in der Fußgängerzone. Wie froh ich war, als er rasiert und halbwegs nüchtern dort auftauchte. Sonja begrüßte er flüchtig, teilnahmslos, als wäre sie nicht mehr als eine dahergelaufene Spielkameradin. Mein Vater hat sich immer geweigert, meine sexuelle Orientierung anzuerkennen. Nicht einmal darüber echauffiert hat er sich. Er wollte schlicht nichts davon wissen. An jenem Nachmittag hatte ich sogar den Eindruck, er spreche mit extrahartem Akzent, nur um nach ein paar deutschen Floskeln ins Russische wechseln und sich hinter der vermeintlichen Sprachbarriere verschanzen zu können. Was mir bei dem wirren Mix aus Klagen, Kalendersprüchen und Geschwurbel auch ganz recht war. Als wir das Treffen eine Dreiviertelstunde später ohne größere Unfälle hinter uns gebracht und die Rückkehr in unser jeweiliges Leben angetreten hatten, muss ihm eine ebensolche Last von den Schultern gefallen sein wie mir.

»Das Schönste ist, wenn der Schmerz nachlässt«, sagte ich, als wir die Auffahrt zur Autobahn nahmen. Worauf Sonja mir die Hand auf den Oberschenkel legte und meinte: »Ach wo, das war doch ganz nett«, auch wenn wir beide wussten, dass das nicht stimmte und dass sie gerade in eine Art von Abgrund geschaut hatte, deren Anblick ihr bisher erspart geblieben war und von dem sie, wenn weiterhin alles glatt lief, für immer verschont bleiben würde.

Die nächsten Male fuhr ich lieber wieder alleine zu meinem Vater. Erst Jahre später, bei seiner Beerdigung in unserer ersten deutschen Stadt, war Sonja wieder dabei.

Anders als meine Eltern befand Rainer sich nicht im inneren Exil, sondern in einer Art Limbo, einem zum Zustand gewordenen Transit, in dem er weder vorwärts- noch zurückkam. Er wirkte verloren und innerlich erstarrt, gleichzeitig rastlos, getrieben. Am nächsten Vormittag, er schob gerade eine Schubkarre mit Müll über den Strand, den das Meer über Nacht angespült hatte, sah ich, wie er sich an eine Palme lehnte und gekrümmt ans Kreuz fasste. Ich war in der Hängematte eingeschlafen und gerade erst aufgewacht, Rainer hatte mich offenbar nicht gesehen. Er fühlte sich unbeobachtet, andernfalls hätte er sich ein solches Zeichen der Schwäche niemals erlaubt. Als Newton vom anderen Ende des Platzes auf ihn zukam, nahm er sofort wieder Haltung an und rief seinem Arbeiter auf Spanisch etwas zu, bevor er die Griffe der Schubkarre packte und weitermarschierte, um das Zeug in den Tonnen auf dem hinteren Teil des Grundstücks zu verbrennen.

Mittags stand ein Paar Badeschuhe an meinem Stammplatz im Restaurant. Transparente Riemensandaletten aus Kunststoff in Größe siebeneinhalb, was offenbar einer deutschen Achtunddreißig entsprach. Ich probierte sie an. Sie passten wie angegossen.

»Herzlichen Dank«, sagte ich, als Rainer mir das Essen brachte. »Woher hast du die jetzt so schnell bekommen?«

»Hat mir einer meiner Lancheros aus Capurganá mitgebracht. Ich brauchte eh noch ein paar Lebensmittel. Gefallen sie dir?«

»Todschick«, sagte ich, und weil das etwas ironisch geklungen haben könnte: »Nee, echt: danke. Woher wusstest du meine Schuhgröße?«

Rainer grinste. »Solche Dinge lassen sich herausfinden, Alena. Wolltest du als Kind nie Detektiv werden?«

»Sehr aufmerksam«, sagte ich, ehrlich beeindruckt. »Was kriegst du von mir?«

»Ach«, machte er. »Lass mal stecken.«

»Das Unternehmen dankt.«

Rainer sah mich an. »Wer?«

»Das Unternehmen. Sagt man doch so.«

»Du meinst die Firma.«

»Was?«

»*Die Firma dankt*. So geht die Redewendung.«

»Kann sein«, sagte ich. »Und im Wasser ficken die Fische, korrekt?«

Rainer kniff die Augen zusammen. »Was hat das denn damit zu tun?«

Das Wohnhaus im Stadtteil Wilmersdorf hat ein gutes Dutzend Klingeln. An keiner davon stehen die Namen Zeibig oder Vogl. Es ist früher Vormittag, ein trockener Ostwind pfeift durch die von grauem Schneematsch bedeckten Straßen. Eigentlich wollten Rainer, Köhler und Mia schon nachts in Westberlin angekommen sein, doch Köhler, dieser Simbel, musste die Vopos am Grenzübergang Herleshausen/Wartha ja unbedingt mit den Worten »Wie geht's, wie steht's, ihr Männer von der Front?« begrüßen, worauf die nicht gerade zu Scherzen aufgelegten Betongesichter Köhlers Badewanne komplett auseinandernahmen. Die anschließende Fahrt durch den klirrend kalten und wie ausgestorben daliegenden Osten war in seiner Trostlosigkeit kaum zu überbieten. An der ersten Westberliner Tanke hielten sie an, tranken einen heißen Kaffee und kauften sich eine Straßenkarte, mit der sie sich zu der Adresse am Fehrbelliner Platz aufmachten, die Vreni ihnen Wochen zuvor genannt hat.

»Wat nu?«, fragt Köhler, den Kragen seiner Schafsfelljacke hochgeklappt und die Hände in den Taschen, trotzdem am ganzen Leib zitternd.

Rainer zuckt mit den Schultern. Nach dem missglückten Überraschungsbesuch am Tegernsee hat er Johnny ihren Berlin-Besuch per Postkarte angekündigt, aber nie eine Antwort erhalten. Systematisch probiert er alle Klingeln durch, bis sich über ihnen ein Fenster öffnet. Der Kopf einer Frau mit leberwurstfarbenem Dutt erscheint.

»Zu den Drückebergern im Souterrain?«

»Sprechen diese *Drückeberger* zufällig Bayerisch?«, will Rainer wissen, und genau in dem Moment wird die Haustür aufgerissen, und Johnny steht vor ihnen, nur mit einer engen Lederhose und einem Lurex-Oberteil bekleidet, Augen wie Blitze und eine runtergerauchte Kippe im Mundwinkel, die Haare stehen ihm wild vom Kopf ab.

»Wir sind die Drückeberger aus dem Souterrain«, summt er zur Melodie von *Es kann nicht immer nur die Sonne scheinen*, dabei tänzelt er katzenartig an der Hauswand entlang. Ein schneller Blick die Straße runter, dann packt er Rainer am Arm und zieht ihn und die anderen beiden die Treppe runter in eine brutal überheizte und nach Kohlen, Kif und alten Socken müffelnde Kellerwohnung, in der Roland Vogl und er zusammen mit zwei maulfaulen Typen aus Bad Tölz hausen, die genau wie sie vor dem Wehrdienst in die Inselstadt geflüchtet sind. Neben zwei Schlafzimmern, deren Böden mit zahlreichen Matratzen bedeckt sind, gibt es eine große Küche und ein mit abgewetzten Sofas zugestelltes Wohnzimmer, in dessen Mitte wie ein Altar eine wuchtige Kommode mit Plattenspieler und Boxen thront, aus denen Tag und Nacht die irrsten Sounds scheppern.

Johnny hat nochmal mindestens drei oder vier Kilo abgenommen. Ein Hungerhaken, ein Strich in der Landschaft, das Gesicht nur noch ein schmaler blasser Streifen unter der wilden Hendrix-Mähne. Doch er sprüht vor Leben, und die Weiber scheinen ihm nur so zuzufliegen. In der WG ist ein ständiges Kommen und Gehen, ein stetiges Auf und Ab auch – Ephedrin, Benzedrin, Captagon, »schön hochdrehen und mit 'ner feinen Shitpfeife wieder runterbremsen«, kommentiert Johnny das Prinzip. »Hauptsache, es kommt für jeden was bei rum, so mental gesehen.«

»Und wovon lebt ihr?«

»Ach, hier hat jeder sein eigenes Ding am Laufen. Ich zum Beispiel fahre Eier aus.«

»Eier?« Rainer lacht.

»Ja, Hühnereier, wieso? Das ist ein ehrenvolles Geschäft! Man wird zwar nicht direkt reich dabei, aber zum Leben reicht's!« Johnny senkt die Stimme. »Und leicht angedichtet in der erhöhten Position durch die Straßen zu juckeln, das ist abgefahren, Mann, richtig kosmisch, das gibt dir eine ganz neue Perspektive.«

Er benutzt nun ständig solche Begriffe, *Perspektive*, *abgefahren*, *kosmisch*, auch Wörter wie *Inspiration* oder *vibrations*, genau wie seine Mitbewohner und Freunde, lauter durchgeknallte Vögel, die sich ausschließlich von hart gekochten Eiern, marokkanischem Gras und kannenweise Rooibostee zu ernähren scheinen und die Köhler zufolge mit ihren langen Haaren und Bärten aussehen *wie die Wetterseite eines Baums*.

In dieser schummrigen Halbwelt verbringen die Besucher aus Mainz zweieinhalb Tage und drei Nächte. Sie bekommen in dieser Zeit kaum Tageslicht zu sehen. Die kurzen Ausflüge zum weihnachtlich geschmückten Ku'damm und in die Diskothek Big Eden, in der sie sich vorkommen wie die letzten Provinzler, auch die Fahrten mit der S-Bahn und die neugierigen Blicke über die Mauer, alles findet entweder nach Sonnenuntergang oder unter einem bleigrauen Himmel statt, der ihnen zu sagen scheint: Husch husch wieder unter die Erde mit euch, in die U-Bahn, ins Souterrain, in den Underground.

Am letzten Abend laden Johnny und Vogl ihre Gäste auf einen Trip ein. Um welche Art Trip es sich denn handele, wagt Rainer zu fragen. Vogl bricht in hämisches Gelächter aus.

»Acid, Kleiner! LSD! Schon mal von gehört?«

»Natürlich hab ich schon von LSD gehört, aber …«

»Aber?«

»Denkst du, ich bin blöd? Ich hab halt nur noch nie …«

»Ja, das seh ich, dass du noch nie …«

»Ah, geh!«, schaltet Johnny sich ein, und statt sich über Rainer lustig zu machen wie Roland Vogl, dieser Bescheidwisser und Snob, dieser immer leicht blasierte Mann von Welt, legt er Rainer seine knochigen Hände auf die Schultern und redet beschwörend auf ihn ein, von *Bewusstseinserweiterung* und *Trance* und den *doors of perception*. Er spricht von Albert Hofmann und Timothy Leary und einer Gruppe kalifornischer Desperados, die sich die *Merry Pranksters* nennen, »It is haaapenn-iiiing, Al-ter!«, ruft er, die Augen auf halbmast und das hübsche Köpfchen schon wieder abgedriftet in höhere Höhen.

»Ich versteh nur Anhalter Bahnhof«, brummt Köhler.

Rainer geht es ähnlich, und auch wenn er stolz ist auf seine Freundschaft mit Johnny und selbst gerne so wild und frei und hip wäre wie er, irgendetwas hält ihn zurück, genau wie Köhler, der harten Drogen generell skeptisch gegenübersteht und insgesamt ein eher bodenständiger Typ ist, ein Bockbiertrinker und Pfeiferaucher, über dessen Hosenbund sich bereits erste Anzeichen einer Plauze zeigen.

Als Einzige aus der Gruppe nimmt Mia das Angebot an. Ohne weitere Fragen zu stellen, schluckt sie das Löschpapierfitzel, das Johnny ihr mit feierlichem Ernst auf die Zunge legt, anschließend betrachtet sie stundenlang die Innenseiten ihrer Hände und fährt mit den Fingerkuppen über die halbabgepellte Banane auf der Hülle der Velvet-Underground-LP, die in Dauerschleife läuft. Staunend, seufzend und vor sich hin giggelnd lässt sie sich vom Vogl betatschen, bis die beiden sich in eine der Liebeshöhlen zurückziehen und den restlichen Abend nicht mehr gesehen werden.

Auf der Heimfahrt liegt sie wie ein Häufchen Elend auf der Rückbank von Köhlers Badewanne und bringt kein Wort heraus. In den kommenden Wochen zieht Rainers sonst so aufgeweckte Schwester sich immer mehr in sich zurück, was der auf die stetigen und seit Vrenis Besuch immer zermürbenderen Auseinandersetzungen mit der Mutter um ein eigenes Zimmer zurückführt.

Er selbst wird den ersten und einzigen LSD-Trip seines Lebens Monate später einwerfen, bei einer Sommerparty im elterlichen Haus eines entfernten Bekannten in Bretzenheim und auf Einladung einer Soziologiestudentin mit dunklen Korkenzieherlocken, die in einer Ecke des zur Tanzfläche umfunktionierten Wohnzimmers immer wieder ihre riesige Schlangenzunge in seinen winzig kleinen Mund zu schieben versucht, bis Köhler irgendwann vor ihnen steht, sich den kaum bewegungsfähigen Rainer über die Schulter wirft, ihn in die vor dem Haus parkende Badewanne bugsiert und nach Hause fährt. Nur unter gutem Zureden kann Rainer dazu gebracht werden, die Straße zu überqueren, deren Teerflecken zu schmatzenden und wabernden Pfützen aus Blut geworden sind, die ihn hinabziehen wollen in den gurgelnden Höllenschlund aus Knochen, Haaren und den rastlos umherirrenden Seelen der Sünder und Verdammten, der sich unter der Siedlung verbirgt. Tags drauf erwacht er völlig erschlagen und mit schlimmen Bauchschmerzen und Schüttelfrost in seinem Bett, an Aufstehen ist nicht zu denken, und das WM-Viertelfinalspiel Deutschland–England muss er am Kofferradio verfolgen. Als Uwe Seeler die Deutschen nach Verlängerung mit einem Kopfballtreffer ins Halbfinale schießt und aus den Wohnungen der Siedlung frenetischer Jubel aufbrandet, zieht Rainer sich die Decke über den Kopf und beschließt, das mit den *doors of perception* in Zukunft hübsch bleiben zu lassen.

*

Rainers Lehrzeit geht dem Ende entgegen. Im Betrieb würden sie ihn sofort übernehmen, doch das kommt für ihn nicht in Frage. Er hat bei Kupferberg alles gelernt, was es zu lernen gibt. Eine Bekannte aus der Berufsschule erzählt ihm von ihrem Bruder, einem Maschinenbaustudenten, der in den Semesterferien auf einem Schiff nach Mexiko angeheuert hat. Kurz entschlossen setzt Rainer sich in den Zug nach Köln, wo er sich zum Seeschifffahrtsamt durchfragt, zahlreiche Formulare ausfüllt und gleich vor Ort von einem Arzt untersucht wird. Mutprobe Stuhlprobe Blutprobe. Eine Woche später liegt ein Umschlag im Briefkasten, darin ein Heuerbuch mit seinen persönlichen Daten. Rainer beginnt, Reedereien anzuschreiben, und bekommt ein Angebot als Hilfssteward bei der Rickmers Linie in Bremen. Das Schiff nach Yokohama soll Ende November ablegen.

»Ich höre wohl nicht richtig! Nach Japan, im November, noch vor Beendigung deiner Lehre?« Rainers Mutter ist außer sich. »Hast du überhaupt eine Vorstellung, wie es auf diesen Kähnen zugeht? Was für Grobiane sich da tummeln? Dafür bist du nicht gemacht, mein Junge, das überlebst du keine zwei Wochen!«

So redet sie auf ihn ein, sie bettelt, und sie fleht und fängt bitterlich an zu weinen, so dass Rainer nichts anderes übrigbleibt, als klein beizugeben und seiner Mutter zu versprechen, dass er das Angebot ausschlagen und erstmal seine Abschlussprüfung zum Industriekaufmann beenden wird.

Sein nächstes Ziel heißt Berlin. Beim Arbeitsamt besorgt er sich Adressen von einem guten Dutzend Westberliner Firmen und schickt seine Bewerbungen raus. Wo er nun genau arbeiten wird, egal. Hauptsache, erstmal weg.

Noch während er auf Antwort wartet, lernt er auf der Frühjahrsmesse am Rheinufer eine junge Frau kennen. Rainer hat zu viel getrunken und übergibt sich gerade in die Rabatten hinterm Autoscooter, als sie plötzlich neben ihm steht: »Empfindlicher Magen?«

Keuchend blickt Rainer zu ihr auf. Kajalumrandete Augen, hoch aufgetürmtes Haar, amüsierter Blick. Sie besorgt ihm eine Cola und bietet an, ihn nach Hause zu bringen. Im Park am Römerwall schlagen sie sich in die Büsche. Die junge Frau sitzt oben, sie benutzen kein Kondom. Zwei Wochen lang lebt er in der Angst, die Fremde geschwängert zu haben, doch als er sie im V20 wiedertrifft, erwähnt sie die Sache mit keinem Wort.

Bärbel wird Rainers erste feste Freundin. Meist treffen sie sich im Haus von Köhlers Eltern, die an den Wochenenden oft beruflich unterwegs sind. Dann stellt Köhler den beiden sein Zimmer zur Verfügung, während er selbst sich im Elternschlafzimmer mit der Tina vergnügt, einer Verkäuferin aus Hechtsheim. Später treffen sich alle vier im Wohnzimmer, trinken Bier und machen sich fertig für die Disco.

Bärbel arbeitet als Stenotypistin in der Exportabteilung bei Opel. Wiederholt schwärmt sie von dem Gehalt dort, den netten Kollegen und den Aufstiegschancen. Sie überredet Rainer zu einem Vorstellungsgespräch. Er geht hin und wird sofort eingestellt.

Wenige Tage später liegt eine Zusage von der Spirituosenfirma Mampe im Briefkasten, tags darauf eine von Flohr Otis, einem in Berlin ansässigen Aufzugsunternehmen aus den USA. Doch zu spät, Rainer hat den Arbeitsvertrag mit der Adam Opel AG bereits unterschrieben.

II.
DIE ANPASSUNG

Sie hielten mich für eine Spaßbremse. Ich sah es ihren Blicken an, als wir uns beim Frühstück begegneten und der mit dem Mullet mich mit einem lustlosen »Hey, how are you« grüßte, während sein Kumpel mich nicht mal mehr mit dem Arsch anguckte, seit ich ihre Drogen, ihren Rum und was weiß ich, ihre *company* verschmäht hatte.

Es war der vierte Tag meines Aufenthalts, in wenigen Tagen würde mein Flug von Bogotá zurück nach Hamburg gehen. Die Neuseelandneuköllner saßen am Tisch ganz vorne, zusammen mit Rainer, der gerade dabei war, eine Story vor ihnen auszubreiten, die er auch mir schon erzählt hatte. Es ging um den Unfall des Schnellboots auf der Überfahrt von Turbo, bei dem die drei Wochen alte Saira ins Meer hinausgeschleudert worden war. Er erzählte die Geschichte exakt gleich, und mich erfasste ein schreckliches Gefühl, das ich erst verstand, als ich mich an meinen Platz gesetzt hatte. Das kann nicht wahr sein, Lena, dachte ich, du bist jetzt nicht wirklich eifersüchtig, oder?

Doch genau so war es. Rainer benutzte sogar einen Satz, den er haargenau so zu mir gesagt hatte, nur diesmal auf Englisch – *Don't ever underestimate the force of water.*

»Whoa!«, machten diese erst tags zuvor von ihm als *Schlawuzis* bezeichneten Pfeifen, und: »Ho-ly shit, man!«, und als ein paar Minuten später Yenifer statt Rainer auf mich zukam, um mir meinen Kaffee zu bringen, da war da dieses alte Ziehen in mir, das ich schon mein halbes Leben kannte.

Auch Rainer schien zu merken, dass etwas nicht stimmte. Den ganzen Tag über ging er mir aus dem Weg, und abends, bei der Abreise der Neuseeländer, verhielt er sich mir gegenüber auffallend distanziert und förmlich. Die beiden Koksnasen hatten beschlossen, die letzte Nacht vor ihrer Weiterfahrt nach Panama in Capurganá zu verbringen und einen draufzumachen. Rainer hatte ihnen ein Boot gerufen, der Lanchero wartete schon.

»Was nice meeting you«, sagte der mit der Vokuhila zu mir, »have a fun stay.« Sein Zynismus war kaum zu überhören, und als er sich am Anleger nochmal umdrehte, winkte ich ihm mit der linken Hand und zeigte ihm mit der anderen den Finger. Er blieb stehen und sah mich entgeistert an, als hätte ich nicht alle Latten am Zaun. Dann wurde er aufs Boot gerufen. Eine Minute später legte der Lanchero ab, und ich war froh, Rainer wieder für mich zu haben.

Dabei war mir klar, dass auch ich so langsam mal meine Abreise planen und mich um einen Platz auf dem Schnellboot nach Turbo kümmern musste. Doch ich konnte mich einfach nicht dazu durchringen. Die Vorstellung, mich mit irgendwelchen Booten und Bussen nach Bogotá durchzuschlagen und von dort zurück ins kalte Hamburg zu fliegen, wo mich ein einziges Trümmerfeld erwartete, wo ich ja nicht mal mehr eine Wohnung hatte und in gleich mehrfacher Hinsicht von vorne würde anfangen müssen, war so furchteinflößend, dass ich sie jedes Mal sofort beiseiteschob, und beim Abendessen, zwischen Hauptgang und Dessert, kam Rainer mir mit einem unverhofften Angebot zuvor.

Ob ich nicht noch etwas bleiben wolle, fragte er wie nebenbei. »Die Casa Sucre ist frei, und wenn's dir dort nicht gefällt, suchst du dir eine andere Cabaña aus. Es reisen alle ab, und es kommen zurzeit auch kaum neue Buchungen rein. Alle spielen sie verrückt wegen dieser China-Seuche. Überall im Land ist der Tourismus eingebrochen, drüben in Capurganá steht angeblich schon die Hälfte der Hotels leer.«

Dass die Buchung meiner Cabaña mitsamt der Bezahlung von Sonja storniert worden war, ich also seit Tagen nicht nur umsonst bei ihm wohnte, sondern auch für lau aß und trank, erwähnte er mit keinem Wort. Auch nicht, als er mir für meinen *verlängerten Aufenthalt* freie Kost und Logis anbot, sollte ich sein Angebot annehmen, was er doch sehr hoffe.

»Und was muss ich dafür machen?«

»Du könntest dich ein wenig um Saira kümmern. Meine Frau und ich haben zu tun. Die blaue Hütte muss vor der Osterwoche fertig werden. Die Semana Santa, das ist Hochsaison, da haben wir Vollbelegung. Saira spielt gern am Pool oder am Meer, kann aber nicht schwimmen, das geht also nur mit Aufsicht. Meine Tochter mag dich, und sie könnte eine Compañera gebrauchen.«

Perplex sah ich ihn an. »Ich spreche nicht einmal Spanisch.«

»Na und?«, sagte Rainer. »Sie wird es dir schon beibringen.«

Rainer kniet auf dem Beifahrersitz seines Wagens und wischt mit einem Lappen über das Armaturenbrett, als er aus der Ferne einen furchtbaren Schrei vernimmt. Kurz hält er inne und horcht, dann macht er weiter. Es ist ein heißer Samstagnachmittag im Juni, drückend knallt die Sonne auf die Siedlung hinab. In ein paar Stunden will er Bärbel bei ihren Eltern in Wallau abholen und mit ihr ins V20 fahren.

Seit drei Monaten ist er jetzt bei Opel in der Materialdisposition und jongliert mit Teilenummern, Bestandsmengen, Produktionsplänen und Listen. Ein bis ins Detail abgestimmtes System, in dem nichts dem Zufall überlassen wird. All seine großen Pläne sind verpufft. Tschüs, Hohe See. Goodbye, wildes Berlin. Stattdessen: Bonjour, Rüsselsheimer Tristesse. Um acht ist Arbeitsbeginn, achteinhalb Stunden später wird er von der Maschine wieder ausgespuckt. Nur die Anerkennung durch seine Vorgesetzten und das gute Gehalt lassen ihn den Stumpfsinn ertragen. Bekam er als Azubi im dritten Lehrjahr noch monatlich dreihundertsechzig Mark ausgezahlt, so verdient er nun fast das Dreifache. Zweihundert Mark gehen an seine Mutter, der Rest bleibt ihm zur freien Verfügung. Nach nur zwei Monaten hatte Rainer, der schon immer gut mit Geld umgehen konnte, die Kohle für den Wagen zusammen. Ein VW-Käfer, Baujahr 61, blassgelb und mit Schiebedach, für tausend Mark in einem Vorort von Darmstadt geschossen, gebraucht und von privat. Der Wagen ist top in Schuss und Rainers ganzer Stolz. Wenn er es schon nicht geschafft hat, der Provinz zu entfliehen, so ist er nun immerhin mobil und kann fahren, wohin er will. Zumindest an den Wochenenden und im Urlaub.

Er schlägt den Lappen um und wischt das Lenkrad ab. Erneut vernimmt er einen Schrei, und dann glaubt er, seinen Namen zu hören. Er klettert aus dem Wagen und reckt den Hals. Tatsächlich. Oben im offenen Küchenfenster steht seine Mutter. Sie wedelt hektisch mit den Armen: »Rainer! Rainer! Komm und hilf mir, die Mia dreht durch!«

Er lässt alles stehen und liegen und stürzt die Treppen hoch zur Wohnung. Die Mutter steht im Flur. Sie hat Mia an den Haaren gepackt und versucht, sie zu Boden zu drücken. Mia reißt sich los und rennt ins Badezimmer, die Mutter hinterher, ein Büschel Haare in der rechten Faust.

»HAST DU DEN PAPA AUCH SO TYRANNISIERT?«, brüllt Mia. »KEIN WUNDER, DASS ER'S NICHT MEHR AUSGEHALTEN HAT MIT SO EINEM BIEST AN SEINER SEITE!«

»Na warte, ich stopf dir dein dreckiges Maul ...«

Bevor die Mutter sich auf sie stürzen kann, reißt Mia das Badezimmerfenster auf. Sie steigt auf das Fensterbrett und macht einen Schritt nach vorne.

»KOMM SOFORT DA RUNTER!«, ruft die Mutter.

»Ja, Mia, komm bitte da runter«, sagt Rainer, so ruhig es ihm möglich ist.

Seine Schwester schaut ihn an, Terror in den Augen. »Wenn sie auch nur einen Schritt näher kommt, springe ich, so wahr mir Gott helfe!«

Rainer hat keine Ahnung, was passiert ist, doch es ist klar, seine Schwester meint es ernst. Er quetscht sich an der Mutter vorbei ins Bad, packt sie an den Schultern und schiebt sie hinaus auf den Flur. Dann schließt er die Tür und wendet sich an seine Schwester. »Mensch, Mia, nun mach doch keinen Quatsch. Das wird schon alles wieder ... Nun komm doch erstmal da runter, bitte ...«

Zögerlich klettert Mia zurück ins Bad. Sie setzt sich auf die Klobrille, legt das Gesicht in ihre Hände und fängt an zu weinen. »Die Mama macht mich wahnsinnig, ich ertrag das nicht mehr …«

»Was ist denn los? Wegen dem Zimmer?«

»Du kannst dir das nicht vorstellen, Rainer … Wie sie jeden Abend die Nachttischlampe anknipst und sich die Hände eincremt und das Gesicht … Dieser Geruch, dieses scheußliche Kamillosan … Und dann das Kauen und das Schmatzen, weil sie ja im Bett immer noch ihren Apfel fressen muss … Diese ekelhaften braunen Strünke morgens auf dem Nachtschränkchen und wie sie mich herumkommandiert und fertigmacht …« Kraftlos schlägt sie sich mit der Faust auf das Knie. Der Rotz läuft ihr aus der Nase. »Ich werd bald achtzehn, Rainer. Warum lässt sie mir kein eigenes Leben?«

Rainer setzt sich auf den Badewannenrand und streicht seiner Schwester hilflos über den Rücken. Er weiß nicht, was er sagen soll. Als Mia sich einigermaßen beruhigt hat, steht er auf.

»Rühr dich nicht vom Fleck, ich bin gleich wieder da, okay?«

Die Mutter sitzt am Küchentisch. Sie hat sich ein Glas Sherry eingeschenkt und schaut ihn an. »Ich hab den Krankenwagen gerufen.«

»Den Krankenwagen?«

Die Mia sei doch völlig außer Kontrolle, man müsse sie vor sich selbst schützen, sagt die Mutter, das sei wie mit dem Papa damals, die Mia brauche Hilfe, sonst tue sie sich noch etwas an, rauschgiftsüchtig sei sie im Übrigen auch – »Aber davon habt ihr bestimmt auch nichts mitbekommen, der Wolfgang und du, nicht wahr?«

Mia landet im Frauenbereich von Bau 11, genau jener psychiatrischen Abteilung der Uniklinik, in die vor über zehn Jahren auch der Vater eingewiesen wurde. Sie ist in einem Schlafsaal mit zwanzig Betten im Frauentrakt untergebracht, wo sie genau einundsiebzig Tage bleibt. In dieser Zeit wird sie drei Elektroschockbehandlungen unterzogen, zweimal versucht sie zu fliehen. Beide Male wird sie noch auf dem Klinikgelände geschnappt und zurück in die Geschlossene gebracht.

Beim ersten Besuch ihrer Brüder sitzt Mia nur apathisch da, mit fettigem Haar und stumpfem Blick, vollgepumpt mit Beruhigungsmitteln. Laut einem der Pfleger hat sie in der Nacht zuvor mit ihrem eigenen Kot um sich geworfen und musste in die Weichzelle gesperrt werden, »zu ihrer eigenen Sicherheit«.

Mia lacht nur, als Wolfgang und Rainer sie darauf ansprechen. Erst gegen Ende der Besuchszeit fängt sie an zu sprechen. Sie sei am Bett fixiert worden, sagt sie mit tonloser Stimme, völlig anlasslos, aus purem Sadismus. Nachts habe sie aufs Klo gemusst, und weil auf ihre Rufe niemand reagiert habe, hätte sie stundenlang in ihren eigenen Ausscheidungen dagelegen und versucht, die Scheiße aus dem Bett zu schieben. »Dann haben sie mich in den Waschraum gezerrt, ausgezogen und kalt abgespritzt, diese alten Nazischweine.«

»Nazischweine?«, fragt Wolfgang.

»Die Wärter hier, die Ärzte, alles Nazischweine mit Nazimethoden. Draußen doch auch. Wusstet ihr, dass unser Vater schon 33 in die Partei eingetreten ist?« Sie lacht bitter auf. »Nein, wusstet ihr natürlich nicht. Wollt ihr auch gar nicht wissen. Unser glorreicher Erzeuger, der arme Papa, dass ich nicht lache! 33 in die Partei, 34 in die Reichswehr, 38 im Sudetenland dabei, 39 in Polen, ab 1940 in Norwegen – hat uns ja nie jemand gesagt, musste ich ja alles ganz alleine rausfinden. Diese

Familie ist so was von kaputt. Und wen sperren sie ein? Mich. Hat beim Papa ja schon so gut funktioniert, nicht wahr?«

Beim Reden sieht sie ausschließlich Wolfgang an. Erst bei der Verabschiedung wirft sie Rainer einen verächtlichen Blick zu. Dann schaut sie wieder zu Wolfgang und sagt: »Der da hat mich verraten. Ohne dem seine Hilfe hätte die Alte es niemals geschafft, mich wegsperren zu lassen.«

Nach der Entlassung bekommt Mia zuhause endlich ihr eigenes Zimmer, und schon wenige Wochen darauf geht sie wieder zur Arbeit. Abends hockt sie still auf ihrem Bett und stopft sich mit Kuchen und Schokolade voll. Sie geht auseinander, muss von Kleidergröße vierunddreißig zu einer achtunddreißig wechseln, ihre Augen haben jeden Glanz verloren. Blutig gekratzte Kopfhaut, aufgedunsenes Gesicht – Rainers ehemals so hübsche Schwester sieht aus wie eine kranke alte Frau. Mit Ach und Krach bringt sie ihre Lehre zu Ende, dann packt sie ihre Sachen und zieht in eine Frauen-WG in Kloppenheim.

»Eine Kommune«, seufzt die Mutter, stellt sich ihr aber nicht in den Weg. Sie weiß, dass sie jedes moralische Urteil verwirkt und keinen Einfluss mehr auf ihre Tochter hat.

Eine Weile schlägt Mia sich mit Gelegenheitsjobs durch. Dann beginnt sie eine feste Beziehung mit dem zwischenzeitlich nach Bayern zurückgekehrten Roland Vogl, die sie innerhalb weniger Jahre in die Ehe, die Mutterschaft und eine gemeinsame Firma führen wird.

*

Mit Bärbel ist es aus. Sie ist wieder mit ihrem Exfreund aus Wallau zusammen, was Rainer weder wütend noch traurig macht. Wenn sie sich auf der Arbeit begegnen, grüßen sie sich ganz normal. Eines Samstagabends kommt sie ihm mit einer Bekannten im Zoom entgegen, einer verhältnismäßig braven Diskothek in Rüsselsheim.

»Das ist Jutta. Jutta, Rainer, mein Ex. Rainer ist aus Mainz.«

»Ah«, macht Jutta und mustert ihn. Sie ist einen Kopf kleiner als er. Schulterlanges rotblondes Haar und dunkle blitzende Augen.

»Du kommst auch aus Mainz?«, fragt Rainer. Er hat die junge Frau noch nie gesehen, sie wäre ihm aufgefallen.

»Nee, ich arbeite da nur. Wohnen tu ich in Flörsheim.«

Jutta Werner ist achtzehn, zweieinhalb Jahre jünger als Rainer. Sie arbeitet bei Margaret Astor und hat ihre Ausbildung zur Bürokauffrau fast beendet.

»Dann pendeln wir wohl täglich aneinander vorbei«, sagt Rainer.

»Na, so ein Zufall«, sagt Jutta mit einem spöttischen Zug um den Mund.

Bärbel zupft ihre Freundin am Ärmel. »Ich geh mal tanzen. Kommst du mit?«

Obwohl Rainer nun jeden Samstag ins Zoom geht, vergehen mehrere Wochen, bis er Jutta wiedersieht. Er kommt gerade vom Klo, Jutta steht mit ein paar Kolleginnen vorm Kippenautomaten auf dem Gang. Ihr Gesicht und ihre Arme sind braungebrannt, das Haar hat sie zum Zopf gebunden. Sie sieht aus wie einem französischen Film entsprungen.

»Hallo«, sagt er im Vorbeigehen.

»Hallo, Rainer«, antwortet Jutta.

Sie weiß seinen Namen noch? Er bleibt stehen.

»Du siehst erholt aus. Warst du im Urlaub?«

»Ja. Auf Mallorca.«

»Und, wie war's?«

Verständnislos schaut sie ihn an. Rainer spürt, wie er errötet. Was für eine dumme Frage, was für eine dämliche Unterhaltung.

»Mit dem Flugzeug«, sagt sie schließlich.

»Wie bitte?«

»Mallorca ist eine Insel. Meine Eltern und ich sind mit dem Flugzeug dort hingeflogen.«

Ihre Freundinnen lachen. Jutta schaut in die Runde.

»Was ist?«

»Er will wissen, *wie es war*. Nicht, *wie du dort hingekommen bist*.«

»Ach so«, ruft Jutta, »sag das doch! Gut war's!«

Am nächsten Abend treffen sie sich im Scotch-Club. Sie trinken jeder zwei Rum-Cola und verziehen sich zum Knutschen in eine dunkle Ecke. Am Wochenende drauf lotst er sie ins V20, wo es ihr aber zu laut ist, zu laut und zu eng. Jutta Werner braucht Raum für sich, in allen Bereichen. Sie raucht Gitanes mit Filter, liest Romane von Hermann Hesse und steht auf die Musik von Françoise Hardy, Leonard Cohen und Simon & Garfunkel.

»Hörst du denn nur so soften Kram?«

»Soft? Du bist wohl *soft* in der Birne! Hast du schon mal auf die Texte geachtet? Dagegen sind deine komischen Bluesrocker die reinsten Heulsusen.«

Jutta weiß, was sie will, und wer ihr dumm kommt, kriegt einen Spruch. Von ihrer Gradlinigkeit und ihrem Charisma würde Rainer sich gerne eine Scheibe abschneiden, Jutta hingegen scheint auf seine sanfte und zugängliche Art zu stehen. Rainer findet, dass die beiden sich gut ergänzen. Der zurückhaltende Junge und das voranpreschende Mädel.

Ihr erstes Mal haben sie in der Einliegerwohnung von Andreas Köhler. Köhlers Eltern sind an diesem Wochenende zuhause, so dass die Pärchen sich nicht wie sonst auf unterschiedliche Zimmer aufteilen können. Während Köhler und Tina auf Köhlers Bett zugange sind, tun Rainer und Jutta es nebenan auf dem Sofa, im bläulichen Licht des Aquariums und nur durch einen dünnen Stoffvorhang vom Gehechel und Gestöhne der anderen getrennt. Jutta war schon mal mit einem Jungen zusammen, einem Spanier, im Mallorca-Urlaub, trotzdem wirkt sie genauso verkrampft wie Rainer. Mit Müh und Not bringen sie die Sache hinter sich. Danach ziehen sie sich an und rauchen noch eine Zigarette, bevor Rainer sie in seinem Käfer zurück nach Flörsheim fährt.

Nach dem Frühstück liefen Saira und ich als Erstes runter zum Strand und hielten nach Dingen Ausschau, die das Meer über Nacht angespült hatte. Die See war seit meiner Ankunft immer wilder und schwerer geworden, die Wellen höher, ans Baden war in der Bucht nicht mehr zu denken. Fachmännisch scannte Saira das Strandgut, sortierte die schönsten Muscheln aus und trug den Plastikmüll zusammen, halbvolle PET-Flaschen, Zahnbürsten, Getränkedosen und Fetzen bunter Fischernetze, die sie in ihre Sandburgen einbaute oder in die Krebslöcher steckte, von denen der Strand übersät war. Erst wenn sie davon genug hatte, sprang sie auf, um die wertvollsten Fundstücke in ihre Höhle zu tragen. Irgendetwas fand sich immer, und wenn es nur eine weitere vom Salzwasser glatt geschliffene Glasscherbe war.

Mein Beitrag zu unseren Unternehmungen beschränkte sich darauf, ihr gelegentlich aufmunternd zuzulächeln, wenn sie ihren Beschäftigungen nachging oder ihre ausgedachten Spiele inszenierte, meistens *Hotel* oder *Restaurante*. Dann servierte sie mir mit professioneller Höflichkeit eine aus Schlamm, Gras und Stöcken gebackene Pizza – »Para ti, tu plato favorito, no?« – oder zog mich über das Gelände und präsentierte mit ausladenden Gesten die Vorzüge der verschiedenen Cabañas und die allgemeine Schönheit der Lodge. Die meiste Zeit aber verbrachten wir am Pool hinter der Küche. Leise vor sich hin summend saß Saira mit den Füßen im Wasser und kämmte ihrer Puppe die Haare, oder sie planschte am Rand des zur Mitte hin abfallenden Schwimmbeckens herum, wo sie gerade noch stehen konnte.

Eine existenzielle Einsamkeit umgab dieses Kind. Saira

hatte nie eine gleichaltrige Freundin gehabt oder einen Kindergarten besucht. Sie kannte andere Kinder nur als Söhne und Töchter von Hotelgästen, die ein paar Tage blieben und dann auf Nimmerwiedersehen verschwanden. Abschied zu nehmen war für sie normal, etwas Alltägliches.

Hin und wieder stellte ich ihr eine Frage, indem ich auf einen Gegenstand deutete und die Augenbrauen hob, worauf sie mir das spanische Wort nannte, *el arbol*, *el pajaro*, *la botella*, *los dedos*. In ihr heimliches Versteck nahm sie mich nie wieder mit. Sie hatte es mir gezeigt, nun wusste ich von seiner Existenz, und sie hatte ihr kleines Reich wieder für sich.

Manchmal sah ich Camila auf der Veranda der Küche stehen und ausdruckslos zu uns rübersehen. Wer ist diese verschallerte Europäerin, die sich von meinem Kind durch die Gegend scheuchen lässt, schien sie sich zu fragen, und was hat sie jede Nacht bis in die Puppen mit meinem Mann zu bequatschen? Wenn ich ihren Blick erwiderte oder Saira ihr zuwinkte, lächelte sie unverbindlich in unsere Richtung, bevor sie sich umdrehte und zurück in die Küche eilte, als habe sie etwas auf dem Herd vergessen.

Die Nachmittage verbrachte ich alleine in meiner Hängematte. Weder spürte ich den Drang, etwas zu erleben, noch konnte ich mir vorstellen, aus eigenem Antrieb etwas zu unternehmen. Ich schaffte es nicht einmal, darüber nachzudenken, was man hätte unternehmen können. Ich war taub. Nichts regte mich auf. Das war schön. Es tat gut, eine andere sein zu können, endlich mal wieder. Anderthalb Jahrzehnte lang hatte ich nun die kunst- und kulturbeflissene Bewohnerin eines Szenekiezes in einer angesagten deutschen Großstadt gespielt, immer auf dem neuesten Stand und am Start, die Fühler ausgestreckt und feine Antennen für alles und jeden. Ich konnte nie gut lügen, aber eine Lüge zu sein, das war mir zur zweiten Natur geworden. Wie sehr mich das angestrengt und ausgelaugt hatte, merkte ich erst jetzt.

Ich hörte sogar auf zu fotografieren. Ich kapitulierte vor der Schönheit der Natur, jedenfalls war das meine anfängliche Erklärung. Ich nahm alles als gegeben hin, FOMO-Faktor null. Was für eine Befreiung nach dem permanenten Ringen um Aufmerksamkeit und Anerkennung, diesem ständigen Anspruch, etwas leisten und beweisen zu müssen, dabei sowohl interessant zu sein als auch gefällig und wohlgelitten. Mein ganzes Leben hatte ich mich den Gegebenheiten angepasst und unter Kontrolle gehalten. Nun kontrollierte mich etwas anderes. Ich gab die Verantwortung ab, ich hatte Ruhe. Ruhe vor mir selbst und Ruhe vor allen anderen. Ich checkte meine Social-Media-Kanäle und mein E-Mail-Postfach nicht mehr. Mehrere Tage vergingen, an denen ich das MacBook kein einziges Mal anrührte. Meinen Rückflug hatte ich mittlerweile verpasst. Überrascht stellte ich fest, wie wenig mich das störte, und schon bald breitete sich ein Gefühl von Erleichterung in mir aus. Nachts schlief ich durch, zum ersten Mal seit vielen Jahren.

Von meinem regelmäßigen Benzokonsum bekam niemand etwas mit. Niemand auf der Lodge hatte mich jemals anders als sediert erlebt. Die Abende verbrachte ich wie gehabt mit Rainer und seiner Lebensgeschichte. Es war zu einem selbstverständlichen Beisammensein geworden, einem *daily ritual*, zu dem wir uns nicht mehr verabreden mussten.

»Ich hab einen gefunden«, sagte Rainer an einem dieser Abende. Den Tag über war es schweineheiß gewesen, und selbst jetzt noch, eine Stunde nach Sonnenuntergang, klebte mir das T-Shirt wie ein nasser Lappen am Rücken.

»Du hast wen gefunden?«

»Einen Käufer. Für das Hotel. Er kommt morgen gegen Nachmittag.«

»Hierher?«

»Natürlich hierher, wohin denn sonst, zum Mond?« Rainer schüttelte den Kopf. »Mr Bradley, Kanadier, Immobilienbranche. Seine Frau und ihr Bruder haben mal Urlaub bei mir gemacht. Seit Monaten schreib ich jetzt mit ihm hin und her. Vielbeschäftigter Mann, dieser Bradley, musste immer wieder verschieben. Jetzt ist er in Panama City und macht einen Abstecher hier runter, nur für ein oder zwei Tage.«

»Und was ist mit deinen anderen Kaufinteressentinnen?«, fragte ich und warf einen Blick über die Schulter. Die Amerikanerinnen saßen heute an einem Tisch unten neben der Küche, wo man mehr Wind abbekam.

»Ja«, sagte Rainer und verlagerte das Gewicht von einem Bein aufs andere, »das ist genau das Ding. Du musst mir helfen.«

»Wobei?«

»Diesen Bradley von den Ladies abzuschirmen. Ich will nicht, dass sie ihm irgendwelchen Scheiß erzählen. Über die Lodge, über mich, was weiß ich. Bin da ein gebranntes Kind, weißt du? Was ich hier schon an angeblich kaufinteressierten Gestalten sitzen hatte, du machst dir kein Bild«, sagte er und erzählte von dem Geschäftsmann aus Cali, einem entfernten Verwandten des ehemaligen Staatspräsidenten Álvaro Uribe, der mit einer Armada an Familienmitgliedern und Bediensteten im Privatflugzeug angereist war und sich *aufgeführt* hatte *wie Graf Koks von der Gasanstalt*, nur um sich *zahlreiche Flachmänner Whisky und großspurige Ankündigungen später* mit seinem *Hofstaat* wieder aus dem Staub zu machen. Dann die beiden pakistanischstämmigen Investmentbanker aus

London, die ihn eine Woche lang in Beschlag genommen und jeden Abend zahlenwälzend im Restaurant gesessen hatten, bis Rainer das Ganze zu viel wurde und er einen wichtigen Termin in Apartadó vortäuschte, nur um die beiden zu einer Entscheidung zu zwingen. Auch von ihnen hatte er nie wieder etwas gehört. Er räusperte sich. »Hab da wirklich ein bisschen Pech gehabt die letzten Jahre.«

»*Die letzten Jahre?* So lange willst du schon verkaufen?«

»Was heißt hier *wollen*, ich MUSS! In einem halben Jahr kommt Saira in die Schule, und zwar drüben in Apartadó, weil: Was soll sie hier lernen, was soll sie an einem Ort wie diesem werden, Kellnerin? Schlepperin? Oder gleich Drugmule? Capurganá ist ein abgefucktes Grenzdorf, meine Tochter hat hier keine Zukunft, und sagen wir's, wie es ist: Ich werde auch nicht jünger.« Wie zum Beweis hustete er sich lang und ausgiebig in die Faust. Sein Gesicht lief rot an, er drehte sich von mir weg und krümmte sich. Dann nahm er die Brille ab, und erneut blitzte das Bild irgendeines Schauspielers vor mir auf, nicht Gene Hackman, eher jemand Deutsches, ich kam nicht drauf. Er wischte sich über die Augen und setzte die Brille wieder auf. »Ich muss diese Sache jetzt über die Bühne bringen, Alena, und ich kann nicht riskieren, dass mir ein paar dahergelaufene Ami-Tussen mit ihren verletzten Gefühlen dabei in die Quere kommen. Am besten, mein Mr Bradley kommt mit denen gar nicht erst in Kontakt.«

»Und wie willst du das anstellen?«

»Ich nehme den Kanadier in Beschlag, du kümmerst dich um unsere drei Damen vom Grill.«

»Kümmern?«

»Beim Abendessen, meine ich. Setz dich zu ihnen, verwickel sie in ein Gespräch, was weiß ich, erzähl ein bisschen was von dir. Du bist Fotografin, du hast doch was zu erzählen.«

»Ha!«, machte ich und schaute ihn an. Seit ich auf der Lodge angekommen war, hatte er mir noch keine zehn Fragen zu meinem Beruf oder meinem Leben gestellt. Nicht dass mir das wichtig gewesen wäre, aber auffällig war es schon.

»Gib ihnen 'ne Flasche Wein aus oder so«, fuhr Rainer fort. »Die eine, Amber oder Saffron, pichelt ganz gerne mal einen. Die Getränke gehen auf mich, logisch. Trinkt zwei Flaschen, trinkt meinetwegen zehn. Ich will nur nicht, dass sie mir alles vermasseln und meinen Käufer vergraulen. Ich hab ein gutes Gefühl bei der Sache. Der Kerl kommt nicht her, um sich die Sonne auf den Pelz scheinen und sich bedienen zu lassen wie all die anderen, der hat ernsthaftes Interesse.«

Das Ganze kam mir so absurd vor, dass ich lachen musste. »Ich soll mich also mit drei kalifornischen Geschäftsfrauen besaufen, damit sie auf keinen Fall ins Gespräch mit einem Geschäftsmann aus Toronto kommen?«

»Ganz genau«, sagte Rainer, »so sieht's aus.« Seine Ernsthaftigkeit rührte mich. »Glaub mir«, sagte er, »ich hab das alles schon mal durch. In Venezuela, ist gut fünfzehn Jahre her. Danach konntest du mich monatelang in der Pfeife rauchen.«

»Wenn die Nachbarn dich mit unserer Jutti sehen, die denken doch, unsere Tochter ist vom anderen Ufer!«, ruft Juttas Vater, und als Rainer lacht: »Kannst du mir sagen, was daran so lustig sein soll?«

Alfons Werner ist ein kleiner Mann mit breiten Schultern, zwischen dessen Fingern meist eine brennende Overstolz klemmt. Er hat Maler und Lackierer gelernt, in seiner Jugend war er Reckturner. Ein impulsiver Kerl mit einer umhäkelten Klorolle auf der Hutablage seines Rekord C und jeder Menge Meinungen zu allem und jedem: Die *Gastarbeiter*, die *Emanzen*, die *verzogenen Blagen der Nachbarn*, ruckzuck ins Geifern sich steigernde Tiraden, denen Jutta tapfer Paroli bietet, aus denen ihn aber nur seine Frau hinausführen kann, Marlies, eine hemdsärmelige Matrone mit gütigen Augen und zupackendem Wesen. Beide arbeiten bei einem Baustoffhersteller im benachbarten Raunheim und sind stolze Gewerkschafts- und SPD-Mitglieder. Religiös sind sie nicht, dennoch puritanisch. So puritanisch, dass Jutta erst ihre *Bravo-*, später ihre *Twen-*Ausgaben ins Haus schmuggeln und den *Schweinkram* heimlich unter der Bettdecke lesen musste. Jutta ist das einzige Kind der Werners und Rainer der erste Junge, den sie mit nach Hause bringt. Ihre Eltern scheinen ihn zu mögen, gleich beim ersten Treffen bieten sie ihm das Du an.

Nur mit seinen schulterlangen Haaren können sie sich nicht abfinden. Immer wieder droht Alfons, Rainer *auf den Barren zu legen* und ihm einen *anständigen Haarschnitt* zu verpassen, und jedes Mal entschuldigt Jutta sich augenrollend für ihre spießigen Eltern. Rainer aber weiß die Direktheit der Werners zu schätzen. Die klaren Ansagen, die Verbindlichkeit. Bei ihnen weiß man wenigstens, woran man ist. Ein scharfer Kontrast zu seiner eigenen Familie, in der seit jeher alles unter den Teppich gekehrt und kaum jemals das Maul aufgemacht wird.

Bei einem Bier auf der Terrasse gesteht Alfons ihm, dass er immer gerne einen Sohn gehabt hätte, »aber es hat nicht sollen sein«. Er drückt seine Kippe aus. »Was soll's, jetzt hab ich immerhin einen Schwiegersohn. Wenn du willst, kannst du Papa zu mir sagen.«

Rainer wartet, dass Alfons die Situation mit seinem meckernden Lachen auflöst, doch der lacht nicht, der meint das vollkommen ernst. Um seinen Schwiegervater in spe nicht zu brüskieren und weil er sich von Alfons und Marlies ja tatsächlich wie adoptiert fühlt, nennt Rainer ihn von nun an *Vatter*, was in seinen Ohren ein wenig derb klingt, Alfons aber nicht zu stören scheint. Marlies nennt er *Mutti*, und es dauert nicht lange, da gehen ihm diese Anreden völlig selbstverständlich von den Lippen.

An einem regnerischen Samstag im Februar lernen Alfons und Marlies Rainers Mutter kennen. Bei Kaffee und Kuchen sitzen sie im Eiche-brutal-Wohnzimmer der Werners und reden über das Wetter, die Arbeit und die Baader-Meinhof-Bande. Nach einer Schießerei an der Bockenheimer Landstraße in Frankfurt wenige Tage zuvor wurde eine bundesweite Fahndungsaktion ausgerufen, in die auch Rainer mit seinem Käfer geraten ist.

»Kein Wunder, dass sie ihn rauswinken«, sagt Alfons. »Guckt euch den Bombenleger doch mal an.«

»*Ringfahndung* nennen sie das ja jetzt«, sagt Marlies und zündet sich und ihrem Mann Zigaretten an.

»Noch ein Grund, mit der Fisselmatte endlich kurzen Prozess zu machen.«

»Und mit den Anarchisten.«

»Mit denen sowieso.«

Jutta nimmt sich ebenfalls eine Zigarette und lässt sich von ihrer Mutter Feuer geben. »Aber dass eins klar ist«, sagt sie und bläst genüsslich den Qualm aus. »Was mit der *Fisselmatte* passiert, entscheide ja wohl immer noch ich!«

Die ganze Familie bricht in heiteres Gelächter aus, und als Rainers Blick den seiner Mutter streift, zieht sich alles in ihm zusammen. Ganz steif und starr hockt sie da, ein gequältes Lächeln ins Gesicht getackert, hinter dem er eine tiefe Traurigkeit zu erkennen glaubt. Als könne seine Mutter kaum ertragen, auf welch ruppige und zugleich verstörend herzliche Weise in dieser ordinären, ketterauchenden *Proletenfamilie* mit ihrem Jungen umgesprungen wird.

Seinen einundzwanzigsten Geburtstag feiert Rainer mit Jutta beim Italiener in der Mainzer Himmelgasse. Er hat extra eine Woche im Voraus reserviert und um den Tisch ganz hinten gebeten, unter dem großen Wandgemälde, das mehrere Fischerboote in einer Bucht zeigt, im Hintergrund der mächtige Vesuv. Sie essen Spaghetti mit Meeresfrüchten und trinken jeder ein Glas Chianti, der ihnen aus einer bastverkleideten Flasche eingeschenkt wird, und als Jutta dem Kellner vom Anlass ihrer Feier erzählt, gibt es zwei Asti Spumante aufs Haus. Nach dem Kaffee und einer geteilten Portion Tiramisu fahren sie im Käfer an den Rhein und schieben eine Nummer auf der Rückbank, die jäh von Jutta unterbrochen wird.

»Was ist?«

»Da war was.«

»Wo?«

»Na, da draußen!«

Eilig ziehen sie sich die Hosen hoch. Rainer öffnet die Tür

und steigt aus, es ist niemand zu sehen. Schweigend wechseln Jutta und er auf die Vordersitze und blicken in die dichten Nebelschwaden über dem Fluss. Jutta zündet sich eine Zigarette an.

»Lass uns wegfahren.«

»Wohin?«

»Nach Paris.«

»Jetzt?«

»Nicht jetzt, du Dussel. Ich muss morgen arbeiten, du übrigens auch. Aber dieses Jahr noch.«

Rainer überlegt. »Über die Weihnachtsfeiertage vielleicht?« Seine Abneigung gegen das Weihnachtsfest hat mit den Jahren noch zugenommen, und wie das dieses Jahr werden soll, wo er mit der Mutter ganz alleine ist, er mag gar nicht daran denken.

»Spitzenidee«, sagt Jutta und wedelt den Zigarettenrauch aus dem Fenster. »Bin mal gespannt, was mein Vater dazu sagt.«

»KOMMT GAR NICHT IN DIE TÜTE! Über Weihnachten? IHR SPINNT WOHL!« Alfons rastet völlig aus. »Und wo wollt ihr überhaupt übernachten? In einem Hotel vielleicht, zusammen in einem Bett? NOCH SEID IHR NICHT VERHEIRATET!«

Erst nach reichlich gutem Zureden seitens seiner Frau und Juttas Versprechen, zwei Einzelzimmer zu nehmen, willigt ihr Vater zähneknirschend ein.

Die Stadt der Lichter und der Liebe ist festlich geschmückt. Jutta war noch nie in Paris. Die Dame am Empfang des billigen Hotels am Gare de Lyon zuckt nicht mal mit der Wimper, als Rainer um ein Doppelzimmer bittet. Der winzige Raum befindet sich im fünften Stock und besteht fast nur aus

Schrägen und Bett, doch Jutta hat ihre Tage und fühlt sich nicht wohl. Rainer versucht, sich seine Enttäuschung nicht anmerken zu lassen.

Am zweiten Weihnachtstag stehen sie Arm in Arm unter dem Eiffelturm und beschließen, sich gleich zu Beginn des neuen Jahres nach einer gemeinsamen Wohnung umzuschauen.

Erneut geht Alfons an die Decke. »NUR ÜBER MEINE LEICHE!«, brüllt er, als Rainer und Jutta beim gemeinsamen Mittagessen von ihren Plänen erzählen. »ERST WIRD GEHEIRATET!«

»Wir wollen aber zunächst einmal rausfinden, ob wir überhaupt zusammenpassen, Papi.«

»Wie, was, *passen*! Es passt doch ganz wunderbar, was gibt's da noch *rauszufinden*!«

»Ich meine, ob das mit uns funktioniert.«

»Und wenn es nicht funktioniert, was dann?«, wendet Alfons sich an Rainer, der bisher nur still dagesessen und auf seinen Teller gestarrt hat. »Gibst du uns unsere Tochter dann zurück wie ein Paar Schuhe, das du in der falschen Größe gekauft hast, häh?«

»Nein, also, wir dachten …«

»Was ihr euch so denkt, ist mir piepegal! Wenn, dann wird das gleich auf stabile Füße gestellt!«

Er solle jetzt bloß nichts überstürzen, redet Rainers Mutter ihm ins Gewissen. Gegen die Jutta mit ihrem *losen Mundwerk* und der *offensiven Art* hätte er *keine Schnitte*, da würde er doch nur *untergebuttert*, er solle sich vorsehen, das gehe doch alles viel zu schnell. Sie versucht es auf die jammernde Tour, bittend, schimpfend, wetternd und flehend, doch diesmal lässt

Rainer sich nicht von ihr weichkochen. Er beginnt, die Wohnungsanzeigen in der Zeitung zu studieren, Jutta bestellt das Aufgebot beim Standesamt in Flörsheim.

An einem frühen Freitagabend, Rainer hat gerade ein Bad genommen, kommt es zum Eklat.

»Sag mal, hast du gerade nach deiner Mutter gerufen?«, fragt Jutta, nachdem Rainer in ein Handtuch gewickelt zurück ins Zimmer kommt. Sie liegt auf dem Bett und blättert in einer französischen Illustrierten. Rainer hat sie mit dem Wagen bei der Arbeit abgeholt, um acht wollen sie sich den neuen *James Bond* im Residenz-Kino anschauen.

»Ja, wieso?«

»Was wolltest du denn von ihr?«

»Ach, nichts. Sie sollte mir nur kurz den Rücken abschrubben.«

»Du rufst deine Mami, damit sie dir den Rücken schrubbt? Wie alt bist du, fünf?«

Rainer hebt die Schultern, doch bevor er etwas sagen kann, ertönt aus dem Flur die Stimme seiner Mutter: »Lass das mal schön unsere Sorge sein, Fräulein!«

Entsetzt richtet Jutta sich auf. »Was ist hier eigentlich los?«

»Komm, mach keinen Terz, so ist sie halt«, versucht Rainer, seine Freundin zu beruhigen.

»Genau, so ist sie halt!«, ruft die Mutter aus dem Flur.

Jutta fegt ihre Zeitschrift vom Bett und springt auf. »Mir reicht's!«

»Du, die meint das nicht so. Wo willst du denn hin?«

»Wo ich hinwill? Nach Hause! Raus aus diesem Kindergarten!«

»Aber wir wollten doch …«

Sie sei nicht mehr in Stimmung für *Diamantenfieber*, giftet Jutta. »Mach dir keine Umstände, ich finde alleine raus.«

Sie greift nach ihrem Mantel und stürmt aus der Wohnung. Rainer steigt in seine Klamotten und rennt ihr hinterher. Unten beim Fort Josef holt er sie ein. »Lass mich dich wenigstens nach Hause fahren.«

Als sie in den Wagen steigen, sieht er seine Mutter hinter der Gardine am erleuchteten Küchenfenster stehen. *Jetzt verlässt du mich auch noch*, sagt ihr Blick – *nach allem, was ich für dich und deine Geschwister getan habe.*

Sie finden eine Dreizimmerwohnung in der oberen Etage eines Einfamilienhauses in Hochheim, genau zwischen Mainz und Rüsselsheim und nur zehn Minuten Autofahrt von Rainers Arbeit entfernt. Sie fangen an zu streichen und zu tapezieren und kaufen eine Einbauküche auf Raten, die sie mit Alfons' Hilfe selbst aufbauen. Weil Juttas Vater eisern daran festhält, dass die Wohnung erst bezogen wird, wenn seine Tochter unter der Haube ist, übernachtet Rainer nun meist bei den Werners, in Juttas Bett, während Jutta mit der Wohnzimmercouch vorliebnehmen muss.

An einem Samstagnachmittag, ein paar Wochen vor ihrer Eheschließung, fahren Jutta und Rainer nach Mainz, um ein paar Sachen zusammenzupacken. Die Mutter hat sich grußlos in der Küche verschanzt.

»Eigenartig«, sagt Rainer, nachdem er sein Wurzelholzkästchen unter dem Bett hervorgeholt hat.

Jutta schaut ihn an. »Was ist?«

»Es fehlt Geld.«

»Wie viel?«

»Zwei Blaue.«

»Deine Mutter? Wegen dem Kostgeld?«

Obwohl Rainer in den letzten Monaten kaum noch in Mainz war, obwohl er meist bei den Werners gefrühstückt und zu

Abend gegessen hat und obwohl Jutta und er sich von null auf einrichten und Möbel kaufen mussten, Schränke, Geschirr, Bett und Kleiderschrank sowie eine Wohnzimmergarnitur mit Glastisch und Fernseher, obwohl sie alle beide Überstunden kloppen und Zuwendungen von Alfons und Marlies annehmen mussten, um sich das alles leisten zu können, hat er bis zuletzt jeden Monat seine zweihundert Mark zuhause abgegeben. Nur an diesem Monatsanfang nicht. Und nun sind es genau diese zweihundert Mark, die in seinem Kästchen fehlen.

»Das kann nicht sein. Das würde sie nicht bringen.«

»Wer soll es sonst gewesen sein?«

Jutta hat recht. Wer soll es sonst gewesen sein? Wolfgang und Mia waren ewig nicht zuhause, außerdem würden sie sich niemals an Rainers heiliger Schatulle vergreifen.

»Ich weiß nicht.«

»Dann musst du sie wohl fragen.«

Ja, sagt die Mutter, sie habe das Geld genommen. Was sei ihr auch anderes übriggeblieben, wo *der feine Herr Sohn* doch neuerdings glaube, sich nicht mehr an Abmachungen halten zu müssen.

»Aber das ist alles, was ich für den Monat noch habe!«

»Ach ja? Wo hast du denn das schlechte Haushalten gelernt, bei mir ja wohl nicht.«

»Ich hab dir doch gesagt, dass ich das Geld für die Wohnung brauche.«

»Noch seid ihr nicht eingezogen.«

»Miete zahlen müssen wir trotzdem.«

»Weil du vor deiner Freundin und ihren Eltern kuschst. Aber noch bist du hier gemeldet, und ich habe auch meine Ausgaben.«

»Aber …«

»Aber?«

»Aber du kannst doch nicht einfach an mein Kästchen gehen!«

Mitleidlos und mit verächtlichem Blick schüttelt Frieda Nack den Kopf: »Herrgott, Rainer, werd endlich erwachsen.«

»Und?«

»Ja.«

»Ja, was?«

»Sie hat das Geld genommen.«

»Und nun?«

»Ich weiß nicht.«

»Willst du das Geld nicht zurück?«

»Doch.«

»Also?«

»Nicht jetzt.«

»Rainer, es sind zweihundert Mark.«

»Ich weiß.«

»Zweihundert Mark!«

»Ich weiß, verdammt!«

»Du wohnst und isst seit Wochen bei meinen Eltern, und die haben noch nie Kostgeld von dir verlangt.«

»Ich weiß es doch, Jutta. Lass gut sein.«

»Deine Mutter beklaut dich, und du willst das einfach auf dir sitzenlassen?«

»Lass uns die Sachen ins Auto packen und los. Ich klär das ein anderes Mal.«

Entgeistert starrt Jutta ihn an. Dann hebt sie die Arme und sagt: »Okay, deine Sache. Ich geb's auf.«

Aber als sie mit Rainers Kartons unter dem Arm auf den Flur treten und seine Mutter in der Küchentür stehen sehen, kann sie den Mund doch nicht halten.

»Hören Sie mal, Frau Nack, wegen diesem Kostgeld …«

Weiter kommt sie nicht. Was sie das überhaupt angehe, schneidet die Mutter ihr das Wort ab, »DU ROTZGÖRE, ELENDE, WAS GLAUBST DU EIGENTLICH, WER DU BIST?«

Wütend macht die Mutter auf ihrem schlechten Bein kehrt und wirft die Küchentür hinter sich ins Schloss. Jutta ist die Erste, die wieder etwas sagt.

»Du, Rainer. Ich werde jetzt gehen. Wenn du willst, komm mit. Wenn du das nicht willst, auch okay. Aber dann war's das mit uns. So oder so, deine Mutter will ich nie – nie – wiedersehen.«

An einem bewölkten Dienstagmorgen Anfang April gehen Rainer Nack und Jutta Werner auf dem Flörsheimer Standesamt den Bund der Ehe ein. Jutta trägt ein knielanges buntes Kleid und rote Lackschuhe mit flachem Absatz, Rainer eine dunkelblaue Stoffhose, ein rotes Hemd, ein zitronengelbes Jackett und eine rot-weiß gestreifte Fliege, die er sich von seinem Schwiegervater geborgt hat. Juttas Trauzeuge ist Richard, ein alter Freund der Familie, den Rainer nie zuvor gesehen hat. Als seinen eigenen Trauzeugen hat er Köhler verpflichtet. Seit Rainer in einer festen Beziehung ist, sehen die beiden sich kaum noch, er musste seinen Kumpel zu dem Freundschaftsdienst regelrecht überreden. Außer den Trauzeugen sind nur noch Alfons und Marlies anwesend. Nach zwanzig Minuten ist die Veranstaltung vorbei. Es werden noch ein paar Fotos vorm Rathaus geschossen, dann geht es zum Jugoslawen um die Ecke.

»Leck mich am Arsch«, sagt Köhler, als er nach dem Essen neben Rainer an der Pissrinne steht.

»Was ist?«

»Ist doch völlig bekloppt, was hier abgeht.«

»Was meinst du?«

»Diese seltsame Stimmung da oben. Und überhaupt, eine Hochzeit ohne Family, das ist doch Glatze in der Haarwasserwerbung.«

Der Vergleich hinkt, denkt Rainer, doch er weiß, worauf Köhler hinauswill. Rainers Mutter wurde auf Juttas ausdrücklichen Wunsch nicht eingeladen, und der Kontakt zu seinen Geschwistern ist komplett eingeschlafen.

»Ach komm«, sagt Rainer mit einem tapferen Grinsen, »du bist doch nur neidisch.«

»*Neidisch?* Worauf?«

»Dass ich jetzt eine Braut hab und 'ne eigene Bude und so.«

Köhler hebt eine Augenbraue und schaut Rainer an. »Nee, mein Lieber, da bist du schief gewickelt.« Er betätigt die Spülung. »Nimm's mir nicht übel, aber ich werd jetzt da hochgehen, der versammelten Mannschaft einen guten Tag wünschen und mich vom Acker machen. Mir ist das einfach zu crazy hier, verstehst du?«

»Klar.« Beschämt blickt Rainer auf den Spülstein in der Pissrinne. Neben ihm lässt Köhler einen fahren.

»Nichts für ungut, Nacki. Wenn du mal einen heben willst oder so, lass von dir hören.«

Nachdem auch der andere Trauzeuge sich verabschiedet und Juttas Vater die Rechnung übernommen hat, geht es zu Kaffee und Kuchen zurück in die Wohnung der Werners. Abends fahren Jutta und Rainer in seinem Käfer nach Flörsheim, wo sie wieder in ihre Alltagsklamotten steigen. Sie hauen sich zwei Schnitzel in die Pfanne und trinken noch ein Glas Moselwein auf ihrem neuen Sofa, danach spülen sie das Geschirr und gehen ins Bett. Jutta schläft an der Fensterseite, Rainer an der Tür. Ein spitzer Gutenachtkuss, dann löscht Jutta das Licht und dreht sich auf ihre Seite.

In dieser Nacht liegt Rainer noch lange wach und denkt nach. Müssten Jutta und er jetzt nicht übereinander herfallen und es auf alle nur erdenklichen Arten und Weisen miteinander treiben? War dies nicht ein besonderer Tag, sollte er nicht glücklich sein? Er lauscht den auf der Straße vorbeifahrenden Autos und den fremden Geräuschen der neuen Wohnung. Die Therme in der Küche. Das Rauschen der Spülung irgendwo im Haus und das Hin- und Hergewälze seiner Frau auf der anderen Seite der Besucherritze. Erst als er sie gleichmäßig atmen hört, schläft auch er selbst ein.

Mr Bradley erschien am späten Nachmittag und mit einer Scheißlaune. Humpelnd und mit schmerzverzerrtem Gesicht stieg er aus dem Boot und ließ sich von Rainer zu der Cabaña führen, die Camila ihm zurechtgemacht hatte. Ein mittelalter Mann aus dem Großraum Toronto, hager und mit so krassen Geheimratsecken, dass es aus der Ferne aussah wie ein Irokesenschnitt. Sein Gesicht war aschfahl, der Nacken sonnenverbrannt und seine Haltung übel verdreht, er sah wirklich nicht gut aus.

Den ganzen Tag über waren Rainers Arbeiter damit beschäftigt gewesen, das Grundstück auf Vordermann zu bringen. Sogar die winzigen Buchten zwischen den Felsen am Strand hatten sie vom angespülten Abfall befreit und das Zeug schubkarrenweise zu den Tonnen hinten am Wald gefahren, über dem Grundstück der Geruch von verbranntem Plastik. Rainer selbst war vormittags mit einem Lanchero namens John-Jairo nach Puerto Obaldía gefahren, dem südlichsten Flugplatz Panamas, wo er den Kanadier in Empfang genommen, ihm bei den Einreiseformalitäten geholfen und ihn übers Meer zur Lodge gebracht hatte. Während der anderthalbstündigen Fahrt habe hoher Wellengang geherrscht, erzählte Rainer, als er von Mr Bradleys Hütte zurückkam und vor Saira und mir am Pool stehen blieb, *dieser Aushilfsgangster* John-Jairo aber habe wenig Rücksicht auf die Befindlichkeiten seines Gastes genommen und sei *gebrettert wie ein Kranker*.

Mr Bradley jedenfalls wollte sich erstmal kurz hinlegen. Und verschlief dann original das komplette Abendessen.

Wie von Rainer erbeten, hatte ich mich an den San-Diego-Tisch gesetzt, wo ich sofort willkommen geheißen wurde, wenn auch auf eher unangenehme Weise. Die Amerikanerinnen schienen kaum noch ein Wort miteinander zu reden. Sie hatten sich tagsüber bei einer Wanderung nach Capurganá verlaufen und Rainer mit Anrufen und Fotos irgendwelcher *highly distinctive rocks and trees* bombardiert, anhand derer er ihnen, vom Flugplatz in Puerto Obaldía und sogar noch von John-Jairos Boot aus, den Weg zurück zur Lodge erklären sollte. Was nicht nur ihn zur Verzweiflung getrieben, sondern offenbar auch für erheblichem Zwist zwischen Amber, Lydia und der Motivationstrainerin gesorgt hatte. Schweigend in ihre Endgeräte starrend, hatten sie gerade noch dagesessen, nun wirkten sie geradezu erleichtert, mich als Kitt oder als Puffer an ihrem Tisch zu haben, eine Art von Doppelrolle, die ich noch aus der Trennungsphase meiner Eltern kannte. Wegen der von Rainer an mich gestellten Aufgabe hatte ich an diesem Abend nur eine halbe Lora genommen, ich fühlte mich kribbelig und irgendwie wund.

Eine nach der anderen gaben sie mir einen Abriss ihrer Lebensgeschichten. Mehr Therapien, ex-husbands und Kinder an Ivy-League-Universitäten, als ich vermutet hatte, und *crisis after crisis*, besonders bei Lydia, die meinte, eines Tages wohl ein Buch mit dem Titel *Tested By Fate* über all die *ordeals and challenges* schreiben zu müssen, die das Leben ihr auferlegt hatte. Ihr *spirit animal* war die Krähe. »The crow isn't about death, you know, it's all about transformation«, sagte sie, worauf Amber ein *Nicht die Story schon wieder*-Seufzen erklingen ließ und die Motivationstrainerin mit unverhohlener Verachtung die Augen verdrehte. Lydia gab sich alle Mühe, sich davon nicht aus der Fassung bringen zu lassen. Mit tapferem Lächeln schaute sie mich an und klimperte dabei ausgiebig mit den Augen, bei ihrem vermeintlichen Flirtversuch Tage zuvor musste es sich jedoch um die ganz normale amerikanische Höflichkeit gehandelt haben, Funken sprühten da keine zwischen uns.

»So you're travelling all by yourself, hon?«, wechselte sie das Thema, verlor bei meiner verdrucksten Antwort aber sofort das Interesse. Kann auch sein, dass sie mein Unbehagen spürte und aus Rücksicht von weiteren Nachfragen absah, und dann wurden wir ohnehin von Saira unterbrochen, die mit einem verbeulten Kochtopf in den Händen zu uns an den Tisch kam.

Sie habe etwas vorbereitet, erklärte sie mit diebischem Grinsen, »una sopa especial, muy rico!«.

Sie stellte den Topf in unsere Mitte und nahm den Deckel ab. Sairas *Spezialsuppe* bestand aus Wasser, Seetang, Blättern und Gras, dazwischen schwammen Dutzende toter Ameisen und Fliegen, ein Q-tip und der Deckel einer Zahnpastatube. Als extra Fleischeinlage hatte sie eine tote Eidechse und zwei Cangrejos hineingetan. Mit einem Stock rührte sie in der schlammigen Brühe herum. Fassungslos blickten die Frauen sich an, auch mir zog sich vor Ekel der Magen zusammen. Giggelnd beugte sich Saira über den Topf und ließ ihrem Mund einen langen Spuckefaden entgleiten.

»Girl, please!«, rief die Motivationstrainerin, und als sie und die anderen beiden sich angewidert abwandten, sah ich, wie Saira die Packung *Organic Chewing Gum* in ihrer Faust verschwinden ließ, die neben Ambers Teller gelegen hatte. Unsere Blicke trafen sich. Ich hob die Augenbrauen und nickte kaum merklich – *Nur zu, ich verpfeif dich nicht.* Saira verstand. Blitzschnell ließ sie die Kaugummis in ihre Hosentasche gleiten. »Buen provecho!«, rief sie noch. »De nada, con mucho gusto!«, dann lief sie kreischend und ohne ihren Topf über den Rasen Richtung Haupthaus davon. Irritiert sahen die Amerikanerinnen ihr hinterher.

»That kid's a bit strange«, sagte Lydia.

»That kid's a fucking freak«, sagte Amber, »just like her fucking father!«

Die Motivationstrainerin und Lydia sahen sie an, dann schauten sie betreten zu Boden.

»WHAT!«, rief Amber und kippte sich ihren Weißwein in den Hals.

Die zweite Flasche war fast leer, und die Motivationstrainerin dozierte gerade über das Problem der Stromversorgung auf der Lodge – der Strom war am frühen Abend ausgefallen, im Hintergrund hatte seit Stunden der Generator gerattert, der gerade erst von Newton abgestellt worden war, wir saßen nun im Kerzenlicht da –, als plötzlich doch noch der Kanadier über den Platz gestakst kam. Er ging geradewegs auf Rainer zu, der seit Stunden abfangbereit an seinem improvisierten Schreibtisch vor der Küche saß und sich bereits durch halb YouTube geglotzt haben musste, immer wieder nervös aufschauend und wie ein Irrer mit dem Bein wippend. Die Motivationstrainerin verstummte. Lydia und Amber folgten ihrem Blick.

»Who's that guy?«, fragte Amber.

»Ach«, sagte ich etwas zu schnell und ohne dass die Frage explizit an mich gerichtet gewesen wäre, »just another guest.«

»What do you mean, *just another guest*?«, wollte die Motivationstrainerin wissen.

»You know him?«, fragte Amber.

Auch Lydia sah mich argwöhnisch, beinahe feindselig an.

»No«, antwortete ich und hob abwehrend die Hände, »how?«

Am nächsten Vormittag, ich saß mal wieder mit Saira am Pool, wurde ich Zeuge von Mr Bradleys überstürzter Abreise. Beim Frühstück war er nicht erschienen, jedenfalls hatte ich ihn dort nicht gesehen. Nun stand er vor der Küche und redete auf Rainer ein, worauf der sein Handy zückte und mit gehetzter Miene auf und ab gehend telefonierte, während Mr Bradley zurück zu seiner Cabaña humpelte und eine Viertelstunde später mit seinem Trolley wiederauftauchte. Rainer begleitete ihn zum Steg, Mr Bradleys Reisetasche auf der rechten Schulter und die Stirn in tiefe Falten gelegt. Mit einer halbvollen Tüte Salzbrezeln in der Hand kam er zurück.

»Was ist passiert?«

»Abgereist.«

»Ich hab's gesehen. For good?«

»*For good?*« Rainer lachte finster. »*For better or worse*, würde ich sagen.«

»Warum?«

»Warum was?«

»Warum ist der Hoschi schon wieder weg?«

»*Lower back pain*«, antwortete Rainer. »*Chronic*, wie er sagt. Der Wellengang und die harte Holzbank in John-Jairos Lancha gestern haben ihm, scheint's, den Rest gegeben.«

»Hab gesehen, wie er im Dunkeln noch zur Küche kam.«

»Da wollte er sich einen Tee machen. Stand da mit seinem Teebeutel in der Hand, aber der Generator war schon aus.«

»Und dann?«

»Wollte ich den Generator wieder anschmeißen, was sonst. Aber er nur so: *Never mind*, mit einer Fresse wie drei Tage Dünnschiss. Wollte wissen, ob es das hier öfter gebe, *power blackouts*. Und da war mir klar, das wird nichts.« Rainer schüttelte den Kopf. »Die Leute kommen in eine der abgelegensten Regionen der Welt und glauben, sie könnten den

Komfort eines Viersternehotels erwarten. Erlebe ich hier ständig.«

»Und das da?« Ich deutete auf die Tüte Salzbrezeln in seiner Hand.

»Salted pretzels«, las er vor. »Hat unser Mr Bradley mir dagelassen.«

»Die angebrochene Packung?«

Er nickte. »*German food* bekäme ich hier doch sicher nicht so leicht.«

»Was für ein Arschloch«, sagte ich.

Rainer zuckte die Achseln, als sei das alles nicht so wichtig, doch die Enttäuschung stand ihm ins Gesicht geschrieben. »Ich muss mich mal um meine Mails kümmern«, murmelte er. »Da hagelt's Absage um Absage.«

Ich sah ihm nach, wie er die Stufen zu seinem improvisierten Büro hochstieg und sich in den Stuhl vor seinem Computer fallen ließ. Er legte den Kopf in den Nacken und wischte sich mit dem Unterarm über die Stirn. Dann nahm er die Tüte Salzbrezeln, holte aus und schleuderte sie mit voller Wucht gegen die Wand.

Die Flitterwochen verbringt das Paar am Mittelmeer, in einer Bungalowanlage am Strand von Hammamet, Tunesien. Nach ihrer Rückkehr besuchen sie Juttas Eltern in deren Wohnung, wo Alfons seinen Schwiegersohn auf die Terrasse bittet. Er kommt gleich zur Sache.

»War sie noch Jungfrau?«

Jutta ist drinnen und hilft ihrer Mutter beim Tischdecken. Die Frauen haben Rainer bereits vorgewarnt und ihn eindringlich gebeten, Alfons eine Lüge aufzutischen, um den Familienfrieden zu wahren.

»Natürlich«, antwortet Rainer.

»Gut! Ich wusste es!«

Stolz, eine aufrechte und ehrbare Frau aus seiner Tochter gemacht zu haben, legt Alfons ihm die Hand auf die Schulter. Dass mit seiner Tochter im Bett nichts läuft und Rainer sich am vorletzten Abend der Reise heimlich aus dem Schlafzimmer und rüber zum Bungalow einer jungen Frau aus Toulouse geschlichen hat, die ihm früher am Tag mit den Worten »You look like Cloclo! You know Cloclo, le chansonnier?« am Büfett schöne Augen gemacht und in dieser Nacht nach allen Regeln der Kunst im Badezimmer vernascht hat, während ihre beste Freundin im Nebenraum vor der Glotze saß und Rainers frisch angetraute Ehefrau keine zwanzig Meter weiter friedlich in ihrem Bettchen schlummerte, davon erzählt er seinem Schwiegervater nichts, weder ihm noch sonst einer Menschenseele.

Das gebe sich schon, versucht Marlies, die beiden zu beruhigen, nachdem Jutta und Rainer es monatelang immer wieder miteinander versucht und schließlich entschieden haben, sich mit ihrem Problem an Juttas immer so pragmatische und lösungsorientierte Mutter zu wenden. Dass Juttas Vater sich bei dem Thema nicht einfach raushalten würde, sie hätten es sich denken können.

»Was ist denn nun wieder kaputt?«, schnaubt Alfons, mit einer halb runtergerauchten Overstolz in der offenen Terrassentür stehend.

»Ich … Wir … wir wissen es nicht«, stammelt die sonst so unerschrockene Jutta mit hochrotem Kopf. »Wir haben einfach das Gefühl, dass wir auf dieser Ebene, also was das Geschlechtliche angeht, also dass wir da vielleicht nicht so gut zusammenpassen und dass wir … nun ja …«

»Dass ihr was?«

»Dass wir uns trennen müssen.«

»JETZT SCHLÄGT'S ABER DREIZEHN!« Aufgebracht fuchtelt Alfons mit seiner Kippe in der Luft herum. »Was habt ihr euch denn gedacht? Dass in einer Ehe immer alles FRIEDE, FREUDE, EIERKUCHEN ist? Da habt ihr euch aber geschnitten! Eine gute Ehe erfordert ARBEIT! ARBEIT und AUSDAUER, so sieht das aus! Und dass ein Mann bestimmte Bedürfnisse hat, das ist auch ganz normal!«

Jutta zupft ein Stück Haut von ihrem rechten Daumennagel. »Aber wenn man sich halt so gar nicht …«

»DANN MACHST DU HALT MAL DIE BEINE BREIT, IST DAS ETWA ZU VIEL VERLANGT?«

Juttas Mutter schlägt mit der flachen Hand auf den Tisch. »Alfons Werner, ich bitte dich!«

»Ist doch wahr …«

Leise vor sich hin fluchend verzieht Alfons sich auf die Terrasse. Marlies wendet sich wieder Rainer und Jutta zu. Die beiden stünden doch noch ganz am Anfang, sagt sie mit ruhiger Stimme, dazu die neue Wohnung und der Bruch mit Rainers Mutter, es sei gerade wohl etwas viel auf einmal. Aber so sei das nun mal im Leben, und so sei das auch in einer Beziehung, da habe ihr Mann schon ganz recht. »Eine Ehe wird nicht im Himmel, sondern auf Erden geschlossen.« Sie lächelt. »Ihr werdet euch schon noch dran gewöhnen und einen Weg zueinanderfinden, da bin ich mir ganz sicher.«

Bei der Verabschiedung nimmt sie Jutta zur Seite und empfiehlt ihr, sich einen Termin bei Herrn Schadow zu holen. Herr Schadow ist ihr Gynäkologe.

Manche Frauen hätten Bedürfnisse, andere eben nicht, sagt Herr Schadow. Letztere nenne man *frigide*, so was komme vor. Aber wenn er der jungen Frau einen Tipp geben dürfe: »Augen zu und durch. Man gewöhnt sich an alles.«

»Am Tag vor unserer Hochzeit kam ich von der Arbeit, hab vorm Haus meiner Schwiegereltern geparkt und bin ausgestiegen. Ich hatte wieder mal Überstunden abgerissen, Jutta war schon zuhause, und mir ging ein Gedanke durch den Kopf, den ich seither nie vergessen habe: Wenn du jetzt durch diese Tür gehst, habe ich gedacht, dann ist dein bisheriges Leben vorbei. Dann gibt's kein Zurück mehr, dann war's das. Noch kannst du es abbrechen und dich aus dem Staub machen. Ich fühlte mich sexuell nicht zu meiner Frau hingezogen, umgekehrt sah es kaum anders aus. Vor unserer Hochzeit hatten wir drei- oder viermal miteinander geschlafen, jedes Mal ein trostloses Gerammel. Ich stand also da, den Finger schon auf der Klingel, und spürte den drängenden Impuls, umzudrehen, mich ins Auto zu setzen, nach Mainz zu fahren und in Flörsheim anzurufen, *Hey, Leute, das geht mir zu schnell, lasst uns noch ein bisschen warten, ich schaff das gerade nicht, ich brauch noch ein paar Wochen.*

»Und dann hast du doch auf die Klingel gedrückt.«

Rainer sah mich an. »Genau. Weil ich wusste, das hätten die nie verstanden. So engstirnig und biestig er auch sein konnte, Alfons war in den letzten Monaten wie ein Vater für mich gewesen. Marlies und er, die hätten alles für mich getan. Wir hatten eine Wohnung angemietet, eine Küche gekauft und angefangen zu renovieren. Ich konnte nicht mehr zurück, ohne dass alles zusammengebrochen wäre. Also habe ich den vorgegebenen Weg gewählt, wie so oft.«

Rainer sprach ruhig und überlegt, aber nicht unbeteiligt. Es war schon spät, um Mitternacht rum. Alle Lichter auf dem Gelände waren aus, nur die beiden Lampen im Restaurant brannten noch. Das Meer war ruhig in dieser Nacht, hinter mir vermischte sich das Sirren der Zikaden mit dem Geraschel und Geheul des Dschungels zu einem sanften Klangteppich.

»Wir haben schnell gemerkt, dass es keine besonders glückliche Ehe sein würde«, fuhr er fort. »Meine Frau brauchte mich, um ihrem strengen Elternhaus zu entfliehen, während ich sie brauchte, um mich von meiner Mutter zu lösen. Als wir das geschafft hatten, saßen wir in unserer Wohnung und wussten nicht weiter. Mein Kumpel Köhler hatte recht gehabt, das Ganze stand von Anfang an unter keinem guten Stern. Ich wusste es, und sie wusste es auch. Außer einer Trennung fiel uns nichts ein. Aber wann immer wir versucht haben, uns aus dem Schlamassel zu befreien, wurden wir von ihren Eltern wieder eingenordet. Der Alfons, der ging ja in die Luft wie das HB-Männchen. *Das könnt ihr nicht machen, so einfach gibt man nicht auf*, und dann sein legendärer Satz: *Das ist kein Versandhandel hier mit Rückgaberecht und solchen Scherzen!* Also sind wir zusammengeblieben. Aus Schwäche und Juttas Eltern zuliebe. Wie dumm wir waren.« Rainer holte Luft und sah aufs Meer hinaus, auf dessen Oberfläche das Licht des Mondes sanft auf und ab flackerte. »Wir hätten als erwachsene Menschen auseinandergehen und uns jeder das suchen können, was wir brauchten. Wir waren jung, wir hatten keine Kinder und das Leben noch vor uns. Aber was machen wir? Bleiben zusammen und ertragen es. Alle paar Monate ein verkrampfter Annäherungsversuch, nach dem man sich nur noch mieser fühlt. Die besten Jahre verschenkt. Ja, und dann haben wir das Reisen entdeckt.«

Nach Pauschalreisen nach Benidorm und Lloret de Mar brechen Jutta und Rainer im Sommer 1974 zu ihrer ersten Fernreise auf, nach Sri Lanka, mit einem dänischen Reiseveranstalter. Bereits während der nächtlichen Busfahrt vom Flughafen in Colombo zum Hotel, in der offenen Tür des Doppeldeckerbusses stehend und die Klänge und Farben dieser fremden warmen Welt aufsaugend – die feuchte, dampfende Hitze und die klebrige Luft, in die sich der Geruch von Abgasen, Chiligewürz und Zimt mischt, dazu der Anblick der Kokospalmen und Rikschas und all der Männer und Frauen in ihren leuchtend bunten Saris und Sarongs, der Mönche, der Ananasverkäufer, der Elefanten und der Ochsenkarren –, fällt etwas von Rainer ab, das ihn sein Leben lang festgehalten und nach unten gezogen hat.

Im Jahr darauf geht es nach Indien. Eine vierwöchige Bildungsreise, geleitet von einem Universitätsprofessor aus Köln. Mit ihrer insgesamt zwölfköpfigen Gruppe besuchen Jutta und Rainer Neu-Delhi, den Taj Mahal und die erotischen Skulpturen im Tempelbezirk von Khajuraho. Bei Sonnenaufgang fahren sie den Ganges runter und schauen den Pilgern zu, die sich an den Ghats in Varanasi von ihren Sünden reinigen. Beim Anblick der in Tüchern gehüllten Leichname, die am Ufer verbrannt und in die Unendlichkeit der Weltmeere gespült werden, muss Rainer an seinen Vater denken, der sein Ende ebenfalls in einem Fluss gefunden, es dabei aber nicht einmal bis nach Boppard geschafft hat, bevor er aus dem Uferkies gezogen und in der kalten rheinländischen Erde verscharrt wurde. Eine Wahrheit, die Rainer im Laufe der Jahre stillschweigend akzeptiert hat, auch wenn es sich dabei nie um seine eigene handelte. Vor einem Krishna-Tempel in Patna lernen Jutta und er ein Pärchen aus Salzburg kennen und beschließen, sich von ihrer Bildungsbürgergruppe abzuseilen. Zusammen mit Robert und Annegret nehmen sie einen Charterflug nach Bangalore, von dort aus geht es mit dem Bus weiter in den Süden und bis runter nach Kovalam, wo sie sich ein Häuschen mit Blick auf die Kokospalmenhaine teilen, im Arabischen Meer schwimmen und das gute Keralagras rauchen, sogar Jutta, die das Kiffen aus Furcht vor Kontrollverlust bisher strikt abgelehnt hat und die es nun, an diesem seltsam entrückten Ort, endlich schafft, loszulassen und sich zu entspannen. Eines Abends findet Rainer sie völlig stoned auf dem Plumpsklo vor. Kichernd streckt Jutta ihre Hand aus: »Du musst mir helfen, ich komm nicht mehr hoch.« Behutsam knöpft er ihr die Hose zu und führt sie zurück an den Strand, wo sie mit Robert und Annegret Masala Chai trinken und Banana Fritters mit Honig essen.

Indien verändert nicht nur die beiden, sondern auch ihre Beziehung zueinander. Rainer findet sich damit ab, dass Wärme oder Zuneigung sich zwischen Jutta und ihm auf einer anderen Ebene abspielen. Jutta ist ein bedeutsamer Teil seiner persönlichen Entwicklung, und wenn es schon nicht die große Liebe ist, so sind sie doch Weggefährten und Kompagnons, darüber hinaus die perfekten Reisepartner. Sie haben ein ähnliches Tempo, sind gleich belastbar und offen für Neues. Alle beide verdienen sie in ihren Jobs gutes Geld, das von nun an fürs Reisen draufgeht, genau wie ihr gesamter Jahresurlaub. Mit Tjaereborg, Neckermann und Co ist ein für alle Mal Schluss. Stattdessen verschlägt es sie im kommenden Jahr erneut nach Indien, diesmal auf eigene Faust. Mit dem Rucksack auf dem Rücken und einem Bündel Travellerschecks in der Bauchtasche bereisen sie in Bussen, Bahnen und Rikschas das Land und kommen in einfachen Pensionen und Hostels unter, und als sie einem spontanen Impuls folgen, die Grenze nach Nepal überqueren und ein Taxi nach Kathmandu nehmen, da sind sie in ihrem Selbstverständnis schon längst die abenteuerlustigen Globetrotter, die jenseits der ausgetretenen Pfade fremde Kulturen erkunden und zuhause noch lange von den gesammelten Eindrücken und Erfahrungen zehren.

Eindrücke und Erfahrungen allerdings, die sie mit kaum jemandem teilen können. Weder Juttas Eltern noch Rainers Geschwister, noch ihre Arbeitskollegen oder gemeinsamen Freunde interessieren sich groß für ihre Geschichten von unterwegs, die Dias und Super-8-Filme müssen sie sich zuhause alleine anschauen.

Nach jeder Reise fällt es Rainer schwerer, in die Monotonie des Arbeitsalltags zurückzukehren, zu den immer gleichen Gesichtern und Tätigkeiten, den sich wiederholenden Produktionsplänen und Bestellungen bei den immer gleichen Lieferanten, zu all den Schrauben und Nieten und Unterlegscheiben und Radmuttern, zu dem ganzen drögen Kleinteilleben. Jeden Tag derselbe Schreibtisch im selben Büro, der Gummibaum, die Stellwände und die Schale mit den aus Langeweile verbogenen Büroklammern, dazu die Ticks der Kollegen, das Kugelschreiberklicken, das Fingernägelkauen, das Nasehochziehen und schräg hinter ihm der ewige Junggeselle Hornung, der ab zehn Uhr vormittags schmatzend seine Lakritzpastillchen lutscht und jedes Mal derart entkräftet zum Fotokopierautomaten schlurft, dass man den Spinner an seinen Segelohren packen und ihm einhämmern will, gefälligst beim Gehen die Füße zu heben wie ein normaler Mensch. Immer die aktuelle Ausgabe der *Bild*-Zeitung auf dem Klo, mittags runter in die Kantine oder ein Brötchen mit Fleischwurst vom Metzger um die Ecke, abends mal eine Runde Doppelkopf mit den Kollegen, »*Ei, wie?*« – »*Wasweisnisch …*«

Kurz vor Weihnachten geht Rainer zu seinem Abteilungsleiter und reicht die Kündigung ein. Er findet eine Stelle bei der Deutschen Städtereklame, wo er für die Bestückung der Litfaßsäulen und Plakatwände im Großraum Mainz zuständig ist, doch auch das langweilt ihn zu Tode, so dass er nach drei Monaten hinschmeißt und als Versandleiter bei einem Keltereivertrieb in Ingelheim anheuert. Nachdem er wiederholt mit einem der beiden Prokuristen aneinandergeraten ist, einem schmallippigen Pedanten mit mindestens angebräunter Vergangenheit, kündigt er auch hier. Kleinlaut ruft er seinen ehemaligen Abteilungsleiter bei Opel an und fragt, ob er die alte Stelle wiederhaben kann.

Mitte Oktober, ein Dreivierteljahr nach seiner Kündigung, das gesamte Land redet gerade über nichts anderes als die Schleyer-Entführung, kehrt Rainer mit gesenktem Haupt zurück in den Schoß der Adam Opel AG.

*

Sie habe da jemanden kennengelernt, sagt Rainers Mutter.

»Wo?«

»Im Allgäu. Auf Kur.«

»Und, wie heißt der Glückliche?«

»Herr Baum. Martin.«

Martin Baum ist fast fünf Jahre jünger als Frieda Nack. Er lebt in Sindelfingen und arbeitet bei Daimler-Benz, geboren und aufgewachsen ist er in Berlin. Was man ihm auch anhört. Ein großer, drahtiger Kerl mit schütterem Haar und Klumpfuß. Als Jugendlicher ist er bei der Verteidigung der Hauptstadt durch ein Dach gekracht und hat sich beide Beine gebrochen, seitdem geht er am Stock. Herr Baum lebt in Scheidung und hat einen Sohn in Rainers Alter, zu dem aber kaum noch Kontakt besteht.

Sie seien sich beim Kartenspielen nähergekommen und hätten täglich gemeinsame Runden durch den Kurpark gedreht, sagt die Mutter mit einem mädchenhaften Lächeln, und dann habe Herr Baum sie in ein Tanzlokal ausgeführt – sie habe seit mindestens anderthalb Jahrzehnten nicht mehr getanzt und gar nicht gewusst, dass das mit ihrem Bein noch möglich war. Schon lange nicht mehr, vielleicht noch nie, hat Rainer seine Mutter so glücklich erlebt.

Herr Baum hingegen verhält sich den Geschwistern gegenüber äußerst kühl und distanziert. Sowohl Rainer als auch Wolfgang redet er mit *Herr Nack* an, nie wird er ihnen das Du anbieten, und als die Mutter beim Aufhängen der Wohnzimmergardinen durch die Glasplatte ihres Servierwagens kracht und sich den Unterschenkel aufschneidet, gibt er den Brüdern die Schuld. *Die Herren Sohnemänner* hätten ihre Mutter *ausgelaugt und alleingelassen*, und das, nachdem diese sich *all die Jahre* so *aufopferungsvoll* für ihre Kinder *den Arsch aufgerissen* habe.

»Der alte Volksstürmler soll mal den Ball flachhalten«, brummt Wolfgang in Gegenwart seiner Mutter, worauf die ihn hochkantig aus der Wohnung schmeißt. Der Beginn einer mehrjährigen Funkstille zwischen den beiden.

Rainer sitzt wie so oft zwischen den Stühlen. Obwohl auch er seine Besuche in Mainz so zu legen versucht, dass sie sich mit denen von Herrn Baum nicht überschneiden, sieht er die neue Beziehung der Mutter doch insgesamt positiv. Als Kind ist ihm nie aufgefallen, dass seine Mutter älter wurde. Jetzt kommt es ihm vor, als habe sie auf dem Highway Richtung Vereinsamung noch gerade eben die letzte Ausfahrt erwischt.

Er verteidigt Herrn Baum sogar vor seinen Geschwistern, mit denen er in den letzten Jahren wieder im regelmäßigen Austausch steht, denn irgendwo hat der ja recht: Ihr halbes Leben hat die Mutter damit verbracht, ihre Kinder zu selbständigen Menschen zu erziehen, die auf eigenen Beinen und in Lohn und Brot stehen. Nie hat sie sich selbst etwas gegönnt, keine Fernreisen, keine Hobbys oder Freundschaften, jedenfalls nicht in den letzten anderthalb Jahrzehnten. Immer war sie entweder Mutter oder Tochter und als Letzteres nicht viel mehr als eine bessere Haushaltshilfe. Nun ist da endlich jemand, der sich um sie kümmert und um den sie sich kümmern kann. Sie hat eine Aufgabe und wieder so etwas wie ein eigenes Leben, und als Herr Baum endlich die Scheidung einreicht und sie zu ihm nach Sindelfingen zieht, wünscht Rainer den beiden von Herzen alles Gute.

Jutta und Rainer sind unterdessen nach Flörsheim gezogen, in einen Neubau mit Balkon und separatem Esszimmer, direkt um die Ecke von Juttas Eltern. Die Vermieterin, eine neugierige und ausgiebig dem Eierlikör zusprechende Kriegerwitwe, wohnt parterre. Sie schaffen sich einen R5 an, eine Stereoanlage mit dicken Boxen und eine Tigerkatze namens Desiree. Ohne jemals darüber gesprochen zu haben, ist beiden klar, dass sie keine Kinder wollen. Überraschenderweise lassen auch Alfons und Marlies sie mit dem Thema in Ruhe. Hauptsache, das Gerede von einer Scheidung ist vom Tisch.

Gemeinsames Konto, Bausparvertrag, dynamische Lebensversicherung, Haftpflicht Hausrat Rechtsschutz, Ficus Elastica und Bostonfarn, *Der große Preis* mit Wim Thoelke und vielleicht mal drei Richtige im Lotto – eigentlich hangeln sie sich nur noch von Reise zu Reise. Ab und zu ein Besuch bei Wolfgang und Jeannette in Groß-Gerau, die mittlerweile zwei

Töchter haben, die Bianca und die Sabrina, oder ein Tagesausflug nach Düsseldorf, wo die Mia jetzt mit Roland Vogl wohnt, auch sie Eltern eines kleinen Mädchens, der Vanessa.

Beruflich ging es bei Rainers Schwester und ihrem Mann in den letzten Jahren steil bergauf. Über einen seiner halbseidenen Berliner Kontakte in der Modebranche gelandet, war der Vogl eine Weile als Vertreter für Damenwäsche unterwegs, bis er einen Geschäftsmann aus Paris kennenlernte, der im Begriff war, eine Verteilerkette für junge Mode in Deutschland aufzubauen. Vogl und Mia zogen in die Modemetropole Düsseldorf, gründeten eine Firma und bauten ihre Kontakte aus. Sie stellten immer mehr Mitarbeiter ein, mittlerweile beliefern sie die halbe Republik mit der angesagtesten Jeansmode aus Italien und Frankreich, die Ware beziehen sie direkt vom Hersteller. Der Laden brummt, und als der Vogl bei einem gemeinsamen Abendessen klagt, dass er mal wieder einen seiner Außendienstmitarbeiter verloren habe und wie schwer es doch sei, gute Leute für diesen Job zu finden, Leute, die *auch kreativ was auf der Pfanne* hätten und bereit wären, *Zeit, Energie und a bissl Herzblut* zu investieren, ohne nach einem halben Jahr *on the road* gleich das Handtuch zu werfen wie die *letzten Sitzbiesler*, da nimmt Rainer einen ordentlichen Schluck Bier und legt die Stirn in Falten.

»Was würdest du davon halten, wenn wir, also wenn ich, ich meine … wenn ich bei dem Vogl …«, beginnt er zaghaft, als Jutta und er abends nebeneinander im Bett des Gästezimmers von Vogls und Mias mondäner Stadtvilla am Benrather Schlosspark liegen.

»Du als Asphaltcowboy?« Jutta lacht. »Warum nicht!«

Kurz vor seinem achtundzwanzigsten Geburtstag schafft Rainer endgültig den Absprung bei Opel. Er meldet ein

Gewerbe als freier Handelsvertreter an und kauft sich einen VW-Bus, den er mit Johnnys Hilfe zu einem Lieferwagen mit einem ausgeklügelten System aus Fächern und Regalen umbaut. Jeden Sonntag brettert er rauf nach Düsseldorf und belädt den Bulli mit Ware, anschließend tingelt er tagelang von Stadt zu Stadt. Sein Gebiet umfasst einen riesigen Bereich vom Hunsrück bis zum Schwarzwald, das Sortiment besteht vor allem aus Bluejeans, es kommen aber auch immer mal Overalls rein, Latzhosen, Jeansröcke oder schicke Madrashemden. Rainer verkauft die Ware direkt aus dem Kofferraum, zehn Prozent des Umsatzes bleiben bei ihm, und um Geld für Benzin zu sparen, baldowert er immer effizientere Routen aus. Er steigt in einfachen Hotels und Pensionen ab, an deren wackligen Furniertischen er abends den Papierkram erledigt, die Bestellungen, die Bestandslisten und die Abrechnungen. Von seinem Vorgänger hat er einen festen Kundenstamm übernommen, doch das reicht ihm nicht. Systematisch nimmt er sich die weißen Flecken auf der Landkarte vor, bisher kundenlose Provinzkäffer wie Edenkoben, Künzelsau oder Schwäbisch-Gmünd. Zielstrebig steuert er die Innenstädte an, parkt den Wagen und klappert mit dem Sortimentskoffer in der Hand die Bekleidungsgeschäfte in der Fußgängerzone ab oder quatscht modisch gekleidete junge Menschen an: »Hey, schniekes Outfit, wo kriegt man so was hier in der Gegend?« Anschließend sucht er die genannten Läden auf und feuert seinen Spruch ab: »Man hat mir gesagt, das hier sei der angesagteste Klamottenladen weit und breit, und ich denke, ich hätte da etwas, das super in Ihr Programm passt!«

Er entwickelt ein Gespür für die unterschiedlichen Typen von Einkäufern und Geschäftsführern, die Großspurigen, die Alternativen und die Zögerlichen, die Konservativen, die

Feingeister, und wenn es gut läuft, holt er das Zeug gleich aus dem Bulli und spaziert mit einem Umschlag voller Scheine oder einem schönen Scheck aus dem Laden. Rainers Ware ist von hoher Qualität, und bei seinem nächsten Besuch ein, zwei Wochen später wird er oft schon sehnsüchtig erwartet. Bei sommerlichen Temperaturen kommt er mit den schweren Kartons ganz schön ins Schwitzen, bei Regen oder Schnee muss er rennen, um die Ware zu schützen, und der Bulli ist oft so überladen, dass beim morgendlichen Neusortieren auf dem Parkplatz irgendeines Vertreterhotels am Rande einer süddeutschen Mittelstadt ein einziges Chaos aus Größen, Schnitten und Farben herrscht. Rainer aber liebt seinen Job. Er ist der geborene Verkäufer, zuverlässig und überzeugend. Ob er das von seinem Großvater hat? Der Gedanke ist ihm alles andere als angenehm, doch dass es im geschäftlichen Auftreten Parallelen gibt, ist nicht von der Hand zu weisen. Die Kunden vertrauen ihm, und selbst an schlechten Tagen, an denen er ein Dutzend Läden abgeklappert und gerade mal fünf Hosen verbimmelt hat, lässt er sich nicht entmutigen. Er bleibt am Ball und beißt sich durch. Mit dem Lautstärkeregler auf Anschlag und im Fahrtwind flatternden Haaren jagt er über die Autobahnen und Bundesstraßen des Südwestens und genießt das berauschende Gefühl von Freiheit, heute hier, morgen dort, jeden Tag in einer anderen Stadt, täglich andere Menschen und Herausforderungen.

Die Veränderung macht sich auch optisch bemerkbar. Rainer lässt sich ein Ohrloch stechen und trägt schicke Cowboystiefel zu seinen Röhrenjeans. Längst hat er verstanden, dass er nicht nur seine Ware, sondern auch sich selbst zu Markte trägt. Es geht um das Gesamtpaket. Unentwegt feilt er an seiner Präsentation und perfektioniert seinen Auftritt. Er hat Erfolg, auch und gerade beim anderen Geschlecht. In den Läden und Boutiquen arbeiten überwiegend Frauen, hübsche junge Dinger, die oft ganz alleine im Laden stehen.

»Die Hose würde auch an dir gut aussehen. Probier sie doch mal an.«

»Jetzt?«

»Warum nicht? Ist doch gerade keine Kundschaft da.«

»Wenn Sie meinen. Aber wehe, mein Chef kriegt das mit.«

»Chef? Welcher *Chef*? Für mich bist *du* der Chef!«

Dann lachen sie, und immer öfter findet Rainer sich abends am Tresen des örtlichen In-Lokals wieder, Seit' an Seit' mit einer Ursula oder Brigitte oder Bettina aus der hiesigen Jeansboutique, die sich nach dem Geschäker im Laden *auf einen Drink* mit ihm verabredet hat; einen dieser Drinks, bei denen es immer öfter nicht bleibt.

Irgendwann im Laufe des Freitags kehrt er nach Flörsheim zurück, um das Wochenende mit Jutta zu verbringen. Natürlich plagt ihn wegen der Weibergeschichten ein schlechtes Gewissen, doch er zieht so viel Bestätigung daraus, dass er auf die kleinen Abenteuer nicht verzichten mag. Immerhin achtet er darauf, dass es bei einmaligen Seitensprüngen bleibt, anders als viele seiner Kollegen, die in ihren Gebieten teils langjährige Affären unterhalten, allen voran der Vogl selbst, ein abgebrühter und mit allen Wassern gewaschener Lebemann, der in seinen maßgeschneiderten Anzügen auftritt wie der bajuwarische Zwillingsbruder, den Bryan Ferry nie hatte. Wie ein Fisch im Wasser bewegt er sich durch die Szenebars der Düsseldorfer Schickeria und ist bald allerorten bekannt als dieser Zampano, der nichts anbrennen lässt, hinter vorgehaltener Hand nennen sie ihn nur noch den *Vögl*. Dass Mia, die sich sonst kein X für ein U vormachen lässt, davon nichts mitbekommt, Rainer kann es sich kaum vorstellen. Aber das ist deren Sache, geht ihn nichts an, müssen sie unter sich ausmachen.

Zuhause ist Rainer ein anderer Mensch. Zurückhaltender und gehemmter, keineswegs der Sonnyboy und Charmebolzen, den er unter der Woche darstellt. Die lockeren Sprüche und die Unbekümmertheit, die kleinen Scherze und die Flirts, all das bleibt auf der Strecke, sobald er den Ortseingang von Flörsheim passiert. Während Jutta sich in der Gestaltung der Wohnung austobt, den Raumausstatter kommen lässt, neue Tapeten und Topfpflanzen anschafft und sich darüber hinaus in der örtlichen Protestgruppe gegen die Startbahn West engagiert und sich beinahe wöchentlich mit der Vermieterin fetzt, dieser sich über die *Hottentottenmusik* und den *Tabakgestank im Treppenhaus* mokierenden und unter Schnappatmung mit der Hausordnung wedelnden alten Vettel, fühlt Rainer sich in der eigenen Wohnung mehr und mehr wie ein Besucher, ein Zaungast, wie ein Tourist im eigenen Leben. Er bewegt sich sogar anders dort, vorsichtiger und irgendwie geduckt, wie auf ganz dünnem Eis.

Die Wochenenden laufen immer gleich ab. Samstags schläft er erstmal aus, dann erledigt er kleinere Arbeiten in der Wohnung oder begleitet Jutta zum Supermarkt, wo er anhand des Zeitschriftenangebots feststellt, dass er gar nicht so lange weg war, wie es ihm vorkam. Abends gehen sie zum Jugoslawen oder Griechen oder auch mal zum guten Italiener nach Frankfurt, hin und wieder ein Kino- oder Konzertbesuch, in die Disco schon lange nicht mehr. Sonntags dann ein ausgiebiges Frühstück mit frischen Brötchen und hart gekochten Eiern, vielleicht noch ein Spaziergang am Main oder ein kurzer Abstecher zu den Werners oder nach Groß-Gerau. Doch erst am frühen Abend, wenn er den VW-Bus auf die

A3 Richtung Düsseldorf bugsiert, kann Rainer wieder richtig durchatmen.

*

So geht es also zu Ende, denkt er, als Wolfgang und er sich auf dem Absatz im Treppenhaus an die Wand drücken, um den schnaufenden Männern Platz zu machen, die ihnen aus dem vierten Stock entgegenkommen, zwischen sich ein Bettlaken, unter dem sich der knochige Körper des Großvaters abzeichnet. Opa Bingen war in den letzten Jahren immer mal wieder im Krankenhaus, meist wegen Magenbeschwerden, ein Mitbringsel seiner Kriegsgefangenschaft. Der immense Zigaretten- und Kaffeekonsum haben ihr Übriges getan, zuletzt ging es rapide bergab. Dann der Anruf der Mutter an diesem Sonntagmorgen, *Geht zu Ende, nehme den nächsten Zug, du hol den Wolfgang ab, und beeilt euch*, nach dem Rainer gleich ins Auto gesprungen ist und seinen Bruder abgeholt hat, doch zu spät. Als die beiden in Bingen ankamen, stand der Wagen des Bestattungsunternehmens schon vor der Tür.

Ächzend quetschen die Männer sich an den Brüdern vorbei. Einer der beiden gerät auf den Stufen ins Straucheln. Mit einem dumpfen Geräusch knallt der Kopf des Toten gegen das Treppengeländer, zweimal hintereinander, pock, pock.

Tja, denkt Rainer. Ein freudloses Leben voller Zucht und Ordnung, und dann gibt man eines Tages den Löffel ab und wird von ein paar Grobianen in einem fleckigen alten Laken abtransportiert, das hat man also davon.

Die Großmutter bleibt noch ein halbes Jahr in der Wohnung, dann zieht sie, um näher bei ihrer Tochter zu sein, in ein Altenheim nach Böblingen. Nach einem Zerwürfnis mit ihrer Tochter und Herrn Baum, der der Großmutter unverblümt zu verstehen gegeben hat, sie solle doch froh sein, *den alten Stiesel* endlich los zu sein, so oft, wie sie sich in den letzten Jahren über ihn beklagt habe, sind Wolfgang und Rainer die Einzigen, die ihre Oma noch ab und zu besuchen. Kurze Stippvisiten, reines Pflichtgefühl. Die Brüder sind es auch, die gerufen werden, als es an einem kalten Dezembernachmittag mit ihr zu Ende geht. Nachdem sie ihren letzten Atemzug getan hat, gehen Wolfgang und Rainer nach draußen, um eine Zigarette zu rauchen und auf den Bestatter zu warten. Das Altenheim liegt in einer Seitenstraße der Fußgängerzone, ganz in der Nähe einer Modeboutique, die seit Jahren von Rainer beliefert wird und deren Inhaberin, Frau Bösl, jedes Mal heftig mit ihm flirtet.

»Bin gleich wieder da«, sagt Rainer zu seinem Bruder und trabt los. Frau Bösl wohnt direkt über ihrem Geschäft. Es sind gerade keine Kunden im Laden. Sie schließt das Lokal von innen ab und zieht ihn die Treppe hoch. Noch im Wohnungsflur fällt sie über ihn her.

Keine zehn Minuten später ist Rainer auf dem Weg zurück. Wolfgang steht immer noch vorm Eingang des Altenheims und raucht, bibbernd und von einem Bein aufs andere tippend. Stolz auf das spontane Stelldichein mit seiner Kundin, beginnt er, Wolfgang in allen Einzelheiten davon zu erzählen. »Junge, Junge, die gute Frau Bösl konnte was an der Matratze, heidewitzka …«

Er redet sonst nicht so. Mit wem auch. Aber es macht Spaß. Er ist euphorisiert. Er lacht und macht Fickbewegungen mit dem Becken.

Angewidert wendet Wolfgang sich ab. »Die Oma ist noch nicht kalt, und du musst schon einen wegstecken?« Er schnippt seine Kippe in das karge und vom Frost überzogene Beet. »Was bist du nur für 'ne Pottsau.«

Rainer friert das Lachen im Gesicht fest. Was will der denn jetzt? Wolfgang ist doch selbst spitz wie Nachbars Lumpi und jedes zweite Wochenende im Frankfurter Bahnhofsviertel unterwegs, und das wohl kaum wegen der herausragenden Kickertische dort. Doch er hat keine Lust auf Streit, also hält er die Klappe, und dann kommt auch endlich der dämliche Bestatter um die Ecke, mehr als eine Stunde nachdem er gerufen wurde.

»Na endlich«, knurrt Wolfgang.

»Musste wahrscheinlich selbst noch einen wegstecken, der gute Mann«, sagt Rainer, und da kann auch sein Bruder sich das Lachen nicht verkneifen.

Zur Beerdigung auf dem Alten Friedhof in Bingen erscheint niemand außer den Brüdern und dem Pfarrer. Mia ist auf einer Geschäftsreise in Frankreich, sie hatte seit Jahren keinen Kontakt zur Großmutter. Auch Frieda Nack hat nach dem Vorfall in Sindelfingen kein Wort mehr mit ihrer Mutter gewechselt. Alleinige Erben sind Rainer und Wolfgang. Wolfgang wurden mit dem Tod der Oma sechs prall gefüllte Ordner mit Briefmarken aus dem Besitz des Großvaters vermacht, außerdem fast zehntausend Mark, genau wie Rainer, der seinen Anteil in einen neuen VW-Bus investiert.

Zwar unterliegt sein Einkommen enormen Schwankungen, doch insgesamt geht die Kurve nach oben, und für die nötige Stabilität sorgt Juttas Gehalt bei Margaret Astor. Die beiden brauchen nicht viel und geben ihr Geld weiterhin vorrangig fürs Reisen aus. Sie fahren mit dem Auto durch Italien, die Adriaküste runter und mit dem Schiff rüber auf die Peloponnes, fliegen nach Spanien und Marokko und ein weiteres Mal nach Indien, von wo aus es weiter nach Pakistan geht.

Auch Vogls Geschäfte laufen gut. So gut, dass er damit begonnen hat, seinen Verkaufsschlager, die indigoblaue Five-Pocket-Jeans von Billy, selbst zu produzieren. Zwar beziehen Mia und er die Hosen weiterhin in hoher Stückzahl vom Werk in Italien, unter der Hand aber lassen sie in einer türkischen Schneiderei in Neuss ein täuschend echtes Imitat herstellen, das in manchen Monaten bis zu fünfzig Prozent der Verkäufe ausmacht. Vogl war schon immer ein Schlitzohr. Ein unbeirrbarer und mit schier grenzenlosem Selbstvertrauen ausgestatteter Macher, der seinen Vorteil zu nutzen weiß und der in Rainers Schwester eine verlässliche Partnerin gefunden hat, und das trotz all der Szenen, die sie sich gegenseitig machen, gerne auch mal vor Publikum.

»Was bist du nur für ein Held«, raunt Mia bei einem sommerlichen Umtrunk im Biergarten, nachdem der Vogl einer der Kellnerinnen einen Klaps auf den Hintern gegeben hat.

»Spatzi, nu hab di doch net so …«, sagt der Vogl, der seinen bayerischen Dialekt seit dem Umzug ins Rheinland besonders penetrant als Trademark kultiviert.

»Ich hoffe, die gute Frau zerrt dich vor den Kadi«, sagt Mia und stößt die Hand ihres Mannes weg, worauf der sie mit beiden Armen umfasst und vor der pikiert schweigenden Runde so lange mit Küssen bedeckt, bis sie ihren Widerstand aufgibt. Tod durch Umarmung, eine der wirksamsten Strategien vom Vogl. Nichts wirft ihn um. Ein formvollendeter Gewinnertyp, mit dem Rainer kurz darauf selbst aneinandergerät.

Es geht um einen ungedeckten Scheck, den er von dem windigen Geschäftsführer eines Bekleidungsgeschäfts in der Tübinger Altstadt entgegengenommen hat. Vogl weigert sich nicht nur, die Provision auf das misslungene Geschäft zu zahlen, er macht Rainer auch für den finanziellen Ausfall verantwortlich und verlangt die gesamten fünftausend Mark von ihm zurück. Erst wenn dieser Betrag beglichen sei, »erst dann und keinen Tag früher«, werde er ihm wieder etwas auszahlen, so der Vogl, der sich gerade erst einen neuen Sportwagen zugelegt hat, einen knallroten Jaguar XJ-S mit Ledersitzen und 295 PS unter der Haube, vermutlich aus der Portokasse.

»Sag mal, tickst du noch ganz richtig? Da hätte ich ja den ganzen Monat umsonst gearbeitet!«

»Dein Risiko.«

»Am Arsch, Vogl! Ich stelle im Namen deiner Firma Rechnungen aus. Wer die nun begleicht oder nicht begleicht, das ist nicht mein Problem.«

Es ist Sonntagabend, die Männer sitzen im Wohnzimmer der Villa in Benrath, Mia ist in der Küche zugange.

»Tja, Rainer, jetzt offenbar schon.« Vogl pfriemelt ein Streichholzbriefchen aus der Innentasche seines Blazers, steckt sich eine seiner Mentholzigaretten an und legt sein überheblichstes Grinsen auf. »Mal verliert man, und mal gewinnen die anderen, schon mal gehört?«

»Mach mich nicht fuchsig, Vogl, treib's nicht zu weit!«

Vogl wird ernst. »Jetzt hör mir mal gut zu, du Witzbold. Du bist für dein Geschäft verantwortlich und ich für meins, so sieht das aus und nicht anders. Wenn du dafür nicht gemacht bist, dann gehst du besser zurück nach Rüsselsheim ins Büro.«

Rainer steht auf. »Was glaubst du eigentlich, wer du bist, du kleiner Möchtegernstrizzi, du …« Er nimmt seine Tasche und marschiert in den Flur, holt seine Jacke von der Garderobe und geht zur Haustür. Mit einer Schüssel Teig in der einen und einem Schneebesen in der anderen Hand kommt seine Schwester aus der Küche.

»Was ist los, wo willst du hin?«

»Ich hau ab.«

»Es gibt gleich Abendessen.«

»Mia«, sagt Rainer, »hör mir gut zu: Was du dir von diesem Betrüger gefallen lässt, ist deine Sache. Ich hab mich da nie eingemischt, und ich werd's auch jetzt nicht tun. Aber wenn dein Göttergatte nicht zur Vernunft kommt, dann kann er was erleben, nur dass du Bescheid weißt.«

Kurz vor Mitternacht kommt er in Flörsheim an, mit leerem Bulli und ohne Job. Jutta hört sich alles an, ihre Haltung ist klar: »Lass dir das von dem Kotzbrocken nicht gefallen, Rainer.«

Tags darauf greift er zum Telefonhörer und setzt seinem Schwager die Pistole auf die Brust.

»Es gibt genau zwei Möglichkeiten, Vogl: Entweder du zahlst mir meine Provision, und wir vergessen das Ganze, Schwamm drüber, scheiß der Hund drauf. Ich bin nicht nachtragend, Ehrenwort.«

»Oder?«

»Oder du zahlst mir meine Provision nicht. In dem Fall werde ich meine Kenntnisse über deine Nebengeschäfte den Italienern zur Verfügung stellen, und dann kannst du selber sehen, was für Konsequenzen das hat.«

»Du drohst mir?« Vogl lacht. »Rainer, Rainer, du harter Hund!«

»Quatsch mich nicht voll, Wulstlippe. Du hast die Wahl.«

Am anderen Ende der Leitung wird es still.

»Vogl? Bist du noch dran?«

»Natürlich bin ich noch dran.«

»Und, für welche Variante entscheidest du dich?«

»Was soll ich dazu sagen, Rainer? Tu, was du nicht lassen kannst.«

Zwei Tage später stehen fünf finster dreinblickende Italiener in schwarzen Lederjacken bei Vogl auf der Matte. Sie lassen sich die Schlüssel zur Firma geben und räumen das gesamte Lager leer, jedes einzelne Regal. Sogar die Ware von anderen Lieferanten nehmen sie mit. Damit hat der Fatzke nicht gerechnet. Er verliert seine Konzession, muss Insolvenz anmelden. Die Gerüchteküche brodelt, auch andere Partner wenden sich von ihm ab.

Die Rache schmeckt süß, doch sie hat ihren Preis. Mia stellt sich auf die Seite ihres Mannes und bricht den Kontakt zu Rainer ein weiteres Mal ab. Nicht einmal ein Jahr nach ihrem Bankrott haben der Vogl und sie sich wieder berappelt. Sie machen einfach dort weiter, wo sie aufgehört haben, nur diesmal legal: Sie gründen ihre eigene Jeansmarke, kümmern sich eigenhändig um die Produktion und den Vertrieb und schießen innerhalb kürzester Zeit in ungeahnte Höhen am deutschen Textilhimmel empor.

Rainer verfolgt diese Entwicklung mit Missgunst und Neid. Zumal es ohne sein Handeln und die dadurch verursachte Zäsur wohl nie so weit gekommen wäre. Voller Trotz macht er auf eigene Faust weiter. Er bleibt den Italienern treu, tut aber auch neue Lieferanten auf, darunter Joe, einen in Frankfurt lebenden amerikanischen Juden, der containerweise Secondhandware aus den USA importiert: Bowlinghemden, Harley-Davidson-Shirts und Baseballjacken, ganz neue Mode, die sonst niemand im Angebot hat. Bei einer Siebdruckwerkstatt in Offenbach gibt Rainer sein erstes eigenes Produkt in Auftrag, ein David-Bowie-T-Shirt, das ihm förmlich aus den Händen gerissen wird. Es folgen Motive weiterer Rockbands, Pink Floyd, Led Zep, AC/DC. *Raubkopien*, sagt einer seiner Kunden, *Bootlegs*. Rainer zuckt mit den Schultern, ja, gut, Bootlegs dann halt, wo eine Nachfrage, da auch ein Angebot. Jutta geht ihm bei den Bestellungen zur Hand, bei der Buchhaltung und der Kontoführung. Gemeinsam besuchen sie Messen und Modewochen in München, Düsseldorf und Köln und richten das Sortiment ganz auf die überall neu entstehenden Boutiquen und Modehäuser aus, und als Joe einen Gebietsvertreter in Bayern sucht, da vermittelt Rainer den Job kurzerhand an seinen alten Kumpel Johnny, der ein paar Jahre nach dem Vogl aus Berlin zurückgekehrt ist.

Optisch macht Johnny immer noch einiges her, er trägt das Haar jetzt hennarot und vorne-kurz-hinten-lang, wie David Bowie als Ziggy Stardust, doch die Zeit in Westberlin hat Spuren hinterlassen. Johnny hing jahrelang an der Nadel und hat sich nicht nur mit dem Vogl, sondern auch mit zahlreichen weiteren Freunden überworfen, ist aus Wohnungen geflogen und wegen Verstößen gegen das BTM vor Gericht gelandet, sogar eine Weile auf der Straße gelebt hat er, bis er eines Tages die Reißleine zog und die Stadt so verließ, wie er gekommen war: bei Nacht und Nebel und arm wie eine Kirchenmaus. Er zog zu seinen Eltern und ging auf Entzug, wurde rückfällig und machte einen weiteren Entzug, diesmal auf Cold Turkey und mit Hilfe seiner neuen Freundin, einem bodenständigen Bauernmädchen namens Doro, das bei einer örtlichen Versicherung arbeitet und bisweilen wie seine Betreuerin wirkt. Und das er zum Dank auch gleich geehelicht hat, mit Rainer als Trauzeugen.

Nun leben die beiden mit ihrer Perserkatze in einem Reihenhaus am Stadtrand von Rottach. Als Joes neuer Gebietsvertreter ist Johnny für ein verhältnismäßig kleines Gebiet in Oberbayern zuständig, Rosenheim, Prien, Augsburg, Passau, da kennt er sich aus, da muss er nicht groß ins Risiko gehen und kann jede Nacht zuhause schlafen, statt sich den Verlockungen der Stadt aussetzen zu müssen.

Rainer ist froh, seinen alten Freund nun wieder regelmäßig zu sehen, doch seine Umsätze sind so dürftig, dass er es in manchen Monaten bereut, ihn überhaupt bei Joe vorgeschlagen zu haben, und nach nicht einmal anderthalb Jahren schmeißt Johnny dann auch tatsächlich hin und nimmt eine grotesk unterbezahlte Stelle in einer Autowerkstatt in Miesbach an, wo er bis zu seiner Frührente bleiben wird.

»SAIRA!« Ich schlug mit der flachen Hand auf den Tisch. »STOP IT, OKAY?«

Erschrocken sah die Kleine auf. Ich saß ihr gegenüber auf meinem Stammplatz im Restaurant, und alles ging mir auf den Sack. Das aus der blauen Hütte dringende Geklapper und Gebohre, das Gemecker der Vögel auf dem Dach und das unaufhörliche Dröhnen und Rauschen dieses niemals Ruhe gebenden Ozeans. Das Meer war aufgewühlt an diesem Tag, meterhoch klatschten die Wellen gegen die Klippen. »*Wasserkraft*«, hatte Rainer mit einem Blick auf das Getöse gesagt, als er mir auf meinem Weg zum Frühstück entgegengekommen war. Ich hatte nur genickt und meinen tonnenschweren Körper weiter durch den tiefen Sand zum Restaurant geschleppt, wo Saira mich schon erwartete. »Jingle bells, jingle bells, jingle all the way …«, hatte sie in einer Tour vor sich hin gesungen, krumm und schief und mit ihren Buntstiften in ein Bild vertieft. Bis ich es nicht mehr ausgehalten hatte.

Nun stand ihr Mund offen, ihre Oberlippe begann zu zucken. Fang jetzt bitte nicht an zu heulen, dachte ich noch, als wie aus dem Nichts Camila die Treppen hochkam. Ohne mich eines Blickes zu würdigen, klemmte sie sich Sairas Malsachen unter den Arm und zog das Mädchen hinter sich her Richtung Haupthaus. Kalter Selbsthass durchflutete mich. Sorry sorry sorry, dachte ich und: What the hell is wrong with you, Lena?

Dabei wusste ich genau, was zur Hölle mit mir nicht stimmte. Ich hatte einen Jieper. Einen Jieper auf Benzos. Abends zuvor hatte ich beschlossen, von nun an auf die Loras zu verzichten. War ja ganz nett, aber reicht jetzt auch mal, hatte ich mir beim Zubettgehen gedacht, mich dann aber schon beim Aufwachen am frühen Morgen extrem dünnhäutig gefühlt. Sogar die Sonne stresste mich, ihre aufdringliche Helligkeit und Hitze.

Kein Grund, es an einer Fünfjährigen auszulassen, dachte ich und schob mir einen Bissen Arepa mit Ei in den Mund, bevor ich den Teller von mir schob, den Nährschlamm mit einem Schluck Kaffee hinunterspülte, zu meinem Handy griff und meine Mails checkte, zum ersten Mal seit Tagen.

Eine deprimierende Flut an Newslettern und Spam, dazwischen eine ungelesene und schon drei Tage alte Nachricht von Sonja. Sie wollte wissen, wo ich war und wann ich denn nun nach Hause käme. Dann stand da noch irgendwas von wegen Coronavirus und Flugausfälle und auf mich aufpassen, doch ich sah nur die beiden Sätze am Ende der Mail: *PS: Ich hab deinen Krempel erstmal zusammengepackt und in den Keller gestellt. Viel ist es ja nicht.*

Das hätte sie nicht extra betonen müssen. Alles Wertvolle aus meinem Besitz hatte ich bei mir: meine Kamera, die Linsen, mein MacBook, das iPhone. Was jetzt noch in der Wohnung war, gehörte Sonja, von ein paar Klamotten abgesehen. Und meinen Büchern. Und diversen Mappen mit Prints und Negativen. Ich dachte nach. Meine ersten Abzüge. Stative, Lampen, meine defekte alte Zenit. Meine alten Schulzeugnisse, die Fotoalben meiner Mutter. Ihre Perlenkette, die sie mir nach ihrer letzten Chemo-Sitzung überreicht hatte.

Krempel.

Ich wollte jemanden schlagen.

Keller.

Ich wollte jemanden schlagen und treten und anspucken.

Viel ist es ja nicht.

Ich wollte jemandem die Hand aufs Gesicht drücken und seinen Hinterkopf gegen die Wand schlagen, wieder und wieder, bis die Haut riss und die Knochen brachen. Ich wollte in den Arm genommen und festgehalten werden und jemanden von mir stoßen, jemanden, dem etwas an mir lag. Mir wurde schwindlig. Ich begann zu schwitzen, und mein Herz ballerte noch heftiger, als es das am Fährhafen von Turbo getan hatte.

Ich sperrte mein Handy und stand auf. Rainer und Newton standen vorne am Bootsanleger und entluden Getränkekisten, die einer von Rainers Lancheros gebracht hatte. Camila und Saira mussten im Haupthaus sein, Yenifer war im Waschraum zugange. Mit wackeligen Beinen verließ ich das Restaurant und lief auf die Küche zu, die Treppen hoch und vorbei an dem roten Schild mit der Aufschrift: *No pasar*. Die Tür war nicht verschlossen. Ich öffnete die Vorratskammer. Griff mir eine Flasche Rum aus dem Regal, stopfte mir die Flasche in den Hosenbund und ließ mein T-Shirt locker darüber fallen. Dann nahm ich zwei Flaschen Cola aus dem Kühlschrank und schob sie in die Seitentaschen meiner Shorts. Ich verließ die Küche und überquerte den Platz.

Mit nassen Haaren und in einen bunten Kimono aus Seide gehüllt saß Lydia auf der Veranda vor der rosafarbenen Hütte. Sie rührte mit einem Holzklöppel in einer Klangschale herum. Abends zuvor waren Rainer und ich Zeugen geworden, wie es zwischen ihr und ihren Begleiterinnen zum offenen Streit über ihre Abreise und die Wahl des Fortbewegungsmittels gekommen war. »I'd take a fucking mule to get my ass out of here«, hatte Amber gebrüllt, worauf die Motivationstrainerin sie mit ihrer Ledersandale beworfen hatte und Lydia nur hilflos von einer zur anderen geschaut hatte.

»Hey«, sagte ich.

Lydia sah auf. »Hey. Are you okay?«

»Sure«, sagte ich und deutete auf die aus meinen Hosentaschen hervorlugenden Flaschen. »Wanna party?«

Lydia zögerte. »Well …«

»Nevermind«, sagte ich und lachte falsch auf. Mein Vorschlag hatte vermutlich ähnlich verlockend geklungen wie das Partyangebot der Neuseelandneuköllner ein paar Tage zuvor, außerdem war es halb zehn am Vormittag.

Den Blick starr auf meine Füße gerichtet, eilte ich über den Strand und die Treppen hoch zu meiner Cabaña. Ich mixte mir eine Rum-Cola im Zahnputzbecher, dann noch eine und noch eine. Dann waren die beiden Colaflaschen leer, und ich trank das Zeug pur aus der Flasche. Bei jedem Schluck hatte ich das Gefühl, der Alkohol würde den Terror ein wenig abmildern, doch über den Tag wurde mein Zustand immer desolater. Ich fieberte und lief in der Hütte auf und ab, dreieinhalb Meter zwischen Schrank und Tür. Ich konnte nicht still sitzen, fühlte mich eingesperrt, ausgeliefert, umzingelt von feindlicher Natur und dem ganzen mitleidlosen Leben und Sterben da draußen.

Ein Klopfen an der Tür. Rainer. Ob alles in Ordnung sei, es gebe gleich Mittag.

»Mir geht's nicht so gut«, antwortete ich durch die geschlossene Tür. »Die Hitze wahrscheinlich, ich ruh mich ein bisschen aus, hab auch gar keinen Hunger.«

Etwas später hörte ich Schritte vor der Tür. Lena Lena, dachte ich, jetzt kommen sie dich holen. Doch als ich mich gesammelt hatte und die Tür aufriss, war da niemand, nur ein Tablett mit etwas Obst und einer Flasche Wasser, das neben der Hängematte auf der Veranda stand. Gierig machte ich mich über eine Banane her, verfehlte aber gleich beim ersten Bissen meinen Mund. Ein brennender Schmerz, der metallische Geschmack von Blut. Ich hatte mir auf die Zunge gebissen.

Ich verstand die Welt nicht mehr.

Was war los mit mir? Wurde ich nun endgültig verrückt?

Irgendwann schlief ich ein, schreckte aber immer wieder hoch und richtete meinen Blick in den Raum, der voller Leute war, die hier gar nicht hingehörten. Ich erkannte Camila und Amber und den Folkrockdesigner aus der Bar in Cartagena, sie redeten und lachten, sie lachten über mich, schienen mich zugleich gar nicht wahrzunehmen. Ein dumpfer Schmerz strahlte von meinem Knie aus das linke Bein hoch. Voller Trauer dachte ich an meine Knieverletzung als Kind und wie sehr sie mir immer noch zu schaffen machte, und erst als ich die längst verschorfte Schürfwunde von meinem Badeunfall am zweiten Tag ertastete, ging mir auf, dass nicht ich es war, die diesen langwierigen Kniestress hinter sich hatte, sondern Rainer. Dann kam es mir hoch.

Ich rollte mich auf die Seite, schaffte es aber nicht, mich rechtzeitig vom Bett hochzudrücken. Es kam stoßweise, ein dünner klebriger Brei, mein Magen krampfte, ich würgte, krampfte wieder, dann ein Schwall und noch ein Schwall, der mir wie Wasser aus Mund und Nase schoss. Stöhnend rollte ich mich auf dem Bett zusammen.

Als ich das nächste Mal die Augen öffnete, drang bereits das Grau der Morgendämmerung durch die Vorhänge. Ich befreite mich von dem pappig-salzigen Laken, das mir an den Beinen klebte, und schleppte mich ins Bad. Ich hockte mich auf den Klodeckel und schüttelte eine Lora aus dem Döschen. Ich streckte die Waffen. Ich kam ohne das Zeug nicht mehr klar.

Ich weiß nicht, wie lange ich dort saß, aber nach einer Weile hatte ich mich so weit beruhigt, dass ich aufstehen konnte. Ich nahm das Lorazepam-Döschen in die Hand und zählte nach. Vier Tabletten waren noch übrig. Wenn ich eine als Reserve für den Rückflug behalten wollte, säße ich in spätestens anderthalb Tagen auf dem Trockenen.

Ich brauchte einen Plan.

»Der Pauschalurlauber bucht ein Hotel, unternimmt von dort aus seine geführten Touren in die nähere Umgebung, dann fliegt er wieder nach Hause, und gut ist.«

Der holländische Ethnologe, der Jutta und Rainer mit einer Flasche Anker Beer auf der Veranda des Strandhauses an der Ostküste Javas gegenübersitzt, fährt sich mit der Zunge über die obere Zahnreihe, als würde er dort etwas suchen.

»Diese ganzen Rucksackreisenden dagegen dringen bis in die kleinsten Dörfer vor und zerstören noch die letzten gewachsenen Strukturen. Guckt sie euch doch an, wie sie sich in ihre speckigen Tücher gehüllt an die Strände fläzen und Tüten rauchen oder mit ihren entblößten Titten und baumelnden Dödeln in die Wellen springen …«

Rainer wirft einen Blick rüber zu Jutta, die sich ebenso provoziert zu fühlen scheint wie er. Seit über zehn Wochen sind die beiden nun mit ihren Rucksäcken in Asien unterwegs. Weil die Arbeit im Direktverkauf in den Wintermonaten anstrengend ist und die Umsätze spürbar zurückgehen, sind sie schon vor Jahren dazu übergegangen, ihre Reisen in die Weihnachtszeit und den Januar zu verlegen, manchmal sogar bis in den Februar hinein. Diesmal haben sie die Winterkollektion gar nicht erst bestellt und sich stattdessen auf ihre bis dato längste Reise begeben: dreieinhalb Monate Indien, Malaysia und Indonesien. Sie brachten Desiree zu Juttas Eltern, reisten nach Delhi und von dort aus weiter zu den heiligen Stätten im Norden, wo Rainer sich die Ruhr einfing. Es begann mit Fieber, Erbrechen und heftigem Durchfall, der immer schlimmer wurde, bis er nur noch Blut schiss und völlig entkräftet im Bad ihres Guesthouses in Haridwar zusammenbrach. Schüttelfrost, Delirium und eine panische Angst, die Nacht nicht zu überleben. Der von Jutta herbeigerufene Arzt setzte ihn auf eine Diät aus ayurvedischer Kost, dann wurde ein Brahmane herbeigeschafft, um eine Puja für Rainers Seelenheil abzuhalten. Erst drei Tage später war er wieder so weit bei Kräften, dass er alleine aufs Klo gehen konnte. Als er das erste Mal aufstand, legte Jutta vor Schreck die Hand auf den Mund. Rainer bestand nur noch aus Haut und Knochen. Die Mundwinkel eingerissen, die Haut labbrig und gelb, auf dem Weg zum Bad rutschte ihm der Ehering vom Finger. Erst nach weiteren fünf Tagen konnten sie ihre Reise fortsetzen. Mit dem Bus ging es nach Rishikesh und von dort aus weiter nach Gangotri an der Grenze zu Tibet, wo sie mit einem Guide zu einem Zweitagesmarsch zum Berg Kailash im Himalaja aufbrachen, einem der heiligsten Orte im Hinduismus. Auch wenn sie wegen Rainers geschwächtem Zustand nach zwei Dritteln der Strecke abbrechen mussten, die Wanderung kam ihm vor wie eine Metamorphose. Als hätte er die ersten Schritte in ein neues Leben getan. Bereits im Vorfeld der Reise hatten Jutta und Rainer begonnen, sich intensiver mit der indischen Philosophie zu beschäftigen, mit Themen wie Wiedergeburt und Zenbuddhismus, der Astika und der Nastika und den sechs Darshanas, und als der junge Guide am Lagerfeuer von der ayurvedischen Lehre der Chakren und Energiewirbel erzählte und vom Astralkörper, dem der physische Körper als Heimat diene, entschied Rainer, das Kiffen dranzugeben, Jutta hörte sogar mit dem Rauchen auf. Drei Wochen später brachte eine Totenzeremonie im Norden der Insel Sulawesi die beiden zu dem Entschluss, sich von nun an vegetarisch zu ernähren, und von diesem Erlebnis und der sich über Stunden hinziehenden brutalen Opferung von Wasserbüffeln, Schweinen und Hühnern haben sie gerade erzählt, was den schon ordentlich angetüterten Ethnologen zu seinem zornigen Monolog über die Seuche des Individualtourismus veranlasst hat.

»Grenzdebile Idioten, die da oben in Goa ihr privates Woodstock aufführen und mit bloßen Händen irgendeine Pampe in sich reinschaufeln, hechelnd und sabbernd«, der Holländer kriegt sich gar nicht mehr ein, »und dann dieses Gewäsch von wegen *freie Liebe* und *Völkerverständigung …*«

Er ist ihnen nachmittags am Strand entgegengekommen. Wim, fünfundvierzig Jahre alt, geboren und aufgewachsen in Groningen. Sie kamen ins Gespräch, Wim spricht akzentfrei Deutsch, dann lud er Rainer und Jutta zum Abendessen ins Ferienhaus seines Freundes ein, einem aus dem Westfälischen stammenden Wurstfabrikanten namens Markus, der seit zwanzig Jahren in Indonesien lebt und sich köstlich über die Suada seines Kompagnons amüsiert. Beide sind mit indonesischen Frauen verheiratet, die im Haus das Abendessen vorbereiten.

»Was ist denn gegen freie Liebe und Völkerverständigung einzuwenden, wenn ich fragen darf?«, unterbricht Jutta die Tirade des Holländers.

»Die Leute hier wollen das nicht.«

»Ach nein?«

»Nein. Niemand hier will so leben. Die Inder und die Indonesier, das sind anständige Menschen. Die fühlen sich in ihrem Schamgefühl verletzt beim Anblick dieser langhaarigen Schwachköpfe, die sich in aller Öffentlichkeit gegenseitig die Zungen in den Hals schieben und betteln gehen, obwohl sie aus den wohlhabendsten Ländern der Erde kommen.«

»Ich versteh ja, was du meinst«, mischt sich Rainer ein, der sieht, wie sehr Jutta sich von dem Holländer angegriffen fühlt – ausgerechnet sie, die kaum weiter von irgendwelchen Freie-Liebe-Konzepten entfernt sein könnte –, »aber vielleicht bist du da etwas hart in deinem Urteil. Wir zum Beispiel waren nie in Goa, und wir gehen auch bestimmt nicht betteln. Und was meine Haartracht angeht«, Rainer wirft die Haare über die Schulter wie ein Mannequin auf dem Laufsteg, »die wachsen halt und werden länger, das ist der natürliche Lauf der Dinge, nicht wahr?« Er lacht. »Man sollte das nicht überbewerten. Es ist nur eine Frisur. Wenn es nach mir geht, kann die Matte jederzeit ab.«

»Hört, hört!«, ruft der Deutsche und lacht, dann stimmen auch Jutta und Wim ein, und die Gruppe wendet sich endlich unverfänglicheren Dingen zu. Beim Essen fließen literweise Arrak und Bier, und Rainer, der in den letzten Wochen kaum noch Alkohol getrunken hat und ohnehin nicht viel verträgt, ist irgendwann so voll, dass der Wurstfabrikant Jutta und ihm anbietet, die Nacht in einem seiner Gästezimmer zu verbringen.

Beim Aufwachen am nächsten Morgen merkt Rainer sofort, dass etwas nicht stimmt. Instinktiv greift er sich in den Nacken. Seine Haare. Sie sind weg. Abgeschnitten, direkt über den Ohren, und zwar nur auf der linken, der Tür zugewandten Seite.

»Scheiße, Rainer! Wie siehst du denn aus?«, sagt Jutta, nachdem Rainer sie wach gerüttelt hat. Auch sie hat von der hinterhältigen Aktion nichts mitbekommen. Schweigend ziehen sie sich an, dann öffnen sie die Tür und verlassen das Zimmer.

Wim sitzt schon wieder in seinem Korbsessel vorne auf der Veranda, ein kaltes Bier in der Hand und eine seiner stinkenden Nelkenzigaretten im Maul. Mit einem scheißfreundlichen Lächeln, als könne er kein Wässerchen trüben, winkt er den beiden zu.

»Und, gut gepennt?«

»Phantastisch«, antwortet Rainer. Bei dem Gedanken, dass der Sausack sich nachts mit Markus ins Zimmer geschlichen, sich an seinen Haaren zu schaffen und prustend mit seiner Trophäe aus dem Staub gemacht hat, wird ihm ganz anders. Doch um sich keine Blöße zu geben und weil er ihnen den Triumph nicht gönnt, spielt er mit. »Wir müssen jetzt los, danke nochmal, und Gruß an Markus!«

In ihrer Pension angekommen, schneidet Jutta ihm mit einer Küchenschere das restliche Haar auf die nun vorgegebene Länge. Obwohl sie sich alle Mühe gibt, ein wenig Form in Rainers neue Kurzhaarfrisur zu bringen, er sieht aus wie unter den Rasenmäher gekommen. Rainer wird sein Haar nie wieder lang tragen.

Mühsam arbeitet er sich nach der Reise zurück in den Alltag. Es macht sich bemerkbar, wie lange er weg war. Die Modebranche ist ein schnelllebiges Geschäft, und die Konkurrenz hat nicht geschlafen. Neue Akteure sind hinzugekommen, Händler und Vertreter, die näher am Puls der Zeit agieren und das angesagtere Sortiment haben. Rainer muss einsehen, dass er den Anschluss verloren hat, und das vielleicht sogar schon vor der langen Reise mit Jutta.

Die mit einem fürchterlichen Streit geendet ist. In einem Café in Bali hat Rainer vorgeschlagen, noch ein paar Wochen dranzuhängen und nach Australien zu fliegen, von Denpasar aus waren es gerade mal drei Flugstunden bis Darwin, vielleicht würde sich dort eine Jobmöglichkeit auftun. Ein Gedanke, der ihm zuvor schon in Singapur gekommen war, wo er allerdings mit nicht unerheblichen Sprachbarrieren zu kämpfen gehabt hätte, anders als in Australien, Rainers Englisch ist ausgezeichnet. In die Heimat zog ihn nichts zurück, bei Jutta allerdings sah das anders aus. Sie habe Heimweh und vermisse ihre Katze, sagte sie, und was denn mit ihrer Arbeit sei, ob er daran mal gedacht habe? Außerdem hatten ihre Eltern angedroht, Desiree in ein Tierheim zu geben, wenn *die lustigen Wandergesellen* nicht bald ihre *Allerwertesten heim ins Reich bewegen* würden, wie Alfons sich ausdrückte, den Rainer daraufhin als *Ekel-Alfons* bezeichnete, was Jutta gar nicht komisch fand. Am Ende beugte er sich ihrem Willen und begleitete sie zurück ins kalte, graue Deutschland, und nun klappert er von Montag bis Freitag leidenschaftslos die alten Läden ab. Immer dieselben Gesichter, immer dieselben Geschäfte und Pensionen und Autobahnraststätten, die öden Provinznester mit ihren Umgehungsstraßen und Balkan-Grills, die zwischenzeitlich in feste Hände oder gleich unter die Haube gekommenen One-Night-Stands und die tausendmal passierten Wiesen, Felder, Hügel und Wälder, die abgespulten Sprüche, die abgenudelten Witze und das Lächeln auf Kommando, der immer mehr Raum einnehmende Papierkram: Das einstmals aufregende Leben als Asphaltcowboy ist zur Routine geworden.

Eines Samstagabends nach dem Kinobesuch läuft er Volker Ebel über den Weg, einem alten Bekannten aus der Logistik bei Opel, der vor kurzem zu DHL gewechselt ist. Sie klemmen sich an den Tresen der nächsten Weinstube, und nachdem Rainer sein Leid geklagt hat, legt der ehemalige Kollege ihm brüderlich die Hand auf die Schulter und sagt, er würde mal ein gutes Wort bei seinem Chef für ihn einlegen.

Drei Tage später bekommt Rainer die Einladung zu einem Vorstellungsgespräch. Er geht hin und bekommt den Job.

In den kommenden Wochen dreht er ein paar letzte Runden durch sein Gebiet, verhökert die restliche Ware und den

VW-Bus, dann fängt er als Sales Representative in der Niederlassung von Dalsey, Hillblom und Lynn in Kelsterbach an.

Ab nun heißt es: Serviceverkauf statt Produktverkauf. Ein Betreuungsjob, eine ruhige Kugel, wie der Umstieg von einem D-Zug in die Regionalbahn. Der Verkaufsleiter ist ein unscheinbarer Typ, sein Schlips größer als sein Kopf und sein Schreibtisch imposanter als er selbst, doch Rainer ist ehrgeizig wie eh und je. Er wird zu Vorträgen und Präsentationen eingeladen und erarbeitet sich einen Ruf als erfolgsorientierter und belastbarer Angestellter. »Schönen Gruß auch an die anderen Yuppies«, foppt Jutta ihn, wenn er mit seiner neuen Kurzhaarfrisur und in Polohemd, Sakko und Lederslippern zu einem Geschäftstermin aufbricht, während sie ihren fair gehandelten GEPA-Kaffee aus dem Dritte-Welt-Laden aufbrüht oder, obgleich selbst weiterhin adrett gekleidet, ihre in formlosen Friesennerzen oder Bundeswehrparkas steckenden Bekannten auf eine Demo gegen die Wiederaufbereitungsanlage in Wackersdorf oder die Volkszählung begleitet.

Fünf-Minuten-Terrinen im Büro, Kontakte knüpfen netzwerken hocharbeiten, ab und zu ein Rockkonzert mit Jutta oder Johnny oder JuttaJohnnyDoro oder ein Spiel der Eintracht, alleine oder mit seinem Schwiegervater, dem er sich nie so verbunden fühlt wie in den Momenten, wenn sie gemeinsam aus den Sitzen springen, Charly Körbel anfeuern und Teil der Masse werden. Das ist es jetzt, das ist jetzt sein Leben. Kleinbürgerliche Atempausen im Hamsterrad des Höherschnellerweiters, nebenher eine unverbindliche Affäre mit Ulrike aus der Registratur, einer dauergewellten Brünetten mit Hang ins Esoterische, die ihn zu einer Session mit einer befreundeten Kartenlegerin aus Bad Vilbel überredet, von der Rainer erfährt, dass er eines Tages ein zweites Mal heiraten und dort leben wird, wo er arbeitet. Dann der Tag, an dem Joschka Fischer als erster grüner Minister im Wiesbadener Landtag vereidigt wird und es Rainer vorkommt, als hätte einer von ihnen es bis nach ganz oben geschafft und damit irgendwie ja auch er selbst. Rainer, der bei seiner ersten Bundestagswahl Willy gewählt hat und seitdem immer die SPD, macht sein Kreuz von nun an bei den Grünen, und mindestens zweimal am Tag, wenn er den stinkenden Main überquert und die in ätzendem Pastell aus Richtung Höchst rüberwehenden Wolken betrachtet, weiß er auch, warum. Ganz zu schweigen von den Dingen, die Jutta und ihre Müslifreundinnen umtreiben. Das Waldsterben, der Treibhauseffekt, das atomare Wettrüsten, der saure Regen.

Und dann: Tschernobyl.

»Lass uns was auf dem Land suchen«, sagt sie eines Samstagabends beim Rotwein auf dem Balkon. »Irgendwas Schnuckeliges für die Wochenenden.«

Rainer willigt ein, sich mal ein paar der Immobilien anzuschauen, die Jutta bereits herausgesucht hat, und ehe er sichs versieht, haben sie den Kaufvertrag für ein Fachwerkhaus aus dem mittleren 19. Jahrhundert unterschrieben. Das Haus steht in Niederhofen, einer Fünfhundert-Seelen-Gemeinde nahe Bad Mergentheim, gut anderthalb Stunden Fahrt von ihrer Flörsheimer Wohnung. Achthundert Quadratmeter Grundstück mit altem Baumbestand, Eichen, Buchen, eine Streuobstwiese. Das Haus selbst ist in keinem guten Zustand, der Dachstuhl marode, die Wände rissig, Jutta aber ist völlig aus dem Häuschen. »Guck doch mal, wie das hier alles blüht und sprießt, der Klatschmohn, die Rosen!«

Jeden Freitag machen sie sich direkt nach der Arbeit auf den Weg runter nach Niederhofen, wo sie als Erstes den Schwedenofen im Wohnzimmer anschmeißen und, während die untere Etage der feuchtkalten Bude sich aufwärmt, ein Dorf weiter im Gasthof Zum Ochsen zu Abend essen. Die Samstage und Sonntage verbringen sie mit Arbeiten am Haus. Mit Unterstützung eines örtlichen Schreinermeisters legen sie die Wände frei, erneuern Balken, Schwellen und Eckpfosten. Sie entdecken einen ehemaligen Stadtmauerzugang auf dem Grundstück und eine alte Steinsonnenuhr, die sie ausgraben, freilegen, vorzeigbar machen. Während Jutta sich um das Organisatorische kümmert, um die Inneneinrichtung und den Garten, geht Rainer besonders in der Arbeit mit Holz auf, und er erkennt, dass es sich bei dem Gerede von den *zwei linken Händen* in seiner Kindheit um nichts anderes als die Ignoranz und Häme des Großvaters handelte.

Bei den Leitungen und der Isolierung der Rigipswände hilft ihnen Wolfgang, der jede Gelegenheit nutzt, dem Familienleben in Groß-Gerau für ein oder zwei Nächte zu entkommen. Mit seiner Jeannette ist er nur noch wegen der Kinder zusammen, wie er Rainer bei einem Feierabendbier gesteht, »und so werd ich das auch durchziehen, bis meine Mädels aus dem Gröbsten raus sind«. Ganz der aufopferungsvolle Kerl, der er immer war.

Doch so gut sie auch gemeint sein mögen, die Ratschläge seines Bruders gehen Rainer zunehmend auf den Senkel. Regelmäßig geraten die beiden aneinander, und immer öfter geht es dabei um Geld.

»Du bist ein alter Pfennigfuchser«, schimpft Wolfgang nach dem dritten Glas Müller-Thurgau im Ochsen. »Du warst es schon als Kind, als du immer die Schokoladentäfelchen von der Oma gehortet und in deine bekloppte Schatulle gepackt und später der Mia oder mir zum Kauf angeboten hast. Weißt du das noch?«

»Ja, das weiß ich noch, aber ob das nun *immer* war …«

»Und dann die ganzen Burger im Dehos, die du dir aus Geiz verkniffen hast, nur um anschließend mal abbeißen zu wollen – ein Knickstiebel vor dem Herrn!«

»Das ist Jahrzehnte her, Bruderherz«, versucht Rainer, das Gepöbel seines Bruders zu überspielen, das bei den Kegelbrüdern und Skatgesichtern an den umliegenden Tischen bereits Aufmerksamkeit erregt.

»Pah! Als ob sich daran etwas geändert hätte! Schau dich doch an, wie du dich hier an deinem Schöppchen festhältst und immer nur die Bratkartoffeln für vier achtzig bestellst!«

»Die Bratkartoffeln schmecken mir eben, na und?«

»Na-tür-lich, die Bratkartoffeln schmecken ihm eben! Und dass es das günstigste Gericht auf der Karte ist? Purer Zufall, nehme ich an.« Wolfgang lacht scharf auf, dann zieht er genüsslich über Rainers Angewohnheit her, die Colaflaschen für die Baustelle einzeln zu kaufen, statt einfach mal eine Kiste hinzustellen und vielleicht noch die ein oder andere Flasche Bier, wo *das Bruderherz* ihm für seine Tätigkeiten doch sonst schon nichts berechne.

»Ist ja gut, nun mach mal halblang«, zischt Rainer und senkt schuldbewusst den Blick. Auch den Hang zur Sparsamkeit muss er wohl von seinem Großvater haben. Aber wennschon, sein Bruder soll sich mal nicht so aufspielen! Wolfgang selbst hat so wenig Sinn für Geld oder den eigenen Vorteil, dass es einen ganz rasend macht. Statt sein Talent zu nutzen und eine Karriere als Elektriker zu machen, hat er sich nach seinem Studium für achtzehn Monate zur Bundeswehr einziehen und anschließend jahrelang seine Frau das Geld nach Hause bringen lassen, die eine gute Stelle in einem Darmstädter Logistikunternehmen hat, während er als Hausmann die Kinder versorgt und nebenbei mit den vom Großvater vererbten Briefmarken gehandelt hat, ein leidlich einträgliches

Geschäft, nicht viel mehr als ein Hobby. Als die Jeannette auf eine Halbtagsstelle wechselte und ihm das Messer auf die Brust setzte, nahm er schließlich einen Job im Lager eines Klimaanlagenherstellers in Dieburg an. Rainers blitzgescheiter Bruder als Packer, die ultimative Demütigung. Welche er aber klaglos erträgt, wie er ja alles klaglos erträgt. Wolfgang ist bis zur Selbstaufgabe praktisch veranlagt, für Gefühle oder Sentimentalitäten ist da kein Platz. »Bleibt mir bloß weg mit eurem Eso-Fimmel«, knurrt er, sobald Rainer oder Jutta die Worte *Spiritualität* oder *Indien* auch nur in den Mund nehmen, und als Rainer seinen Bruder an diesem Abend vorm Zubettgehen versöhnlich in den Arm nehmen will – Jutta liegt schon im Bett, am Nachmittag hat es einen furchtbaren Streit um die Neugestaltung des Eingangsbereichs gegeben –, lässt dieser nur wie ein überforderter Teddybär die Arme hängen, unfähig, die liebevolle Geste zu erwidern.

»Kumm, geh fort«, brummt er, als könne nur die volkstümliche Mundart ihn noch aus dieser hochnotpeinlichen Situation erlösen, »du machscht misch noch ganz heckewelsch …«

*

Mehr als vier Jahre bleibt Rainer bei DHL. In dieser Zeit unternimmt er mehrere Anläufe, sich ins Ausland versetzen zu lassen – den Station Manager in Jakarta schreibt er sogar direkt an –, zieht aber immer den Kürzeren gegenüber Bewerbern aus den USA, England oder Australien, gegen die er als kleiner deutscher Verkäufer keine Chance hat.

Als Kollege Ebel erneut den Arbeitgeber wechselt und zu FedEx geht, tut Rainer es ihm nach. Er bekommt einen schwarzen 320er BMW als Firmenwagen und schicke Visitenkärtchen mit Stahlstich, nimmt an Schulungen und Trainings teil und wird in die Konzernzentrale nach Memphis, Tennessee, eingeladen. Schon bald betreut er Großkunden wie Thyssen-Krupp, Schott-Zeiss oder Hoechst, berät Führungskräfte, Topmanager und Direktoren. *When it absolutely, positively has to be there overnight* – bei FedEx herrschen ein ganz anderer Geist und eine fast militärische Organisationsstruktur. Rainer identifiziert sich mit seinen Aufgaben, er ist zuverlässig und mehr an guten Provisionen interessiert als an seinem ohnehin schon anständigen Festgehalt. Er stellt sich neuen Herausforderungen und internalisiert sämtliche offiziellen und inoffiziellen Leitsprüche. Bei den Geschäftsessen und Meetings ist er oft der Einzige ohne Abitur und Uniabschluss, ein Umstand, den er durch Leistungsbereitschaft und Einsatz wieder wettmacht. Dank seiner Kinderlosigkeit ist er flexibler und mobiler als viele der Kollegen, er macht seine Punkte und bekommt sowohl den Bravo Zulu Award verliehen als auch den President's Club, mit dem FedEx-Mitarbeiter für ihre herausragenden Leistungen ausgezeichnet werden. Während in Berlin die Mauer fällt und überall im Ostblock Menschen für Veränderungen auf die Straßen gehen, verbringen Jutta und er zwei Wochen auf Firmenkosten auf Hawaii, wo Rainer Kontakte zu Kollegen aus der ganzen Welt knüpft, allesamt Best-Performer mit Umsätzen weit über den Zielvorgaben genau wie er. Weil es bei den Geschäftsessen mit internationalen Partnern oft ins Steakhouse und in exquisite Fischrestaurants geht, hat Rainer angefangen, wieder Fleisch zu essen, wofür er von Jutta als *erbärmlicher Opportunist* beschimpft wird, lachend, aber nicht im Spaß. Der Ton zwischen den beiden ist rauer geworden.

Zu Beginn des Zweiten Golfkriegs hält er eine Präsentation vor achtzig internationalen Teilnehmern einer Logistikkonferenz bei den US Forces in Ramstein, um das Unternehmen vorzustellen, das dem amerikanischen Staat seine Logistik zur Verfügung stellt, Track & Tracing, Transportüberwachung und andere Systeme des Informationsaustauschs.

»Nach den Umweltverpestern nun auch noch Rüstung, na herzlichen Glückwunsch«, ätzt Jutta bei einem ihrer selten gewordenen gemeinsamen Abendessen.

»Man kann sich die Kunden nicht aussuchen«, antwortet Rainer.

»Jedenfalls nicht, wenn man nur noch mit der Arbeit verheiratet ist«, sagt Jutta, die für den *Karrierismus* ihres Mannes nur noch Hohn und Spott übrighat.

Dabei hat sich auch bei ihr beruflich einiges getan. Nachdem es ihr in den Vorzimmern der Margaret-Astor-Chefetage zu langweilig wurde, hat sie bei einem Naturkosmetikhersteller im Rodgau angefangen und ist innerhalb kurzer Zeit zur Assistentin der Geschäftsleitung aufgestiegen. Beide machen sie nun mehr Geld als je zuvor. Auf Anraten ihres Steuerberaters kaufen sie eine Eigentumswohnung im Frankfurter Nordend, hundertzwanzig Quadratmeter Altbau, die sie an ein junges Paar vermieten. Nach einem knappen Jahr kündigen sie den Mietern wegen Eigenbedarf und ziehen selbst nach Frankfurt.

Auch wenn er nicht viel zuhause ist, Rainer genießt das Leben in der Stadt, den Kartoffelsalat im Mutter Ernst und sein Feierabendbier im Café Größenwahn. Er meldet sich im Fitnessstudio an und lässt sich einen Schnurrbart stehen, und immer öfter fährt Jutta am Wochenende ohne ihn runter nach Niederhofen, während Rainer sich durch die Stadt treiben lässt und seine Freiheit auskostet. Sein Schlag bei den Frauen hat mit dem beruflichen Erfolg noch einmal zugenommen. Kleine Techtelmechtel an der Bar, schnelle Nummern im Hotel, hier und da ein Puffbesuch. Dann kommt es zu dem verhängnisvollen Abendessen mit einer seiner Kundinnen, Frau Kleinert, auf einem Landgut im Taunus. Frau Kleinert ist Rainers Ansprechpartnerin in der Logistikabteilung eines mittelständischen Exportunternehmens aus Oberursel. Eine aufgeweckte Frau mit dunklem Pagenkopf und gezupften Augenbrauen, gut zehn Jahre jünger als er. Die beiden haben sich eine Karaffe Riesling geteilt und sind schon etwas beschwipst, als Frau Kleinert ein paar schlüpfrige Bemerkungen zum Thema Nachtisch fallenlässt und wie zufällig sein Knie berührt. Sie lassen die Rechnung kommen und vögeln auf der Rückbank von Rainers BMW, in einem Waldstück fünf Minuten vom Restaurantparkplatz entfernt.

Jutta ist noch wach, als er nach Hause kommt. Sie liegt im Bett, die *Tagesthemen* laufen. In Rostock-Lichtenhagen werden seit Tagen die Wohnheime von Asylbewerbern und ehemaligen vietnamesischen Vertragsarbeitern von Rechtsradikalen attackiert.

»Diese Barbaren«, flüstert sie, den fassungslosen Blick auf den Fernseher gerichtet. »Es ist nicht zu glauben.«

In der offenen Schranktür stehend, macht Rainer sich bettfertig. Jutta schaut ihn an. Sie hält die Fernbedienung Richtung Fernseher und dreht den Ton leiser.

Wie sein Termin war, will sie wissen.

»Wie soll's gewesen sein. Geschäftsessen halt, das Übliche.«

Jutta nickt. »Und sonst war nichts?«

»Nein, wieso?«

»Du hast mir nichts zu erzählen?«

»Nein. Alles wie immer.«

»Na gut. Ich halte fest: Es war nichts, es war alles wie immer, und du hast mir nichts zu erzählen.«

»Mein Gott, Jutta, was ist los, was willst du von mir?«

Genervt greift Rainer seinen Pyjama und geht ins Bad. Er

schaltet das Licht ein, schaut in den Spiegel und erstarrt. Sein gesamter oberer Rücken ist zerkratzt. Lauter rote Striemen, die sich vom Hals über die Schulterblätter ziehen. Hastig zieht er seinen Pyjama über. Er putzt sich die Zähne und wäscht sich das Gesicht, dann geht er zurück ins Schlafzimmer. Jutta hat den Fernseher ausgeschaltet und sich ein Kissen in den Rücken gestopft. Unverwandt starrt sie ihn an, in den Augen der blanke Hass.

»Jutta, ich …«

»Du bist eine alte Drecksau, weißt du das?«

»Jetzt hör mir doch mal …«

»KEIN WORT MEHR, DU MIESE RATTE!«

Mit einem Satz springt sie aus dem Bett und stürmt mit der Decke unterm Arm aus dem Zimmer.

Eine gute Woche lang reden die beiden kein Wort miteinander. Jutta schläft im Wohnzimmer und geht jeden Morgen vor Rainer aus dem Haus, am Wochenende fährt sie ohne ihn nach Niederhofen.

Als er am Montagabend von der Arbeit heimkommt, findet er sie im gemeinsamen Schlafzimmer vor. Jutta liegt auf dem Bett, den Kopf auf der Hand abgestützt, ein Bein angewinkelt. Sie trägt ein Negligé aus roter Spitze und schaut ihn herausfordernd an. Rainer hat seine Frau noch nie in Reizwäsche gesehen. Sie sieht aus wie verkleidet. Er zieht sich aus und legt sich zu ihr, sie fassen sich an, doch alles daran fühlt sich fremd an und falsch. Schon nach wenigen Minuten verliert er seine Erektion. Jutta fängt an zu weinen. »Was ist los, mach ich dich nicht geil?«

So geht es Wochen und Monate. Immer neue Versuche, immer neues Versagen und jedes Mal dieselben Fragen. Ihre Auseinandersetzungen werden hässlicher, banaler auch, alltäglicher. Haarspaltereien, gegenseitige Vorwürfe, offene Verachtung. Rainer hat das Diskutieren nie gelernt. Kommt es zum Streit, so ist es immer er, der als Erster wegschaut. Was Jutta nur umso mehr auf die Palme bringt. Sie will nichts klären, nichts aufarbeiten, kann es auch gar nicht, kann nur noch zerstören. *Du bist so primitiv. Du bist beziehungsunfähig. Kein Wunder, bei dieser Hexe von einer Mutter. Ich hoffe, du wirst von einem Bus überfahren.* Rainer hält diese Szenen so lange aus, bis auch ihm der Kragen platzt, und eines Abends, Jutta hat ihn stundenlang niedergemacht, baut er sich mit geballten Fäusten vor ihr auf.

»Ja, schlag mich doch! Oder kannst du das auch nicht?«

An einem Sonntag im Mai ist endgültig Schluss. Rainer hat sich mit dem schnurlosen Telefon ins Schlafzimmer verzogen, um seiner Mutter zum Muttertag zu gratulieren, wozu er bei Juttas Gekeife auf dem Wohnungsflur aber nicht kommt. Ein *Witz* sei er und ein *Versager*, besser, er krieche gleich zurück *in die Fut* seiner Mutter. Dann bricht sie zusammen. »Ich bin bald vierzig, Rainer, was soll ich denn machen? Glaubst du vielleicht, mich will jetzt noch jemand haben?«

Rainer packt seinen Koffer und fährt zu seinem Bruder nach Darmstadt. Er muss nicht viel erklären, Wolfgang ist selbst frisch getrennt. Wie angekündigt, hat er gewartet, bis seine Töchter alt genug waren, bevor er die Segel strich und sich eine Wohnung in der Stadt nahm.

Ein gutes halbes Jahr leben die beiden wie in einer WG zusammen. Abends gehen sie zum Grillplatten-Griechen um die Ecke, an den Wochenenden kommen Kumpels von Wolfgang zu Besuch und schlafen auf dem Sofa, allen voran sein neuer Arbeitskollege Jürgen, ein Ostler aus Saalfeld, der es nach einer durchzechten Nacht häufig nicht mehr zurück in sein Einzimmerloch in Kranichstein schafft. Knatsch gibt es auch. Rainer lasse sich bedienen und gehe nie von sich aus einkaufen, beschwert sich Wolfgang, wenn er nicht gerade dabei ist, seinen jüngeren Bruder wegen anderer Kinkerlitzchen im Haushalt zu maßregeln: »Dass du das Thermostat immer so aufreißen musst …«

Eines Nachmittags liegt ein Brief vom Amtsgericht Frankfurt auf Rainers Schreibtisch im Büro. Jutta hat die Scheidung eingereicht. Es gibt ein sachliches und emotionsloses Treffen, bei dem sie die Aufteilung der Güter besprechen. Die Wohnung in Frankfurt wird verkauft, Jutta zieht fest in das Fachwerkhaus im Main-Tauber-Kreis, für das sie Rainer über einen Zeitraum von fünf Jahren ausbezahlen wird. Das Haus wird geschätzt, zu niedrig, wie Rainer findet, doch er hat auf einen Anwalt verzichtet und verkneift sich jeden Kommentar. Immerhin ist er hier der Schuldige, der Betrüger, der Ehebrecher.

Ende November, am Abend seines zweiundvierzigsten Geburtstags, klingelt in Darmstadt das Telefon. Wolfgang nimmt ab. Er murmelt ein paar Worte, dann reicht er den Hörer weiter: »Die Mama.«

Sie habe ihm nur zum Geburtstag gratulieren wollen und die Jutta am Telefon gehabt, sagt die Mutter aufgebracht, und was die ihr berichtet habe, sie sei fast vom Stuhl gefallen – ihr Rainer, aus der gemeinsamen Wohnung ausgezogen und sogar schon rechtskräftig geschieden? Warum habe er denn nichts gesagt? Furchtbar peinlich sei das gerade gewesen, er hätte sich ja wohl mal melden können!

Rainer hat seit Monaten nicht mit seiner Mutter gesprochen. Wie es ihm geht, fragt sie nicht. Er legt einfach auf, geht ins

Badezimmer, stellt sich vor den Spiegel und atmet tief durch. Dann geht er zurück zum Telefontischchen im Flur und wählt die Sindelfinger Nummer.

»Was war denn los? Die Leitung war plötzlich unterbrochen.«

»Die Leitung war nicht unterbrochen, ich habe aufgelegt.«

»Wieso hast du aufgelegt?«

»Weil es mir reicht, von dir gesagt zu bekommen, was ich zu tun und zu lassen habe. Du kommandierst mich rum wie einen Schuljungen, und ich bin in einem Alter, wo ich das nicht mehr brauche, hast du mich verstanden?«

»Du bist wohl nicht ganz beieinander, Bub. Was glaubst du eigentlich, mit wem du …?«

Und wieder lässt Rainer den Hörer auf die Gabel fallen. Auch dieses Gespräch hätte bereits viele Jahre früher geführt werden müssen.

Rüber nach Capurganá, dort einen Arzt oder eine Apotheke aufsuchen und dann die Mitleidstour, *schlimme Angststörung, Flugangst, Panikattacken, Medikamente verloren, Heimreise in ein paar Tagen*, schön Duckface, mit den Augen klimpern und ein paar spanische Begriffe einstreuen, *disculpe, por favor, muy importante*, so müsste es hinhauen. Und falls in Capurganá kein Lorazepam aufzutreiben sein sollte, dann mit Sicherheit ein anderes Beruhigungsmittel. Tranquilizer wurden schließlich überall gebraucht, und wenn man es irgendwo mit der Verschreibungspflicht nicht so genau nahm, dann doch wohl an einem Ort wie diesem, wo es sogar das Kokain als Bückware im Minimercado gab. Nach dem Mittagessen würde ich mich auf den Weg machen. Zu Fuß, um mir bei der Gelegenheit mal wieder ein bisschen die Beine zu vertreten. Ich hatte das Gelände der Lodge seit meiner Ankunft gut anderthalb Wochen zuvor noch kein einziges Mal verlassen. Für den Rückweg würde ich einen der Lancheros am Hafen in Capurganá anquatschen und das Boot nehmen.

So hatte ich mir das überlegt, als ich mich frühmorgens aus meinem besudelten Bett geschält, ins Bad geschleppt und die fünftletzte Lora geschluckt hatte, das war mein Plan.

Doch dann überschlugen sich die Ereignisse.

Es war gegen zehn am Vormittag. Lydia und ihre Mitstreiterinnen waren am frühen Morgen abgereist. Rainer zufolge war es ihnen gelungen, eine Propellermaschine nach Medellín zu chartern und von dort einen der letzten Flieger Richtung USA zu nehmen. »Die Welt dreht endgültig am Rad«, hatte er gesagt und dass meine Dienste als Babysitterin an diesem Tag nicht vonnöten seien. Nach dem Frühstück hatte ich meine Cabaña in tadellosem Zustand vorgefunden. Die leeren Flaschen waren verschwunden, das Bett frisch bezogen, in der Luft hing der zitronige Duft von Raumspray. Keine Anzeichen von dem Horror der letzten Nacht. Als wäre überhaupt nichts passiert. Newton und Yenifer waren mit den Amerikanerinnen nach Capurganá gefahren und hatten sich den Rest des Tages freigenommen, es konnten also nur Rainer oder Camila gewesen sein, die meine Hütte auf Vordermann gebracht hatten. Peinlich berührt hatte ich mich aufs Bett gesetzt, mir feste Schuhe angezogen und mein Portemonnaie und die Sonnencreme eingepackt. Dann hatte ich mich doch nochmal auf den Rücken gelegt, und kurz darauf war Saira aufgetaucht. Sie wollte mit mir spielen, doch ich gab ihr zu verstehen, dass sie sich heute alleine beschäftigen müsse, worauf sie sich schmollend auf die Veranda setzte und leise vor sich hin summend ihrer Puppe die Haare kämmte. Etwas später, mir waren schon wieder die Augen zugefallen, hörte ich, wie sie die Treppen hinunter und über den Platz rannte.

Ich musste noch einmal richtig eingeschlafen sein, als mich ein Schrei aus den Laken riss. »Rainer! Rainer!«, rief Camila aus vollem Halse, und mir fiel auf, dass ich sie noch nie seinen Namen hatte sagen hören. Ich sprang auf und lief auf die Veranda. Hinten am Pool sah ich etwas auf dem Rasen liegen. Ein Körper. Saira. Sie lag auf dem Rücken und bewegte sich nicht. Rainer kniete über ihr und presste ihr die Hände auf den Brustkorb, Camila war ins Haupthaus gerannt. Mit einer bunten Wolldecke in der Hand kam sie zurück. Rainer rief ihr etwas zu, dann sprang er auf und rannte los Richtung Anleger.

Bevor wir unsere Wohnung in Krasnojarsk und das Land verließen, hatten wir noch einen Moment schweigend zu dritt zusammengesessen. Das mache man so vor einer Reise, hatte meine Mutter gesagt, es bringe Glück. Zwei oder drei Minuten waren vergangen, bevor sie in die Hände klatschte und meinen Vater und mich aus der beängstigend leeren, aber eben nicht *ganz leeren* und für mich ja immer noch *heimatlichen* Wohnung auf die Straße scheuchte, wo bereits Onkel Witja in seinem Lada wartete, um uns zum Flughafen zu bringen. Es hatte immer mal wieder geheißen, wir würden nach Deutschland gehen, was für mich aber den Abstraktheitsgrad von *auf den Mond* oder *in die Wälder* hatte. Von den Bösewichten im Fernsehen abgesehen kannte ich keine Deutschen, und das Einzige, was ich in dieser Sprache sagen konnte, war »Hände hoch!«. Als das nebulöse Vorhaben dann wirklich in die Tat umgesetzt wurde, war ich darauf nicht vorbereitet, und wenn ich im neuen Land an einer Sache aus meiner Heimat festgehalten habe, dann am Aberglauben. Niemals hätte ich eine gerade Anzahl an Blumen verschenkt oder jemandem über einer Türschwelle die Hand gegeben. Musste ich nochmal ins Haus zurück, weil ich etwas vergessen hatte, so warf ich vor dem erneuten Verlassen der Wohnung stets noch einen Blick in den Spiegel, damit kein Unglück passierte. Zum Naseschnäuzen habe ich mein Leben lang den Raum verlassen, und dann war da eben noch das Zusammensitzritual vor einer Reise. Sonja hat immer mitgespielt, wenn auch mit einer gewissen ironischen Distanz. Sie fand das Ganze *originell*, eine hübsche kleine Spielerei, *drollig* und ein bisschen *exotisch*. Mir aber war es immer ernst damit, und als ich nun wie ein überflüssiger Geist auf meiner Veranda stand und Rainer und Camila zusah, wie sie mit dem in eine Decke eingewickelten Mädchen ins Boot sprangen und davonfuhren, nicht Richtung Capurganá, sondern in die entgegengesetzte Richtung, nach Süden, da gingen mir drei Dinge durch den Kopf.

Das erste war: Ihr hättet das Mädchen nicht einfach zum Boot verfrachten und abhauen dürfen, das bringt Unglück, ihr hättet noch kurz zu dritt zusammensitzen und innehalten und euch auf diese Reise vorbereiten müssen.

Das zweite war: Was hast du getan, Lena, was hast du unterlassen zu tun, gibt es dich noch, bist du überhaupt noch vorhanden, was ist mit Saira, wird sie sterben, gibt es hier überhaupt irgendwo ein Krankenhaus?

Und der dritte Gedanke lautete: WASSERKRAFT. Immer und immer wieder dieses eine Wort: WASSERKRAFT.

Und auf einmal wusste ich, woher ich Rainer kannte.

III.

DER ABSPRUNG

Es ist im Rückblick schwer zu benennen, wann genau wir zu einer bestimmten Erkenntnis gekommen sind oder ab welchem Zeitpunkt eine von da an unumstößliche Wahrheit uns als gesetzt erschien. Jedenfalls geht es mir so. Ich musste mich zeitlebens stark konzentrieren, um mir in Erinnerung zu rufen, wie eine Straßenecke ausgesehen hat, bevor ein bestimmtes Gebäude abgerissen und ein neues an seine Stelle gesetzt worden war, und als ich mich mit dreizehn oder vierzehn dazu entschloss, Fotografin zu werden, da war für mich innerhalb kürzester Zeit klar, dass das immer schon festgestanden hatte und gar nicht anders sein konnte. Möglich, dass mein Hirn durch die vielen Erschütterungen meiner Kindheit und Jugend darauf programmiert ist, alles als gegeben hinzunehmen und jede Veränderung sofort zu akzeptieren. Es würde einiges erklären.

In diesem Fall aber bin ich mir sicher, dass es genau dieser Moment war, in dem ich das latente Gefühl, Rainer irgendwoher zu kennen, endlich zuordnen konnte. Jener Moment, in dem er mit Frau und Kind auf einem altersschwachen Außenborder davonfuhr und mich allein auf der Lodge zurückließ. Dutzende, wenn nicht Hunderte Male hatte ich sein Gesicht betrachtet, und ich konnte mich noch sehr gut an das allererste davon erinnern.

Der junge Mann stand vor einer Wand, deren Struktur einen undefinierbaren Hintergrund ergab, eine wie mit Bleistift schraffierte Textur. In seinem Gesicht war keine Pore zu erkennen, keine Unebenheit der Haut und keinerlei Bartflaum. Sanft geschwungene Augenbrauen, die Wimpern lang und fein und wie gemalt, genau wie die Mundpartie mit den dünnen, zarten Lippen. Es war das Gesicht eines Püppchens. Helle Augen und ein neugieriger, dennoch zurückhaltender Blick. Der Mensch auf dem Foto kam mir unheimlich vertraut vor, fast konnte ich ihn riechen. Gleichzeitig erschien er mir fremd und unerreichbar. Als würde er etwas verstecken. Es war verwirrend. In seinem Blick war Zuversicht erkennbar und die Gewissheit, einer Generation anzugehören, der die ganze Welt offenstand und die alles anders machen würde als ihre Eltern. Und doch lag auch eine jahrhundertealte Traurigkeit darin, die mich an die Porträtmalerei der Renaissance erinnerte, an melancholische Gemälde von Leonardo da Vinci, Dosso Dossi oder das *Mädchen im Pelz* von Tizian. Konzentrierte man sich hingegen nur auf die Augen, so spürte man den Blick eines alten Mannes auf sich, der den Tod schon im Nacken spürt. Es waren genau jene um fünfzig Jahre gealterten Augen, aus denen Rainer mich in den letzten Tagen immer wieder angesehen oder so leicht an mir vorbeigeschaut hatte. Da war ich mir jetzt, mit offenem Mund dem kleiner werdenden Boot hinterherschauend, absolut sicher.

Ich war erst seit ein paar Wochen aus Russland zurück, wo ich dem letzten Wunsch meiner Mutter nachgekommen war und ihren Leichnam im Familiengrab auf dem Badalyk-Friedhof hatte beisetzen lassen. Für die Beschäftigung mit Fotografie oder Kunst hatten mir in den letzten Monaten jegliche Kapazitäten gefehlt. Der Berlin-Trip war dann auch Sonjas Idee gewesen. »Du musst mal raus«, hatte sie gemeint, »was anderes sehen«, und uns fürs Wochenende eine Suite in einem hübschen Boutique-Hotel unweit des Ku'damms gebucht. Ins c/o Berlin waren wir vor allem wegen der Hauptausstellung im Erdgeschoss gegangen, einer Retrospektive der *Disasters*-

und *Sex Pictures*-Phase von Cindy Sherman aus den Achtzigern und frühen Neunzigern. An die ich mich aber kaum erinnern kann, so sehr wurde alles von den Schwarz-Weiß-Bildern überlagert, die uns auf der zweiten Etage erwarteten. *I'm wide awake, it's morning. Fotografien aus Nachkriegsdeutschland* war der Titel der erst tags zuvor eröffneten Ausstellung mit Bildern des amerikanischen Fotografen Anthony Williams, einem Ende der Sechziger in der BRD stationierten Soldaten, der ein paar Jahre zuvor gestorben war und von dem wir beide noch nie gehört hatten. Besonders das etwa fünfzig mal fünfzig große Porträt mit dem Namen *Young Man XVI, West-Germany, ca 1969* war ein visuelles Erlebnis, vergleichbar mit dem, als ich das erste Mal das brennende Haus in Tarkovskijs *Opfer* gesehen hatte oder die Fotogramme von László Moholy-Nagy in der Frankfurter Schirn.

Posierte der junge Mann? Er wirkte verträumt, aber auch, als sei er sich dieser Verträumtheit voll bewusst, was den Effekt eigentlich hätte aufheben müssen, ihn in diesem Fall aber noch verstärkte. Das Bild war ein Labyrinth, eine einzige falsche Fährte. Eine ambivalente Aufnahme, die zahllose starke Empfindungen auslöste und potenziell auch immer deren Gegenteil. Irgendetwas an dieser Fotografie beunruhigte mich zutiefst, und als ich nach all den Detailbetrachtungen zwei Schritte zurücktrat, fühlte ich mich ertappt. Als wäre ich beim Gaffen erwischt worden, beim dreisten Starren und Urteilen. Mit einem Mal kam es mir vor, als würde nicht ich das Bild betrachten, sondern als sei es umgekehrt der Mensch auf dem Bild, der, nun mit so einem wissenden Zug um den Mund und all meine Unsicherheiten und Fragen erkennend, in mich hinein und durch mich hindurchschaute. Sonja erging es ähnlich. »Who's watching who«, brummte sie in ihrer übertriebenen Kim-Kardashian-Stimme, die mich sonst immer zum Lachen brachte, nun aber völlig deplatziert wirkte. Immer wieder mussten wir den Blick abwenden und uns zwingen, uns auf die anderen, ebenfalls starken Fotografien zu konzentrieren. Nur um dann doch jedes Mal zu diesem einen Bild zurückzukehren.

Erst als wir bei Weißweinschorle und Croissants und wie die Irren auf unseren Handys rumtippend im Museumscafé des c/o Berlin saßen, fanden wir heraus, welche Wellen dieses unglaubliche Porträt in den USA bereits geschlagen hatte. In den einschlägigen Foren und Twitterkanälen hatte man sich die Köpfe über diesen rätselhaften *Young Man XVI, West-Germany, ca 1969* zerbrochen. Sein unergründliches Lächeln war ebenso zum Thema gemacht worden wie die Naivität und Verletzlichkeit in seinem Blick und der Kragen seines – was war das eigentlich, ein Pelzmantel? Der Pelzmantel einer älteren Dame? Dann waren Vorwürfe gegen die Tochter des Fotografen und die Kaufman Gallery in New York laut geworden. Warum und von wem waren den Fotografien Bildunterschriften gegeben worden, wer war dieser *Young Man*, und woher, fragte eine Gruppe queerer Studierender von der Columbia University, wollte man eigentlich wissen, dass es sich bei der abgebildeten Person tatsächlich um einen Mann handelte und nicht um eine weibliche oder non-binäre Person? Worauf sofort ein hitziger Streit um Geschlechteridentitäten entbrannt war. Vorwürfe von Transfeindlichkeit machten die Runde, und dann hatten sich auch noch irgendwelche dubiosen Männerrechtler zu Wort gemeldet, die ausgerechnet diesen nicht sehr mackerhaften Vertreter ihres Geschlechts für ihre Sache zu vereinnahmen suchten.

»Ob *Young Man* noch lebt?«, fragte ich damals Sonja, auf meinem Croissant rumkauend.

»Wenn, dann ist er auf jeden Fall nicht mehr *young*«, antwortete sie, und wir begannen zu rechnen. Wenn das Foto tatsächlich vom Ende der Sechziger und der darauf abgebildete Mensch achtzehn oder neunzehn Jahre alt war, dann musste er jetzt stramm auf die siebzig zugehen. Müsste man ihn nicht ausfindig machen können? Wo war das Foto überhaupt entstanden?

Eine aus dem Elsass stammende und mittlerweile in Chicago lebende Klarinettistin ließ in einem Interview durchblicken, bei dem rätselhaften jungen Mann handele es sich um ihren früh verstorbenen Onkel, einen manisch-depressiven Avantgardemusiker aus Straßburg, musste aber zurückrudern, als ihr gewahr wurde, welch mediales Echo ihre kaum belegbare und offenbar in einem Anflug von Wichtigtuerei dahingesagte Behauptung verursacht hatte. Ein besonders emsiger Kunsthistoriker aus Wien hingegen hatte sich auf Twitter zu der These verstiegen, bei dem Porträt handele es sich mitnichten um eine Fotografie, sondern um ein raffiniertes fotorealistisches Gemälde, mit dem eine bisher unbekannte Künstlergruppe den Kunst- und Kulturbetrieb vorzuführen beabsichtige, wofür er einen veritablen Shitstorm erntete und als Schwurbler verlacht wurde, der Hashtag *flatearthphotorealism* macht die Runde.

In den kommenden Wochen begegnete mir der *Young Man XVI, West-Germany, ca 1969* überall. Kaum eine Zusammenkunft von zwei oder mehr Personen aus unserer Branche, bei der nicht wenigstens kurz über die Anthony-Williams-Ausstellung in Berlin und dieses Bild im Besonderen gesprochen wurde. Das Porträt habe das Zeug, für die westdeutsche Nachkriegszeit das zu werden, was Walker Evans' Porträt von Allie Mae Burroughs für die Zeit der Great Depression in den USA der dreißiger Jahre sei, twitterte einer meiner ehemaligen Dozenten an der Uni. Der Ausstellungskatalog des c/o Berlin mit dem Gesicht des jungen Mannes auf dem Umschlag wurde zum Kassenschlager. Auch Sonja und ich hatten das Buch gekauft, und zwar jede ihr eigenes Exemplar, was wir sonst nie taten. Der *Young Man* war auch in Europa zu einer Berühmtheit geworden, und obwohl alle Welt über seine Identität rätselte, es hatte ihn nie jemand ausfindig gemacht.

Bis jetzt.

Mir schwirrte der Kopf.

Den ganzen Tag wartete ich auf ihre Rückkehr. Rastlos ging ich zwischen Hütte und Strand auf und ab, holte mir ein paar trockene Scheiben Toastbrot aus der Küche und spülte sie mit einer Cola runter. Ich nickte in der Hängematte ein und schreckte wieder hoch, und immer wieder holte ich mein Telefon hervor, um mir ein weiteres Mal das Porträt des *Young Man* anzuschauen. Kein Zweifel, das war er. Das war die achtzehn oder neunzehn Jahre alte Version des Mannes, der seit Tagen dabei war, sein gesamtes Leben vor mir auszubreiten – ausgerechnet vor mir, einer völlig Fremden. Seit meiner Ankunft auf der Lodge hatte ich Nacht für Nacht einer Legende gegenübergesessen. Einer Legende, die von ihrem eigenen Legendenstatus keinen Schimmer hatte.

Oder wusste Rainer von dem Bild?

Ausgeschlossen, dachte ich, er hätte dir auf jeden Fall davon erzählt.

Andererseits: Konnte ich mir da wirklich sicher sein? Was wusste ich schon von den Dingen, die er mir erzählte oder nicht erzählte?

Nachdem ich meine abendliche Lora genommen hatte, die viertletzte aus dem Döschen, schrieb ich Rainer eine Nachricht.

Wo seid ihr? Wie geht es Saira?

Zu meiner Überraschung antwortete er sofort.

im hospital in apartadó. sie lebt.

Gott sei Dank, schrieb ich. Ich hatte eine Idee, wusste aber nicht, wie ich sie vorbringen sollte. Ich entschied, einfach mit der Tür ins Haus zu fallen.

Könntest du mir etwas mitbringen?

Es vergingen ein paar Minuten, dann brummte mein Handy erneut.

was?

Lorazepam, antwortete ich. *Oder etwas Ähnliches. Irgendein Beruhigungsmittel.*

Sicherheitshalber googelte ich die spanischen Bezeichnungen und schickte ihm eine weitere Nachricht: *Tranquilizante. Benzodiacepina. Tavor.*

Dann noch eine: *Du würdest mir das Leben retten.*

Es kam keine Antwort. Ich wartete.

Die junge Frau sitzt ihm im Wartebereich des Gates am Flughafen Bogotá gegenüber und liest eine Illustrierte. Rainer schätzt sie auf Anfang zwanzig. Langes blauschwarzes Haar, rundliches Gesicht, eine Indigene aus der Andenregion. Sie trägt schwarze Lackschuhe und breite Hosenträger über einer weißen Bluse, sie hat sich herausgeputzt und fällt auf.

Rainer befindet sich auf dem Heimweg von Cartagena nach Deutschland. Es war bereits sein zweiter Aufenthalt in der kolumbianischen Küstenstadt. Beruflich hatte er in letzter Zeit mit immer mehr spanischsprachigen Kunden zu tun, und als ihm Pinar, eine aus dem Norden Kolumbiens stammende Kollegin, bei einem gemeinsamen Abendessen von der Karibikregion ihres Heimatlands vorgeschwärmt hat, beschloss er, seinen nächsten Urlaub in Cartagena de Indias zu verbringen und mit einem Intensivkurs in Spanisch zu verbinden. Gleich am ersten Abend hat er sich in die Stadt verliebt, in die hübschen alten Kolonialbauten und die Gastfreundschaft der Menschen, das Klima, die Frauen. Als er Anfang November ins verregnete Deutschland zurückkehrte und wieder und wieder die Kassette mit den Liedern von Carlos Vives und Rafael Escalona abspielte, die seine Spanischlehrerin ihm aufgenommen hatte, entschied er, so bald wie möglich nach Cartagena zurückzukehren und sich dort nach einer kleinen Wohnung umzuschauen, die er zu seinem Zweitwohnsitz machen würde. Kurz nach Weihnachten saß er wieder im Flieger, wurde aber gleich nach seiner Landung von einer schweren Grippe niedergestreckt. Den Großteil des nur einwöchigen Kurztrips – mehr konnte er seinem Chef nicht aus dem Arsch leiern – lag Rainer mit Husten und Fieber im Bett seines Hotelzimmers. Er schaute sich zwar ein paar Objekte an, war aber zu geschwächt, um die Sache mit vollem Einsatz durchzuziehen, und hier sitzt er nun, immer noch leicht verrotzt und verschleimt und ohne seinem Ziel ein nennenswertes Stück näher gekommen zu sein.

Er sieht der Unbekannten nach, wie sie aufsteht und Richtung Toiletten davongeht. Gleich elf, eigentlich sollte das Boarding längst begonnen haben, vor ihm gehen bereits lauter nervöse Urlauber auf und ab. Dann kommt die junge Frau zurück. Sie wirft ihm ein Lächeln zu, setzt sich wieder auf ihren Platz, schlägt die Beine übereinander und blättert weiter in ihrer Illustrierten. Rainer fühlt sich von ihr beobachtet, doch jedes Mal, wenn er hinschaut, hat sie den Blick in ihre Zeitschrift gerichtet.

Am Anfang hat ihm sein Junggesellenleben in Darmstadt gut gefallen. Er fand eine schicke Wohnung unweit des Hochzeitsturms, Drei-Zimmer-Altbau mit Stuck, Parkett und Flügeltüren, nur vier Straßen von Wolfgang entfernt. Rainer hatte einen klaren Cut gemacht, anders als Jutta, die nun in der Wachhausener Einöde hockte und mit all den Erinnerungen an die gemeinsame Zeit weiterleben musste, den alten Möbeln, dem Geschirr und dem Gedenken an Desiree, die Jahre zuvor an einer Lungenembolie gestorben war und unter dem Mirabellenbaum im Garten begraben lag. Er hängte seinen schönen burmesischen Wandteppich ins Wohnzimmer, den er auf einem Markt in Singapur gekauft hat und der den Auszug Buddhas aus dem Palast seines Vaters zeigt, fuhr mit Johnny in den Skiurlaub und bändelte mit seiner Spanischlehrerin aus der Volkshochschule an, Angelika, ein mütterlicher Typ mit einer Engelsgeduld, genau das, was Rainer gerade brauchte. Sie begannen eine lose Affäre, ein paar Monate lang ging es gut, doch dann fing Angelika an, von Zusammenziehen und Kinderkriegen zu reden, also machte er Schluss und stürzte sich noch tiefer in die Arbeit. Nach dem Erhalt des Bravo Zulu Awards ist Rainer bei FedEx in die Global Accounts gewechselt. Seine Partner sind Logistikmanager bei führenden deutschen Exporteuren wie Siemens, VW, Bayer oder BMW. Weltweit werden wegen unnötiger Kapitalbindung Ersatzteillager geschlossen und große Zentrallager eingerichtet, die die Direktbelieferung vom Produzenten zum Händler ermöglichen. Rainer koordiniert die Übergänge und Abwicklungen, er evaluiert, klassifiziert, priorisiert und optimiert, hängt oft bis spät in die Nacht in Conference Calls und jettet rund um den Globus. Paris, Prag, London und immer wieder in die USA, neun Städte in sieben Tagen, und wenn er nicht beruflich unterwegs ist, begibt er sich auf ausgedehnte Reisen – auf der alten Seidenstraße durch Usbekistan, nach Syrien und in den Nordwesten Indiens, mit einem Zelt auf dem Rücken und tagelangem Nasenbluten am Ufer des Indu entlang bis hoch nach Tingmosgang, und nun eben schon das zweite Mal Cartagena. Das Alleinreisen ist noch aufregender und intensiver. Nur dass er nun überhaupt niemanden mehr hat, mit dem er seine Eindrücke teilen kann.

Endlich, der Aufruf zum Boarding. Rainer steht auf, zeigt seinen Pass und die Boardingcard vor und geht die Gangway runter, und wie der Zufall es will, sitzt er im Flugzeug direkt neben der Schwarzhaarigen. Shamaki ist dreiundzwanzig, hat ein halbes Jahr als Au-pair in Deutschland verbracht und sich in einen jungen Mann aus Bremen verliebt, den sie nun besuchen will.

Dieser Kerl müsse aber ziemlich was auf dem Kasten haben, sagt Rainer.

»Wieso?«

»Na, wenn du eine Stadt wie Lima für ihn hinter dir lässt und stattdessen nach Bremen gehst?«

»Ich kenn den noch gar nicht richtig«, antwortet Shamaki. »Wir haben uns ein paarmal getroffen. Ganz süßer Typ. Wenn es nichts wird, habe ich wenigstens mal Schnee gesehen. Und Bremen soll ja auch ganz schön sein.«

»Ein bisschen flacher vielleicht«, antwortet Rainer.

»Dafür weniger Smog«, sagt Shamaki und lacht. Dann beginnt sie, von der Schönheit ihres Heimatlands zu schwärmen, von der Sierra, der Selva und der berühmten Ruinenstadt Machu Picchu, die sie gerne einmal besuchen würde, und Rainer, der schon als Kind mit angehaltenem Atem alles über die Eroberungszüge der spanischen Konquistadoren gelesen hat und dessen Begeisterung für die Geschichte Lateinamerikas erst in seinen späten Zwanzigern von der Faszination für den indischen Subkontinent abgelöst wurde, lauscht ihr gebannt. Doch weil er über seinen FedEx-Account ein Stand-by-Ticket gekauft hat und der Flug überbucht ist, muss er den Flieger bei der Zwischenlandung in Caracas verlassen und auf den nächsten Flug nach Frankfurt warten. Vorm Aussteigen reicht er Shamaki seine Karte.

»Solltest du irgendwann mal zum Machu Picchu aufbrechen«, sagt er mit einem Zwinkern, »lass es mich wissen, vielleicht komm ich mit.«

*

»Ach ja, so sahst du aus!«, ruft sie, als sie im Ankunftsbereich des Flughafens Lima auf ihn zukommt.

Ein gutes halbes Jahr nach ihrem Kennenlernen, Rainer hatte sie schon fast wieder vergessen, lag eines Morgens eine Postkarte aus Peru auf seinem Schreibtisch. Sie sei zurück in

Lima, schrieb Shamaki, in Bremen sei es nicht gut gelaufen, und sie habe sich von ihrem Freund getrennt – ob er immer noch interessiert sei, ihr Land kennenzulernen?

Shamaki wohnt noch bei ihren Eltern, die mehrere Restaurants in unterschiedlichen Stadtteilen von Lima betreiben. Ihr Vater, Ninan, ist ein großgewachsener Indio, der ein paar Jahre als Koch in Frankreich gearbeitet hat und Rainer an den Schauspieler Fernandel aus den Don-Camillo-und-Peppone-Filmen seiner Kindheit erinnert, die Mutter Valentina eine rundliche Frau spanischer Abstammung und die Geschäftsführerin der verschiedenen Restaurants. Im schicksten ihrer Läden, dem Cesar, wird Rainer gleich am ersten Abend ein Querschnitt durch die peruanische Küche geboten, dazu fließt literweise Pisco Sour. Das Mittagessen am folgenden Tag nehmen sie im Club Alemán ein, für den Ninan die Küche organisiert, und so geht es weiter, jeden Tag in ein anderes Lokal, danach ausgelassene Fiestas mit Freunden der Familie in ihrem großzügig geschnittenen Haus im Vorort Miraflores. Manchmal schaut die Polizei vorbei, dann wechseln ein paar Scheine den Besitzer, und die Party geht weiter.

Nach einer Woche des Schlemmens und Feierns brechen Shamaki und Rainer zu ihrer Reise ins Hochland auf. Mit dem Autobus geht es nach Cusco, der ehemaligen Hauptstadt des Inkareiches. Weil Shamaki sich weigert, auch nur eine der katholischen Kirchen und Kloster zu betreten, die nach der Vernichtung der Inkas an die Stelle ihrer Tempel und Paläste gesetzt wurden, konzentrieren Rainer und sie sich auf die umliegenden Zentren, Saqsaywaman, Qenko, Tambomachay, bevor sie über Pisac nach Ollantaytambo weiterfahren und von dort aus den Zug Richtung Machu Picchu nehmen. In der auf über zweitausendvierhundert Metern gelegenen Ruinenstadt angekommen, hocken sie sich auf einen Stein und lassen den Blick über die von Regenwolken umgebenen Bergspitzen und die steil abfallende Schlucht zum Río Urubamba schweifen. Die Schönheit der Landschaft ist nicht von dieser Welt, und auf einmal kommt Rainer alles, was ihn nach der Reise zuhause erwarten wird, unendlich trist vor. Der Großteil seiner Familie ist nach wie vor zerstritten und versprengt. Er hat zwar Freunde, aber nur einzelne, keine wirkliche Gemeinschaft, und vor kurzem wurde ihm bei FedEx ein neuer Chef vor die Nase gesetzt, Herr Peselmann, ein kühler Bürokrat mit hochtrabenden Ideen, der ständig über *intelligente Bewertungskataloge* und *effizientere Zeit- und Routenpläne* doziert, dem es aber partout nicht gelingen will, einen Draht zu den Mitarbeitern und Kunden aufzubauen. Seine Vorgaben werden immer starrer und die Kontrollmechanismen enger, vieles spielt sich nur noch am Computer ab, und immer öfter beschleicht Rainer das Gefühl, dass seinen Job auch ein dressierter Affe machen könnte. Vielleicht ist es an der Zeit für etwas Neues, denkt er, den Sprung ins kalte Wasser. Warum nicht Nägel mit Köpfen machen, Peselmann die Kündigung auf den Schreibtisch knallen und sich irgendwo auf diesem Kontinent ein neues Zuhause suchen, in Kolumbien, Peru oder sonst wo? Noch ist er jung genug, um es durchzuziehen, die finanziellen Mittel hätte er auch. Die ganzen letzten Jahre hat er geschuftet wie ein Ochse und dabei einiges auf die Seite gelegt, dazu kommen der Verkauf der Frankfurter Wohnung und die Auszahlung für das Fachwerkhaus durch Jutta, und dann wären da ja auch noch seine Wohnung in Darmstadt, deren Wert seit dem Kauf eher noch gestiegen ist, die Möbel, das Auto und die Lebensversicherung, die er sich jederzeit auszahlen lassen kann. Selbst wenn er nie wieder einen Finger rühren würde, zehn bis fünfzehn Jahre sollte sein Erspartes locker reichen.

»Gib mir nichts, leg es mir in die Hände«, sagt Shamaki, als er ihr an diesem Abend von seinen Gedankenspielen erzählt. Die beiden liegen nebeneinander im Hotel auf dem Bett, wie fast jeden Abend teilen sie sich ein Zimmer. Sie haben sich auf der gesamten Reise noch nicht einmal angerührt, und dabei wird es auch bleiben. Shamaki lächelt. »Peruanisches Sprichwort.«

»Was bedeutet das?«

»In diesem Fall bedeutet es, dass du wissen wirst, wenn du den richtigen Ort gefunden hast. Und dass du dann aber auch zugreifen musst.«

»Puh«, macht Rainer. »Ich werd's versuchen.«

Vollbeladen mit Geschenken für ihre Familie – Ponchos, Schals, Taschen, Flöten und anderer Kitsch, an dem Shamaki eine unerklärliche, aber ansteckende Freude findet – geht es am nächsten Tag zurück nach Cusco und von dort aus durch weites und von Lamas und Alpakas besiedeltes Land weiter nach Puno. Als sie vom Besuch einer der mit Stroh aufgeschütteten Inseln inmitten des Titicacasees zurückkehren, stoßen sie am Busbahnhof von Puno auf eine Tafel mit den Abfahrtszeiten nach Sucre.

»Lass uns dahin fahren«, sagt Shamaki.

»Nach Sucre? Wo ist das überhaupt, in Bolivien?«

»Natürlich in Bolivien, du Dummkopf. Sucre ist die Hauptstadt, aber nicht der Regierungssitz. Ein wunderschönes altes Städtchen mit viel Geschichte.«

»Du warst schon mal da?«

»Nur in Gedanken. Aber das lässt sich zum Glück ja jetzt ändern.«

»Ninan feiert morgen Geburtstag, schon vergessen?«

»Mein Vater wird seinen Geburtstag auch im nächsten Jahr

wieder feiern. Macht's dir etwa keinen Spaß, mit mir unterwegs zu sein, mí corazón?«

»Natürlich macht mir das Spaß!« Rainer räuspert sich. An Shamakis Angewohnheit, ihn *Mein Herz* zu nennen, wird er sich wohl nie gewöhnen. »Aber das soll doch eine Riesenfiesta werden, oder nicht?«

»Immer nur Fiesta Fiesta Fiesta … So geht das schon mein Leben lang. Aber jetzt ist jetzt, und wir sind jetzt hier. Der Bus fährt in drei Stunden, das schaffen wir. Bist du dabei?«

Todmüde kommen sie am frühen Morgen in Sucre an. Sie nehmen ein Taxi zu einem der Hotels an der Plaza 25 de Mayo, einem von Laubbäumen und Palmen umringten Platz mitten im historischen Stadtzentrum. Bis zum späten Vormittag liegen sie im Bett, dann holen sie sich etwas zu essen und streunen ziellos durch die Stadt. Weiß getünchte Häuserfassaden, gepflegte Grünanlagen, angenehmes Klima – Shamaki hat nicht zu viel versprochen. Während La Paz sich bei der nächtlichen Durchfahrt als ein nicht enden wollender Moloch präsentierte, sind hier lauter Fußgänger unterwegs, die sich gegenseitig grüßen und auf einen kurzen Schwatz stehen bleiben. Sucre wurde vor wenigen Jahren erst zum Unesco Weltkulturerbe ernannt, die gesamte Altstadt ist von Musik und Tanz erfüllt, und noch am selben Nachmittag ertappt Rainer sich dabei, wie er die in der Hotellobby ausliegenden Zeitungen nach Immobilienangeboten durchforstet und bei der Anzeige für einen dieser typischen spanischen Kolonialbauten aus dem 17. Jahrhundert hängenbleibt, für die er seit seinem ersten Aufenthalt in Cartagena so eine große Schwäche hat.

»Das würde ich mir gerne einmal anschauen.«

»Ha!«, macht Shamaki und lacht. »Das ging ja schnell! Wolltest du nicht gestern noch zurück nach Lima?«

»Man kann nicht immer so, wie man will.«
»Ach nein?«
»Manchmal kann man nur so, wie man muss.«
»Große Worte.«
»Diesem Traum von einer Stadt angemessen, würde ich sagen.«
Shamaki verdreht die Augen und lacht. »Mein Gott, dich hat's wirklich erwischt …«
»Würdest du die Nummer für mich anrufen?«
»Dein Spanisch ist gut genug, mí corazón.«
»Gut genug fürs Immobiliengeschäft? Da bin ich mir nicht so sicher.«
Seufzend streckt Shamaki die Hand aus. »Na gut, gib schon her.« Mit der Zeitung unterm Arm geht sie zu der von Holz eingefassten Telefonkabine hinter der Rezeption. Rainer sieht, wie sie ein paar Münzen in den Apparat wirft und ihm mit dem Hörer am Ohr den Rücken zudreht. Nach etwa einer Minute legt sie auf und kommt zurück.
»Wir können uns das Haus anschauen.«
»Jetzt gleich?«
»Sí, claro! Es ist nicht weit, etwa zwanzig Minuten zu Fuß. Los, worauf wartest du?«

Das einstöckige Haus befindet sich ein Stück unterhalb des Klosters La Recoleta. Der Besitzer erwartet sie schon. Ein älterer Herr, gebürtiger Bolivianer, der mit seinem rotblonden Haar und den Sommersprossen aber auch als Schotte durchgehen würde und dessen efeuumranktes Haus seit Jahrhunderten in Familienbesitz ist. Durch eine breite Holztür mit Metallklopfer geht es in den ersten von zwei Patios, in dem ein Zitronen- und ein Feigenbaum stehen. Im zweiten Innenhof befinden sich mehrere kleine Hütten, die einst als Speicher und Tierstallungen genutzt wurden, dahinter ein zweistöckiges Nebengebäude mit einer abgewohnten Sala. An dem Haus wurde lange nichts gemacht, die Zimmer sind in keinem guten Zustand, das Bad ist völlig verbaut, doch der Mann will nur vierzigtausend US-Dollar dafür.

Rainer sagt, er müsse darüber nachdenken.

Er solle sich nicht zu viel Zeit lassen, sagt der Besitzer.

Rainer verspricht, sich bis zum nächsten Mittag zu melden.

*

»Du hast *WAS*?«, ruft Wolfgang, als sie eine Woche später beim Griechen in der Darmstädter Rheinstraße sitzen.

»Gekauft hab ich's. Und auch schon bezahlt.«

»Scheiße, Rainer! Und du bist auch ganz sicher, dass du nicht über den Tisch gezogen wurdest?«

»Wieso denn über den Tisch gezogen? Als ob das da unten alles Gangster wären.«

»Das habe ich nicht gesagt, aber …«

»Glaub mir, das ist alles ganz sauber über die Bühne gegangen«, sagt Rainer, denn das ist es wirklich. Gleich am Tag nach der Besichtigung hat er seine Bank mit der Überweisung der Kaufsumme auf ein Treuhandkonto beauftragt, was nicht ganz einfach war – nur durch die Beantwortung zahlreicher Zusatzfragen konnte er seinen Bankberater davon überzeugen, dass er, Rainer Nack, 1950 in Bingen geboren, sich weder in den Fängen eines Drogenkartells befand noch sonst wie in der Klemme steckte. Zur Unterzeichnung des Kaufvertrags bei einem Anwalt in der Altstadt erschien der Verkäufer in Begleitung seiner Frau, einer großgewachsenen Spanierin im Festtagskleid. Auch ihr Mann hatte sich aus dem Ei gepellt. Frisch gestärktes Hemd, dunkelblaue Seidenkrawatte, in der rechten Hand hielt er einen schwarzen Aktenkoffer. Wie sich herausstellte, hatte er den Koffer dabei, um darin die verlangten vierzig Mille zu verstauen, von denen er geglaubt hatte, sie gleich hier und jetzt entgegennehmen zu können, in cash. Er fiel aus allen Wolken, als er hörte, dass ihm der Betrag überwiesen werden sollte. Erst nach einer ausgiebigen Beratung mit seiner Frau auf dem Flur und mehreren aufgeregten Telefonaten am Zweitapparat des Anwalts setzte er seine Unterschrift unter den Kaufvertrag, nicht ohne Rainer noch einen unmissverständlichen Blick zuzuwerfen: *Pass gut auf, mein Junge, ich kenne hier mehr Leute als du, und wenn du versuchst, mich zu linken, kannst du was erleben.* Zwei Tage später war das Geld auf seinem Konto. Rainer bekam den Schlüssel und drehte noch eine Runde durch sein neues Haus, dann flog er mit Shamaki zurück nach Lima und nach einem kurzen Aufenthalt bei Ninan und Valentina weiter nach Frankfurt, und nun ist er Besitzer einer Immobilie mitten in Bolivien, einem Land, von dem er kaum etwas weiß und in dem er niemanden kennt, was ihn in einen solch elektrisierenden Zustand versetzt, dass die olle *Traumtänzer*-Leier seines Bruders ihm zum einen Ohr rein- und zum anderen wieder rausgeht.

Doch auch Jutta, der Rainer sich in den letzten Jahren wieder vorsichtig angenähert hat, meldet Zweifel an. »Das ist ein großer Schritt, Rainer. Hast du dir das auch gut überlegt?«

Der Einzige, der ihn vorbehaltlos unterstützt, ist sein alter Kumpel Johnny. »Lass dir das von niemandem madigmachen, hörst du?«, sagt er am Telefon. »Südamerika, Alter, das wird super. Und wehe, du schreibst keine Postkarte!«

Akribisch plant Rainer seine nächste Reise. Er engagiert einen jungen deutschen Handwerker, der ihn nach Sucre begleitet und bei den Umbauarbeiten des Hauses zur Hand geht. Dirk ist der Sohn des Klempnermeisters, der Jutta und ihm bei der Renovierung des Fachwerkhauses in Niederhofen geholfen hat. Damals war Dirk zwölf oder dreizehn Jahre alt und handwerklich bereits äußerst begabt. Nun ist er in seinen Zwanzigern und ein wahres Allroundtalent: Wasser, Abwasser, Elektronik, Spenglerei und Holzarbeiten, Dirk kann einfach alles.

Sie checken in einem Hostel an der Calvo ein, nicht weit von Rainers neuem Haus entfernt. Die Tage sind der Arbeit gewidmet, nachts machen sie die umliegenden Bars und Kneipen unsicher. Sucre hat die älteste Universität Boliviens, aus allen Teilen des Landes und des Kontinents strömen junge Männer und Frauen in die Stadt, und in den unterschiedlichen Fakultäten gibt es fast jeden Abend ausschweifende Partys und Fiestas. Im Café Berlin, wo sich die europäischen Ausländer treffen, lernt Rainer den Leiter des Goethe-Instituts kennen, Rudi, und über ihn einen Haufen weiterer Leute, darunter einen jungen Architekten, der kurzerhand eine Gruppe Arbeiter zusammenstellt, die Rainer und Dirk bei den Renovierungsarbeiten zur Hand gehen. Sie bauen das Badezimmer um, legen den Kamin im großen Saal frei und gießen das Fundament für einen kleinen Pool im zweiten Innenhof.

Pünktlich zu seinem Geburtstag ist Rainer zurück in Deutschland. Am Morgen des 22. Novembers fährt er zur Firma und reicht seine Kündigung ein. Elf Monate vor seiner zehnjährigen Betriebszugehörigkeit, die ihm Anspruch auf eine Firmenrente gewähren würde, wird er bei FedEx freigestellt. Rainer hat die deutsche Arbeitswelt endgültig hinter sich gelassen.

Von Peselmann wird ihm ein äußerst durchwachsenes Zeugnis ausgestellt, das Rainer seinem Chef mit der handschriftlichen Bemerkung *Not accepted* zurück in die Post steckt. Über Weihnachten und Neujahr fliegen Dirk und er erneut nach Sucre. Sie vollenden die Arbeiten am Haus, anschließend kehrt Rainer ein letztes Mal nach Darmstadt zurück. Er verkauft seine Wohnung und die Möbel, meldet sich beim Einwohnermeldeamt ab und verabschiedet sich bei seinen Freunden und Verwandten.

Als Letztes besucht er seine Mutter in Sindelfingen. Sie setzen sich an den Küchentisch, Herr Baum hockt nebenan vorm Fernseher. Es ist Samstagabend, auf dem Zweiten läuft *Wetten, dass..?*.

»Ich bin gekommen, um mich zu verabschieden«, sagt Rainer, nachdem seine Mutter ihm ein Glas Bier eingeschenkt hat. Verdutzt schaut sie ihn an.

»Wie, was, verabschieden?«

»Ich geh weg. Ich wander aus.«

»Wo gehst du hin?«

»Nach Sucre.«

»Nach wo?«

»Nach Sucre. Bolivien.«

»Bolivien? Das ist doch in Südamerika. Was willst du denn in Südamerika, Bub?«

Rainer hat seiner Mutter nie von seinen Reisen nach Lateinamerika erzählt, sie hat auch nie danach gefragt. Eigentlich weiß seine Mutter überhaupt nichts mehr über sein Leben. Für sie ist er immer noch der verträumte kleine Junge, der sie vor vielen Jahren wegen einer anderen Frau im Stich gelassen hat. Einer Frau, vor der sie ihn im Übrigen immer gewarnt hat.

»Und deine Arbeit? Du hast doch so eine tolle Arbeit.«

»Tja«, sagt Rainer und ringt sich ein Lächeln ab, »ich *hatte* eine tolle Arbeit.«

»Und deine schöne Wohnung?«

Rainers Mutter war noch nie bei ihm in Darmstadt zu Besuch, nicht ein einziges Mal. Sie hat sich auch nie zuvor positiv zu Rainers Job geäußert. Er spürt, wie die Wut in ihm hochkocht.

»Ich *hatte* eine Wohnung. Aber ob die jetzt so *schön* war, das kannst du wohl am wenigsten beurteilen.«

Seiner Mutter schießen die Tränen in die Augen. »Ich weiß nicht, Rainer … Ich versteh dich einfach nicht …«

Aber du solltest mich verstehen, denkt Rainer. Als ich zwanzig war und zur See wollte, da konntest du mich noch aufhalten, aber jetzt nicht mehr. Seine Mutter trocknet sich die Augen mit einem Taschentuch.

»Was fehlt dir nur? Bist du denn nicht glücklich mit deinem Leben? Habe ich dich nicht zu einem gesunden Mann erzogen? Bolivien, so weit weg …«

Nach einer Weile beruhigt sie sich. Sie selbst habe ja auch so eine große Freude am Reisen entwickelt, sagt sie und fängt an, ausgiebig vom letzten Skandinavientrip mit ihrem Martin zu erzählen, bis zu den Lofoten und ans Nordkap sei es gegangen, »und diese Landschaft dort oben, die Fjorde und die Wälder, ein Traum …«.

So plappert sie vor sich hin, als wäre in ihr ein Schalter umgelegt worden, als hätte das Gespräch zuvor gar nicht stattgefunden. Schließlich, nebenan im Wohnzimmer brandet gerade Jubel auf, irgendjemand hat die Saalwette gewonnen, steht Rainer auf.

»Ich muss jetzt los, Mama.«

Verständnislos schaut sie ihn an. Für einen Moment sieht es aus, als wolle sie Einspruch erheben, dann steht sie auf, holt seinen Mantel von der Garderobe und wünscht ihm alles Gute, und das war das.

Im Mai 1997 nimmt Rainer ein letztes Mal die Bahn zum Frankfurter Flughafen. Er hat nur einen schmalen Rucksack dabei. Seine anderen Habseligkeiten – Bücher, Fotoalben und Klamotten, das alte Wurzelholzkästchen und sein burmesischer Wandteppich – sind mit einer Spedition auf dem Seeweg nach Bolivien. Rainer ist sechsundvierzig Jahre und sechs Monate alt. Genau so alt wie sein Vater, als der seine Familie verließ.

Erst am darauffolgenden Nachmittag kam er zurück, tiefe Ringe unter den Augen, das Hemd von Salzrändern überzogen. Camila und Saira waren bei Camilas Mutter in Arpatadó geblieben, drüben auf der anderen Seite des Golfs. Rainer war fast dreißig Stunden weg gewesen.

Sie seien mit ihrer röchelnden Tochter auf dem Schoß im Boot nach Acandí gefahren, sagte er mit matter Stimme, einer Kleinstadt etwa fünfundzwanzig Kilometer südlich der Lodge. »Saira war sehr schwach, und dann hat mit einem Mal ihre Körperspannung nachgelassen. Sie hat sich eingenässt. Ich dachte, es geht zu Ende.«

Wir saßen im Schatten der großen Palme neben der Küche. Newton und Yenifer waren bisher nicht aus Capurganá zurückgekehrt. Ohne das Geklapper und Gebrüll von der Baustelle hatte den ganzen Vormittag eine eigentümliche Stille über dem Grundstück gelegen. Morgens nach dem Aufwachen hatte ich meine drittletzte Lora genommen.

In der Ambulanz in Acandí habe man Saira mit Sauerstoff versorgt und die Eltern ans nächste richtige Krankenhaus verwiesen, sagte Rainer. Das nächste Krankenhaus befand sich in Apartadó, mehr als zwei Stunden mit dem Schnellboot entfernt. Er war zum Pier gerannt und hatte einen Lanchero bekniet, sie über den Golf zu fahren, doch der wollte fünfhunderttausend Pesos für die Überfahrt, die Hälfte davon als Anzahlung. Rainer hatte außer ein paar durchnässten Scheinen in seiner Gesäßtasche kein Geld dabei und bat den Mann, eine Ausnahme zu machen, er würde sein Geld schon bekommen, Ehrenwort. »Du kennst mich doch, ich bin Rainer, der Deutsche von der Tortuga Lodge!«, hatte er gesagt, worauf der

Bootsführer sich umgedreht und angefangen hatte, an seinem Motor herumzuschrauben.

»Empathie ist Luxus in diesem Teil der Welt«, sagte Rainer. »Hier kämpft jeder ums eigene Überleben. Und wenn dabei mal einer auf der Strecke bleibt, dann ist das halt so.«

Ja, okay, und was ist jetzt mit meinem Medikament, dachte ich, und was mit Saira?

»Dann hab ich das Schnellboot der Küstenwache am Pier gesehen. Die Soldaten saßen ein Stück oberhalb in einem Restaurant, lauter Bierflaschen vor sich auf dem Tisch. Der Rangoberste meinte, er würde sehen, was sich machen ließe. Es hat 'ne Weile gedauert, dann bekam er positive Rückmeldung. Wir haben Saira und meine Frau abgeholt und sind los. Saira war bei Bewusstsein, aber nicht ansprechbar, und während der ganzen Fahrt über den Golf sind mir diese schrecklichen Zeilen durch den Kopf gegangen, die ich als Jugendlicher in der Schule auswendig lernen musste: *Dem Vater grauset's; er reitet geschwind / Er hält in Armen das ächzende Kind / Erreicht den Hof mit Mühe und Not / In seinen Armen das Kind war tot* … Kennst du?«

»Nee«, sagte ich.

»*Der Erlkönig*«, sagte Rainer. »Schiller.«

»Goethe«, korrigierte ich ihn.

Sein Blick verhärtete sich. »Ich dachte, du kennst das nicht.«

»*Der Erlkönig* ist jedenfalls von Goethe.« Ich zuckte die Schultern. »Halbwissen und so.«

»Ist ja auch egal«, sagte Rainer und wischte etwas Unsichtbares vom Tisch. »Es war schon am Dämmern, als wir drüben ankamen. Wir sind gleich ins Taxi und weiter nach Apartadó. Saira wurde auf die Intensivstation gebracht, erst gegen Mitternacht durften wir sie sehen. Sie war schwach und sprach sehr leise, aber was sie gesagt hat …« Er unterbrach sich und schluckte. »Sie meinte, wir sollten nicht traurig sein, es ginge ihr schon viel besser. Kannst du dir das vorstellen? *Sie* hat sich *um uns* Sorgen gemacht!«

»Krass«, sagte ich, und: »Ein Glück geht es ihr gut«, und die ganze Zeit dachte ich nur: Wie sieht's aus, hast du mir jetzt etwas mitgebracht oder nicht?

Durch seine verschmierten Brillengläser sah Rainer mich an, und sofort blitzte Anthony Williams' *Young Man* vor mir auf. Oder spielte meine Phantasie mir einen Streich? Steigerte ich mich in etwas hinein, wieder einmal? Aber Rainer hatte mir doch selbst von der Entstehung des Fotos erzählt, in einem Nebensatz, nur wenige Abende zuvor – Wiesbaden, ein Club namens V20 und ein amerikanischer GI, der ihn, nicht aber seinen Buddy Köhler, eines Abends direkt vorm Eingang abgefangen und abgelichtet hatte.

Aber war es tatsächlich möglich, dass er von dem Wirbel um das Bild nichts mitbekommen hatte? Hatte niemand, der ihn kannte, diese Fotografie zu Gesicht bekommen und sich daraufhin bei ihm gemeldet?

Zuerst erschien mir das schwer vorstellbar, doch je länger ich darüber nachdachte, desto plausibler wurde es. Rainer selbst hatte keinen besonderen Bezug zur Fotografie, und er war seit Jahren nicht in Deutschland gewesen. Seine Geschwister und Jugendfreunde waren mittlerweile Ende sechzig, Anfang siebzig oder älter. Diese Leute trieben sich, sofern sie überhaupt noch lebten, wohl kaum auf hippen Fotoausstellungen in New York, Amsterdam oder Berlin herum, geschweige denn auf den Instagramkanälen irgendwelcher Fotografie-Aficionados oder den Twitterkanälen queerer Aktivistinnen von der Columbia University. Und Rainer selbst? Der betrachtete das Internet und die sozialen Medien als eine Seuche, von der er sich, so gut es ging, fernzuhalten versuchte, wovon ich allabendlich Zeugin wurde, wenn er sich in eine seiner Tiraden gegen Mark Zuckerberg oder Elon Musk verstieg.

Nervös strich ich mir das Haar zurück und band mir einen Zopf. Er kann dir deine Gedanken von der Stirn ablesen, dachte ich, er weiß Bescheid, über das Foto und dein Schweigen und deine Gier auf Benzos, er hat dich durchschaut und spielt mit dir, hast du wirklich geglaubt, du kommst damit durch? Mein Bein kribbelte, die Wirkung der morgendlichen Lora nahm langsam ab. Doch ich behielt mein Pokerface bei und ließ ihn weiterreden.

Er habe im Haus seiner Schwiegermutter übernachtet, sagte Rainer, Camila sei bei Saira im Krankenhaus geblieben. »Die beiden waren seit Sairas Geburt noch keine Nacht voneinander getrennt. Das würde meine Frau auch nicht zulassen. Sie bleiben jetzt erstmal eine Weile bei Camilas Mutter, um sich zu erholen.« Er hustete, dann verlor sich sein Blick in der Ferne. »Weißt du, ich nehme schon lange keine Medikamente mehr. Oder nur in äußersten Notfällen. Vor ein paar Jahren habe ich mir bei der Arbeit an einer der Cabañas den linken Fuß angeknackst. Ich musste ins Krankenhaus, der Arzt hat mir ein Antibiotikum verschrieben. Ich wollte das Medikament nicht nehmen, doch der Arzt meinte, ich müsse, wenn ich wieder gesund werden wolle, und zwar mindestens eine Woche lang. ›Der Knöchel ist super verheilt‹, sagt er bei der Nachuntersuchung, ›das Antibiotikum hat gewirkt.‹ Und als ich ihm verklicker, dass ich das Zeug nach zwei Tagen abgesetzt habe, glaubt er mir nicht. Eingeschnappt war der, richtig beleidigt.«

Ja, schön, dachte ich, und?

»Der Astralkörper braucht den physischen Körper als Heimat«, setzte er seinen Monolog fort. »Alles, was der menschliche Körper zur Abwehr braucht, produziert er selbst.«

Ich sah ihn an. Was redete er da? Ich wollte diesen Fascho-scheiß nicht hören. Ich wollte wissen, was mit meinen Pillen war. Rainer nahm seine Brille ab. Er betrachtete die schmutzigen Gläser, dann setzte er die Brille wieder auf.

»Die Pharmaindustrie will uns kontrollieren und von ihren Produkten abhängig machen. Es ist eins der größten Übel unserer Zivilisation. Du bist doch eine intelligente junge Frau, Alena. Mach dich nicht kaputt. Sei stark.«

Halt die Schnauze, dachte ich, halt die Schnauze halt die Schnauze halt die Schnauze, und mit einem Mal verstummte Rainer tatsächlich und sah mich an. Dann lehnte er sich zurück und zog etwas aus seiner Hosentasche. Eine längliche Pappschachtel. Widerwillig, mit sichtlicher Abscheu schob er sie zu mir rüber. *Diazepam* stand in blassblauen Lettern auf der Seite, *10 mg, 20 tabletas.*

»Aber nicht alle auf einmal nehmen«, sagte er und machte Anstalten aufzustehen.

»Vielen Dank«, sagte ich, und dann: »Du bist berühmt.« Es kam einfach so aus mir herausgeschossen.

Rainer hielt in der Bewegung inne. »Wie bitte?«

»DU BIST BERÜHMT«, wiederholte ich, lauter diesmal.

»Ach«, sagte er und machte eine wegwerfende Handbewegung. »Jeder andere Vater hätte dasselbe getan.«

Er hatte mich nicht verstanden. Vielleicht auch besser so, dachte ich und entschied, es vorerst dabei zu belassen. Was hatte es für einen Sinn, das Missverständnis aufzuklären?

»Ich leg mich mal kurz hin«, sagte Rainer. »War ein heftiger Tag. Pass auf dich auf, Alena.«

Dann ging er gebeugt und mit schweren Schritten Richtung Haupthaus davon.

»Du bist aus dem Vaterland?«

Verdutzt dreht Rainer sich um. »Äh, ja. Wieso?«

Sein Gegenüber, ein gedrungener Indio mit langem grauschwarzem Haar und schiefen Zähnen, fängt herzhaft an zu lachen. Sie stehen an der Bar des Café Berlin, Rainer hat bis gerade mit Rudi geplaudert, der sich nun um seine Gäste aus der Kulturszene Sucres kümmern muss.

»Was ist?«, fragt Rainer.

»Dein Gesicht, mein Freund, dein Gesicht!«, ruft der andere.

»Mein Gesicht? Was ist damit?«

»Es ist zu köstlich! Sagt man das so? Entschuldige, mein Deutsch ist etwas … eingestaubt. Oder eingerostet. Aber weißt du was? An irgendwen erinnerst du mich.«

»Ach, hör bloß auf.« Rainer winkt ab. »Das höre ich ständig. Hab wohl so ein Dutzendgesicht.«

»Ein Fußballer oder so. Warte, ich hab's! Der Klinsmann!«

»Hmh«, macht Rainer. »Klinsmann. Damit kann ich leben. Ich bin übrigens Rainer Nack. Neu hier.«

»Ciro«, sagt der andere. »Born and raised in Sucre, Bolivia.«

Ciro war zur Zeit der Banzer-Diktatur in der Studentenbewegung aktiv und ist Anfang der Siebziger nach Deutschland geflüchtet, wo er Politikwissenschaften studierte. Rainer will wissen, wo genau in Deutschland er studiert hat.

»In Mainz.«

»Laber nicht.«

»Kennst du, Mainz?«

»Natürlich. Da bin ich aufgewachsen.«

»Echt?«, ruft Ciro. »Geil!«

Wie sich herausstellt, hat Ciro in denselben Läden getrunken, gekickert und getanzt, in denen nur wenige Jahre zuvor Rainer und seine Freunde unterwegs waren. Seit einem guten Jahrzehnt ist er nun zurück in Bolivien und arbeitet als Schreiner. Er winkt einen Mann mit dunklem zurückgekämmtem Haar und einem schmalen Oberlippenbart herüber, der Rainer förmlich mit Handschlag begrüßt: »Miguel, höchst erfreut.«

Miguel hat ebenfalls ein paar Jahre in Deutschland verbracht, in Dortmund, wo er als Chirurg einige namhafte Spieler des BVB behandelt hat, den Riedle kannte er persönlich. Er ist ein paar Jahre älter als Rainer und Ciro und elegant gekleidet. Dunkle Nadelstreifenhose, weißes Hemd, blank polierte Lederschuhe. Die drei kommen aus dem Plaudern gar nicht mehr raus, eine Story führt zur nächsten, und als die Veranstaltung sich dem Ende zuneigt und sie zu Ciros Stammbar weiterziehen, einer alternativen Studentenkneipe unweit des Mercado Central, deren gigantisches Che-Guevara-Konterfei an der rückseitig liegenden Wand Miguel zu einem spöttischen »Fehlt nur noch der Heiligenschein« veranlasst, da hat Rainer zwei neue Freunde gefunden, die er von nun an fast täglich sieht.

Seit seiner Ankunft in Sucre ein paar Wochen zuvor genießt er das neue und ungebundene Leben im Vorruhestand, auch wenn er das Ganze eher als eine ausgiebige Pause sieht oder als radikalen Neuanfang, der ihn noch sonst wohin führen kann. Er hat einen physischen Abstand zwischen sich und der Welt geschaffen, die ihn hervorgebracht und geformt hat, die Welt des Schweigens und Erduldens, die Welt des ständigen Rede-und-Antwort-Stehens.

Ciro hilft ihm beim Verlegen des Parkettbodens in seinem Haus, Rudi stellt ihm eine Bescheinigung über eine

Tätigkeit im Goethe-Institut aus, dank der Rainer eine Aufenthaltsgenehmigung bekommt, die ihm jedes Jahr problemlos verlängert wird. Morgens trinkt er seinen Kaffee im Bett, anschließend erledigt er kleine Arbeiten am Haus und macht seine Spanisch-Übungen, dann isst er ein leichtes Frühstück und geht zum Fitnessstudio. Nach dem Sport nimmt er seinen Lunch in einer Pension um die Ecke ein, die Nachmittage verbringt er mit einem Buch in der Hängematte oder am Pool, und dann tauchen meist auch schon Ciro oder Miguel auf, um einen Aperitif einzunehmen und mit ihm um die Häuser zu ziehen.

Die beiden könnten unterschiedlicher kaum sein. Miguel, der kultivierte Gentleman aus gutem Hause, der Rainer zu exklusiven Partys und Veranstaltungen mitnimmt und ihm die wichtigsten Personen aus der lokalen Wirtschaft und Kultur vorstellt. Und dann Ciro, der zwei Köpfe kleinere und äußerst trinkfeste Indio, Haare bis zum Arsch und fast so breit wie hoch, der mit seinen Händen arbeitet, Charango-Gitarre spielt und Quechua spricht und der Rainer Zugang zu einem ganz anderen Teil der Gesellschaft verschafft, der Welt der Indigenen und Mestizen, die in Bolivien den größten Bevölkerungsanteil ausmachen. Regelmäßig kriegen die beiden sich über politische und weltanschauliche Fragen in die Haare, genauso schnell aber vertragen sie sich wieder. Es ist eine völlig neue Streitkultur für Rainer, und zum ersten Mal in seinem Leben ist er Teil einer Clique. Die gemeinsamen Abende starten sie meist bei einer Partie Billard im Café Berlin oder im Casa Trulli, dem Ristorante von Alberto, das schnell zu ihrem Stammlokal wird, und alle paar Tage landet er mit einer anderen Frau im Bett.

»Heute mal ganz allein nach Haus, Don Juan?«, sagt Miguel, als die beiden bei einem Absacker an der Bar der Casa Trulli sitzen. Sie sind die letzten Gäste. Alberto ist bereits dabei, die Stühle hochzustellen.

»Tja«, antwortet Rainer. »Vielleicht werde ich langsam alt.«

»Du lässt wirklich nichts anbrennen, oder?«

»Ich genieße das Leben, ist daran etwas auszusetzen?«

»Das habe ich nicht gesagt.«

»Wie sieht's eigentlich bei dir aus?«, sagt Rainer. »Du bist noch gut in Schuss für dein Alter, und die Frauen stehen auf dich, das merkt man.«

»Ach, weißt du …«, beginnt Miguel und hält einen Moment inne. Dann erzählt er Rainer in eigenen Worten, was der schon bruchstückhaft bei Rudi im Café Berlin aufgeschnappt hat. Der Autounfall seiner Frau damals in Dortmund, die schwer grippekrank und im strömenden Regen zu einer Wohnungsbesichtigung unterwegs war, vor der Miguel sich mit einer faulen Ausrede gedrückt hatte, und die dann auf der B54 von einem Tanklaster gerammt wurde und noch auf dem Weg ins Krankenhaus ihren Verletzungen erlag, worauf Miguel nicht nur seine Zelte in Deutschland abbrach, sondern auch seine Karriere als Arzt. Gebrochen und zerfressen von Schuld, kehrte er nach Sucre zurück, seitdem kümmert er sich um seine pflegebedürftige Mutter und verschiedene im Familienbesitz befindliche Immobilien.

»Mein Beileid, Miguel.«

»Schon gut. Und sag nicht, du hörst zum ersten Mal davon. Das zwitschern doch die Vögel von den Dächern. Sagt man das so?«

»Die Spatzen.«

»Die Spatzen, korrekt.«

»Und sie pfeifen.«

»Pfeifen. Klar. Und jetzt trink gefälligst aus, mein Freund, der gute Alberto will ins Bett.«

Rainer fühlt sich wohl in Sucre, willkommen und geschätzt. Man nimmt ihn wahr, und man nimmt ihn ernst. Er beginnt, Freunden und Bekannten von Ciro Englischunterricht zu geben, dann lernt er einen Dekan der *Facultad de Humanidades y Ciencas de Educación* kennen, Hugo, der ihn zu einem Vortrag über seine Reisen einlädt. Es wird ein wunderbarer Abend mit liebevoll vorbereiteter Diashow im größten Hörsaal der Uni und einem Interview im lokalen Fernsehsender, auf das Rainer noch Wochen später von den Verkäuferinnen in der Tienda an der Ecke und von Wildfremden auf der Straße angesprochen wird. Auf einmal scheint in seinem Leben alles möglich. Er lässt sich ein Mandala auf den Oberarm stechen, nimmt an einem Kochkurs teil und beginnt, in seinem Haus Dinnerpartys auszurichten – erst nur für sich und seine engsten Freunde, dann auch mal für größere Runden von acht bis zehn Personen. Er kauft sich einen Oldtimer, einen weißen Ford Customs mit geteilter Windschutzscheibe von 1950, seinem Geburtsjahr, erkundet das Land und den Kontinent, fliegt zu Shamaki und ihrer Familie nach Lima und unternimmt Reisen nach Paraguay, Chile und Argentinien, wo er sich von einem Gebrauchtwarenhändler einen hellblauen 56er BelAir Celeste andrehen lässt, den er mit Gewinn an eins der mondänen Hotels an der Plaza 25 de Mayo in Sucre weiterverkauft. Bei seinem nächsten Besuch in Buenos Aires ergattert er einen 46er Chevrolet und einen DeSoto von 1936. Über seinen Kumpel Johnny nimmt er Kontakt zu einem Gebrauchtwagenhändler in Rosenheim auf, der sich auf amerikanische Oldtimer spezialisiert hat. Rainer lässt die Wagen nach Deutschland verschiffen, und kurz entsteht ein alter Kitzel, der ihn an seine wilden Anfangsjahre als Jeansvertreter erinnert, doch da einige Teile der Wagen nicht original sind, weigert der Händler aus Rosenheim sich, den vollen Preis zu zahlen, so dass Rainer, der sich mit Autos eigentlich gar nicht auskennt, seinen kleinen Oldtimerhandel wieder aufgibt.

Im Juni oder Juli, wenn es in Sucre kalt wird, fliegt er in den Norden, meist an die Karibikküste Kolumbiens, wo er gleich mehrere Affären unterhält. Consuela lernt er in einem Restaurant in Cartagena kennen. Eine attraktive Schwarze von Ende zwanzig in Kostüm, Bluse und High Heels, die ihm schräg gegenübersitzt. Sie kommen ins Gespräch. Consuela ist Juristin bei einem Ship Chandler in Barranquilla und beruflich in der Stadt.

»Du hast schöne Augen«, sagt Rainer zu ihr, auf Spanisch, nur dass er statt *ojos*, Augen, versehentlich das Wort *ochos* verwendet, Achten, worauf Consuela aus vollem Halse loslacht. Er habe soeben den Straßenausdruck für die weibliche Brust verwendet, erklärt sie ihm und dass er die Unverschämtheit mit einem Drink an der Bar wiedergutmachen könne. Sie verbringen die Nacht in ihrem Hotelzimmer, ein paar Wochen später begleitet Rainer sie übers Wochenende nach Santa Marta, wo Bekannte von Consuela ein Apartment haben. Rainer nennt seine neue Affäre *Mí abogada*, meine Anwältin, während Consuela ihn gerne mit *Mr Englishman* anredet, eine Referenz an den Popsänger Sting, an den Rainer sie erinnert, es ist als Kompliment gemeint.

Ende 1999 besucht sie ihn in Sucre. Gemeinsam mit Ciro, Miguel und vielen weiteren Freunden begrüßen sie bei einem rauschenden Fest in Rainers Haus das neue Jahrtausend.

»Verdammt, die Lady hat Feuer«, sagt Ciro mit einem Blick auf Rainers *Anwältin*, die ein paar Meter weiter in einer Runde von Männern und Frauen aus der Nachbarschaft steht und fröhlich lachend den Kopf in den Nacken wirft. »Und offenbar ein ausgesprochenes Talent zum Glücklichsein. Du solltest sie heiraten.«

Rainer verzieht den Mund. »Danke, kein Bedarf. Ich war schon mal verheiratet.«

»Ich weiß, na und? Ich auch. Zweimal sogar.«

»Lass mich raten: beide Male ein voller Erfolg?«

»Nun ja«, antwortet Ciro. »Aber die Hochzeitspartys waren Bombe.«

»Kann ich von meiner leider nicht behaupten.«

»Dann bist du die Sache vielleicht nicht richtig angegangen.«

»Tell me something I didn't know.«

Ciro lacht. »Aber diese Frau, mein Freund? Ein Knaller! Hauptgewinn!«

Rainer wirft einen Blick auf Consuela. Ciro hat recht. Wie sie da mit diesen ihr bis vor wenigen Minuten noch gänzlich fremden Menschen zusammensteht und lacht und mit den Füßen zu den Tinku-Rhythmen auf der Stelle tanzt, die aus dem großen Saal nebenan herüberschallen, ihre unfassbare Energie und diese positive Ausstrahlung – seine *Anwältin* bringt jeden Raum zum Leuchten.

»Trotzdem«, sagt er zu Ciro. »Für mich ist gerade alles gut so, wie es ist. Außerdem will sie hundertprozentig Kinder.«

»Was hast du denn gegen Kinder?«

»Nichts, gar nichts.«

»Kinder sind super!«

»Bestimmt.«

»Kinder sind die Zukunft!«

»Kinder sind die Zukunft, Kinder sind super«, sagt Rainer, »aber doch nicht mehr in meinem Alter.«

Dann wird er von Consuela rübergewunken und auf die Straße gezogen, wo gerade eine Gruppe Musiker mit Trommeln, Flöten, Charangos und Zampoñas vorbeizieht, in ihrem Gefolge mehrere bunt geschmückte Saya-Tänzerinnen.

Nachrichten aus Deutschland verfolgt Rainer in dieser Zeit allenfalls sporadisch. Offenbar hat Mia sich endlich vom Vogl getrennt. Rainers Bruder zufolge war es ein hässlicher Rosenkrieg, der sich über Jahre hinzog. Wolfgang selbst hat im Frankfurter Bahnhofsviertel eine Frau aus Vietnam kennengelernt, die kurzzeitig bei ihm einzog, dann aber überraschend in ihr Heimatland zurückkehrte. Rainers Mutter lebt immer noch mit ihrem Herrn Baum in Sindelfingen, sie haben sich ein Wohnmobil angeschafft, mit dem sie kreuz und quer durch Europa tingeln. Johnny und Doro sind nach wie vor am Tegernsee, wo Johnny sich mit einer chronischen Lungenerkrankung und anderen gesundheitlichen Wehwehchen rumschlägt, und in Bonn und Berlin ist seit über einem Jahr eine rot-grüne Bundesregierung im Amt, mit dem ehemaligen Sponti Joschka Fischer als Vizekanzler und Außenminister.

Auf der Silvesterparty hat Rainer festgestellt, wie viel Spaß es ihm macht, Leute zu bewirten und miteinander bekanntzumachen. Noch wochenlang bekam er positives Feedback auf den Abend. Von nun an veranstaltet er regelmäßig kleine Fiestas in seinem Haus, zwanglose Zusammenkünfte mit wechselnden Gästen, und für November plant er eine große Party mit Ciro und Miguel, die beide im selben Monat wie er Geburtstag haben. Sie laden die halbe Stadt ein, räumen den gesamten unteren Bereich des Hauses leer, organisieren eine Liveband und einen DJ und verpflichten ein Cateringunternehmen, das Tapas und Snacks serviert und im zweiten Patio eine richtige Bar aufbaut. Rainer hat sich rasiert und in Schale geschmissen, und während seine Freunde sich ins Getümmel stürzen, das Tanzbein schwingen oder sich mit ihren Freunden die Kante geben, geht er ganz in der Rolle des Gastgebers auf, der hier und da auf einen Schwatz stehen bleibt, dem Barpersonal zur Hand geht und insgesamt ein Auge darauf hat, dass alles reibungslos über die Bühne geht und alle Anwesenden eine gute Zeit haben. Es ist Rainers fünfzigster Geburtstag und der erste seit Jahrzehnten, den er mit Ausgelassenheit begeht. Sogar Johnny und Doro haben sich angekündigt, sie mussten aber kurzfristig absagen – Johnny geht es nicht gut, sein COPD, dazu nun auch noch Probleme mit der Bandscheibe.

Jutta hingegen ist gekommen. Es ist ihre erste Reise nach Südamerika, sie bleibt drei Wochen. Ein paar Tage nach der Geburtstagssause brechen sie zum Madidi-Nationalpark auf. Sie unternehmen Ausflüge nach Tiwanaku und La Paz und gondeln in Rainers altem Ford durch Sucre, doch es ist keine gute Zeit für die beiden. Während ihrer Ehe haben sie die meisten Erfahrungen auf Reisen gemeinsam gemacht und sich gegenseitig ergänzt, nun aber hat Rainer seiner Exfrau spürbar etwas voraus. Jutta spricht kaum Spanisch, alles ist ihr suspekt. Das schöne alte Kolonialhaus, der schicke Oldtimer, seine lebenslustigen und unkomplizierten Freunde und das Wesen der Lateinamerikaner im Allgemeinen, denen ihr zufolge die Tiefe und Spiritualität der Menschen in östlichen Ländern abgeht – »Die wollen doch alle nur ficken.« Auch die von Rainers wechselnden Liebschaften im Badezimmerschrank zurückgelassenen Hygieneartikel bleiben nicht unkommentiert. Ein *richtiger kleiner Macho* sei er geworden, mit seiner *Angeberkarre* und der *Muckibude* und all den *Schicksen* und *Putas*, überhaupt sein *gockelhaftes Gehabe* und wie er hier *den dicken Max* markiere, das schreie ja wohl alles nach *Midlife-Crisis* und *emotionaler und geistiger Leere*.

Könnte da etwas dran sein? Und wennschon. Ist es vielleicht besser, rotweinstrack und früh verspießt im Main-Tauber-

Kreis zu versauern und den alten Zeiten hinterherzuweinen? Rainer kann das Genörgel nicht mehr hören, die Eifersüchteleien und den billigen Moralismus, und als er Jutta nach drei langen Wochen zum Flughafen fährt, da ist er froh, diesen Schatten aus der Vergangenheit endlich wieder los zu sein. Er ahnt noch nicht, dass auch seine Zeit in Sucre sich langsam dem Ende zuneigt.

*

Ein kühler Dienstagabend Mitte September. Rainer ist auf dem Weg nach Hause, als er plötzlich das Gefühl hat, beobachtet zu werden. Den Abend hat er mit Ciro und Miguel in der Casa Trulli verbracht und über die Terroranschläge in den USA und den Einsturz der Twin Towers diskutiert. »Da haben die Amis mal ihre eigene Medizin zu schmecken bekommen«, hat Ciro gemeint, worauf Miguel sagte, Ciros Antiamerikanismus sei nur noch vulgär, und die beiden so erbittert zu streiten anfingen, dass Alberto sich einschalten und sie um Mäßigung bitten musste – »Ihr seid hier im Restaurant nicht alleine!«

Rainer bleibt stehen und dreht sich um. Dunkel und still liegt die Straße da, nur ein paar Laternen sorgen für schummriges Licht. Er zieht den Reißverschluss seiner Strickjacke hoch, steckt die Hände in die Hosentaschen und geht weiter. Plötzlich hört er Schritte hinter sich, und als er sich erneut umdrehen will, spürt er eine Hand an seinem Kehlkopf. Jemand rammt ihm das Knie in den Rücken, Rainer geht zu Boden.

Als er wieder zu sich kommt, findet er sich auf dem Pflaster wieder. Sein Geld und der Schlüsselbund sind weg. Wie lange war er ohne Bewusstsein? Sein Hals fühlt sich taub an, er kann nicht schlucken. Mühsam rappelt er sich auf und schleppt sich die Straße hoch zu seinem Haus. Er holt den Ersatzschlüssel aus dem Blumenkasten und legt sich aufs Sofa. Im Liegen wird sein Hals noch mehr abgeschnürt, Rainer kriegt kaum Luft, also ruft er ein Taxi und lässt sich ins Krankenhaus fahren, wo man ihm eine Spritze gibt und ihn wieder nach Hause schickt.

Am nächsten Tag sucht er in Begleitung von Miguel einen Spezialisten auf, der ein fettes Hämatom am Kehlkopf feststellt und eine Verletzung der Stimmlippen. Der Arzt erteilt ihm ein zweiwöchiges Sprech- und Sportverbot, insgesamt soll er eine Weile halblang machen und seinem Körper die Chance geben, sich zu erholen.

Rainer verschanzt sich in seinem Haus und denkt nach.

Wochen später, am Tresen einer Hotelbar an der Plaza de Armas. Rainer hat Ciro und Miguel um ein Treffen gebeten und ihnen soeben von seinen Überlegungen erzählt, sein Haus zu verkaufen und die Stadt zu verlassen. Ciro ist außer sich.

»Unser Haus? Du willst UNSER HAUS verkaufen?«

»Es ist immer noch *mein* Haus, Kollege.«

»Aber unsere schönen Feiern dort und …« Ciro ringt um Worte. »Wir wollten doch auch noch die Fenster machen!«

Damit, dass die Fenster mal erneuert werden müssten, liegt Ciro ihm seit Jahren in den Ohren. Rainer hat die Sache immer vor sich hergeschoben.

»Ich werd dem neuen Besitzer einen Tipp geben, dass er sich wegen der Fenster bei dir melden soll, okay?«

»Neuer Besitzer?« Ciro wirft Miguel einen hilfesuchenden Blick zu. »Der Kerl ist verrückt geworden.«

Die beiden geben sich alle Mühe, ihren Freund zu beruhigen und ihm gut zuzureden, doch auch wenn der gestohlene Haustürschlüssel vermutlich längst im ausgetrockneten Flussbett des Río Quirpinchaca oder auf irgendeiner Müllkippe vergammelt, Rainer fühlt sich nicht mehr wohl in der Stadt. Die Ruhe und der Frieden sind dahin, die ganze schöne Leichtigkeit. Vor allem aber braucht er eine Aufgabe, ein neues Projekt, etwas, das seinem Leben einen Sinn und ihm etwas zu tun gibt. Wochenlang hat er sich jetzt den Kopf darüber zerbrochen, was das sein könnte, und ist zu dem Entschluss gekommen: ein Gästehaus. Etwas Kleines, mit Liebe Gemachtes, am besten irgendwo am Meer, das Rainer hier, sechshundert Kilometer Luftlinie vom Pazifik entfernt, so sehr vermisst.

Wie es denn mit Costa Rica oder Panama wäre, fragt Miguel, als er eingesehen hat, dass Rainer es ernst meint.

»Würde ich mir mal anschauen.«

»Gib mir Bescheid, dann komm ich mit. Aber jetzt müsste ich langsam mal was essen.«

Beim Verlassen der Bar kommen ihnen zwei Frauen entgegen. Die jüngere der beiden bleibt vor Rainer in der Schwingtür stehen und schaut ihn an.

»Oh, du hier?«, sagt Rainer auf Spanisch. »Wie geht's?«

Die Unbekannte lacht. »Gut, danke.«

Sie ist halb so alt wie er und einen ganzen Kopf kleiner. Langes blondes Haar, volle Lippen, dezentes Make-up und zwei große Creolen in den Ohren.

»Das sind meine Freunde Ciro und Miguel«, sagt Rainer. »Wir wollten gerade was essen gehen. Habt ihr Lust, uns zu begleiten?«

Wenige Minuten später sitzen sie zu fünft an Albertos bestem Tisch auf der Veranda der Casa Trulli. Bei den Frauen handelt es sich um Nichte und Tante, sie kommen aus Venezuela und sind zu Besuch bei Verwandten in Sucre. Liseth, die Nichte, sitzt rechts neben Rainer und legt ihm beim Sprechen immer wieder wie zufällig die Hand aufs Knie. Liseths Stiefvater ist in Sucre aufgewachsen. Miguel kennt die Familie. Natürlich, Miguel kennt jeden in der Stadt.

»Wie ich höre, betreibt Señor Mendoza eine Privatklinik in der Nähe von Maracay, korrekt?«

»Korrekt«, antwortet Liseth. »Ich arbeite dort.«

»Als Ärztin?«

»Nein, als Juristin.«

Miguel wirft Rainer einen Blick zu. *Schon wieder eine Juristin.* »Auch nicht schlecht«, sagt er zu Liseth. »Ihr Stiefvater soll ja mit Schönheits-OPs und Abtreibungen zu viel Geld gekommen sein.«

Die Tante, Paola, senkt verlegen den Blick. Liseth hingegen lächelt. »So ist es!«, ruft sie und hebt das Glas: »Auf die Freiheit!«

*

Als Rainer das Flugzeug verlässt, fängt er sofort an zu schwitzen. In Caracas herrscht eine Affenhitze, und es ist deutlich schwüler als in Sucre. Er holt seinen Rucksack vom Gepäckband, passiert die Passkontrolle und verlässt den Sicherheitsbereich. Liseth erwartet ihn beim McDonald's in der Empfangshalle. Sie trägt ein knappes blaues Kleid und Pumps und begrüßt ihn mit Küsschen links-rechts.

Nach dem Abend bei Alberto ist zwischen den beiden nichts gelaufen, was wohl der Anwesenheit ihrer Tante Paola geschuldet war. Immerhin aber haben sie E-Mail-Adressen ausgetauscht, und schon ein paar Tage später, Rainer saß gerade im Internetcafé und schaute nach günstigen Flügen nach

San José oder Panama City, bekam er eine Chat-Einladung von Liseth. Sie war zurück in Venezuela. Rainer erzählte ihr von seinen Reiseplänen, worauf in seinem Chatfenster ein Foto aufpoppte, das einen paradiesischen Strand mit türkisfarbenem Wasser zeigte. *La playa de Choroní*, schrieb Liseth. *Viel besser als Costa Rica oder Panama, glaub mir.* Zwanzig Minuten später hatte Rainer den Flug nach Caracas gebucht.

Liseth führt ihn zu einem schwarzen Jeep Cherokee auf dem Parkplatz, in dem ihre Mutter und deren Chauffeur auf sie warten. Carmen Mendoza ist etwas jünger als Rainer. Enger Hosenanzug, großes Dekolleté, lange aufgeklebte Wimpern, aufwendig onduliertes Haar. Nach zweieinhalb Stunden Fahrt erreichen sie das Anwesen der Mendozas am Lago de Valencia, ein von Mauern und NATO-Draht umgebenes Haus mit gepflegtem Garten und Pool, wo sie von Liseths Stiefvater empfangen werden, der Rainer mit seiner jovialen und leicht herablassenden Art an seinen Exschwager Roland Vogl erinnert. Nach einem mehrgängigen, von Bediensteten in weißen Schürzen servierten Abendessen sitzen sie noch bei einem Glas Whisky auf der Terrasse und reden über den gescheiterten Putschversuch gegen Hugo Chávez, den Generalstreik der Erdölarbeiter und das gegen Chávez angestrengte Referendum, in das die Mendozas, die sich zur Elite des Landes und damit zu den erklärten Gegnern des sozialistischen Präsidenten zählen, große Hoffnung setzen.

Es ist schon spät, als Liseth Rainer das Gästezimmer zeigt. Liseth hat eine eigene Wohnung ein paar Straßen weiter, doch da es dort keine Hausangestellten gibt und sie nicht kochen kann, übernachtet sie die meiste Zeit in ihrem Jugendzimmer im Haus der Eltern. Bevor sie die Zimmertür von außen schließt, drückt sie sich mit ihrem Oberkörper fest an ihn und gibt ihm einen Kuss auf die Wange.

Die nächsten Tage verbringen sie mit Besichtigungstouren in die nähere Umgebung, nach Maracay und Valencia, an den See und in die Berge. Obwohl Liseth ein eigenes Auto hat, einen knallroten Jeep Renegade, lassen sie sich vom Chauffeur der Mutter fahren, die die meiste Zeit ebenfalls dabei ist. Carmen Mendoza ist das Realität gewordene Klischee einer gelangweilten Millionärsgattin. Auf dem Rücksitz des Cherokee bezirzt sie ungeniert den deutschen Gast, wovon ihre Tochter, der auf den gewundenen Straßen und Pisten schnell schlecht wird und die deswegen stets vorne neben dem Fahrer sitzt, nichts mitzubekommen scheint. Beim Halt an einer Tankstelle, Liseth ist mit dem Chauffeur ausgestiegen, um ein paar Softdrinks zu holen, lädt ihre Mutter Rainer zu einer Spritztour mit ihrem Chopper ein. »Nur wir beide«, säuselt sie und streicht ihm sanft über das nackte Knie. Rainer kommt sich vor wie in einer dieser südamerikanischen Seifenopern, die Miguel so gerne guckt. Er stellt sich dumm, redet irgendwelchen Stuss und ist heilfroh, als Liseth mit einem Sixpack Cola zurückkommt.

Am Wochenende begeben Liseth und er sich endlich auf den Kurztrip ans Meer, wegen dem Rainer eigentlich hergekommen ist. Nach gut zwei Stunden Fahrt über die Serpentinen des Parque Nacional Henri Pittier und weiter nach Norden, mit heruntergelassenen Fenstern und einer CD von Christina Aguilera auf voller Lautstärke, erreichen sie Choroní und stürzen sich in die Wellen. Danach schlendern sie durch das von sanften Hügeln umgebene Dorf und halten nach interessanten Immobilien für Rainers Gästehaus Ausschau. Es muss nichts Großes sein, ein paar Zimmer würden ihm schon reichen, mit angeschlossenem Café vielleicht und einem kleinen Privatbereich für ihn selbst.

Unweit des Malecón stoßen sie auf ein altes, halb verfallenes Kolonialgebäude. Der Besitzer, ein freundlicher Herr mit Gehstock, wohnt gleich nebenan. Er lädt sie zu Kaffee und Gebäck auf seine Veranda ein, will aber leider nicht verkaufen und hat auch sonst keine Tipps für in Frage kommende Immobilien. Viel Leerstand gebe es in Choroní nicht, sagt er, und auch wenn Rainer nicht genau sagen kann, woran es liegt, der Ort scheint für sein Vorhaben nicht der richtige zu sein. Da es schon spät ist und die Fahrt über die Serpentinen in der Dunkelheit nicht ungefährlich, nehmen Liseth und er sich ein Zimmer in einer Posada am Strand. An der Rezeption besteht Liseth noch auf ein Doppelzimmer mit getrennten Betten, kaum haben sie aber die Zimmertür hinter sich geschlossen, fallen sie übereinander her.

Später liegt Rainer neben ihr auf dem Rücken und starrt an die Decke. Etwas an der Situation kommt ihm falsch vor, und es ist nicht der Altersunterschied. Dass er als mittelalter und vergleichsweise wohlhabender Europäer Chancen bei deutlich jüngeren Frauen hat, weiß er seit seiner Ankunft in Südamerika vor fast fünf Jahren durchaus zu schätzen. Und doch empfindet er ein eigenartiges Gefühl von Skrupel. Er muss an Liseths Mutter denken, an ihre Tante Paola und an den Stiefvater und spürt eine unangenehme Schwere in der Brust, die ihn nicht schlafen lässt. Mitten in der Nacht steht er auf und legt sich in das andere Bett, wo ihm endlich die Augen zufallen. Am nächsten Tag fahren Liseth und er zurück nach Norden. Am Busterminal in Maracay lässt Rainer sich absetzen, um sich auf seine eigene Expeditionstour nach Osten zu begeben.

*

Das Gebäude steht an der Avenida Las Margaritas, die vom Hafen direkt ins Zentrum führt. Ein zweistöckiges Kolonialhaus, nicht unähnlich dem in Sucre, nur ungleich größer. Rainer probiert verschiedene Türen, alle verschlossen. Er bahnt sich einen Weg durch das Gestrüpp auf dem Vorplatz, klettert über Bauschutt und Müllsäcke und schiebt sich ein paar der herumliegenden Holzlatten zurecht, um einen Blick durch eines der wenigen nicht mit Brettern vernagelten Fenster zu werfen. Durch zahlreiche Löcher im Gebälk schießen dünne Sonnenstrahlen in das Innere des Gebäudes, im Patio wachsen wilde Büsche aus dem Boden. Das Haus muss ein gutes Dutzend Zimmer haben und einen zweiten Innenhof weiter hinten. Rainer klopft sich den Staub von den Klamotten, dann macht er sich auf den Weg zurück zu seinem Hostal im Zentrum.

Seine Expeditionstour hat ihn zunächst zurück nach Caracas und dann in kleinen Etappen immer weiter die Küste entlanggeführt, bis er hier in La Confianza ankam, einem Fischerdorf am nordöstlichen Zipfel Venezuelas, das ihm sofort gefiel. Der malerische kleine Hafen, die gepflegten und von knochigen alten Bäumen umgebenen Plazas und die im Schachbrettmuster angelegten Straßen, deren Häuser laut Stadtverordnung nicht höher sein dürfen als die Palmen. La Confianza lebt vom Kakao-Anbau, der Fischerei und einem sanften Tourismus. Es herrscht eine ruhige, fast zeitlose Atmosphäre. *Gib mir nichts, lege es mir in die Hände*, erinnert er sich an das von Shamaki zitierte peruanische Sprichwort. Er beginnt, Erkundigungen einzuholen.

Das fragliche Haus stehe seit Jahren leer, sagt der Wirt seines Hostals und dass es nach dem Tod des Besitzers Streit zwischen den Erben gegeben habe. »Seitdem dient es als illegaler Schuttabladeplatz. Eine Schande.«

»Und diese Erben, haben Sie da vielleicht einen Kontakt für mich?«

Sie für ihren Teil seien zum Verkauf bereit, sagt der Sprecher einer der beiden Erbparteien, den Rainer zwei Tage später in seiner Hacienda ein Stück außerhalb der Stadt am Río Orinoco besucht, von wo aus der Mann ungeklärten Geschäften nachgeht. Wie das mit dem anderen Teil der rechtmäßigen Erben aussehe, das müsse Rainer allerdings selbst herausfinden.

In einer vierundzwanzigstündigen Odyssee mit unterschiedlichen Bussen und Taxis kehrt Rainer zum Lago de Valencia zurück. Unterwegs versucht er mehrmals, Liseth zu erreichen, die aber weder auf seine Anrufe noch auf E-Mails reagiert. Müde und abgekämpft erreicht er am frühen Abend das Haus der Mendozas. Liseths Tante öffnet die Tür.

»Ich kann dich leider nicht reinlassen, Rainer. Am besten du nimmst deine Sachen und drehst gleich wieder um.« Paola deutet auf den Rucksack, den Rainer vor dem Trip nach Choroní im Gästezimmer hat stehen lassen und der nun wie ein nicht abgeholter Müllsack neben ihr im Hausflur liegt.

»Was ist denn los?«

»Die Patróna.«

»Carmen? Was ist mit ihr?«

»Sie liegt seit Tagen im Bett und ist kaum ansprechbar. Die Familie ist sehr besorgt um ihren Zustand.«

»Das tut mir leid. Was hat sie denn?«

»Das kann ich dir nicht sagen, aber du musst jetzt gehen, sofort.«

»Soll ich später wiederkommen?«

»Du bist hier nicht mehr willkommen, Rainer. Bitte, tu mir den Gefallen und geh jetzt, geh.«

Er versteht die Welt nicht mehr. »Und was ist mit Liseth?«
»Es tut mir leid. Ich ruf dir jetzt ein Taxi. Mach's gut.«

*

Liseth ist schon da, als Rainer in dem Food-Court der Mall unweit der Stierkampfarena ankommt, in der sie sich verabredet haben. Völlig benommen hat er sich tags zuvor zurück nach Maracay fahren lassen und ein Zimmer in einem billigen Hotel am Busbahnhof genommen, von dem aus er erneut versuchte, Liseth zu erreichen. Beim dritten Versuch nahm sie endlich ab. Sie war abweisend und kurz angebunden, erklärte sich aber zu einem Gespräch am kommenden Vormittag bereit. Nun sitzt sie mit einer Bloody Mary, Kopftuch und Sonnenbrille an einem Tisch ganz außen. Rainer bestellt eine Cola am Tresen und setzt sich zu ihr.

»Liseth?«

»Hallo, Rainer.«

»Wie geht's?«

»Gut.«

»Echt? Mir nicht so.«

»Mir auch nicht.«

»Na, sieh einer an.«

»Schwül heute, findest du nicht? Ich hab furchtbare Migräne, den ganzen Morgen schon.«

»Das tut mir ausgesprochen leid.«

»Danke. Geht schon.«

Rainer schaut sie an. »Wie sieht's aus, sollen wir noch länger übers Wetter reden, oder willst du mir einfach mal sagen, was hier eigentlich los ist?«

Liseth nestelt an ihrer Sonnenbrille und dem Kopftuch herum und nuckelt geräuschvoll an ihrem Strohhalm, bevor sie, eingeleitet von einem theatralischen Seufzen, endlich anfängt zu reden. Ihre Mutter. Carmen. Als Liseth aus Choroní zurückkam, sei diese ganz aufgebracht und dünnhäutig gewesen. Irgendetwas stimme nicht mit diesem Deutschen, habe sie gesagt und entschieden, einen Santero kommen zu lassen, dem sie Rainers Namen und seine Geburtsdaten gab. Die Daten hatte sie aus seinem Pass, den Rainer in seinem Rucksack im Gästezimmer zurückgelassen hatte, so wie er es mit Originaldokumenten auf Reisen durch Südamerika meistens macht. Was genau dieser Santero ihrer Mutter erzählt habe, sie wisse es nicht, sagt Liseth, seine Worte aber müssten dermaßen schockierend gewesen sein, dass Carmen sich ins Schlafzimmer eingeschlossen habe und zwei Tage nicht mehr herausgekommen sei, worauf ihr Stiefvater, der den spiritistischen Praktiken seiner Frau sonst rein gar nichts abgewinnen könne, Liseth jeglichen Kontakt zu Rainer untersagt habe. Und da sei sie eben verunsichert gewesen, immerhin sei sie in der Klinik des Stiefvaters beschäftigt und könne dort keinen Ärger gebrauchen, auch nicht mit ihrer Mutter, so *loco* die auch manchmal sein könne.

»Deine Mutter manipuliert dich«, sagt Rainer.

Liseth nimmt ihre Sonnenbrille von der Nase und legt sie auf den Tisch. »Warum sollte sie das tun? Meine Mutter ist meine beste Freundin.«

»Ist das dein Ernst?«

»Natürlich. Wieso?«

»Das kann nicht sein.«

»Wie meinst du das?«

»Ich meine, dass deine Mutter …« Rainer macht eine Pause. »Eltern sind Eltern, und Kinder sind Kinder«, sagt er schließlich. »Wo sie sich gegenseitig als beste Freunde dienen sollen, da ist etwas im Argen.«

Liseth fängt an zu weinen. Rainer rückt mit dem Stuhl heran und nimmt sie in den Arm. Schluchzend drückt Liseth sich an seine Brust. Rainer streicht ihr über den Kopf, bis sie sich von ihm löst und geräuschvoll in ein Taschentuch schnäuzt. Auf seinem weißen Hemd ist ein dicker Mascara-Fleck zurückgeblieben.

»Es tut mir so leid, Rainer.«

»Schon gut.«

»Lass es uns nochmal miteinander probieren, okay?«

»Okay.«

»Erstmal heimlich.«

»Heimlich?«

»Nur bis die Aufregung sich gelegt hat und Gras über die Sache gewachsen ist«, sagt Liseth und wischt sich die Augen trocken. »Wenn unser Kind erstmal da ist, wird meine Mutter sich schon beruhigen und dich als meinen Partner akzeptieren.«

Kind? Welches Kind?, denkt Rainer, und: Ist die so blöd, oder tut sie nur so? Doch er beißt sich auf die Unterlippe und sagt nichts. Er braucht Liseth noch, um den Hauskauf in La Confianza über die Bühne zu bringen.

Tags drauf fährt er zurück nach Caracas. Er nimmt sich ein Zimmer an der Plaza El Venezolano, streunt durch die Stadt, besucht verschiedene Salsa-Bars und geht ins Kino, dann nimmt er eine Maschine nach San José, wo er Miguel trifft, um mit ihm Costa Rica zu erkunden, so wie sie es noch in Sucre verabredet haben. Während die beiden mit einem Mietwagen die schönsten Strände des Landes abklappern, gelingt es Liseth, Kontakt zum anderen Teil der verfeindeten Erbparteien aufzunehmen. Die beiden Lager sind zu einer Einigung bereit, sie haben sich sogar schon auf einen Kaufpreis verständigt, umgerechnet fünfundzwanzigtausend Dollar für Haus und Grundstück.

Nun, wo er ein potenzielles neues Zuhause gefunden hat, ergibt die Costa-Rica-Reise für Rainer keinen Sinn mehr. Statt wie ursprünglich nach Panama weiterzureisen, beschließt er, nach San José zurückzukehren und von dort den nächsten Flug nach Caracas zu nehmen. Um von den venezolanischen Schwarzmarktpreisen für ausländische Devisen zu profitieren, plündert Rainer die Geldautomaten von San José, bis er die benötigte Summe in US-Dollar zusammenhat. Das Bündel an Zwanzig-, Fünfzig- und Hundert-Dollar-Noten ist zu groß, um es unbemerkt im Handgepäck einzuführen, also geht er in den Supermercado, kauft eine Rolle Paketband und verteilt die Scheine an seinem Körper, in den Kniekehlen, unterm Hüftgürtel, in den Turnschuhen.

Ob er etwas anzumelden hätte, will der Beamte bei der Passkontrolle in Caracas wissen.

Rainer verneint.

Der Beamte schaut ihn misstrauisch an. Hinter ihm steht ein finster dreinblickender Soldat. Olivgrüne Uniform, hohe Lederstiefel, Maschinengewehr über der Schulter.

Er sei Tourist, sagt Rainer mit extrahartem Akzent, den Rucksack fest an sich gepresst. Niemals das Gepäck aus den Augen lassen, hat Liseth ihm eingebläut, da würde an der Grenze sonst schnell mal etwas entnommen oder, noch schlimmer, hineingepackt. Er legt den ausgefüllten Zollschein auf den Tisch und lächelt. Er kann seinen eigenen Schweiß riechen. Verdammt. Ein jeder hier muss sehen, was er im Schilde führt.

Er würde gerne mal einen Blick auf das Gepäck werfen, sagt der Beamte. Er öffnet die Schlaufe von Rainers Rucksack, wirft einen Blick hinein und wühlt in der schmutzigen

Wäsche herum. Während Rainer den Rucksack wieder verschließt, mustert der Beamte ihn von oben bis unten. Schließlich nickt er leicht mit dem Kopf, Rainer darf passieren.

Auf der Fahrt ins Hotel unterrichtet Liseth ihn vom Stand der Dinge in Sachen Hauskauf. Wegen der verfeindeten Erbparteien habe sie zwei Kaufverträge und zwei notarielle Eintragungen vorbereiten lassen müssen, die Rechnungen dafür habe Rainer in bar zu begleichen, genau wie den Kaufpreis. Zunächst aber müssten sie das Geld wechseln, denn beide Fraktionen hätten darauf bestanden, in venezolanischen Bolívar bezahlt zu werden. Beim Geldwechsel sei äußerste Vorsicht geboten.

»Klar«, sagt Rainer, der sich der Gefahr bewusst ist. Sollte er übers Ohr gehauen oder bestohlen werden, er könnte nichts machen. Auf die nicht deklarierte Einfuhr von US-Dollar stehen empfindliche Gefängnisstrafen, und Liseth zufolge sitzen Chávez' Spitzel überall.

Sie spricht mit einer Bekannten ihrer Tante, die einen Beautysalon im Nobelviertel Altamira betreibt und über beste Kontakte zu den Damen der Gesellschaft verfügt. Die Frau verlangt eine saftige *Transaktionsgebühr*, nimmt dafür aber gleich den gesamten Betrag auf einmal. Mit einer Plastiktüte voller Scheine begleitet Rainer Liseth zum Notar, den gelungenen Abschluss feiern sie in einem Fischrestaurant im Süden der Stadt. Tags drauf nimmt Rainer den Flieger zurück nach Sucre, um sich um den Verkauf seines Hauses zu kümmern und den Umzug vorzubereiten.

Eines Nachmittags, er wartet gerade auf einen Makler, der sich das Haus anschauen will, erhält Rainer einen Anruf von Liseth.

»WAS BIST DU NUR FÜR EIN MENSCH!«, schreit sie in den Hörer. »MIT WEM HABE ICH ES HIER ZU TUN, DU LÜGNER, DU HUND!« So geht es eine ganze Minute, bis sie sich einigermaßen beruhigt hat und Rainer die Chance bekommt zu fragen, was denn eigentlich los sei.

Ihr sei die Kopie einer Anzeige zugespielt worden, sagt Liseth. Anonym.

»Was für eine Anzeige?«

»Nun tu doch nicht so!«

»Liseth, ich habe keine Ahnung, wovon du redest.«

Es handele sich um eine Strafanzeige gegen Rainer Nack aus Deutschland, sagt Liseth, aufgegeben in einer Polizeidienststelle außerhalb von Caracas. Der Vorwurf: internationaler Drogenhandel. Name, Geburtsdatum und Passnummer, es ist alles korrekt.

Rainer versichert ihr, dass er nichts, aber auch gar nichts mit Drogen zu tun habe, er nehme ja nicht einmal selbst welche. Er schwört beim Leben seiner Mutter, dass er keine Ahnung hat, worum es geht, und nach einiger Zeit scheint Liseth ihm zu glauben. Sie bittet ihn eindringlich, nichts zu überstürzen und keinen Fehler zu machen. Solange diese Anzeige existiere, dürfe er keinen Fuß nach Venezuela setzen.

Rainer sucht das Büro von Interpol in Sucre auf und bittet die Beamten, sämtliche Fakten und Grundlagen dieser ominösen Anzeige aus Venezuela in Erfahrung zu bringen. Wochenlang wartet er auf Rückmeldung, er hakt immer wieder nach und setzt sogar einen Bekannten Miguels aus dem Justizministerium auf die Sache an, doch vergebens. Seine Nervosität wächst. Was, wenn er hier verarscht wird? Von den Verkäufern seines Hauses, von Liseths Eltern oder, Gott bewahre, von Liseth selbst?

Er schildert seinen Fall bei der deutschen Botschaft in

La Paz, wo man ihm verspricht, Kontakt zur Botschaft in Caracas aufzunehmen. Wieder vergehen Wochen, ohne dass es neue Informationen gibt.

»Ich fliege hin«, sagt er zu Miguel und Ciro, als sie eines frühen Abends bei einem Bier in Rainers Patio sitzen.

Miguel beschwört ihn, das nicht zu tun. »Die nehmen dich noch am Flughafen fest und werfen dich in den Knast. Und ob sie dich von dort aus noch einen Anruf tätigen lassen, da sei dir mal nicht so sicher.«

»Schwachsinn!«, ruft Ciro. Venezuela sei immer noch ein Rechtsstaat, und bei den Horrormeldungen über die Regierung Chávez handele es sich um nichts anderes als von der CIA finanzierte Propaganda.

Innerhalb von Sekunden befinden sich die beiden knietief in einer ihrer erbitterten Grundsatzdiskussionen. Schließlich einigen sie sich darauf, dass es eine gute Idee wäre, vor der Reise Kontakt zu einem deutschsprachigen Anwalt in Caracas aufzunehmen und diesen in die Sache einzuweihen. Rainers einzige Sicherheit bei diesem Drahtseilakt.

Aeropuerto Internacional de Maiquetía Simón Bolívar, Caracas. Wieder nähert Rainer sich der gelben Linie. Diesmal sind es keine Devisen, dieses Mal ist er selbst es, den er ins Land schmuggelt. Die Beamtin hinter der Glasscheibe schaut auf das Foto in Rainers Pass. Dann schaut sie Rainer an. Und wieder das Foto. Sie verzieht keine Miene. Als sie die Daten in ihren Computer eingibt, muss Rainer sich an der schmalen Ablage vor der Scheibe festhalten. Der Computer hängt. Auf der Scheibe klebt ein Aufkleber mit dem Wappen Venezuelas, daneben einer gegen Korruption. Zehn Sekunden vergehen, zwanzig. Bald steht Rainer schon zwei Minuten vor dem Kabuff. Dann stempelt die Frau seinen Pass und reicht ihn unter der Scheibe durch. Rainer Nack ist offiziell zurück in Venezuela.

Beim Abendessen bittet er Liseth, ihn am nächsten Morgen zur Polizeidienststelle in La Guaira zu begleiten, bei der die Anzeige gegen ihn eingegangen sein soll.

Liseth weigert sich. »Was soll das bringen?«

»Ich muss wissen, was mit dieser Anzeige ist.«

»Wieso? Es hat doch alles geklappt.«

Bevor er den Umbau des Hauses und seine Zukunft in diesem Land angehe, brauche er absolute Klarheit, erklärt er seiner Freundin und ergeht sich in einer umständlichen Erklärung des deutschen Begriffs *Damoklesschwert*, doch Liseth starrt ihn nur an und schüttelt den Kopf.

»Tut mir leid, Rainer, aber das musst du ohne mich durchziehen. Was, wenn ich da mit reingerate und sie mir meine Lizenz als Juristin entziehen? Chávez und seine Schergen, die sind zu allem fähig.«

Es kostet Rainer einiges an Kraft, seine Gesichtszüge zu beherrschen. »Schon okay«, sagt er. »Dann besorg mir wenigstens eine Kopie dieser Anzeige.«

Das gehe leider auch nicht, antwortet Liseth.

»Warum nicht?«

»Ich hab sie verbrannt. Aus Angst.«

Der zuständige Beamte in der Polizeidienststelle von La Guaira schaut ihn an, als käme er von einem anderen Stern. Ein Deutscher, der persönlich vorstellig wird, um sich zu erkundigen, ob gegen ihn eine Anzeige wegen internationalen Drogenhandels vorliegt, hier, in dieser Vorstadtklitsche am Meer? Ein paar Telefongespräche, minutenlanges Tippen auf der Computertastatur, dann verlässt der Mann ohne weitere

Erklärung das Büro. Nach einer Weile kommt er mit einem Blatt Papier zurück. Es ist die Kopie des mehrere Monate alten Anschreibens der deutschen Botschaft in La Paz mit Bitte um Klärung des Sachverhalts.

Das sei alles, sagt der Polizist, mehr gäbe es nicht. Dann lässt er sich nochmal in aller Ruhe die Details erzählen. Mit zunehmender Belustigung hört er zu, wie Rainer von seiner Bekannten berichtet, der die Kopie einer Anzeige gegen ihn zugespielt wurde und die dieses Dokument aus Angst, in den Fall hineingezogen zu werden, vernichtet habe. Als er erwähnt, dass es sich bei dieser Bekannten um eine Juristin handelt, die ihn beim Kauf einer Immobilie im Osten des Landes unterstützt hat, kann der Polizeibeamte nicht mehr an sich halten und bricht in schallendes Gelächter aus.

Rainer blieb noch vier Tage auf der Lodge. Täglich telefonierte er mit Camila und Saira, die aus dem Krankenhaus entlassen worden war. Gerüchte über einen Lockdown machten die Runde. Sämtliche Angestellten und Arbeiter hatten die Lodge verlassen, nur Newton war zurückgekehrt und half Rainer stoisch bei den Arbeiten an der blauen Hütte.

Das Diazepam tat seinen Dienst, wenn auch anders als das Lorazepam. Die Wirkung trat langsamer ein, verzögert, hielt dafür länger an. Die Umstellung war etwas holprig, doch dann pendelte ich mich auf das neue Medikament ein. Den größten Teil des Tages verbrachte ich angenehm sediert in der Hängematte und wartete auf den blau-grünen Kolibri, der hin und wieder vorbeikam. Fast lautlos stand er schräg über mir in der Luft, wie um sich zu vergewissern, dass ich noch da war, bevor er rückwärts und zackig wieder hinter der Hütte verschwand.

Rainer hingegen wirkte von Tag zu Tag kraftloser. Als würde ihm von einer unsichtbaren Macht das Leben aus den Knochen gesaugt, als könne er sich gar nicht mehr richtig entspannen. Ich war drauf und dran, ihm eine meiner Pillen anzubieten, dann aber dachte ich an seinen Rant gegen die Pharmaindustrie und ihre Produkte, und ehrlich gesagt, ich war eh nicht sonderlich heiß drauf, meine spärlichen Vorräte mit jemandem zu teilen. Ständig räusperte er sich oder hüstelte trocken vor sich hin, und was ich die ganze Zeit für eine nervöse Macke gehalten hatte, bereitete mir nun solche Sorgen, dass ich ihn fragte, ob er mit seinem Husten eigentlich mal bei einem Arzt gewesen sei.

Er sei zuletzt in Deutschland beim Arzt gewesen, antwortete Rainer, während einer Reise ein paar Jahre zuvor und nachdem sein Bruder ihn wiederholt dazu gedrängt habe, *die Gelegenheit zu nutzen* und sich einmal *von oben bis unten durchchecken zu lassen.*

»Wie sich rausstellte, bin ich fit wie ein Turnschuh«, sagte Rainer. Dann bekam er einen weiteren Hustenanfall.

Sah ich ihn mit anderen Augen, seit ich ihn erkannt hatte? Es lässt sich wohl nicht leugnen, starstruck, wie ich nun mal war. Immer wieder blitzte urplötzlich das Porträt des *Young Man* vor mir auf, ein Bild wie aus einem anderen Leben – einem anderen Leben Rainers, aber auch einem anderen Leben von mir, wie mir nun klarwurde.

Es blieb bei unserem nächtlichen Ritual im Restaurant. Inzwischen freute ich mich tagsüber schon auf unsere nächtlichen Sessions, und statt einfach zuzuhören, begann ich, die Gespräche subtil zu lenken, Zwischenfragen zu stellen und die vielen losen Enden zu verknüpfen, mit denen Rainer mich an den Abenden zuvor zurückgelassen hatte. Jetzt, wo es niemanden mehr gab, der uns unterbrach oder ablenkte, gingen die Gespräche auch beim Mittagessen weiter. Nachmittags lag ich dann in der Hängematte und tippte mir Gesprächsnotizen ins Handy und kurze Stichworte für Fragen, die ich ihm am Abend stellen würde.

Immer mal wieder kam mir der Gedanke, ihm von dem Porträt zu erzählen, das sein neunzehnjähriges Ich über Nacht und Jahrzehnte später berühmt gemacht hatte. Schließlich hatte er ein Anrecht darauf, davon zu wissen, möglicherweise hätte er sogar Vorteile daraus ziehen können, finanziell gesehen oder beim Verkauf seiner Lodge. Doch je länger ich das Gespräch aufschob, desto weniger wusste ich, wie ich es anstellen sollte. Die Gelegenheiten erschienen mir immer unpassend, und insgeheim empfand ich eine perverse Freude daran, das Geheimnis zu wahren und der mutmaßlich einzige Mensch auf dem Planeten zu sein, der von der Identität des *Young Man XVI, West-Germany, ca 1969* wusste.

Wenn du nur ein Bild von ihm hättest, dachte ich, eine Hommage an das Porträt von Anthony Williams, gleicher Abstand, gleicher Winkel und ein ähnlich einnehmender Blick, es würde dich über Nacht berühmt machen. Also schwang ich, die ich seit meiner Ankunft auf der Lodge keine zehn Fotos gemacht hatte, mir nun jedes Mal die Kamera über die Schulter, wenn ich meine Cabaña verließ. In Gedanken formulierte ich schon die passende Caption, denn ratsamer, als mich bei den Redaktionen anzubiedern, erschien es mir, das Foto einfach über Insta und Twitter zu teilen und darüber einen kleinen Hype zu entfachen. Ein-zwei kryptische Sätze dazu oder einfach nur den Bildtitel, *Old Man, Colombia, 2020,* die entsprechenden Hashtags und abwarten, dass sich die wichtigen Leute *bei mir* meldeten statt ich mich *bei ihnen*. Vorher würde ich noch meine Accounts aufräumen und den ganzen Mist löschen, all die drögen Porträts der *Macher* und *Kreativen* und den anderen Auftragsscheiß, nur das artsy Zeug behalten oder vielleicht auch gar nichts – je geheimnisvoller, desto besser. Der über mich hereinbrechende Fame. Endlich hätte ich etwas von Bedeutung geschafft. Etwas, das die Menschen berührte.

Zunächst einmal aber brauchte ich das Bild, und auch hier ergab sich nie die passende Gelegenheit. Ich brachte es einfach nicht über mich, Rainer um ein Foto zu bitten, zumindest nicht tagsüber, wenn er mit gehetztem Blick über den Platz stelzte oder ich ihn mit sorgenvoll gerunzelter Stirn an seinem Notebook sitzen und sich mit seinen Cancellations und Rückerstattungsforderungen herumschlagen sah. Bei unseren abendlichen Sessions hingegen machte es wegen der Belichtung keinen Sinn. Ich musste ihn im richtigen Moment erwischen, ihn überrumpeln, genau wie Anthony Williams es fünfzig Jahre zuvor getan hatte. Und eines Mittags gelang mir das auch.

An diesem Tag hatte ich das Mittagessen zubereitet – Spaghetti Arrabiata, mein Leibgericht, es war mir schon mal besser gelungen. Nach dem Essen, Newton war bereits zur blauen Hütte rübergegangen, und Rainer machte sich daran, das benutzte Geschirr zusammenzustellen, stand ich auf und griff zu meiner Canon, die die ganze Zeit auf dem Stuhl neben mir bereitgelegen hatte. »Kann ich ein Foto von dir machen?«

»Jetzt?«

»Dauert nur drei Sekunden.«

»Aber wozu?«

»Nur so. Ich bin Fotografin, schon vergessen?«

Er wollte etwas sagen, doch ich ließ ihn nicht zu Wort kommen.

»Komm, stell dich einfach da hin.«

Er folgte mir. Er trug ein abgewetztes grünes Polohemd und seine Swastika-Basecap.

»Hier?«

»Ja. Egal. Da ist gut.«

Er lehnte sich an einen fetten dunklen Stein, den ich in den letzten Tagen immer wieder fasziniert betrachtet hatte. Der Stein war bestimmt anderthalb Meter im Durchmesser und dunkel, fast schwarz. Kantig und picklig an den Seiten, oben jedoch ganz glatt. Genau so hatte ich mir als Kind immer Asteroiden vorgestellt.

»Willst du nicht mit aufs Bild?«, fragte Rainer.

»Auf keinen Fall«, sagte ich und hob die Kamera.

Rainer strich über die glatte Oberfläche des Asteroiden. »Mein Grundstein«, sagte er. »Hübsch, nicht?«

Ich nickte. Konzentrier dich, Lena, lass dich jetzt nicht ablenken. Mit einem angefeuchteten Finger rieb Rainer sich einen Rest Tomatensoße aus dem Mundwinkel. Ich ließ die Augen nicht von ihm. Er nahm die Mütze vom Kopf und fuhr sich mit gespreizten Fingern durch das Haar.

»Soll ich irgendwas machen?«

»Don't smile«, sagte ich. »Be natural.«

»Ha!«, rief er. »Das hast du dir gemerkt!« Ein jungenhaftes Lächeln huschte über sein Gesicht.

Perfekt, dachte ich, und als ich dreimal schnell hintereinander auf den Auslöser drückte, *Zücken Zielen Schießen*, da durchströmte mich ein elektrisierendes Gefühl von Macht. Jetzt habe ich dich im Sack, dachte ich, das kann mir keiner mehr nehmen.

Zurück in meiner Cabaña, musste ich feststellen, dass keins der Bilder etwas geworden war. Ich war mir sicher gewesen, dass die Kamera auf Autofokus gestanden hatte, stattdessen aber war sie auf manuelle Fokussierung eingestellt gewesen, und nun hatte ich drei identische, allesamt unscharfe und völlig wertlose Fotografien vor mir, auf denen nichts weiter als der schemenhafte Oberkörper einer nicht näher bestimmbaren Person zu sehen war. Ein schattiger Umriss, noch nicht einmal in dokumentarischer Hinsicht zu gebrauchen.

Als er die Tür seines neuen Anwesens öffnet, trifft ihn fast der Schlag. Das Gebäude ist in noch schlechterem Zustand, als er es in Erinnerung hatte. Die Türen und Fensterläden hängen schief in ihren Scharnieren, die Fensterscheiben sind eingeschlagen, Teile der hinteren Mauer zusammengebrochen. An einigen Stellen baumelt die Bambusverkleidung zwischen den Dachsparren, überall poröse und unterbrochene Leitungen, Wasserflecken unter der Decke, Schimmel zwischen den Kacheln und dichtes, von Taubenscheiße bedecktes Gestrüpp, das in den beiden Innenhöfen und auch in einigen der Zimmer im Erdgeschoss wuchert. Rainer ist sprachlos. Wie es aussieht, hat er eine Ruine gekauft. Doch es hilft nichts, damit muss er jetzt arbeiten.

Mit einer von seinem Hostal-Wirt geliehenen Machete und der Unterstützung von dessen kleinkriminellem Neffen bahnt er sich einen Weg, räumt Müll weg und schafft Platz, so gut es geht. Jeden Tag von morgens bis abends ist Rainer auf seinem Grundstück, auch an Weihnachten, Silvester und Neujahr.

Liseth ist über die Feiertage mit ihren Eltern nach Los Roques geflogen. Noch aus Caracas hat er sich per E-Mail für ihre Hilfe und die gemeinsame Zeit bedankt und ihr alles Gute gewünscht. Dann hat er seinen Account gelöscht und ist in den Bus nach La Confianza gestiegen. Nun ist er vollkommen auf sich gestellt. In seiner neuen Heimat gibt es keinen Menschen, den er oder der ihn länger als ein paar Wochen kennt, und wieder mal empfindet er den Bruch als einen radikalen Neuanfang. Er bezieht ein Zimmer im Privathaus einer älteren Dame, Rosa, die sich um Rainers Wäsche und seine Verpflegung kümmert und ihm hilft, ein Team aus Arbeitern zusammenzustellen. Rosas kürzlich verstorbener Mann hat sein Leben lang in der Verwaltung La Confianzas gearbeitet, sie kennt alles und jeden in dem Städtchen und stellt auf dem kurzen Dienstweg einige wertvolle Kontakte her.

Rainers wichtigster Mann wird Elvis, ein exzellenter Handwerker mit wettergegerbtem Gesicht, der mit Frau und Kindern in einem von ihm selbst gebauten Haus zwei Straßen weiter wohnt. Elvis bringt über hundert Kilo auf die Waage, beginnt jeden zweiten Satz mit »Okay« und hat immer einen Klumpen Chimó El Toro unter der Zunge, nach Schuhpaste aussehender Kautabak, dessen Saft er in regelmäßigen Abständen über die Schulter auf den Boden spuckt.

»Rainer, estas vivo?«, ruft er, wenn er morgens auf die Baustelle kommt – *Rainer, lebst du noch?*

»Sí, claro«, antwortet Rainer, der jeden Morgen um fünf aufsteht und immer schon vor Elvis da ist, worauf von unten dessen »Okay, okay« ertönt und sie gemeinsam die Aufgaben des Tages durchgehen.

Tagelang fahren sie mit Elvis' altem Ford-Pick-up Abfall und Gerümpel zur Müllkippe und beginnen, Werkzeug und Materialien herbeizuschaffen. Sie bestellen dreihundert Sack Zement und anderthalb Tonnen Stahl, die mit einem Sattelschlepper aus Cumaná geliefert werden. Sie erneuern Holzbalken und Böden und bessern das Dach aus, verputzen die Lehmwände und versiegeln alte Abwasserrohre. Es gibt keinen Architekten, viele Details werden erst während der Bauphase entworfen, und für die Statik ist ein Bekannter von Rosa verantwortlich. Rainer wird Stammkunde bei sämtlichen Großhändlern rund um La Confianza, meist in Begleitung von Elvis, der ein Auge darauf hat, dass sein deutscher Patrón nicht über den Tisch gezogen wird. Dann machen sie sich daran, ein Schwimmbecken im zweiten Patio auszuheben. Das Verlegen der Rohre, das Verschalen und Ausbetonieren, es ist eine wahnsinnige Maloche, die eines Abends von einem jähen Sturzregen unterbrochen wird. Die ganze Nacht schüttet es wie aus Kübeln. Am nächsten Morgen schlägt Rainer aus Richtung Pool ein bestialischer Gestank entgegen. Ein paar Schritte in den Innenhof, und er erkennt das Ausmaß der Zerstörung. Die Wände des Aushubs sind abgerutscht, das Abwasserrohr ist gebrochen. Seine fast fertige Piscina ist zu einer Kloake geworden.

Obwohl er das Haus in Sucre mit Gewinn verkauft hat, an Klaus, einen Wasserbauingenieur aus Karlsruhe, den er über Rudi im Café Berlin kennengelernt hat, sind Rainers finanzielle Rücklagen bald erschöpft. Die Arbeiten geraten ins Stocken, auch Elvis weigert sich, noch einen Finger krummzumachen, bevor er seinen Lohn bekommt. Also lässt Rainer sich seine Lebensversicherung auszahlen, fast fünfzigtausend Euro. Es kann weitergehen.

Eines Abends, Elvis und er sind auf dem Rückweg aus Caracas, wo sie die vor Monaten bestellte Keramik abgeholt haben, Waschbecken, Toilettenschüsseln und stapelweise Kacheln, geraten sie in eine Polizeikontrolle. Elvis stöhnt und spuckt seinen Chimó-Saft aus dem offenen Fenster. Es ist bereits seit Stunden dunkel. Noch vor Sonnenaufgang sind sie losgefahren, sie waren den ganzen Tag unterwegs und sind hundemüde. Langsam fahren sie auf den Checkpoint zu, und während sie in der Schlange aufrücken, stellt Rainer, der gelernt hat, sich bei diesen Dingen als Ausländer möglichst herauszuhalten, sich schlafend. Ein paar Scheine wechseln den Besitzer, alles scheint auf die übliche Prozedur hinauszulaufen, doch dann deckt einer der Polizisten, ein feister Bursche von höchstens achtzehn, die Plane auf der Ladefläche auf.

Im Schein seiner Taschenlampe inspiziert er die Ware, dann kommt er zur Beifahrerseite und leuchtet Rainer brutal ins Gesicht: »Aussteigen, sofort!«

An einer in den venezolanischen Nationalfarben angesprühten Öltonne zeigt Rainer ihm die Lieferscheine und Rechnungen. Alles sauber, doch der Jungspund lässt nicht locker. Als Nächstes will er Rainers Papiere sehen, den Reisepass und seine Aufenthaltsgenehmigung. Er wirkt nervös und scheint kaum des Lesens mächtig. Rainer führt ihn durch den Pass, zeigt ihm die relevanten Stempel und erklärt ihm, dass Deutschland ein Land der Europäischen Union sei und dass die EU ein Abkommen mit Venezuela habe, welches ihm erlaube, bis zu drei Monate ohne Visum im Land zu sein. Doch das war offenbar zu viel der Belehrung. Ungehalten fordert der Nachwuchsbulle Elvis auf, die Straße frei zu machen und weiterzufahren. Der Extranjero dagegen bleibe hier, bis seine Papiere geprüft seien.

»Das ist kompletter Wahnsinn«, sagt Rainer zu Elvis. »Bleib bitte hier, ja? Fahr nicht ohne mich weg.«

»Okay«, sagt Elvis, aber das sagt er ja immer. Er startet den Wagen und tuckert los. Der Jungspund schlägt sich eine Mücke aus dem Nacken, dann packt er Rainer am Arm und führt ihn zu einem der Container, in dem sich die Büros befinden.

Hinter einem erstaunlich schweren Schreibtisch voller Zettel und Telefonapparate sitzt ein Mann mit Schnurrbart und Brille, neben ihm ein wackliger Aktenschrank und ein gerahmtes Bild des Präsidenten. Er habe hier womöglich ein Visa-Vergehen entdeckt, sagt der Jungspund und überreicht seinem Vorgesetzten Rainers Pass, worauf der sich erhebt und dem Bubi väterlich auf die Schulter klopft. Stolz verlässt der Dicke das Büro. Der Oberbulle bietet Rainer einen Stuhl an, dann lässt er sich selbst wieder in seinen Sessel fallen.

Noch einmal erklärt Rainer die Lage. Vergebens. Der Mann hört ihm gar nicht richtig zu, er nickt nur desinteressiert und macht sich Notizen auf einem Zettel, den er unter einen Stoß weiterer Zettel schiebt. Langsam öffnet er die Schublade seines Schreibtischs. Für einen kurzen Moment hält Rainer es für möglich, dass der Kerl eine Knarre rausholt und ihm stumpf das Hirn wegpustet. Stattdessen legt er Rainers Ausweis hinein, nimmt eine Schachtel Belmot heraus und schließt die Schublade wieder. Er schüttelt eine Zigarette aus der Schachtel, zündet sie an und lehnt sich zurück. Genüsslich pustet er den Rauch aus. Für ihn sehe es so aus, als sei Rainer unrechtmäßig im Land, sagt er und dass er bis zur Klärung der Angelegenheit in Polizeigewahrsam bleibe. Dann erhebt er sich und verlässt, weiter an seiner Zigarette paffend, den Raum. Es ist, als würde die zentrale Figur auf einem Gemälde einfach aufstehen und das Bild verlassen.

Rainer hört die Polizisten auf dem Gang diskutieren, doch er kann nicht verstehen, was sie sagen. Sie sprechen einen seltsamen Dialekt, und in Rainers Ohren rauscht es wie verrückt. Ihm wird klar, dass es nur eine Möglichkeit gibt, aus dieser Nummer herauszukommen: Er muss verschwinden, und zwar jetzt, auf der Stelle. Langsam steht er auf, geht um den Schreibtisch herum und öffnet die Schublade. Er holt seinen Pass heraus und stopft ihn sich in den Hosenbund. Als er die Schublade wieder zuschieben will, gibt die ein fürchterliches Knarzen von sich. Die Gespräche auf dem Gang verstummen. Rainer hält die Luft an, das Herz hämmert ihm bis in den Hals. Dann wird die Unterhaltung draußen fortgesetzt. An der gegenüberliegenden Wand befindet sich eine zweite Tür, die offenbar auf die Hinterseite des Gebäudes führt. Die Tür ist nicht verschlossen. Rainer öffnet sie und schiebt sich durch den Spalt. Er wirft einen Blick zur Straße, auf der gerade ein Kleinbus durchsucht wird. Geduckt bewegt er sich in einem weiten Bogen um die Autos herum durch die Dunkelheit, an Mülltonnen und schmutzigen Büschen vorbei durch den Staub.

Elvis' Pick-up steht unter einem Baum am Straßenrand. Leise öffnet Rainer die Beifahrertür und schlüpft in den Fußraum des Beifahrersitzes. Er klopft seinem Arbeiter gegen den Stiefel, Elvis reißt die Augen auf. Rainer legt den Zeigefinger auf den Mund und bedeutet ihm loszufahren. Stotternd und würgend kommt der Motor in Gang. Erst als sie um die nächste Kurve sind und Elvis Gas gibt, schlägt Rainer die Tür zu. Elvis legt sich eine frische Lage Chimó unter die Zunge und schaltet in den Vierten. Keiner von beiden traut sich zu jubeln. Während der Stunde bis La Confianza wechseln sie kaum ein Wort miteinander.

Spätestens nach diesem Erlebnis ahnt Rainer, dass sein Vorhaben in Venezuela unter keinem guten Stern steht, doch er ist fast fertig mit dem Umbau und hat sein gesamtes Vermögen hineingesteckt, er kann jetzt nicht aufhören. Die sanitären Anlagen werden errichtet, dann machen sie sich an die Küche, an den Restaurantbereich und die Möbel. Seit dem Umbau des Fachwerkhauses in Niederhofen hat Rainer auf seinen Reisen immer wieder Fotos und Skizzen von besonders schönen Tischen, Stühlen und Türen gemacht, an denen er sich nun orientiert, sehr zu Elvis' Belustigung, der so manches Konstrukt für die Ausgeburt von Rainers Phantasie hält, sich aber nichtsdestotrotz Mühe gibt, die Vorstellungen seines Patróns umzusetzen. Mit einem feinen Gespür für Details entwirft und baut er die Betten und Kleiderschränke der Gästezimmer, die Türen und Stühle, ein Holzgeländer und die Bar, während Rainer das ganze Zeug in Handarbeit streicht und lackiert. Bei der Dekoration der Räume lebt er den Umgang mit Farben aus, den er in der Textilbranche gelernt hat, bei der Organisation und dem Delegieren der Arbeiter kommen ihm seine Erfahrungen bei DHL und FedEx zugute. Einen Namen hat er auch schon: Posada Shamaki soll sein Etablissement heißen, benannt nach seiner peruanischen Freundin, mit der das Abenteuer Südamerika für Rainer erst so richtig begonnen hat. Die Posada Shamaki wird zehn Gästezimmer haben und eine Suite und dazu einen großzügigen Restaurantbereich, der das Herzstück bilden soll. Das gastronomische Angebot in La Confianza ist überschaubar, und sollte der Hotelbetrieb eher langsam anlaufen, hofft Rainer, sich erst einmal mit seinem Restaurant über Wasser halten zu können. Er macht sich Gedanken über die Zusammenstellung der Speisekarte und bittet Rosa, schon mal nach geeignetem Küchenpersonal Ausschau zu halten. An der rückwärtig liegenden Wand des Restaurants bringt er seinen burmesischen Wandteppich an, den er sich mitsamt seinen restlichen Besitztümern aus Sucre hat schicken lassen, den Eingangsbereich ziert das Faksimile einer Karte Südamerikas aus den Zeiten der ersten Kolonisation im 16. Jahrhundert. Die venezianischen Sechsecksäulen, die spanischen Dachziegel, das maurisch inspirierte Café mit den niedrigen Tischen und den vielen bunten Kissen – Rainers Hotel steht zwar nicht direkt am Wasser, dafür hat er bei der Einrichtung keine Kompromisse gemacht. Sein Privatbereich befindet sich im hinteren Teil des Gebäudes, unter dem Kuppeldach im ersten Stock. Er lässt sich ein Hängebett bauen, eine Badewanne aus Sandstein und einen französischen Balkon, von dem aus er direkt auf den Pool im Innenhof schaut, der als Letztes fertig wird.

Am Silvesterabend, gut ein Jahr nach dem Beginn der Arbeiten, soll die Posada Shamaki mit einer großen Party eröffnet werden. Rainer hat alle eingeladen, die an dem Umbau beteiligt waren, außerdem sämtliche Personen aus der Verwaltung La Confianzas, mit denen er in den letzten zwölf Monaten zu tun hatte. Das neue Gästehaus und sein deutscher Besitzer sind schon seit Monaten talk of the town, und seit die Fensterläden von Elvis erneuert und wieder eingehängt wurden, sind diese zur Straßenseite hin geschlossen, so dass die neugierigen Bewohner der Stadt nur erahnen können, was sich im Innern des Gebäudes zuletzt alles getan hat.

Frühmorgens am Tag der Eröffnung, Rainer hockt gerade über einem Wust an behördlichen Schreiben in dem winzigen Büro hinter der Rezeption, wird er von Albert, seinem Koch, in den Innenhof gerufen.

»Rainer, komm mal!«

Albert ist ein Schweizer aus Bern, der seit gut zehn Jahren in Venezuela lebt und lange in einem Restaurant in Mochima gearbeitet hat, wo er einige Wochen zuvor von Rosa abgeworben wurde. Seitdem lebt er in dem Zimmer direkt hinter der Küche und kümmert sich von der Anschaffung der Küchengeräte über die Entwicklung der Karte bis hin zur Zusammenstellung seines Teams um den gesamten gastronomischen Bereich der Posada.

Genervt schaut Rainer von seinen Papieren auf. Die venezolanische Bürokratie treibt ihn in den Wahnsinn, und bis zum Eintreffen der Gäste ist noch allerhand zu tun.

»Was gibt's denn?«

»Komm mal, das musst du dir anschauen.«

Rainer folgt seinem Koch in den zweiten Patio, in dem sich der Pool befindet, eine wunderschöne, mit Hunderten von türkischen Kacheln umgebene Piscina, in der die beiden am

Vorabend die ersten Runden gezogen haben. Am Beckenrand bleibt Albert stehen. Er deutet auf das Wasser und legt die Stirn in Falten.

»Was ist los, Albert, ich hab zu tun«, knurrt Rainer, dann sieht er es selbst: Der Wasserspiegel ist über Nacht um einen halben Meter abgesunken, und er sinkt stündlich weiter.

»Scheiße. Und nun?«

Es sei kein Leck auszumachen, sagt der eilig herbeigerufene Elvis, es müsse sich also um einen grundsätzlichen Konstruktionsfehler handeln. Es bestehe die Gefahr, dass das ausfließende Wasser das Fundament unterspüle, wodurch nicht nur die Piscina, sondern der gesamte Innenhof betroffen wäre, wenn nicht gar der gesamte Bau. »Wenn du mich fragst, ich würde das erstmal in Ordnung bringen.«

»Du meinst, ich soll das Hotel gleich nach der Eröffnung schon wieder dichtmachen?«

»Keine Ahnung«, sagt Elvis. Kein *Okay*, kein *Ich kümmere mich*, nur: *Keine Ahnung*. So ratlos hat Rainer seinen besten Mann noch nie erlebt.

Doch die großangekündigte Einweihungsparty zu verschieben kommt nicht in Frage. Mit Eimern und Töpfen schöpfen sie das Wasser ab, und als sie damit fertig sind, versucht Rainer, das Problem zur Seite zu schieben. Er packt überall mit an, beim Aufbau der Musikanlage, beim Putzen der Fenster und sogar in der Küche, wo Albert und seine Aushilfen seit dem frühen Morgen Häppchen und Snacks vorbereiten. Erst gegen siebzehn Uhr verlässt Rainer das Haus und geht die Straße runter Richtung Stadtmitte, um vom Internetcafé neben der Licorería aus Jutta anzurufen und ihr einen guten Rutsch zu wünschen.

Jutta ist allein in Niederhofen. Sie hat getrunken und fängt an zu pöbeln. Was er denn jetzt von ihr wolle, wo er sich doch sonst nie melde, mit welchem Flittchen er dieses Jahr ins neue Jahr reinfeiere. Mitten im Gespräch legt Rainer auf. Mit hämmerndem Herzen und einem schlimmen Ziehen im Nacken eilt er zurück zur Posada. Rauchend steht Albert vor dem Gästeeingang.

»Wo kommst du denn her?«

»War nur mal kurz telefonieren.«

»Interessant. Telefonieren also. Mit wem?«

»Geht dich nichts an. Wieso?«

»Nichts. Aber interessant.«

»Quatsch mich nicht voll, Albert. Was ist los?«

Albert nimmt einen Zug und klopft die Asche von seiner Kippe. »El jefe haut mittendrin ab und lässt seine Vasallen die Arbeit verrichten – am Tag der Eröffnung, weil er *mal kurz telefonieren* muss. Das geht ja gut los.« Mit einem höhnischen Lachen tritt er seine Kippe aus, und Rainer knallen die Sicherungen durch.

»LASST MICH DOCH ALLE IN RUHE«, faucht er, »MACHT EUREN SCHEISS ALLEINE!«, dann quetscht er sich an seinem verdutzten Koch vorbei in die Posada und stürmt die Treppen hoch zu seinem Privatbereich, wo er sich aufs Bett fallen lässt und hemmungslos anfängt zu weinen. Nervenzusammenbruch. Zwölf Monate lang hat er auf dieses Ereignis hingearbeitet, rund um die Uhr und auch an den Wochenenden, und jetzt das. Er spürt seinen Körper nicht mehr, scheint nur noch aus Kopf zu bestehen. Lange liegt er da, ohne einen klaren Gedanken fassen zu können. Irgendwann nickt er entkräftet ein und schreckt erst wieder hoch, als von unten die Stimmen von Frauen und Männern und die Klänge von zaghaft angespielten Musikinstrumenten zu ihm hochdringen. Offenbar sind die ersten Gäste eingetroffen und die von Elvis engagierte Calypso-Band. Rainer schält sich aus dem Bett und stellt sich unter die Dusche. Er putzt sich die Zähne, kämmt sich die Haare, steigt in den für diesen Abend bei einem Bekannten von Rosa geliehenen Dreiteiler und atmet tief durch, bevor er sein Zimmer verlässt und die Treppe runtergeht.

In einem todschicken Tuxedo und mit einem Tablett Sektflöten steht Albert an der Rezeption und begrüßt die Gäste. Seine Aushilfe ist in der Küche zugange, die beiden von ihm engagierten Dorfschönheiten stehen an der Bar und mixen Drinks. Eine wortlose Umarmung, dann übergibt Albert an Rainer und verschwindet in der Küche.

Der Abend wird ein voller Erfolg. Alles, was in der Stadt Rang und Namen hat, ist gekommen, und alle beglückwünschen sie Rainer zu der geschmackvoll eingerichteten Komposition aus karibischen, arabischen und indischen Einflüssen. Sogar der Bürgermeister ist erschienen, Señor Alcalde, ein Parteigenosse von Hugo Chávez und ehemaliger Schulkamerad von Rosas verstorbenem Mann, der Rainer die noch fehlende Licencia de Alcohol besorgt hat und, weil das einzig andere hochwertige Hotelrestaurant in La Confianza von einer rechtsgerichteten Familie aus dem alten Geldadel betrieben wird, von nun an regelmäßiger Gast in der Posada Shamaki sein wird.

Die Reparatur des Pools kostet Rainer ein halbes Vermögen, doch die Posada läuft gut an. Es ist das erste Hotel, wenn man von Westen aus in den Ort reinfährt, was ihm haufenweise Walk-ins und unangekündigte Gäste beschert, überwiegend Venezolaner, Freunde, Paare und Familien, die sich für ein Wochenende am Meer ins Auto gesetzt haben. Lokale Geschäftsleute und Politiker richten ihre Events bei ihm aus, den *Tag des Lehrers* oder eine mehrtägige Apothekertagung, es werden Hochzeiten gefeiert und Geburtstage, Verwandte untergebracht, Freunde und heimliche Liebschaften. Mit Alberts Hilfe verfeinert Rainer die Speisekarte, bietet selbstgebackenes Brot à la Alemania an und einen mit Essig, Zwiebeln und heißer Brühe angemachten schwäbischen Kartoffelsalat, der dem seiner Mutter geschmacklich ziemlich nahekommt.

Bei besonders ausgelassener Stimmung springt Rainer mit Anlauf vom Balkon seines Schlafzimmers in den Pool, was stets für großen Applaus sorgt. Das Team ist überschaubar, und es gibt ein wöchentliches Plenum, bei dem sämtliche offenen Fragen und Probleme besprochen werden. Reiseveranstalter und Mitarbeiter des Tourismusbüros melden sich bei ihm, es folgen die ersten Erwähnungen in Travelguides. Immer mehr europäische Reisegruppen finden ihren Weg in die Posada Shamaki, darunter auffallend viele Schweden, die ihre Kronen in venezolanische Bolívars eintauschen wollen oder gleich in Euro oder Dollar zahlen. Da Rainer keine Devisen ausführen darf, packt er die Banknoten in Einmachgläser, die er unter den Dachziegeln in seinem Privatgemach versteckt.

Der Bolívar ist derweil im freien Fall, die politischen Verhältnisse sind unübersichtlich. Der Präsident hat das gegen ihn angestrengte Referendum überstanden, und schon Minuten nach Schließung der Wahllokale sind Chávez' Anhänger unter »Uh! Ah! Chávez no se va!«-Rufen in Motorradkorsos durch die Straßen von La Confianza gezogen. Rainers überwiegend wohlhabenden Gäste hingegen sprechen von Wahlbetrug, genau wie die Privatsender im Fernsehen und die amerikanischen Medien. Es kommt zu Unruhen und Straßenblockaden. Chaotische Situationen, die auch Einfluss auf Rainers geschäftlichen Alltag haben. In den von der Regierung eingerichteten Mercals werden Lebensmittel beiseitegeschafft, es entstehen Engpässe und lange Schlangen vor den Geschäften. Ständig müssen Albert und er Leute schmieren, um an die für den Restaurantbetrieb benötigten Mengen an Grundnahrungsmitteln zu kommen. Reis, Öl, Zucker, Mehl, die Preise explodieren, und die Stimmung wird von Tag zu Tag aggressiver, nicht zuletzt gegenüber ausländischen Unternehmern wie ihm. Zuerst sind es nur willkürlich wirkende Inspektionen der Guardia Nacional, schwer bewaffnete Streitkräfte, die unangemeldet und mit ihren MGs über den Schultern in die Posada marschieren, den Patrón verlangen und sämtliche Papiere überprüfen, den Kaufvertrag, die Betriebserlaubnis, die Aufenthaltsgenehmigung und die Schanklizenz. Dann häufen sich die Übernachtungen von regionalen Politikern und Polizisten, bei deren Begleiterinnen es sich augenscheinlich nicht um ihre Ehefrauen handelt und die morgens grinsend, und ohne ihre Rechnungen zu begleichen, das Hotel verlassen. Beamte aus der Verwaltung verlangen nach ihren Restaurantbesuchen immer offensiver nach immer höheren fingierten Quittungen, und eines Tages gibt es eine Komplettbuchung des Hotels mit einer falschen Angabe der Rechnungsadresse. Eine Abzocke, gegen die Rainer völlig machtlos ist. Man will sehen, wie weit man bei ihm gehen kann, und es kann nur eine Frage der Zeit sein, bis man ihm und den beiseitegeschafften Devisen unter dem Dach auf die Spur kommt.

Dann lernt er ein Paar aus Rom kennen. Nicola und Ornella sind in ihren Flitterwochen und für drei Nächte in der Posada Shamaki zu Gast. Beide sind in Rainers Alter, Anfang/Mitte fünfzig, und für beide ist es die zweite Ehe. Ornella ist Klavierlehrerin, Nicola handelt mit Antiquitäten. Ihre Kinder aus erster Ehe sind längst aus dem Haus, und sie träumen davon, ebenfalls ein Hotel zu eröffnen, wie Nicola ihm nach Feierabend bei einem letzten Glas Rum an der Bar gesteht.

»Aber besser nicht in Venezuela«, sagt Rainer und erzählt von den vielen Widrigkeiten und Problemen bei der Eröffnung der Posada und der immer unsicherer werdenden politischen Lage im Land. Es ist der Abend vor dem Heimflug der beiden Italiener, Ornella liegt bereits im Bett.

»Scheiße, Rainer«, sagt Nicola. »Aber du kommst zurecht?«

»Na ja«, sagt Rainer. »Vielleicht könntest du mir einen Gefallen tun.«

»Was soll ich machen?«

»Du könntest ein paar Scheine für mich mit nach Europa nehmen und auf mein deutsches Konto überweisen.«

»Scheine?«

»Euros, Dollars und schwedische Kronen.«

»Verstehe. Über welche Summe reden wir da?«

»So um die zwanzig Mille.«

Nicola hebt die Augenbrauen. In knappen Worten erklärt Rainer ihr seine Situation und die gesetzliche Lage zur Ausfuhr von Devisen. »Aber ihr seid Touristen«, sagt er, »euch werden sie am Flughafen so durchwinken.«

»Und woher willst du wissen, dass wir dich nicht abziehen?«

»Das würdet ihr nicht tun.«

»Was macht dich da so sicher?«

»Menschenkenntnis.«

Spitz lacht Nicola auf. »Wohl eher grenzenloses Gottvertrauen, würde ich sagen!«

»Gibt's da einen Unterschied?«

»Du hättest rein gar nichts gegen uns in der Hand.«

»Ich weiß«, sagt Rainer, und es stimmt: Sollten Nicola und Ornella mit dem Geld verduften, Rainer hätte keinerlei Handhabe gegen sie. Nicola hält sein Glas gegen das Licht und betrachtet die goldbraune Flüssigkeit.

»Also gut, ich mach's. Aber nur unter einer Bedingung.«

»Und die wäre?«

»Solltest du deinen Arsch mal wieder nach Europa bewegen, du kommst uns sofort in Rom besuchen.«

Noch in dieser Nacht holt Rainer seine Einmachgläser unter den Ziegeln hervor und verteilt die Geldbündel zwischen alten Küchenhandtüchern, die Nicola und Ornella morgens in ihre Schmutzwäsche packen. Nach dem Frühstück ruft er ihnen ein Taxi und begleitet sie zur Straße.

»Macht's gut, ihr beiden. Und lasst mal von euch hören.«

»Ja, das wäre wohl besser«, sagt Nicola und grinst. »Vor allem für dich.«

Zehn Tage später hat Rainer das Geld auf seinem deutschen Konto. Als Verwendungszweck hat Nicola die Worte *Visita a Roma* angegeben.

*

Die einzigen Europäer, die an diesem bewölkten Novembernachmittag am Aeropuerto General José Francisco Bermúdez das Flugzeug verlassen, sind ein dürrer Schlaks mit tätowierten Armen und langem weißblondem Haar, das ihm fransig ins Gesicht hängt, und eine Frau mit zwei roten Zöpfen, grünblau gestreiften Kniestrümpfen, schwarzen Dr. Martens und dem kürzesten Minirock, den Rainer je gesehen hat. Pippi Langstrumpf und Johnny Winter wollen also mein Hotel kaufen, denkt er, interessant.

Ein paar Wochen zuvor, nach einer weiteren Kontrolle der Guardia Nacional und einer unmissverständlichen Aufforderung, von nun an einen monatlichen Betrag von mehreren tausend Bolívars abzudrücken, sollte ihm der Schutz seines Unternehmens am Herzen liegen, dämmerte ihm, dass er das

Hotel abstoßen und sich aus dem Staub machen muss, solange es noch geht. Ohne es an die große Glocke zu hängen, begann er, sich nach einem Käufer umzusehen. Dann weihte er Luis in die Sache ein, einen Reiseleiter aus Caracas, der regelmäßig mit ausländischen Reisegruppen in der Posada zu Gast ist. Er wüsste da vielleicht wen, meinte Luis und stellte den Kontakt zu Sven und Lily her.

Sven ist ein Rockmusiker aus Malmö, Lily stammt aus Riga, wo die beiden bis vor kurzem mehrere Bars und eine Diskothek betrieben haben. Sie sind schon seit einer Weile auf der Suche nach einem Projekt in Südamerika. Nach Stationen auf Barbados, Antigua und an der kolumbianischen Karibikküste landeten sie in Venezuela und stießen auf Luis. Fünf Tage wollen sie in La Confianza bleiben und sich in dieser Zeit schon mal ein wenig *mit Land und Leuten* vertraut machen, wie Sven sagt. Bloß nicht zu sehr, denkt Rainer, dem es von diesen Paradiesvögeln abgesehen bislang nicht gelungen ist, auch nur einen Interessenten für sein Hotel aufzutun. Er gibt sich Mühe, den beiden alles so angenehm wie möglich zu machen und sie möglichst im Hotel zu halten, doch besonders Sven ist äußerst unternehmungslustig und kontaktfreudig, man könnte auch sagen: aufdringlich. Mit der Holzgitarre auf dem Rücken zieht er durch die Straßen La Confianzas und trällert seine Lieder, meist mit Lily im Schlepptau, manchmal aber auch alleine. Im Nullkommanichts haben sie die halbe Stadt kennengelernt, nachts knallen sie sich mit Einheimischen und Touristen in den Bars an der Plaza Bolívar die Rübe zu.

Eines frühen Morgens kommt Sven bis oben hin zugekokst von einer seiner Sauftouren zurück, das Hemd zerfetzt, die Lippe blutig und ein Veilchen unter dem rechten Auge. Schwankend und mit einer halbvollen Flasche Ron Cacique in der Faust erzählt er davon, wie er sich am Strand mit einem

Bauern aus Casanay über ein Lied des revolutionären Liedermachers Alí Primera in die Wolle gekriegt und einen *schönen Faustkampf* ausgetragen hat. Am Ende habe er seinem Widersacher eins mit der Gitarre übergebraten, prahlt Sven, und tatsächlich, seine Holzgitarre hat ein veritables Loch im Korpus. »Uh, Ah, Chávez no se va!«, ruft er lallend, und obwohl ihn alles an dieser Situation abstößt, lacht Rainer und nimmt einen Schluck aus der Flasche, die der Schwachmat aus Schweden ihm hinhält. Der Hotelverkauf ist seine Fahrkarte raus, und er würde alles tun, um das Geschäft so schnell wie möglich über die Bühne zu bringen. Sollte er deswegen ein schlechtes Gewissen haben? Sven und Lily haben offensichtlich keine Ahnung, worauf sie sich einlassen. Sie leben in einer Traumwelt aus Outlaw-Folklore und *La vida loca*-Klischees, für die beiden ist das alles nur ein großer Spaß. Aber wenn Johnny und Pippi sich nun mal in den Kopf gesetzt haben, ausgerechnet an diesem Ort ihren neuen Spielplatz zu eröffnen, was geht es ihn an? Wie die Lage in Venezuela ist, kann jeder, der es wissen will, aus den Nachrichten erfahren, und dann wäre da ja auch noch Luis, der von den beiden als Geschäftsführer der Posada ins Spiel gebracht wurde und der schon dafür sorgen wird, dass diese heißblütigen Nordlichter das Ding nicht vollends vor die Wand fahren. Und wenn nicht, dann ist das wirklich nicht mehr Rainers Problem.

Was den Kaufpreis angeht, sind sie sich schnell einig. Wie Rainer von Luis erfahren hat, wollen die beiden maximal dreihunderttausend Dollar ausgeben, also ruft er drei fünfzig auf, lässt sich auf drei runterhandeln und verpflichtet sie zusätzlich, das seit der Abreise von Nicola und Ornella eingenommene Bargeld in Zahlung zu nehmen und ihm den Gegenwert zusammen mit dem Kaufbetrag auf sein deutsches Konto zu überweisen. Schon drei Tage nach Vertragsunterzeichnung ist der Betrag auf seinem Konto, doch nun gehen die Probleme erst los.

Wie Rainer erfährt, muss der Verkauf vom Gemeinderat genehmigt werden, der über ein Vetorecht verfügt. Sollte der Staat ein Interesse an der Immobilie haben, müsste Rainer Sven und Lily den vollen Kaufbetrag zurückerstatten und erhielte stattdessen ein Angebot von der Gemeinde, das in der Regel weit unter dem liegt, was auf dem freien Markt zu erzielen ist. Auf diese Weise soll privates Eigentum sukzessive vergesellschaftet werden, und was Rainer vor einigen Jahren oder Jahrzehnten vielleicht noch grundsätzlich sympathisch gewesen wäre, erfüllt ihn nun nur noch mit kalter Verachtung. Er spricht bei sämtlichen ihm bekannten Gemeinderatsmitgliedern vor und bittet um Unterstützung. Die Anti-Chávistas unter ihnen versichern ihm, für den Verkauf zu stimmen, bei der nächsten Tagung des Gemeinderats aber wird die Entscheidung verschoben. Man vertröstet ihn auf die Tagung in zwei Wochen, doch Rainer kann und will nicht länger warten. Er wird beim Bürgermeister vorstellig und tischt ihm ein herzerweichendes Märchen von seiner Mutter auf, die schwer krank im kalten Deutschland lebe und in ein Altenheim ziehen und ihr Haus verkaufen müsse, »meine Mutter braucht jetzt meine Hilfe, sie hat sonst niemanden«, sagt er, und nein, er könne unmöglich sagen, wie lange das alles dauern würde, ihm bliebe daher keine andere Wahl, als die Posada zu verkaufen.

»Aber Sie kommen doch wieder?«

»Sí, claro, Señor Alcade«, lügt Rainer. »La Confianza, das ist doch jetzt meine Heimat!«

Der Bürgermeister versichert ihm, vor der nächsten Abstimmung alles in die Wege zu leiten, um das Geschäft in trockene Tücher zu bringen. Nur die Gemeinderatssitzung vorverlegen, das könne er leider nicht.

»Du hast also wirklich verkauft?«, sagt Albert beim Feierabendbier im leeren Restaurant.

Rainer nickt.

»Und dein Geld hast du auch schon?«

»Liegt alles sicher in Deutschland auf der Bank.«

»Und deine Sachen? Ich hab dich packen sehen.«

»Meine persönlichen Dinge kommen erstmal in ein Depot in Caracas, um den Rest kümmert sich Luis.«

»Was machst du dann noch hier?«

»Ich warte auf …«

»Ich frage dich, was machst du noch hier?«, wiederholt Albert, und jedes Mal, wenn Rainer zu einer Erklärung ansetzen will, wird sein Koch lauter. »Scheiße, Mann, was machst du noch hier? Die Devisen sind im Ausland, das Hotel ist verkauft, und du hast keine Steuern dafür bezahlt! Bist du wahnsinnig? Wenn die kommen, die nehmen dir als Allerersten deinen Pass weg. Dann bist du in Venezuela gefangen, und glaub mir, das wird kein Spaß. Also verdammt nochmal: WAS MACHST DU NOCH HIER?«

Ein Schwindel erfasst Rainer. Albert hat recht, was macht er noch hier? Zwar hat er den neuen Käufern sein Wort gegeben, die Stellung zu halten, bis auch die letzten Unwägbarkeiten geregelt sind. Zuerst aber muss er doch an sich und seine eigene Sicherheit denken. Sven und Lily haben sich nach der Vertragsunterzeichnung auf einen Roadtrip durchs Land begeben, sie werden frühestens in zwei Wochen wieder in La Confianza sein. So lange kann er nicht warten. Er ruft Luis in Caracas an und bittet ihn, so schnell es geht, vorbeizukommen. Tagelang verlässt er kaum noch das Hotel. In jedem Gast, der die Lobby betritt, sieht er einen Offiziellen in Zivil, der nach dem Rechten sehen und ihm neue Daumenschrauben anlegen will. Was passiert, wenn die Steuerbehörde, der Staat oder die Guardia Nacional spitzkriegen, dass er auf dem Absprung ist, er mag es sich gar nicht ausmalen.

Es ist bereits kurz vor Weihnachten, als Luis endlich in der Posada Shamaki eintrifft. Punkt für Punkt gehen sie in Rainers Büro das englisch- und spanischsprachige Handbuch durch, das er für den neuen Geschäftsführer angefertigt hat. An diesem Abend wird vorne im Restaurant eine Hochzeit gefeiert. Ein letztes Mal macht Rainer den großen Zampano und springt unter johlendem Applaus und nur mit einer Badehose bekleidet vom Balkon seines Schlafzimmers in den Pool, dann packt er einen Rucksack mit dem Allernötigsten. Seine restlichen Sachen, die Klamotten und Bücher, der Wandbehang aus Burma und die indischen Öllampen, sollen von seinen Mitarbeitern in Kisten verpackt und in der Spedition eines Deutsch-Venezolaners in Caracas zwischengelagert werden, der mal in der Posada zu Gast war.

Im Morgengrauen des 20. Dezembers lässt Rainer sich von Albert zum Hafen von Cumaná fahren, wo er die Fähre zur Isla Margarita nehmen wird. Er hat entschieden, die Insel mit einem Flug von Condor zu verlassen, einem dieser Bumsbomber voller Urlauber, das erscheint ihm die unauffälligste und sicherste Variante. Er hat sich weder bei Elvis, Rosa oder sonst wem verabschiedet.

»Man sieht sich immer zweimal«, sagt Albert, als er ihn am Hafen absetzt.

Rainer nickt, auch wenn er sich da diesmal nicht sicher ist. Eine rasche Umarmung, dann wirft er sich den Rucksack auf den Rücken und geht die Gangway zur Fähre hinunter, ohne sich noch einmal umzudrehen. Bei der Passkontrolle am internationalen Flughafen in Porlamar wird er von gleich zwei Beamten in die Mangel genommen. Sie begutachten jeden einzelnen Stempel in seinem Pass, fragen nach seinem Beruf und seiner letzten Tätigkeit in Venezuela.

Er arbeite als Kellner und werde in Frankfurt von seiner Familie am Flughafen abgeholt, antwortet Rainer. Die Beamten verziehen keine Miene. Sie durchsuchen seinen Rucksack, wollen den genauen Grund seiner Reise nach Deutschland wissen und warum er weder einen Koffer eingecheckt noch Devisen dabeihabe. Stoisch wiederholt Rainer die Geschichte, die er sich in den letzten Tagen zurechtgelegt und immer wieder aufgesagt hat: seine Mutter, das Altenheim, ein Notfall, bald wieder zurück.

Endlich wird der Ausreisestempel in seinen Pass gedrückt. Rainer behält seine Mimik unter Kontrolle, innerlich jedoch reckt er beide Fäuste in die Luft. Nie zuvor war er so froh, ein Land zu verlassen.

Jutta holt ihn am Frankfurter Flughafen ab. Es ist der 22. Dezember 2004 und bitterkalt. Rainer trägt nur eine Stoffhose, ein Polohemd und ein dünnes Jäckchen. Er besitzt keine Winterkleidung mehr und keinen einzigen Schlüssel. Kein Haus, keine Wohnung, kein Auto, kein Bankschließfach – Rainer hat ja nicht einmal mehr ein verdammtes Fahrradschloss.

Berühmte Fotokünstlerin. Wie naiv ich war. Als Jugendliche habe ich wirklich gedacht, ich müsse nur ein wenig an meiner Technik feilen, dann stünde mir alles offen. Stundenlang konnte ich mir unterschiedliche Werdegänge ausmalen und mich von einem heroischen Szenario ins nächste träumen. Ich bei der Arbeit mit Filmstars und Models, als unerschrockene Krisengebietberichterstatterin oder in meinem eigenen kleinen Studio, wo ich in aller Ruhe an meiner Bildsprache arbeitete, mit künstlerischen Ausdrucksformen experimentierte und aufregende neue Fotoserien zu den abseitigsten Themen entwickelte. Alles möglich, wenn ich nur genügend Einsatz zeigte und gut war in dem, was ich tat. Dabei war ich im wahren Leben vor allem eins: schüchtern. Dass ich würde netzwerken müssen, Klinken putzen und Honorare aushandeln, kam mir damals nicht in den Sinn. Auch nicht, dass es mir überhaupt nicht lag, in großen Teams zu arbeiten, und dass so etwas wie die Modefotografie damit schon mal komplett rausfiel. Mich halbwegs professionell zu verkaufen, das hat mir erst Sonja beigebracht. Sie war es auch, die mir nach und nach die wichtigen Leute aus den Agenturen und Verlagen vorstellte. Da war ich allerdings schon längst auf dem Trip, im Zweifel erst einmal jeden Job anzunehmen. Was ich alles gemacht, wen ich alles fotografiert habe. Die Belegschaft vom Jobcenter Rahlstedt. Den wie ein Iltis stinkenden Sprössling eines pfeffersäckigen Familienunternehmens mit seiner Parfümsammlung. Dann diese minutiös inszenierten Moorwanderungen mit aalglatten Politikern und ihren fette Schleimspuren hinterlassenden PR-Leuten, die Firmenfeiern und Tagungen, die Familienporträts und Babybauchfotos.

Sogar die ein oder andere Hochzeit habe ich bis zuletzt mitgenommen. Aber auch bei diesen Jobs habe ich immer etwas gelernt, und über die Jahre fiel mir auf, dass die Leute sich von mir weniger bedroht und bewertet fühlten als von vielen meiner Kollegen und Kolleginnen, die ein ganz anderes Auftreten hatten. Die Menschen öffneten sich mir, und nicht anders sah es ja hier auf der Lodge aus, mit Rainer und all den Dingen, die er Abend für Abend vor mir ausbreitete, darunter so manches, das ihn nicht unbedingt im besten Licht dastehen ließ.

Dass ich das Bild von ihm verkackt hatte, war mir vor mir selbst so unendlich peinlich, dass ich zunächst einfach resignierte. Fuck it, dachte ich, scheiß drauf, denk einfach nicht mehr dran.

Doch es gelang mir nicht. Ich konnte nicht drauf scheißen, nicht auf diese eine Sache. Den ganzen Abend und den kompletten nächsten Tag über konnte ich an nichts anderes denken als an mein Versagen. Ein simples Porträt nicht hinzubekommen und sich damit einfach abzufinden, das war das eine bisschen Selbstaufgabe, für das ich noch nicht bereit war. Und dann, hauptsächlich um endlich Ruhe vor mir selbst zu haben, gab ich mir nochmal einen Ruck.

Es war am frühen Abend. Rainer stand vor der Küche. Er hatte gerade mit Camila und Saira telefoniert und starrte gedankenverloren auf sein Telefon. Als könne er nicht glauben, dass die Stimmen seiner Liebsten eben noch aus diesem Gerät gekommen, nun aber wieder darin eingeschlossen waren. Kein guter Moment, dachte ich, ging aber trotzdem weiter auf ihn zu.

»Kann ich ein Foto von dir machen?«

Rainer schaute auf. »Was?«

»Ob ich ein Foto von dir machen kann.«

»Schon wieder?«

»Das letzte ist nichts geworden.«

»Ha«, machte er. »Ganz der Profi, wie?«

»Jetzt mal nicht frech werden«, sagte ich. »Stell dich da an die Palme. Und don't smile.«

»Ja, ja«, sagte er. »Be natural, ich weiß.«

Diesmal stellte ich scharf. Und nahm mir die Zeit, die ich brauchte.

»Das Kinn etwas höher. Jetzt schau mal kurz nach unten und dann wieder zu mir. Ja, genau so.«

Rainer folgte meinen Anweisungen, ordnete sich unter, driftete innerlich aber sofort wieder weg. Bleib bei mir, dachte ich. Nur kurz, nur noch einmal lächeln, bitte.

»Ich hab mal ein Kleinkind fotografiert«, sagte ich, »das sich genau in dem Moment, als es vor mir saß, übergeben musste.«

»Oha«, sagte Rainer. »Was hatte es gegessen?«

»Wackelpudding«, sagte ich.

»Grün oder rot?«

»Grün. Mein bestes Foto. Bisher jedenfalls.«

»Hervorragend!« Rainer lachte. Ich drückte auf den Auslöser. Sofort wurde sein Blick wieder ernst.

»Danke, das war's auch schon.«

»Gut. Man kommt sich ja langsam vor wie der letzte Promi, bei all diesem Geknipse.«

Bis in den April bleibt Rainer bei Jutta in Niederhofen. Jetzt, wo er müde und schwach ist und in vielerlei Hinsicht gescheitert, kommen die beiden wieder ganz gut miteinander aus. Sie gehen gemeinsam einkaufen und spazieren, schauen Filme und spielen ausgiebig mit Juttas Maine-Coone-Katzen, zwei fetten und anhänglichen Tieren, die von ihr über alle Maßen verwöhnt werden.

Jutta selbst ernährt sich mittlerweile vegan und hat sich aus den Versatzstücken verschiedener religiöser, spiritueller und weltanschaulicher Richtungen eine ganz eigene Welt gezimmert. Räucherstäbchen und Heilkristalle, Tarotkarten und Kräuterkunde, Meditation, Mythen. Einmal in Fahrt gekommen, kann sie sich in ellenlangen Ausführungen über die geheimen Pläne zur Abschaffung des Bargelds oder die wahren Drahtzieher hinter den Anschlägen vom 11. September verlieren, sich selbst bezeichnet sie als *Nonkonformistin*. Mehr als einmal versucht sie, Rainer die Bücher von Jan van Helsing und Jo Conrad nahezubringen, doch sosehr ihre Vehemenz und Unnachgiebigkeit ihm auch imponieren, so ganz kann und will er ihr nicht mehr folgen. Er ist einfach zu erschöpft, will nur noch ausruhen.

Jutta schickt ihn zum Osteopathen, zur Physiotherapie und zum Optiker, der ihm augenblicklich eine Brille verpasst. »Sie sind blind wie ein Maulwurf, guter Mann. Dass Sie mit den Augen überhaupt noch lesen konnten!«

Rainer hat seit seiner Ankunft in Venezuela nichts mehr gelesen, jedenfalls keine Bücher oder Zeitungen, nur Anträge, Lieferscheine, Rechnungen und behördliche Schreiben, eilig unterzeichnete Schriftstücke in spanischer Sprache, nach deren Erledigung er gleich zur nächsten Tat geschritten ist. Zwei Jahre lang hat er nur geackert, jeden Tag gab es tausend Dinge zu erledigen, er konnte kaum jemals Luft holen. Das holt er jetzt nach. Er richtet sich ein Lager in der Kammer unter dem Dach ein und versucht, wieder zu Kräften zu kommen.

»Bleib hier«, sagt Jutta. »Du bist kein junger Mann mehr, du hast dich lang genug ausgetobt.«

Doch sosehr Rainer auch versucht, sich mit dem Gedanken anzufreunden, es gelingt ihm nicht. *Weggegangen, Platz vergangen*, haben sie im Kindergarten gerufen, und genauso fühlt es sich an: Sein Platz hier ist vergangen, das Land ist ihm fremd geworden.

Zwei- oder dreimal telefoniert er mit Wolfgang, der auf die Frage nach seinem Befinden wie immer *nicht klagen* kann. Die Mutter und Herr Baum befinden sich auf einer mehrmonatigen Reise durch die Kalmückensteppe, zu Mia besteht nach wie vor kein Kontakt. Rainers Schwester hat vor kurzem noch einmal geheiratet, nun betreibt sie mit ihrem zweiten Mann ein Verpackungsunternehmen in der Nähe von Köln. »Dutzende Angestellte«, sagt Wolfgang, »und ein Maschinenpark, du machst dir kein Bild.« Wie es aussieht, hat die Mia sich wieder einmal aufgerappelt.

Die einzigen Bekannten, die Rainer in Deutschland zu Gesicht bekommt, sind Johnny und Doro. Jutta und er besuchen die beiden übers Wochenende in Bayern. Rainer erschrickt, als er seinen alten Freund das erste Mal nach so langer Zeit wiedersieht. Diabetes, faulende Zähne, eine Niereninsuffizienz, Johnny hat in den letzten Jahren gesundheitlich stark abgebaut. Und dann noch Hepatitis, eine Spätfolge seiner Heroinsucht. Seit Monaten ist er krankgeschrieben, er hat einen Schwerbehindertenausweis beantragt und kämpft um seine Frührente. Mehrmals die Woche muss er zur Dialyse, und weil er es nicht mehr hoch in die erste Etage schafft, schläft er auf dem Sofa im Wohnzimmer. Als sie bei einem Spaziergang am Tegernsee nebeneinander gehen, die Frauen sind ihnen ein ganzes Stück voraus, muss Johnny sich bei Rainer unterhaken.

»Ich war ja immer noch ab und zu drauf«, sagt er, »damals, als ich für deinen Ami die Modehäuser und Boutiquen abgeklappert hab. Wie ich da manchmal aufgetaucht bin …«

»Du warst auf Schore?«

»Auch, ja.«

»Während du für den Joe unterwegs warst?«

»Hab da nur noch geraucht, nicht gedrückt. Aber ja. So ganz lassen konnte ich von dem Zeug nie.«

»Und jetzt?«

»Jetzt?« Johnny lacht. »Jetzt habe ich andere Sorgen, sieht man das nicht?« Er wird von einem schlimmen Hustenanfall geschüttelt, muss stehen bleiben, krümmt sich. Rainer stützt ihn und klopft ihm sachte auf den Rücken.

»Und die Doro?«, fragt er, als sein Freund sich beruhigt hat und sie sich vorsichtig wieder in Bewegung setzen. »Wusste sie davon?«

»Ja. Meistens jedenfalls. Hat mich ehrlich gesagt gewundert, dass ihr davon nie was mitbekommen habt, die Jutta und du. Ich war ja oft ganz schön neben der Spur. Was hab ich mich elend gefühlt mit meinen miesen Umsätzen damals. Was du dir da für einen Versager angelacht hattest.«

»Ach wo«, sagt Rainer, der seinerseits ein heftiges Gefühl von Scham empfindet. Dass er nicht gemerkt hat, wie schlecht es seinem Freund damals ging. Dass Johnny offenbar nie den Mut hatte, sich ihm anzuvertrauen. Wie ein altes Ehepaar schreiten die beiden unter einem bleigrauen Himmel im Schneckentempo durch die Landschaft und versuchen zu rekapitulieren, wer wo welche Abzweigung genommen hat und weshalb alles gekommen ist, wie es kam. Am Ende, zwischen zwei weiteren schlimmen Hustenattacken, gesteht Johnny ihm, dass kaum eine Nacht vergeht, in der er nicht darüber nachdenkt, sich ins Auto zu setzen und mit Vollgas gegen die nächste Wand zu fahren.

Tags drauf lässt Rainer sich von Jutta zum Münchener Flughafen bringen und nimmt den Flieger nach Rom, um Nicola und Ornella zu besuchen.

»Der Mann hält sein Wort, gefällt mir«, sagt Nicola auf dem Weg zu ihrer Wohnung im Stadtteil Trastevere.

»So schnell hätten wir allerdings nicht mit dir gerechnet«, sagt Ornella, und Rainer:

»Tja, ich am allerwenigsten.«

Die beiden haben ihm das Bett im ehemaligen Zimmer von Ornellas Tochter zurechtgemacht. Zu dritt besuchen sie den Gianicolo-Hügel, die Filmstadt Cinecittà und ein Fischrestaurant auf der Tiberinsel, in dem Nicolas ältester Sohn arbeitet, der ihnen ein phantastisches Sieben-Gänge-Menü serviert, mit Weinbegleitung, Digestif und allen Schikanen. Es sind schöne Tage, die Gastfreundschaft der beiden ist umwerfend, doch Rainer ist nicht wirklich aufnahmefähig und froh, als er im Flieger zurück nach Deutschland sitzt.

Wo allerdings schon die nächsten Reisevorbereitungen auf ihn warten. Jutta hat ihn überredet, sie nochmal nach Indien zu begleiten.

Sie verbringen ein paar Tage in Neu-Delhi, dann machen sie sich auf nach Baghpat und treffen die Betreiberin eines Heims für Straßenkinder, mit der Jutta seit einer Weile in Kontakt steht. Rainer glaubt, bei seiner Exfrau eine neue

Nachdenklichkeit zu erkennen, eine Trauer darüber, nie selbst Mutter geworden zu sein, oder die Angst, eines Tages ganz allein und einsam zu sterben, ohne der Welt etwas hinterlassen oder sich einer sinnstiftenden Aufgabe gewidmet zu haben. Ein Gefühl, das sich verfestigt, als sie nach Rajasthan weiterreisen und Jutta ihn davon zu überzeugen versucht, eins dieser schönen alten Havelis zu kaufen.

»Kaufen? Wir beide, zusammen?«

»Warum nicht?«

»Und dann?«

»Dann bauen wir es zu einem Guesthouse um und bleiben hier. In Indien ging's uns doch immer gut, und was haben wir zu verlieren?«

Rainer, der immer schon ein Faible für die palastartigen Patrizierhäuser mit den traditionellen orientalischen Mustern hatte, kommt ins Grübeln, und für ein paar Tage ist da tatsächlich dieses alte Brennen in ihm. Sie nehmen Kontakt zu einem Makler auf und machen mehrere Besichtigungstermine von in Frage kommenden Objekten in der Region Shekhawati aus. Gleich beim ersten Termin, sie sind im Wagen des Maklers nach Mandawa gefahren und gerade ausgestiegen, erreicht sie eine Nachricht von Doro. Johnny sei mit einer Lungenentzündung ins Krankenhaus eingeliefert worden, wo man ein Leberkarzinom entdeckt habe, fortgeschrittenes Stadium. Die beiden müssten sich beeilen, wenn sie ihn noch einmal sehen wollten.

Jutta und Rainer fahren zurück nach Delhi und nehmen den nächsten Flug nach Frankfurt, doch sie kommen zu spät.

Obwohl Rainer in den letzten Jahren kaum noch Kontakt zu Johnny hatte, wirft ihn der Verlust völlig aus der Bahn. Bei der Beerdigung auf dem Gemeindefriedhof Rottach-Egern heult er Rotz und Wasser, in den Tagen darauf kommt er kaum noch aus dem Bett. Jutta plädiert dafür, nach Indien zurückzukehren und den Hauskauf voranzutreiben, doch Rainer sieht sich dazu außerstande, und je mehr sie ihn drängt, desto unsicherer fühlt er sich mit der ganzen Sache. Er zieht sich zurück und überlegt hin und her, bis er ihr eines Abends beim Essen eröffnet, dass er zurück nach Südamerika gehen wird.

Entsetzt lässt Jutta die Gabel fallen. »Ich päppel dich hier wochenlang wieder auf, und kaum bist du einigermaßen beieinander, lässt du mich sitzen?«

»Ich lass dich nicht sitzen.«

»Ach, nein? Was denn dann?«

»Ich sehe meine Zukunft nun mal nicht in Indien, das ist alles.«

»Gut«, sagt Jutta, »schön. Wohin dann? Nach Bolivien? Argentinien? Auf irgendeine Insel?«

»Tja. Das muss ich noch rausfinden.«

»Okay. Dann lass es uns rausfinden.«

»*Uns?*«

»Ich komme mit.«

»Nach Südamerika?«

»Na klar!«

»Jutta«, sagt Rainer mit ruhiger Stimme. »Ich weiß nicht, ob das so eine gute Idee ist.«

»Warum nicht? Sag's mir!«

»Warum nicht, willst du wissen?«

»JA, HERRGOTT, WARUM NICHT! SAG ES MIR!«

»Vielleicht weil es dir dort gar nicht gefällt? Weil du Südamerika hasst und weil das alles *kleine Machos* sind da unten, die *keine Tiefe haben*?«

»SCHWACHSINN!« Jutta springt auf. »Sag doch einfach, dass du mich nicht dabeihaben willst! Dass du dir von Anfang an nur ein paar Streicheleinheiten abholen wolltest, nur um mir BEI ERSTBESTER GELEGENHEIT ein MESSER IN DEN RÜCKEN ZU RAMMEN! MAL WIEDER!«

Sie stürmt aus der Küche und knallt die Tür ins Schloss. Dann kommt sie zurück und fegt Rainers Teller vom Tisch, sein Besteck, sein Glas. Sie trampelt in den Scherben herum, sie heult, und sie wütet und kriegt sich gar nicht mehr ein, sieht sich um den gemeinsamen Traum betrogen, um ihren Lebensabend oder gleich um ihr ganzes Leben. Rainer kommt es vor, als wäre er wieder Anfang vierzig und säße in der Küche ihrer gemeinsamen Wohnung in Frankfurt, verachtet, angeklagt und für schuldig befunden, und später in der Nacht gibt er völlig zermürbt zu, dass er sie nicht dabeihaben will, dass ihm seine Freiheit wichtiger ist als alles andere und er sich ein Leben an ihrer Seite nicht mehr vorstellen kann. Am nächsten Morgen ruft er ein Taxi zum Bahnhof und steigt in einem gesichtslosen Hotel am Frankfurter Flughafen ab, und als er zwanzig Stunden später im Flugzeug sitzt und die Landschaft unter ihm sich in die Landschaft der Märklin-Eisenbahn verwandelt, mit der sein Bruder und er als Kinder *Zugentgleisen* gespielt haben, da hat er das Gefühl, vollkommen in der Luft zu hängen, ohne Ziel und ohne Aufgabe zu sein und nirgendwo hinzugehören. Wie es aussieht, ist Rainer zum Ankommen einfach nicht gemacht.

Ciro und Miguel holen ihn in Sucre am Flughafen ab. »Willkommen zuhause«, sagt Ciro, als sie sich in der Vorhalle in die Arme fallen, und dass Miguel und er sich für die nächsten Tage nichts vorgenommen haben und alles wissen wollen, was zuletzt bei Rainer los war. »Bis heute Abend«, sagt er, als die beiden ihn vor seinem ehemaligen Haus absetzen, in dem er die nächsten zwei Wochen bleiben wird. Klaus, der neue

Besitzer, jettet gerade mal wieder mit einem Abwasserprojekt über den Kontinent und hat Ciro die Schlüssel dagelassen.

Es ist ein seltsames Gefühl, das Haus nach so langer Zeit zu betreten. Klaus hat das Bad renoviert und neue Fenster einbauen lassen, hinten im Anbau wurde ein gemütliches kleines Gästezimmer eingerichtet. Alles Dinge, die Rainer sich während seiner fast fünf Jahre in Sucre ebenfalls vorgenommen hat, zu denen er aber nie gekommen ist. Es kommt ihm unendlich lange her vor, dass er hier gelebt hat, und es ist nicht von der Hand zu weisen, wie sehr er die friedliche, offene Atmosphäre dieser Stadt vermisst hat. Abends gibt es einen herzlichen Empfang in der Casa Trulli, in den kommenden Tagen begegnet Rainer immer wieder alten Bekannten auf den Straßen, die ehrlich erfreut scheinen, ihn bei bester Gesundheit wiederzusehen. Doch all diese Begegnungen hinterlassen einen schalen Beigeschmack, genau wie die Nächte in dem Haus, das Rainer einst entdeckt und zu seinem Refugium gemacht hat und in dem er nun nur noch zu Gast ist. Jeder Tag fühlt sich an wie ein Aufwärmen längst vergangener Zeiten, und als Klaus nach Sucre zurückkehrt, packt Rainer seinen Rucksack und macht sich wieder auf den Weg.

Monatelang streunt er kreuz und quer über den Kontinent und hält Ausschau nach einem Ort, an dem er heimisch werden kann, vergebens. Die chilenische Insel Chiloé ist schön, aber zu nass und zu kalt, Argentinien zu teuer, Panama zwar investitionssicher, aber zu amerikanisiert für seinen Geschmack, und in Brasilien gäbe es wieder die Sprachbarriere. Er wartet darauf, dass sich irgendwo eine Tür öffnet, meldet sich bei ehemaligen Freundinnen und Affären, doch nichts passiert, Rainer fühlt sich überall wie Falschgeld. Schließlich landet er in Cartagena, der *Perle der Karibik*, wo das Abenteuer Südamerika für ihn einst begonnen hat. Er meldet sich bei Consuela, die mittlerweile verheiratet ist und mit ihrem Mann und zwei kleinen Kindern in einem Vorort von Barranquilla lebt. Unter einem Vorwand setzt seine *Anwältin* sich ins Auto und verbringt eine Nacht mit ihm in seinem Hotel unweit des Hafens. Am nächsten Morgen, Consuela hat sich gerade von ihm verabschiedet und den Fernseher angelassen, bleibt Rainer bei einer Sendung über den Chocó hängen, einer der entlegensten Provinzen Kolumbiens. Es geht um einen Ort an der Grenze zu Panama namens Capurganá, was in der Sprache der Kuna-Indianer *Das Land des roten Chili-Pfeffers* bedeutet. Etwa eine Bootsstunde von diesem Ort entfernt haben die Spanier im Jahr 1510 eine ihrer ersten Siedlungen auf dem amerikanischen Kontinent gegründet, Santa María la Antigua del Darién, die sie aufgrund des erbitterten Widerstands der Ureinwohner schon dreizehn Jahre später wieder aufgeben mussten und deren Name Rainer, seit er als Heranwachsender zum ersten Mal in einem seiner Abenteuerbücher davon las, niemals losgelassen hat.

Ein Zeichen? Möglich, denkt Rainer, der nach dem rastlosen Rumgeirre der letzten Monate nach jedem Strohhalm greift. Er packt seine Sachen und nimmt den nächsten Bus nach Medellín, wo er einen Platz in einer Propellermaschine nach Capurganá bucht und zum Flughafen fährt. Der abenteuerliche Flug führt über dichten Dschungel und die Sumpfgebiete im Delta des Río Atrato hinweg und endet auf einer winzigen und von tropischem Regenwald umgebenen Piste am Ortsrand von Capurganá.

Der erste Eindruck ist alles andere als berauschend. Capurganá ist ein staubiges und verschlafenes Viertausend-Seelen-Nest, in dem es weder Geldautomaten noch Autos, ja nicht einmal Straßennamen gibt. Gnadenlos knallt die Mittagssonne auf die tristen flachen Bauten hinab, in deren Schatten abgemagerte Hunde liegen und träge vor sich hin gähnen. Rainer nimmt sich ein Zimmer in einer einfachen Pension im Ortskern und geht runter zum Wasser. Er setzt sich vor eins der Restaurants an dem kleinen, betriebsamen Hafen, bestellt eine gebratene Languste mit Reis und ein kaltes Bier und lässt seinen Blick schweifen. Von seinem Platz aus schaut er geradewegs auf eine Bucht ein paar Kilometer südlich, nicht viel mehr als ein schmaler, im gleißenden Sonnenlicht phosphoreszierender Streifen am Horizont.

»Was ist das?«, fragt er die Kellnerin, als sie das Bier vor ihm abgestellt hat.

»Was meinen Sie?«

»Diese Bucht da drüben.«

»Ach, das. Das ist Soledad.«

»Ein Dorf?«

»Eigentlich nur ein paar Häuser.«

»Und daneben?«

»Da ist ein Strand.«

»Sonst nichts?«

»Sonst nichts«, sagt die Kellnerin achselzuckend und nimmt die Bestellung am Nebentisch auf.

Rainer würde am liebsten direkt wieder abreisen, doch der nächste Flug zurück nach Medellín geht erst am darauffolgenden Tag, also läuft er zurück zur Pension und legt sich aufs Bett. Abends hockt er am Tresen einer der Bars am Hafen, trinkt Bier und schaut aufs Meer hinaus. Die Luft ist salzig und schwer, fast kann man sie trinken. Neben ihm sitzt ein Mann, der sich ständig nervös ans Ohr fasst und an seinen Fingern riecht. Er hat eine halbvolle Flasche Aguardiente vor sich stehen und kippt einen Schnaps nach dem anderen, und dann sieht Rainer, wie er sich zur Seite dreht, um vom Wirt unbemerkt eine Nase Koks zu ziehen, die er sich aus einem schmalen Röhrchen direkt auf den Handrücken kippt. »Kleines Näschen gefällig?«

Dankend lehnt Rainer ab. Sie kommen ins Gespräch. Durán, ein Afrokolumbianer von Mitte dreißig, ist in Capurganá geboren und aufgewachsen. Er habe immer an diesem Ort gelebt, abgesehen von ein paar Wochen, die er im Jahr zuvor zum Arbeiten auf der anderen Seite des Golfs verbracht habe, »in der Nähe von Turbo, kennen Sie vielleicht«.

Was er denn beruflich mache, fragt Rainer.

»Ach«, sagt Durán, er helfe *mal hier und mal dort* aus. Zurzeit gehe er es *etwas ruhiger* an und kümmere sich für *einen Caballero aus Medellín* um dessen Grundstück am Meer. »Hab da gerade eine komplette Woche verbracht und mir den Sack gekratzt. Heute ist mein erster freier Abend in der Stadt, da hat man Redebedarf, Sie verstehen schon.« Er lacht, dann schüttelt er ein weiteres Häufchen Kokain auf seinen Handrücken und zieht die Hälfte durch das rechte Nasenloch.

Was das für ein Grundstück sei, fragt Rainer aus purer Höflichkeit.

»Ein Riesengelände, gut anderthalb Stunden Fußmarsch südlich von hier«, antwortet Durán. »Oder 'ne Viertelstunde mit dem Boot. Das Nest heißt Soledad.«

Rainer stutzt. »*Soledad?* Sie sind schon der Zweite heute, der mir von diesem Ort erzählt.«

»Ach ja?«, macht der andere. »Nun, es ist ein besonderer Ort und für mich ein guter Job. Leider nicht mehr lange. Mein Patrón will es abstoßen. Ist nicht mehr oft genug hier, sagt er. Blöd für mich, aber was will man machen. Such ich mir eben was anderes.«

Er hat sich gerade zur Seite gedreht, um den Rest des Pulvers von seinem Handrücken zu schniefen, als der Wirt hinter dem Tresen hervorgeschossen kommt, ein dürrer Kerl mit eingefallenen Wangen und zornigem Blick, der Durán grob am Kragen packt und unter wüsten Beschimpfungen an die frische Luft setzt: »Ich hab's dir tausendmal gesagt, nicht in meinem Laden! Kümmer dich lieber um deinen Jungen, du Kanaille!«

Am nächsten Morgen, einem Sonntag, wacht Rainer früh auf. Sein Flug geht erst am Nachmittag. Er trinkt einen Tee im Frühstücksraum der Pension und fragt die Wirtin, ob sie einen Mann namens Durán kenne.

Misstrauisch sieht sie ihn an. »*Der* Durán?«

»Gibt es hier mehrere?«

»Nur den einen.«

Durán wohnt in einem kleinen Holzhaus mit Wellblechdach am Ortsrand. Er ist schon wach, als Rainer dort ankommt, oder immer noch, schwer zu sagen. Mit blutunterlaufenen Augen und freiem Oberkörper liegt er in einem Schaukelstuhl auf der Veranda und schimpft mit seiner Frau und seinem Sohn, einem etwa zehnjährigen Jungen namens Newton, der Rainer schüchtern die Hand gibt und dem der Zustand seines Vaters sichtlich unangenehm ist.

Argwöhnisch, beinahe ängstlich mustert Durán seinen Besucher. »Hey, Amigo, was treibt dich denn hierher?«

»Dieses Gelände, von dem du gestern erzählt hast«, sagt Rainer, »dieses … *Soledad*?«

»Ja. Was ist damit?«

»Kommt man da jetzt irgendwie hin? Ich würd's mir gerne mal ansehen.«

Er müsse sich nur kurz frisch machen, sagt Durán mit einem

Anflug von Erleichterung, als hätte er sonst was erwartet, und verschwindet in der windschiefen Hütte. Mit einem frischen Hemd und übertrieben nach Aftershave riechend kommt er wieder raus. Gemeinsam gehen sie runter zum Hafen, wo sie einen Lanchero anheuern, der sie in seinem Motorboot über die Bucht bringt und der ein Stück unterhalb eines mächtigen Felsens anlegt, der wie der Bug eines Schiffs über das sanft an Land schlagende Wasser hinausragt.

Rainer ist sofort hin und weg. Das Aufeinanderprallen der Elemente, die Erde, die Luft und das Wasser, dazu diese feurig-intensiven Farben und die stetige Brise vom Meer, die die Moskitos fernhält: Dies ist der Ort, nach dem er gesucht hat, hier will er sein neues Hotel errichten. Keine Posada diesmal, kein abgeschlossenes Gebäude, in dem er mit seinen Übernachtungsgästen unter einem Dach schläft, sondern eine offene Lodge mit vielen einzelnen Cabañas, die sich in großzügigem Abstand auf dem Gelände verteilen und deren Eingänge und Veranden allesamt zum Meer ausgerichtet sind. Etwas Exquisites und Besonderes, eine Oase fernab vom Trubel und der Hektik der Stadt, eine Art von Etablissement, die diese Gegend noch nicht kennt.

»Dein Patrón, wie hieß der noch?«, fragt er Durán.

»Jesús.«

»Und er will wirklich verkaufen?«

Durán lacht. »Jesús ist Paisa, der will immer irgendwas verkaufen.«

»Okay«, sagt Rainer, »dann ruf ihn an.«

Zwei Tage später treffen sie sich am Hafen von Capurganá. Jesús kommt geradewegs auf ihn zu. Ein kompakter und äußerst selbstsicher wirkender Latino, der Rainer mit seinen wulstigen Lippen und dem vorstehenden Kinn an Benito Mussolini erinnert. Jesús kommt aus Medellín und hat eine Weile in den USA gelebt, Rainer und er sprechen Englisch miteinander. Sie nehmen eine Lancha nach Soledad, für die Jesús nur die Hälfte dessen bezahlt, was Rainer Tage zuvor an den Lanchero abdrücken musste. In Capurganá ist es ein offenes Geheimnis, in welchem Business Jesús reich geworden ist, und Rainer stellt fest, dass auch er in seiner Gesellschaft mit mehr Respekt behandelt wird. Jesús will einhunderttausend Dollar für den gut zehntausend Quadratmeter großen Bereich zwischen den beiden mächtigen Felsen, inklusive Strand. Rainer versucht noch zu handeln, aber keine Chance. Mit Pinsel und blauer Farbe gehen sie über das Gelände und malen Striche an die Bäume und Steine, die Rainers zukünftiges Grundstück markieren. Tags darauf fliegen sie nach Medellín und suchen eine Anwaltskanzlei auf, in der der Kaufvertrag aufgesetzt wird. Um den Geschäftsabschluss zu feiern, nimmt Jesús seinen deutschen Gast mit zu einem Edelbordell in den Hügeln, das mal Pablo Escobar gehört haben soll und in dem sie behandelt werden wie Könige.

Alle raten Rainer von dem Projekt ab. Jutta, Wolfgang und seine Mutter sowieso, aber auch seine Freunde und Bekannten in Südamerika, Miguel, Ciro und Rudi in Sucre, Shamaki und ihre Eltern in Peru und Consuela, die selbst Verwandtschaft im Chocó hat. Er verstünde die Mentalität der Menschen dort oben nicht, sagt sie, die Härte des Landstrichs und seine vielen ungeschriebenen Gesetze. Der Chocó sei eine der ärmsten Provinzen Kolumbiens und nicht sehr zivilisiert, ein lebensfeindliches und von der Zentralregierung vergessenes Gebiet, feucht, undurchdringlich und voller Banditen und Krankheiten. Die Korruption sei unvorstellbar, und die Gewalt entzünde sich oft an Banalitäten. Sie erzählt davon, wie ihre eigene Mutter Anfang der Neunziger vor der Hoffnungslosigkeit im Chocó geflüchtet sei und vom mächtigen, aus rechtsgerichteten paramilitärischen Gruppen hervorgegangenen Clan del Golfo, den sogenannten Urabeños, die das Gebiet kontrollierten und überall ihre Finger im Spiel hätten, von Drogen- und Waffenhandel, Schutzgelderpressung, Entführungen und illegalem Bergbau bis hin zu den legalen Geschäften. Consuela bekniet ihn, die Entscheidung noch einmal zu überdenken. »Geh nach Cartagena oder Santa Marta«, sagt sie, »hier an der Küste kann man gut leben und Geld verdienen«, doch für Rainer gibt es kein Zurück, er hat den Kaufvertrag unterschrieben und ist der Magie seines neuen Grundstücks bereits hoffnungslos verfallen.

Er bezieht ein schmuckloses Zimmer im Garten eines schlichten Hotels im Dorfkern von Capurganá, von dem aus er seine nächsten Schritte plant. Jesús hat ihm eine Steuerberaterin aus Medellín vermittelt, Gabriela, die auch die Buchhaltung für eine regionale Restaurantkette macht, mit der Jesús lose verbandelt ist – Jesús scheint mit allem und jedem auf irgendeine Weise verbandelt zu sein. Der Kaufvertrag, der Grundbucheintrag, die Firmengründung, es ist ein nervenaufreibender Papierkrieg, und an manchen Tagen ist Rainer kurz davor, vor Frust in den Schreibtisch zu beißen. Doch er hat sich geschworen, aus den Fehlern in La Confianza zu lernen und diesmal von Anfang an alles auf solide Beine zu stellen.

»Konzentrier du dich ganz auf dein Hotel, ich kümmere mich um die Kommunikation mit den Behörden«, sagt seine Steuerberaterin, und Rainer ist heilfroh, wenigstens einen Teil der Verantwortung abgeben zu können. Gabriela hilft ihm bei der Eröffnung eines Kontos und bei der sauberen Einfuhr von Devisen, und da Rainer belegen kann, dass er mehr als einhunderttausend US-Dollar in sein zukünftiges Unternehmen stecken wird, bekommt er ein Investorenvisum ausgestellt, mit dem sein Aufenthaltsstatus erst einmal gesichert ist. Nur um eine Sache, vor der er sich in seiner Zeit in Venezuela noch erfolgreich gedrückt hat, kommt er nun nicht mehr herum: Rainer kauft sich ein Mobiltelefon.

Diego, ein muskelbepackter Neunzehnjähriger aus Capurganá, hilft ihm bei den ersten Bauarbeiten. Mit Axt und Motorsäge fällen sie Bäume und schaffen Platz. Wie ein Tiger rennt Rainer auf dem Grundstück auf und ab, klettert auf diesen Felsen, setzt sich auf jenen Stein und versucht, sein zukünftiges Hotel zu imaginieren. Ein markanter Platz neben dem hinteren Felsen wird zum Ausgangspunkt der Bauarbeiten, dort wird Rainer seine erste Cabaña errichten, die *Casa Sucre*.

Diegos Stiefvater Carlos ist Inhaber einer Schreinerwerkstatt in Capurganá, nicht viel mehr als eine Garage mit ein paar rostigen Werkzeugen, schlechter ausgestattet als so mancher Hobbykeller in Deutschland. Carlos erklärt sich bereit, die Holzarbeiten zu übernehmen, zusammen mit zwei seiner Brüder, die extra dafür aus dem fernen Bogotá zurückkommen, wo sie als Handlanger und Tagelöhner ihr Glück gesucht haben. Rainer macht einen Deal mit ihnen und kauft die nötigen Geräte und Maschinen, eine Kappsäge, eine Kreissäge, unterschiedliche Fräsen, Bohrer und Schrauber, deren Gegenwert Carlos und seine Brüder dafür bei ihm abarbeiten. Alles wird mit den Versorgungsbooten aus Turbo oder Necoclí herübergeschafft, das Werkzeug, der Zement, das Holz und die Leitungen bis hin zu Rohren, Kabeln, Schrauben und Nägeln. Weil es keine Straßenverbindungen gibt, muss das ganze Zeug in Capurganá auf kleinere Boote umgeladen und zu dem improvisierten Bootsanleger nahe Rainers Grundstück gebracht werden, wo es in Schubkarren verladen oder per Hand aufs Gelände geschleppt wird. Eine Schweinearbeit. Bevor die erste Hütte errichtet werden kann, muss ein gigantischer Stein in der Mitte des Grundstücks freigelegt und mit einer Drahtseilwinde gut fünf Meter zur Seite bewegt werden. Allein diese *Grundsteinlegung*, wie Rainer das schweißtreibende Unterfangen nennt, nimmt drei Tage in Anspruch. Jeden Morgen um sechs verlässt er seine schmucklose Kammer in Capurganá und eilt runter zum Hafen, um sich zusammen mit seinen Arbeitern von einem der Lancheros rüber nach Soledad schippern zu lassen, wo sie erst kurz vor Sonnenuntergang wieder abgeholt werden, und an manchen Abenden ist er so kaputt, dass er vor Erschöpfung nicht einschlafen kann.

Die Lodge wird buchstäblich aus dem Dschungel gehackt. Den Strom zwacken sie erstmal bei Jesús ab, dessen halb verfaultes Holzhaus am Hügel Monate später abgerissen und auf der Lodge verbaut wird, so wie auch jeder einzelne auf dem Grundstück gefällte Baum. Als die erste Hütte errichtet und halbwegs bewohnbar ist, bleibt Rainer, sooft es geht, über Nacht auf dem Grundstück. Abends sitzt er mit einer Flasche Bier auf der primitiven Bank am Strand, die er sich aus Holzresten gezimmert hat, und schaut aufs Meer hinaus. Er lauscht dem erwachenden Leben im Dschungel und fühlt sich wie Gott, der die Welt erschafft. Wenn sein Vater ihn nur so sehen könnte. Wie weit er gekommen ist, wie weit er es gebracht hat.

Weil die Waren dort günstiger sind als in den deutlich näher gelegenen Küstenstädten Turbo oder Necoclí, muss er regelmäßig zur Materialbeschaffung nach Cartagena. In seiner geliebten Karibikmetropole angekommen, nimmt er sich ein Zimmer in seinem Stammhotel an der Plaza de la Aduana, zieht einen Haufen Bargeld aus dem Automaten und gönnt sich ein gutes Abendessen. Am nächsten Morgen klappert er die Geschäfte ab, deren Inhaber ihn mittlerweile mit Vornamen begrüßen und seine Einkäufe mit verschiedenen Speditionen nach Capurganá verschiffen lassen. Abends nimmt er oft noch eine Frau mit aufs Zimmer, und bei einer dieser Gelegenheiten wird er ausgeraubt. Rainer ist an diesem Tag erst angekommen und hat bündelweise Bargeld dabei, wie immer gut verstaut im Geheimfach seines Rucksacks. Er steht unter der Dusche, als die Prostituierte mit einer Rasierklinge das Fach öffnet und mit achthundert Dollar in bar und weiteren zweitausendfünfhundert Dollar in Pesos türmt. Der Rezeptionist kennt die Frau, er glaubt sogar zu wissen, wo sie wohnt, doch auf der Polizeistation gibt man Rainer unumwunden zu verstehen, dass man einen solch hübschen Batzen Geld, sollte er jemals wieder auftauchen, lieber selbst behalten wird.

Zurück in Capurganá, erzählt Rainer der Schwester seiner Pensionswirtin von dem Vorfall, wenn auch unter Auslassung einiger pikanter Details. Siely ist eine alleinstehende Mestizin von Ende dreißig, die filterlose Pielroja raucht und im Dorf nur *la bruja* genannt wird, die Hexe. Ihr gegenüber spricht Rainer von einer *jungen Frau*, die er *in einer Bar kennengelernt* habe, worauf Siely ein spöttisches Grinsen auflegt: »Ich hoffe, die Gute war ihr Geld wenigstens wert!«

Doch statt weiter darauf rumzureiten, zündet sie sich eine Kippe an und wechselt den Ton. Geduldig und mit fester Stimme, als würde sie ihm die Grundregeln des Einmaleins erklären, bläut sie ihm ein, dass er zu weich sei und härter werden müsse, wenn er sich in dieser Region behaupten wolle. Für Schwäche gebe es in der Macho-Kultur Kolumbiens weder Respekt noch Mitleid, im Gegenteil. Es gehöre gerade dazu zu beweisen, was für ein Schlitzohr man sei, da müsse er doch nur mal den Fernseher einschalten – der Held sei immer der, der am besten betrüge. »Als weißer Europäer bist du hier nicht mehr als eine wandelnde Brieftasche«, sagt sie, die Mentalität der Menschen im Chocó erklärt sie mit einem Witz: »Ein Ohrenarzt geht in Rente und übergibt die Praxis an seinen Sohn. Am ersten Tag kommt ein langjähriger Patient rein und sagt: ›Ihr Vater hat mir zweimal die Woche einen Tropfen in die Ohren getan, dann ging's mir wieder gut.‹ Darauf der junge Arzt: ›Na, dann schauen wir uns das mal an.‹ – ›Nicht nötig‹, sagt der Patient, ›ich brauche nur diese Tropfen.‹ Der junge Arzt besteht darauf, sich das Ohr trotzdem einmal anzusehen. ›Mensch, Sie haben ja einen Wurm im Ohr‹, sagt er, ›das ist ja der Wahnsinn, den nehmen wir jetzt mal raus.‹ Er nimmt den Wurm heraus und fragt den Patienten, wie es ihm nun geht. ›Wunderbar‹, sagt der, ›toll, ich kann wieder richtig hören! Und meine Tropfen?‹ ›Die brauchen Sie nicht mehr, Sie sind geheilt.‹ Als der junge Arzt beim Abendbrot seinem Vater davon erzählt, läuft dieser vor Wut rot an: ›Was glaubst du eigentlich, was dir dein Studium finanziert hat, du Ochse?‹«

Siely lacht und drückt ihre Zigarette aus. »Und genauso wird hier überall gearbeitet. Probleme werden nicht gelöst, sondern verwaltet, und wenn du nicht aufpasst, wenn du dem nicht gleich einen Riegel vorschiebst, dann wirst du ausgenommen wie eine Weihnachtsgans.«

»Okay«, sagt Rainer. »Was soll ich also machen?«

»Erstens: Benutz deine Ellbogen.«

»Ellbogen. Okay, habe ich.«

»Das werden wir noch sehen.«

»Und zweitens?«

»Zweitens: Du stellst mich ein«, antwortet Siely. »Ich kenn mich aus in dieser Gegend, und ich hab keinen Ruf mehr zu verlieren, das kannst du mir glauben.«

Beeindruckt von ihrer klaren Ansage und der No-Bullshit-Attitude, geht Rainer auf das Angebot ein. Von nun an übernimmt Siely die Kommunikation mit den Arbeitern, den Spediteuren und den Lancheros. Gegen ein schmales Gehalt und Rainers Zusage auf eine weitere Zusammenarbeit nach der Eröffnung kümmert sie sich um die Bezahlung der Arbeiter, den reibungslosen Ablauf der Bestellungen und Lieferungen und die Verpflegung auf der Baustelle. Nebenbei schirmt sie Rainer von den jungen Frauen Capurganás ab, die in dem wohlhabenden Gringo eine gute Partie wittern. Sie streut sogar das Gerücht, selbst mit Rainer liiert zu sein, was dem, als er davon Wind bekommt, zu weit geht.

»Aus meinem Privatleben hältst du dich raus, okay?«

»Beruhig dich, Kleiner. Ich will dich nur schützen.«

»Danke, Siely, aber ich bin kein Kind mehr.«

»Dann benimm dich auch nicht wie eins! Lass dich nicht mit dahergelaufenen Weibern ein, mach einen Bogen um die Duráns dieser Stadt, verscherz es dir nicht mit den Paracos und häng nicht zu viel mit den Trotteln von der Polizei rum, klar?«

»Aye, aye, Commandante, zu Befehl!«

»Ich mein's nur gut mit dir, Rainer. Es gibt die Wildnis, und es gibt den Dschungel. Im Dschungel leben die Tiere, in der Wildnis leben die Menschen, aber für beide gilt dasselbe Gesetz. Du kannst den Menschen hier nicht trauen.«

»Außer dir natürlich.«

»Außer mir, ganz genau!« Siely grinst. »Und jetzt sieh zu, dass diese Palmblätter da anständig gesäubert und getrocknet werden, sonst schimmeln sie dir weg, und zwar noch ehe dein erster Hotelgast darunter gelegen und einen Furz gelassen hat.«

Auch wenn er ihr die lauteren Absichten nicht ganz abnimmt, Rainer befolgt Sielys Rat und zieht die Zügel an. Wer auf der Baustelle schludert oder pennt, wird einmal verwarnt und beim nächsten Mal gefeuert, ganz egal, wie viele Mäuler er zuhause zu stopfen hat. Schließlich gibt es in Capurganá und Umgebung mehr als genug Arbeitslose und Tagelöhner auf der Suche nach einem Job. Die Maßnahmen zeigen Wirkung, endlich kommt Zug in die Sache.

Rainer und seine Arbeiter legen das Fundament für das Haupthaus, dann wird der Felsen, auf dem das Restaurant errichtet werden soll, mit Steinen aufgefüllt und mit Beton ausgegossen. Sie bauen eine Staumauer am Bach oben im Wald, legen ein Reservoir an und leiten das Wasser über dicke Gummischläuche in die drei großen Tanks auf dem Grundstück, die Rainer aus Panama City hat kommen lassen. Sie legen ein Drainagesystem mit Sickergruben und septischen Tanks an und einen Brunnen, bei dessen Bau sie in zwei Metern Tiefe auf einen massiven Stein stoßen, der mit einem Gasbrenner und kaltem Wasser bearbeitet und anschließend Stück für Stück mit Spitzhacken abgetragen werden muss.

Dann machen sie sich an den Bau der Küche. Wasserleitungen, Sanitärarbeiten, Elektronik, mittlerweile steht halb Capurganá auf Rainers Gehaltsliste. Er kauft sich ein eigenes Boot und eine Küche, eine Waschmaschine, zwei Kühlschränke und eine gigantische Kühltruhe, außerdem palettenweise Fliesen, Spiegel, Matratzen und Keramik. Bei der Einrichtung der Cabañas orientiert er sich an den von Elvis entworfenen Möbeln aus der Posada Shamaki, deren Einzelteile er von einem Schreiner in Apartadó nachbauen und über den Golf verschiffen lässt, wo sie von Carlos und seinen Männern zusammengesetzt werden.

Als Letztes wird, wie damals in La Confianza, sein privater

Bereich fertig, das große Haupthaus, das er in einem zarten Rosaton streichen lässt und von dessen über die komplette Front verlaufendem Balkon im zweiten Stock er das gesamte Grundstück überblickt.

Weihnachten 2008, nach dreizehn Monaten Bauzeit, ist er so weit, dass er die ersten Gäste empfangen kann. Nur ein Name für das Hotel fehlt noch. Die ganze Zeit über hat er mit dem Namen CLUB CONSUELA geliebäugelt – nach der Posada Shamaki eine weitere Hommage an eine der Frauen aus Lateinamerika, ohne die er heute nicht wäre, wo er ist.

»Bist du bekloppt?«, sagt Miguel am Telefon. »*Club Consuela*, das klingt wie ein Bordell und kein sehr gutes.«

»Aber es soll etwas Persönliches sein.«

»*Persönlich persönlich*, davon kannst du dir auch nichts kaufen! Habt ihr nicht irgendwelche ausgefallenen Viecher da im Dschungel?«

»Brüllaffen gibt's hier«, sagt Rainer.

»Okay, das verschweigst du besser«, lacht Miguel. »Was noch?«

»Pelikane.«

»Der Pelikan ist das Symbol für den Opfertod Jesu Christi, viel zu schwer. Habt ihr keine … ich weiß nicht, Schildkröten oder so was?«

»Schildkröten gibt's. Die dunklen mit dem kleinen Kopf, diese Karettschildkröten.«

»Dann nimm das. CLUB TORTUGA. Oder nein, streich auch den Club, wir sind nicht mehr in den Achtzigern.«

»Wie wäre es mit TORTUGA LODGE?«, sagt Rainer.

»Das ist es! *Ferien auf der Tortuga Lodge, Geld spielt keine Rolle, wohin kann ich überweisen?*«

Gabriela schickt einen Fotografen aus Medellín, der Bilder macht und einen kurzen Imagefilm erstellt, während Gregor, ein aus Aachen stammender ehemaliger Gast der Posada Shamaki, sich um die Erstellung der Website kümmert.

Es ist ein soft opening. Rainer hat sich ein kleines Team zusammengestellt und legt einfach los. Siely ist für die Küche und den Einkauf zuständig, während eine junge Frau namens Petrona ihr dabei zur Hand geht und die Reinigung der Zimmer und die Wäsche übernimmt. Petronas Bruder, Rafael, kümmert sich um die Arbeiten am Strand und im Garten und steuert das von Rainer angeschaffte Boot, mit dem sie die Gäste am Hafen in Capurganá abholen. Rainers Aufgabe ist es, die An- und Abreisen zu koordinieren. Er verwaltet die Buchungen, begrüßt die Gäste und kümmert sich um die Bootstransfers und die tausend anderen kleinen Dinge, die täglich anfallen.

Seine ersten Gäste sind ein Paar aus Medellín, Bekannte von Gabriela, die ihren Honeymoon auf der Lodge verbringen. Rainer nimmt sie am Flugplatz in Capurganá in Empfang und transportiert sie und ihr Gepäck mit einer Kutsche zum Pier, wo Rafael mit dem Boot wartet. Sie wuchten die Koffer ins Boot und helfen den Gästen beim Einsteigen. Rainer erkennt sofort, dass die nicht unstrapaziöse Anreiseprozedur für die verwöhnten Städter bereits Teil des Erlebnisses ist.

»Wir haben gerade erst eröffnet«, erklärt er ihnen während der Überfahrt, »es ist alles noch ein wenig provisorisch«, denn tatsächlich sieht es auf weiten Teilen des Grundstücks noch ziemlich nach Baustelle aus, was sich, wie er ahnt, auch die nächsten Monate oder gar Jahre nicht ändern wird. Umso mehr freut es ihn zu sehen, wie verzückt die beiden von dem rauen Charakter des Ortes sind, der Abgeschiedenheit, dem einfachen und improvisierten Charme. Sogar Sielys deftige

Hausmannskost und der von der Karte der Posada Shamaki übernommene schwäbische Kartoffelsalat scheinen ihnen zu schmecken.

Es folgen ein Zahnmediziner aus Bogotá mit Frau und Kind sowie die Betreiberin einer Privatschule aus Medellín mit ihren zwei erwachsenen Töchtern, die in den folgenden Jahren zu Stammgästen werden und immer neue Freunde und Bekannte mitbringen. Es gibt Durststrecken, manchmal kommt über Wochen keine einzige Buchung rein. Langsam aber läuft die Mund-zu-Mund-Propaganda an, und über Ostern sind zum ersten Mal alle sechs Hütten belegt. Das Land hat sich verändert. Eine neue Generation von Drogenbaronen hat in Kolumbien das Ruder übernommen, ausgebuffte Geschäftsmänner, die smarter und zielgerichteter operieren. Die offene Gewalt ist zurückgegangen, in den meisten Teilen des Landes kann man wieder ohne Gefahr für Leib und Leben reisen. Immer zahlungskräftigere Gäste kommen auf die Lodge, nun auch die ersten internationalen Traveller aus Europa und den USA. Rainer ist zufrieden. Er ist weit weg von der Welt, wie er sie kannte, dafür kommt die Welt nun zu ihm. Und alle wollen sie seine Geschichte hören. *Wie zur Hölle sind Sie ausgerechnet hier gelandet? Was haben Sie vorher gemacht? Ach, in Bolivien, und in Venezuela auch? Aber Ihr Heimatland, das vermissen Sie gar nicht?*

Eines Abends stellt er fest, dass Geld fehlt. Die gesamten Einnahmen des Monats sind weg, fast fünf Millionen Pesos. Am Nachmittag, Rainer machte gerade eine kurze Siesta in der Hängematte auf dem Balkon, stand einer seiner Arbeiter vorm Haupthaus, ein Mann namens Hámilton. Er wollte etwas von Rainer wissen, das der aber akustisch nicht verstand, das Meer war zu laut. Er bat Hámilton, kurz hochzukommen.

Sie sprachen auf dem Balkon miteinander, die Umschläge mit den kurz zuvor gezählten Monatseinnahmen lagen drinnen auf dem Schreibtisch.

Am nächsten Morgen spricht Rainer seinen Arbeiter auf die Sache an. Hámilton reagiert empört. Wofür Rainer ihn denn halte, so etwas müsse er sich nicht anhören. Er kündigt noch am selben Tag.

Sie würde drüben in Capurganá mal die Ohren offen halten, sagt Siely, und wenige Wochen später weiß sie zu berichten, dass Hámilton Abend für Abend saufend durch die Bars ziehe und auf einem nagelneuen Motorroller gesehen worden sei, aber auch, dass eine seiner Schwestern mit den Urabeños verbandelt sei. »Und mit denen legst du dich besser nicht an, mein Freund.«

Es ist ein Schlag in die Magengrube, der Rainer noch lange beschäftigt. Das Gefühl von Machtlosigkeit, der Argwohn und die Paranoia, all das weckt ungute Erinnerungen an seine Zeit in Venezuela. Weil er sich blöd dabei vorkäme, seine Freunde und Verwandten damit zu behelligen, deren Warnungen er zuvor so hochmütig ignoriert hat, behält er seinen Kummer für sich, die Sorgen, die Ängste und die Enttäuschung. Er wird misstrauisch, wittert überall Lüge und Verrat. Der Chocó hat ihn verändert, schon jetzt. Er fühlt sich ausgeliefert und allein. Klar, da sind Siely und Gabriela, patente Frauen, die wissen, was sie tun, und die ihm eine Menge Arbeit abnehmen. Rainer aber sehnt sich nach einem echten Partner. Nach einer Person, der er nicht nur auf beruflicher oder geschäftlicher Ebene verbunden ist. Er spricht mit Miguel und Ciro, die sich aber beide nicht vorstellen können, ihr geliebtes Sucre zu verlassen. Er geht seine ehemaligen Affären durch und ertappt sich in einem schwachen Moment sogar bei dem Gedanken,

Jutta, mit der er seit einiger Zeit wieder in unregelmäßigem Kontakt steht, auf die Lodge einzuladen. Doch die bloße Vorstellung, rund um die Uhr den Meinungen und Launen seiner Exfrau ausgeliefert zu sein und sich möglicherweise erneut mit ihr zu überwerfen, dieses Mal an einem isolierten Ort wie diesem, an dem man sich kaum aus dem Weg gehen kann, hält ihn davon ab.

Hör auf zu jammern, sagt er sich. Reiß dich am Riemen, mach weiter. Was bleibt ihm auch anderes übrig.

IV.
DIE AUFGABE

Die landesweite Ausgangssperre wurde an einem Freitag verkündet und sollte am darauffolgenden Montag in Kraft treten. Von diesem Tag an dürfe man nur noch für Lebensmittel und Medikamente vor die Tür, sagte Rainer morgens beim Frühstück, und das auch nur an bestimmten Tagen, die über die Endziffer der Nummer im Personalausweis geregelt würden. »Hysterie!«, wetterte er. »Freiheitsberaubung!« Und dass die Regierungen der Staaten sich verschworen hätten, ihre Bürger zu kontrollieren und mundtot zu machen.

Den Tag über waren Newton und er noch mit den Arbeiten an der blauen Hütte beschäftigt. Sie hämmerten und sägten, schienen dabei aber kaum voranzukommen. Immer wieder gerieten sie aneinander und schrien sich an, bis Newton wutentbrannt sein Werkzeug von sich warf, worauf Rainer beschwichtigend auf ihn einredete und sie ihre Arbeit schweigend fortsetzten. Abends beim Essen wirkte Rainer völlig ausgepowert. Mit ermattetem Gesicht und finsterer Miene saß er da und stocherte in seinem Essen, einem nach muffigen Zwiebeln schmeckenden Kartoffelsalat à la Mama, den er schon mehrfach erwähnt hatte. Seine Ausführungen wurden immer erratischer.

»Nach dem chinesischen Kalender befinden wir uns im Jahr der Ratte«, sagte er mit belegter Stimme. »Du hattest das chinesische Neujahrsfest, dann den Ausbruch dieser Seuche in Wuhan. Das ist doch alles …« Er verstummte und starrte ins Leere. »Sagen wir so: Es ist den Mächtigen zumindest nicht unwillkommen. *You cannot manage what you can't measure*, wie wir bei FedEx immer gesagt haben. Es ist eine Zeitenwende, wie bei der Pest oder der Bronzezeit …«

Mich ließ das alles seltsam kalt. Ich hatte das Grundstück seit meiner Ankunft noch immer nicht verlassen, und was da draußen nun passierte oder nicht passierte, es schien mit mir und meinem Leben nicht mehr viel zu tun zu haben. Weder checkte ich meine E-Mails und Messenger, noch verfolgte ich die Nachrichten. Jeder Tag war wie der vorherige, und was mich einmal interessiert, ereifert oder sonst wie beschäftigt hatte, war weit weg und lange her.

»Ich setz jetzt all meine Hoffnung auf Panama«, sagte Rainer nach einer längeren Pause. »Haben uns da ein Grundstück gekauft, im Valle de Antón, neunzig Minuten nördlich von Panama City, direkt an der Panamericana.« Schlagartig hellte seine Miene sich auf. »Das müsstest du sehen, Alena, du würdest umfallen. Ein großer, wilder Platz, fast dreitausend Quadratmeter, und genau in der Mitte dieser fette rote Felsen, so Ayers-Rock-mäßig. Warte mal …«

Er holte sein Telefon heraus, öffnete den Foto-Ordner und hielt mir das Handy hin. Das mit dem Ayers Rock schien mir etwas hochgegriffen, aber tatsächlich, das Gelände war riesig, und ohne direkte Nachbarn.

»Schön«, sagte ich.

»Oder?« Rainers Augen leuchteten. Den ganzen Tag über hatte er gewirkt, als würde ihm durch ein winzig kleines Loch die Luft entweichen. Nun schob er sich die Brille zurecht und nahm wieder Haltung an. »Hab da auch schon einen Architekten an der Hand, junger Kerl, gebürtiger Inder und tierisch engagiert. Das Wohnhaus wollen wir mit diesem Felsen hier verbinden. Vorne überall bodentiefe Fenster, überhaupt viel Glas, und oben eine Riesenterrasse mit einem Bombenausblick, kilometerweit in jede Richtung.«

»Und Strom?«

»Soll es auch geben.«

»Wasser? Abwasser?«

»Kümmere ich mich drum.«

»Puh«, sagte ich.

Rainer kniff die Augen zusammen. »Was?«

»Klingt nach 'ner Menge Arbeit.«

»Sagt meine Frau auch.«

»Und nicht ganz billig.«

»Na und? Ich hab's ja.« Er schob das Handy wieder in die Hosentasche.

»Echt?«, fragte ich. »Bist du reich?«

»In einer gerechten Welt wär ich's.«

»In einer gerechten Welt wären wir alle reich«, sagte ich.

»Auch wieder wahr«, sagte Rainer. »Die planen wohl gerade eine Zugverbindung von Panama City nach Costa Rica. Die erste Station soll Penonome werden, dann wären wir innerhalb von fünfundvierzig Minuten in der Hauptstadt, wo es gute zweisprachige Schulen gibt, exzellente Krankenhäuser, Einkaufsmöglichkeiten, sprich: alles, was man als Familie so braucht.«

»Hört sich ein bisschen spekulativ an«, sagte ich. »Das mit der Bahnstrecke und so.«

Verärgert sah Rainer mich an. »Du klingst schon wie mein Bruder. Was ist es eigentlich, das euch immer so skeptisch macht?«

Ich warf einen gespielten Blick über die linke Schulter, dann über die rechte. *»Euch?«* Ich lachte. »Wen meinst du, deinen Bruder und mich und so?«

»Euch Deutsche.«

»Vielleicht bin ich gar nicht so deutsch, wie du denkst.«

»Ist ja auch egal«, ging Rainer darüber hinweg. »Weißt du, eigentlich war mir das Land immer zu amerikanisiert. Panama, meine ich. Aber jetzt, mit Frau und Kind? Panama ist relativ stabil für einen mittelamerikanischen Staat. Niedrige Bevölkerungsdichte, hoher Bildungsgrad, gute Infrastruktur. Saira wird sich dort gut integrieren können, und auch Camila hat die Möglichkeit, noch was aus ihrem Leben zu machen, wenn ich mal nicht mehr bin.« Er hielt sich die Faust vor den Mund, hustete trocken hinein. »Na ja. Gab auch mal den Plan, nach Deutschland zu gehen.«

»Aber?«

»Keine gute Idee«, sagte Rainer mit einer wegwerfenden Handbewegung. »Zu kalt, zu teuer, was weiß ich.« Er nahm die Brille ab und sah mich aus seinen stahlblauen Augen an. »Diese Sache im Valle de Antón, das wird mein letztes Projekt. Da werde ich mich zur Ruhe setzen und meinen Lebensabend genießen. Ich will keine Leute mehr bedienen, Alena. Ehrlich, mir steht's bis hier. All die Jahre war es meine Aufgabe, anderen eine gute Zeit zu ermöglichen. Jetzt möchte ich selbst noch ein paar Jahre 'ne gute Zeit haben. Das Ding ist nur: Ich kann nicht anfangen, bevor ich das hier abgestoßen hab.«

»Aber hast du da wirklich Bock drauf?«

Rainer setzte an zu sprechen. Dann hielt er inne. »Weißt du, woran Pelikane sterben?«, sagte er nach einer Pause. »An Hunger. Die Tiere tauchen mit offenen Augen ab ins Meer, und bei jedem Abtauchen ins Salzwasser wird die Iris beschädigt. Die älteren Vögel tauchen oft nur noch auf Verdacht ab, und am Ende bleibt ihnen nichts, als zu verhungern. Hat mir mal ein Gast erzählt, ein Biologe aus … Keine Ahnung, wo der herkam.« Er setzte seine Brille wieder auf. »Ich habe keine Angst mehr vor dem Tod, Alena. Mit der Angst vor dem Tod haben sie uns Gott verkauft. Ich begeb mich jetzt noch einmal in den Sturzflug.«

»Eine Kugel Vanille-Mandarine, bitte. In der Waffel.«

»Tut mir leid, Vanille-Mandarine ist aus.«

»Hm, dann nehme ich …«

Unschlüssig geht Rainer die Eissorten hinter der Glasscheibe durch. Eigentlich hat er nur Augen für die Verkäuferin, die ihm in einem ärmellosen weißen Kittel und mit der Eiskelle in der Hand gegenübersteht und auf eine Entscheidung wartet. Eine Afrokolumbianerin, Anfang zwanzig, warme Augen, zurückhaltendes Lächeln. Rainer ist auf dem Weg nach Bogotá, um seinen abgelaufenen Pass verlängern zu lassen, eine Tagesreise mehr als achthundert Kilometer quer durchs Land. Die Strecke über den Golf hat er gemeinsam mit zwei Lodge-Gästen aus Bucaramanga im Schnellboot zurückgelegt. In Turbo haben sie ein Taxi zum Flughafen Apartadó genommen und sich, weil sie hungrig waren und noch Zeit hatten, hier an der Mall absetzen lassen. Nach dem Essen hatte Rainer noch Lust auf etwas Süßes, und nun steht er vor der Heladería am Ausgang und weiß nicht, wo er hinschauen soll.

»Wie wär's mit einer Kugel *ron con pasas*?«, fragt die junge Frau, sichtlich belustigt von seiner Entscheidungsschwäche.

»Gute Idee«, sagt Rainer. »Danke.«

Die Verkäuferin drückt die Eiscreme in eine Waffel, Rainer zahlt, und dann wird er auch schon von den Gästen aus Bucaramanga herbeigewunken, die ein freies Taxi gefunden haben.

Der Rückflug von Bogotá geht über Medellín, wo Rainer sich mit seinem Anwalt und seiner Buchhalterin trifft. Er bleibt über Nacht, im Hotel Normandía, seinem Stammhotel im Viertel La Candelaria. Am nächsten Morgen entdeckt er an einem der Straßenstände eine hübsche Geldbörse aus Leder und beschließt, statt der Propellermaschine einen Umweg mit dem Bus über Apartadó zu nehmen. Er lässt sich die Geldbörse als Geschenk verpacken. In Apartadó angekommen, nimmt er ein Taxi zur Shoppingmall.

Das könne sie nicht annehmen, sagt die Eisverkäuferin, sie kenne ihn doch gar nicht, und bevor Rainer etwas erwidern kann, mischt sich ihre Kollegin ein – sie solle sich nicht so zieren, der Caballero wirke doch ganz nett. Mit heißen Ohren legt Rainer die in Geschenkpapier eingeschlagene Geldbörse auf den Tresen, dann verlässt er das Einkaufszentrum und steigt in ein Taxi zum Hafen.

Bei seinem nächsten Besuch in der Mall Wochen später gibt die Eisverkäuferin ihm sein Geschenk zurück. Offenbar hat es die ganze Zeit unausgepackt unter dem Tresen gelegen.

Sie solle es doch einfach annehmen, sagt Rainer und dass er nur auf der Durchreise sei und nicht in Apartadó lebe und auch ganz bestimmt keine Gegenleistung erwarte.

»Rainer«, sagt er und hält ihr die Hand hin.

»Camila«, sagt die Eisverkäuferin, zögerlich und ohne einzuschlagen. Dann aber verändert sich etwas in ihrem Blick. Sie atmet tief durch, öffnet das Geschenk und bedankt sich höflich.

Rainer fragt sie nach ihrer Telefonnummer.

Camila schaut ihn an. Hat er nicht gerade noch behauptet, er erwarte keine Gegenleistung? Es vergehen ein paar Sekunden, dann nimmt sie einen Stift zur Hand und kritzelt ihre Nummer auf die Unterseite eines Pappbechers.

Wann immer er von nun an in der Nähe ist, macht er einen Abstecher zur Mall und besucht Camila bei der Arbeit. Sie betreiben Small Talk, harmloses Geplauder über dies und das, so gut das eben zwischen den Bestellungen der Kunden und Camilas weiteren Aufgaben als Geschäftsführerin der Eisdiele möglich ist. »Ich wünschte, ich hätte meine Leute auch so gut im Griff«, sagt Rainer, nachdem er sie mit einem ihrer Lieferanten hat verhandeln sehen. Mit einem bescheidenen Lächeln geht Camila über die Bemerkung hinweg.

Ab und zu telefonieren sie, aber immer nur kurz. Camila ist selten erreichbar, sie arbeitet bis zu zwölf Stunden am Tag und wohnt noch bei ihrer Mutter und deren Mann. Regelmäßig lädt Rainer sie zu einem Besuch auf seiner Lodge ein, genauso regelmäßig schlägt Camila das Angebot aus – *keine Zeit, zu viel Arbeit*.

Rainer gibt auf. Was hat er sich bloß gedacht? Ein alter Knacker wie er mit so einer Frau? Wahrscheinlich hat er ihr die ganze Zeit nur leidgetan. Vermutlich haben sie und ihre Kolleginnen sich nach seinen Besuchen jedes Mal halb bepisst vor Lachen.

Seinen sechzigsten Geburtstag feiert er auf der Lodge. Die meisten seiner Angestellten und Arbeiter sind gekommen, fast alle mit Anhang, auch ein paar der anderen Hotelbetreiber aus Capurganá sind dabei, der Besitzer der Tauchschule und Siely mit ihrer Schwester. Ciro und Miguel sind extra aus Sucre angereist, und Rainers Buchhalterin Gabriela ist mit ihrer Mutter gekommen, einer stark aufgebrezelten älteren Dame, die gar nicht fassen kann, was für einen außergewöhnlichen Ort Rainer hier mitten im Dschungel erschaffen hat. »Wie gut, dass Sie in meiner Tochter eine so zuverlässige Partnerin gefunden haben«, sagt sie, und Rainer denkt, na ja, *Partnerin*, ganz so ist es ja nicht. Doch er freut sich über das Lob und darüber, dass so viele seiner Freunde und Bekannten gekommen sind und eine gute Zeit haben. Siely und ihre Schwester kümmern sich um das Büfett, Miguel mixt die Drinks, und Ciro macht den DJ. Rainer hat extra eine YouTube-Playlist mit einer musikalischen Reise durch sein Leben vorbereitet, angefangen mit Elvis und Chuck Berry über die Beatles, die Stones und die Small Faces, Led Zep, Zappa und Mink deVille bis hin zu den Dire Straits, den B52s und The Clash, auch Música Andina aus Bolivien ist dabei, Salsa aus Venezuela und kolumbianische Vallenatos. Zu späterer Stunde wird *Heimweh* von Freddy Quinn gespielt, ein Lied, das Rainer in einem Anflug von Nostalgie in die Playlist gepackt hat und das nun Bilder von seinem Vater als jungem Wehrmachtssoldaten im norwegischen Narvik in ihm hervorruft, Bilder, an die er viele Jahre nicht gedacht hat und die sich nun mit dem Anblick des im Mondlicht schimmernden Karibischen Meeres vermischen. Ein verstörender, beinahe psychedelischer Trip, der abrupt von Ciro unterbrochen wird, der offensichtlich die *Peinliche Deutsche Schlager von anno Tobak*-Stunde eröffnet sieht und einen Fernsehmitschnitt von *Blau blüht der Enzian* hinterherschiebt, zu dem er mit dunkler Sonnenbrille, tiefergelegter Stimme und erstaunlicher Textsicherheit in eine Kochbanane singend eine filmreife Heino-Imitation aufs Parkett legt, unter dem fassungslosen Blick Rainers und dem frenetischen Applaus der anderen Gäste, die später allesamt schwören, etwas derart Beklopptes noch nie gehört oder gesehen zu haben.

Ein paar Tage nach der Geburtstagsparty fliegt Rainer mit Ciro und Miguel nach Sucre, um alte Freunde zu besuchen und ein wenig auszuspannen. Sie sind gerade gelandet und mit dem Taxi in die Stadt gefahren, als Rainer einen Anruf aus Medellín bekommt. Sein Anwalt. Auf seinem Schreibtisch liege ein Brief von der Superintendencia de Industria y

Comercio, sagt er, es gehe um versäumte Steuerzahlungen, und nein, das sei kein Scherz: »Besser, Sie kommen so schnell wie möglich hierher.«

Rainer nimmt den nächsten Flieger nach Medellín, wo er es schwarz auf weiß bekommt: Seit der Eröffnung der Lodge hat es Unregelmäßigkeiten bei der Begleichung der fälligen Beträge gegeben und einen Berg unbeantworteter Mahnschreiben. Rainer übermittelt die Umsätze und Ausgaben quartalsweise an Gabriela, auf deren Adresse die Firma angemeldet ist, genau wie die jeweiligen Geldbeträge, die dann von seiner Buchhalterin an die Steuerbehörde abgeführt werden. Oder auch nicht.

Rainer fällt fast rückwärts vom Stuhl, als er die Summe seiner Versäumnisse hört. Wie es aussieht, schuldet er dem kolumbianischen Staat knapp sechzig Millionen Pesos.

Benommen irrt er durch die stickigen Straßen und Gassen von La Candelaria, über ihm ein Fallbeil. Es geht um die Existenz seiner Firma, um die Tortuga Lodge und damit auch um seine Aufenthaltsgenehmigung. Er versucht, Gabriela zu erreichen, spricht mehrfach auf ihren Anrufbeantworter, doch sie ruft nicht zurück. Nachts liegt er in seinem Hotelzimmer wach, erst am frühen Morgen findet er ein paar Stunden Schlaf. Am Vormittag verlässt er das Hotel Normandía und nimmt ein Taxi zu Gabrielas Wohnung. Rainers Buchhalterin ist vor kurzem aus ihrem bescheidenen Zweizimmerapartment in der Innenstadt in eins der schicken neuen Hochhäuser in El Poblado gezogen, ein hoch in den wolkenverhangenen Himmel ragender Turm mit eigener Tiefgarage und Concierge.

Gabriela sei nicht da, sagt ihre sichtlich überraschte Mutter, sie würde aber zum Mittagessen nach Hause kommen. Rainer besteht darauf zu warten. Als Gabriela anderthalb Stunden später endlich zur Tür reinkommt, kann sie den Schock, Rainer in ihrer Wohnung zu sehen, kaum verbergen.

Bei der Sache müsse es sich um ein Missverständnis handeln, erklärt sie, einen menschlichen Irrtum oder einen Fehler im System, sie jedenfalls habe immer alles korrekt abgerechnet und weitergegeben, und das könne sie auch beweisen. Dann tippt sie auf ihrem Handy herum und entschuldigt sich, sie müsse gleich wieder los, ein Notfall im Büro.

Rainer fährt mit ihr im Aufzug nach unten. »Gabriela, wenn du mir etwas zu sagen hast, dann tu's jetzt.«

Sie weicht seinem Blick aus, tut beschäftigt. »Ich kümmere mich«, murmelt sie noch, dann verlässt sie den Fahrstuhl und eilt mit ihrer Handtasche über dem Kopf durch den mittlerweile strömenden Regen zur Straße, wo ihr Wagen steht, ein brandneuer dunkelblauer Chevrolet.

Den ganzen Tag wartet Rainer auf ihren Anruf. Als er es auf ihrem Handy versucht, nimmt niemand ab. Auch die Anrufe in ihrem Büro und auf dem privaten Festnetz bleiben unbeantwortet. Spätabends fährt er erneut zur Wohnung in El Poblado. Señora Gabriela und ihre Mutter seien verreist, sagt der Concierge, als Rainer die Lobby betritt – er wisse auch nicht, wann sie zurückkämen.

Gabriela ist abgetaucht. Die Schlange hat ihn also tatsächlich gelinkt.

Rainer wendet sich an Jesús, der aber wegen irgendeiner *unerfreulichen Angelegenheit* gerade ein *low profile* pflegt und nicht helfen kann, also kontaktiert er Celeste, eine Ergotherapeutin, die kurz zuvor auf der Tortuga Lodge zu Gast war und deren Bruder Polizist ist. Zu dritt fahren sie zu dem italienischen Restaurant in El Poblado, für das Gabriela die Buchhaltung macht und in dem sie, wie Rainer weiß, regelmäßig zu Abend isst. In voller Uniform betritt Celestes Bruder das Restaurant. Nach ein paar Minuten kommt er zurück zum Wagen. Gabriela sei nicht da, sagt er, er habe dem Kellner aber zu verstehen gegeben, dass die Señora sich bei Rainer melden solle, *immediamente*, sie werde schon wissen, warum.

Offenbar ist die Nachricht angekommen. Kaum zurück im Hotel, klingelt Rainers Handy. Unterdrückte Rufnummer, eine tiefe Männerstimme: »Solltest du noch einmal wagen, Señora Gabriela zu nahe zu kommen, dann bekommst du es mit mir zu tun, ist das klar?«

»Wer ist da?«

»Das willst du nicht wissen, Cabrón.«

Rainer schließt die Augen. Er sammelt sich und holt Luft. »Wenn ich meine Unterlagen nicht bekomme, gehe ich zur Polizei.«

Sofort geht eine Salve Beleidigungen auf ihn nieder. *Du Hund, du Missgeburt, was glaubst du eigentlich, wer du bist, du Hurensohn … Das hier ist Kolumbien und nicht dein beschissenes Deutschland … erbärmliche Schwuchtel …*

Rainer bleibt standhaft. »Ich werde nicht lockerlassen, bis ich meine Papiere habe, hören Sie? Ich weiß nicht, was Sie mit dieser Betrügerin zu schaffen haben, aber Señora Gabriela hat kein Recht, so mit mir umzuspringen. Falls ich untergehen sollte, dann ganz bestimmt nicht alleine. Richten Sie ihr das aus.«

Zu seiner Überraschung wird es am anderen Ende der Leitung still. Ein Grummeln, ein Seufzen, dann lenkt der Unbekannte ein. »Also gut, ich besorg dir das Zeug. Aber danach will ich von der Sache nichts mehr hören, ist das klar?«

Sie treffen sich in einem Schnellrestaurant in der Palmagrande Mall, einem dieser klimatisierten und blitzblanken Einkaufszentren mit Fitnessstudio, Coworking-Spaces und Food-Court. Rainer erkennt den Mann sofort. Ein bulliger Typ mit verspiegelter Sonnenbrille und Glatze, ein Bilderbuchgangster wie aus einem schlechten Narcos-Film. Er sitzt an einem der Tische ganz außen, vor sich ein riesiger Milkshake, neben sich auf dem Stuhl ein länglicher Karton.

Rainer setzt sich. Sie tauschen ein paar Floskeln aus, dann lässt er sich den Inhalt des Kartons zeigen. Ein einziges Chaos aus Zetteln und Umschlägen, die meisten davon ungeöffnet. Der Kerl beugt sich vor und saugt geräuschvoll an seinem Strohhalm. Das Kruzifix an seiner Halskette klimpert gegen das Glas. Neben ihnen läuft die uniformierte Angestellte eines privaten Sicherheitsdienstes auf und ab, Knopf im Ohr, Schlagstock am Gürtel, die Hände auf dem Rücken verschränkt. Der Mann schiebt sich seine Sonnenbrille in die Stirn. Er blinzelt, dann schaut er Rainer an: »Nimm das Zeug und verschwinde.«

»Okay.«

»Und lass die Señora aus dem Spiel.«

»Ist gut.«

»Wenn ich noch einmal von dir höre, wirst du dieses Land nicht lebend verlassen. Verstanden?«

»Verstanden.«

Mit zittrigen Händen klemmt Rainer sich den Karton unter den Arm und steht auf. Ohne sich noch einmal umzudrehen, verlässt er die Mall und winkt ein Taxi ran. Das Treffen hat keine zwei Minuten gedauert.

In seinem Hotelzimmer schiebt er die Möbel zur Seite, sortiert die Unterlagen auf dem Fußboden und gleicht sie mit den Zahlungskopien und E-Mails auf seinem Laptop ab. Er glaubt, beweisen zu können, dass Gabriela das Geld von ihm erhalten, es aber nicht an das Finanzamt weitergeleitet hat. Die Drohungen könnten ein Bluff sein und der Kerl aus der Mall nur ein zum Zwecke der Einschüchterung von Gabriela engagierter Schauspieler. Aber will Rainer es wirklich darauf anlegen, das herauszufinden? Stundenlang geht er seine Optionen durch, dann ruft er seinen Anwalt an und erklärt ihm die Lage. Der Anwalt rät, die Sache auf sich beruhen zu lassen und die ausstehende Summe zu begleichen. Die Aussichten, sauber aus der Nummer herauszukommen, seien nicht sehr hoch, sagt er, die Sache könne sich über Jahre ziehen. Jahre, in denen Rainer keine ruhige Minute hätte und schlimmstenfalls mehr Geld verlieren würde, als wenn er jetzt einlenke und die Steuerschuld akzeptiere.

Rainer kann nicht glauben, was er da hört. Der ganze Einsatz, umsonst? Er lässt sich zwei Tage Bedenkzeit geben, telefoniert mit Miguel und Consuela und Siely und Wolfgang, rennt ziellos durch die Stadt und zermartert sich den Kopf. Am Ende plündert er sein Konto bei der Commerzbank und zahlt den gesamten ausstehenden Betrag auf einen Schlag, plus Strafgebühren. Er heuert einen neuen Buchhalter an, einen mit allen Wassern gewaschenen ehemaligen Beamten der Steuerbehörde, der ihm von seinem Anwalt empfohlen wurde und mit dessen Hilfe er die Firma liquidiert und eine neue gründet. Mit den Behördengängen und dem Papierkram ist er wochenlang beschäftigt. Wochen, in denen er ständig zwischen Soledad und Medellín hin- und herpendeln muss. Wochen, in denen er keine neuen Gäste empfangen kann und in denen sein Business spürbar leidet. Nach Jahren der Knochenarbeit ist Rainer so gut wie pleite.

»Das tut mir wirklich leid«, sagt Camila am Telefon, nachdem er ihr in groben Zügen von seiner Tortur berichtet hat. »Ich hoffe, dass wenigstens deine Frau dir in dieser schweren Zeit eine Stütze sein kann.«

»Frau?«, sagt Rainer. »Welche Frau?«

*

Zwei Blocks vor seinem Ziel lässt er das Taxi anhalten. Er zahlt, steigt aus und geht das restliche Stück zu Fuß. Ein Motorradtaxi jagt vorbei und wirbelt den Staub der Straße auf, die Sonne knallt auf den Asphalt wie nichts Gutes. Niedrige Zweckbauten und Straßen voller Schlaglöcher – Apartadó ist nicht gerade eine Schönheit. Eine geschäftige Stadt von gut zweihunderttausend Einwohnern, die eine halbe Stunde südlich von Turbo liegt und vom Bananen- und Maisanbau und der Fleischproduktion lebt.

Die Wohnung, in der Camila mit ihrer Mutter und deren neuer Familie wohnt, befindet sich in einem Eckgebäude mit einer lauten und übel nach Chemie riechenden Wäscherei im Erdgeschoss. Vor der Haustür bleckt Rainer noch einmal die Zähne und fährt sich mit den Fingern durch das schütter gewordene Haar, dann drückt er die Klingel.

Seitdem das Missverständnis bezüglich seines Familienstandes aus der Welt geschafft ist, schöpft er neue Hoffnung. Camila und er kennen sich seit gut einem Jahr, und mit einem Mal gibt es einen plausiblen Grund für die Zurückhaltung, mit der sie ihm in der ganzen Zeit begegnet ist. Bei seinem letzten Besuch an ihrem Eisstand hat er ihr einen Strauß Blumen mitgebracht, worauf Camila zum ersten Mal mit einer unverstellten Freude reagierte und ihn einlud, sie am Samstagnachmittag zu besuchen und ihre Familie kennenzulernen.

Der Summer geht, er drückt die Tür auf und steigt die Treppen hoch in den ersten Stock. Camila steht in der offenen

Wohnungstür. Sie hat sich die Haare zu einem Zopf gebunden und ein wenig Lippenstift aufgetragen. Sie sieht phantastisch aus. Noch bevor er sich zu einem Küsschen links-rechts zu ihr hinabbeugen kann, bittet sie ihn herein und führt ihn in das Wohn- und Schlafzimmer, in dem schon ihre Mutter, ihr Stiefvater und deren gemeinsamer Sohn, der fünfjährige Pepe, auf sie warten. Rainer hat eine gute Flasche Rotwein mitgebracht, die Camilas Mutter mit einem verlegenen Nicken entgegennimmt und, statt sie zu öffnen, auf dem Furnierschrank im Wohnzimmer abstellt. Sofort schämt er sich für sein großspuriges Geschenk. Vermutlich gibt es im Haus weder einen Korkenzieher noch Weingläser, die Armut der Familie ist offensichtlich. Ein mittels Tagesdecke und Zierkissen zum Sofa umfunktioniertes Bett, billige Exito-Möbel, an den Wänden bunte Leinwanddrucke und ein runder Spiegel, von dessen silbern angesprühtem Rahmen die Farbe abblättert. Als Managerin der Eisdiele bringt Camila das meiste Geld nach Hause. Einen Großteil ihres Gehalts gibt sie jeden Monat bei ihrer Mutter ab, dafür hat sie als Einzige ein eigenes Zimmer.

Ihr Stiefvater Jaboah ist ein stiller Mann, Schlachter von Beruf und zurzeit ohne Arbeit. Ihre Mutter Evita arbeitet als Zimmermädchen in einer kleinen Pension. Eine freundliche, zurückhaltende Frau, Mutter dreier Kinder von drei unterschiedlichen Männern, von denen Camila das älteste ist. Camilas siebzehnjährige Halbschwester Nora hat vor ein paar Monaten geheiratet und ist ausgezogen. Evita war fünfzehn, als Camila zur Welt kam, und als Rainer das Ganze im Kopf durchgeht, fällt ihm auf, dass er selbst zum Zeitpunkt von Camilas Geburt achtunddreißig Jahre alt war, also in etwa so alt, wie ihre Mutter jetzt ist. Bei dem Gedanken wird ihm ein wenig schwindlig, Evita und Jaboah aber behandeln ihn zuvorkommend und ohne Argwohn. Damit eine Situation wie die mit Liseth und ihren Eltern viele Jahre zuvor gar nicht erst entstehen kann, hat Rainer sich entschlossen, alle Karten auf den Tisch zu legen und von Anfang an offen und ehrlich aus seinem Leben zu erzählen. Sogar ein paar Fotos hat er mitgebracht, Kindheitsbilder von sich und seinen Geschwistern und ein Hochzeitsfoto seiner Eltern.

»Und diese junge Frau mit den langen schwarzen Haaren, das sollst du sein?«, sagt Camila beim Betrachten einer Fotografie, die Rainer und seine Geschwister beim Rosenmontagszug in Mainz zeigt.

»Ja, als Indianer.«

»Als was?«

»Als Indianer. Als Indio.« Rainer spürt, wie er errötet. »War so 'n Ding damals bei uns in Deutschland.«

Evita und Camila schauen sich an und fangen an zu lachen. Der kleine Pepe stimmt glucksend mit ein.

»Der mit der Pistole ist mein Bruder Wolfgang«, fügt Rainer hinzu. »Als Cowboy.«

»Und das Mädchen mit dem gepunkteten Hut?«, will Evita wissen.

»Das ist meine Schwester Mia. Als Fliegenpilz.«

Nun prustet auch der bisher so zurückhaltende Jaboah los. Rainers Plan geht auf, das Eis ist gebrochen. Beim Abendessen berichtet er ausführlich von der Posada in Venezuela und seiner Lodge auf der anderen Seite des Golfs, wo die Familie jederzeit herzlich willkommen sei. Danach unternehmen Camila und er einen langen Spaziergang durch die Stadt, bei dem sie ihm in groben Zügen ihre Lebensgeschichte erzählt. Der leibliche Vater, doppelt so alt wie ihre Mutter, der die Familie verließ, als Camila ein Jahr alt war. Das Aufwachsen bei der Großmutter, einer von ehemaligen Haussklaven abstammenden Afrokolumbianerin, die mit ihrem verstorbenen Mann dreizehn Kinder gezeugt hat, von denen nur vier überlebten. Der Tod der Großmutter, als Camila vier Jahre alt war, und wie sie zwischen verschiedenen Familienmitgliedern hin und her geschoben wurde, bis eine Schwester ihres Vaters sich erbarmte und das Mädchen nach Medellín holte, Tía Alba, eine strenge, aber verbindliche alte Dame, die einen kleinen Kiosk betrieb und bei der Camila zum ersten Mal in ihrem Leben ein eigenes Bett bekam und zur Schule geschickt wurde. Nach dem überraschenden Tod ihrer Tante musste sie zurück nach Apartadó und bei ihrer Mutter und der Halbschwester Nora leben, deren Vater, ein Kleinkrimineller aus Turbo, kurz zuvor unter ungeklärten Umständen erschossen worden war. Camila war dreizehn Jahre alt und schwor bei Gott, niemals eigene Kinder zu bekommen und von einem Mann abhängig zu sein. Weil das Geld knapp war, wurde sie kurz darauf von der Schule genommen. Sie fand eine Stelle in einem Supermarkt und landete nach zahllosen weiteren Aushilfsjobs schließlich in der Heladería der neu errichteten Shoppingmall, wo sie sich über die Jahre zur Geschäftsführerin hocharbeitete.

»Wow«, sagt Rainer zu den mit nüchterner Klarheit vorgetragenen und dadurch umso erschütternderen Erzählungen dieser beeindruckenden jungen Frau, immer nur: »Wow.«

»So, da wären wir.« Camila bleibt stehen und schaut ihn an. Sie haben gerade dem stinkenden Río Apartadó den Rücken gekehrt und sind um eine Ecke gebogen, und tatsächlich stehen sie direkt vorm Eingang des Hotels, in dem er sich für diese Nacht ein Zimmer genommen hat.

»Willst du noch mit …«, beginnt Rainer und verstummt.

Camila lächelt. »Gute Nacht, Rainer, und bis bald.«

Nach diesem Treffen nimmt sie endlich die Einladung an, ihn auf der Lodge zu besuchen. In der Woche nach Neujahr, wenn die Buchungen zurückgehen und es etwas ruhiger wird, soll es so weit sein. Rainer entrümpelt das Haupthaus, lässt die Fenster und den Küchenbereich putzen und das gesamte Gelände aufräumen. Dann sagt Camila kurzfristig per WhatsApp ab. Sie habe keinen Urlaub bekommen, schreibt sie und vertröstet ihn auf Mitte Januar, sagt aber auch diese Reise ein paar Tage vorher ab. Schließlich kündigt sie sich für das erste Februarwochenende an. Diesmal besorgt Rainer ihr das Ticket für die Überfahrt schon Tage im Voraus. Er storniert die zu dieser Jahreszeit stets recht übersichtlich ausfallenden Hotelbuchungen und gibt seinen Angestellten übers Wochenende frei. Als er Camila am Abend vor ihrer Abreise anruft, ist sie noch auf der Arbeit. Auf die Frage, ob sie schon gepackt habe, antwortet sie knapp: »Noch nicht.«

Rainer glaubt nicht mehr daran, seine Angebetete jemals auf der Lodge willkommen heißen zu dürfen. Früh am nächsten Morgen kommt ihr Anruf. Sie sitzt im Boot und wird in etwa zweieinhalb Stunden da sein.

Am Pier von Capurganá geht er ihr entgegen, einen kleinen Blumenstrauß in der Hand. Er reicht ihr die Blumen und begrüßt sie mit einer vorsichtigen Umarmung. Rainers Lanchero wartet bereits. Auf der Überfahrt sitzen sie nebeneinander, beim Aufprall einer Welle klammert Camila sich lachend an Rainers Arm. Er hilft ihr auf den Anleger und führt sie über das Gelände, zeigt ihr das gesamte Anwesen und erzählt, was wann und wie gebaut wurde, was schiefgegangen ist, was man noch machen könnte und müsste, was er langfristig vorhat. An dem kleinen Tisch vor der Küche essen sie zu Abend, danach sitzen sie noch lange auf seiner Bank am Meer und reden darüber, wie eine gemeinsame Zukunft aussehen könnte.

Sie wolle nicht seine Negrita fürs Wochenende sein, sagt Camila.

Er sei auch nicht der Gringo für ein schnelles Abenteuer, antwortet Rainer. »In meinem Alter würde ich mich davon nicht mehr erholen.« Er lacht.

Camila bleibt ernst. »Ich kann mir vorstellen, herzukommen und bei dir zu wohnen. Aber ich will arbeiten und mein eigenes Geld verdienen, und zwar mindestens das Doppelte von dem, was mein Chef in Apartadó mir zahlt.«

Erstaunt über diese klare Ansage sieht Rainer sie an. Er könne durchaus eine Partnerin gebrauchen, die sich um das Personal, die Organisation der Küche und gewisse weitere Abläufe kümmere, sagt er.

»Aber?«

»Nichts aber.« Er hält ihr die Hand hin. »De acuerdo!«

Nun lacht Camila.

»Was ist?«

»Nichts«, antwortet sie. »Ein bisschen förmlich.«

»Entschuldige. In Deutschland …«

»Schon gut. Nur eine Sache noch: Die Hälfte meines Einkommens wird jeden Monat an meine Familie gehen. Ist das okay?«

Erst vier Wochen später sehen sie sich wieder. Rainer hat Camila zu einem Kurztrip nach Cartagena eingeladen. Sie treffen sich am Hafen von Turbo und nehmen den Überlandbus. Camila war noch nie in Cartagena. Camila ist überhaupt noch nie gereist. Sie hat zwischenzeitlich in der Heladería gekündigt und eine Nachfolgerin eingearbeitet, tags zuvor hatte sie ihren letzten Arbeitstag.

Cartagena de Indias hat sich enorm verändert, seit Rainer das erste Mal hier war. Die Stehpizzeria unweit der Plaza de la Aduana, in der er oft gegessen hat, ist zu einem Juweliergeschäft mit edler Auslage geworden, und wo das alte Nonnenkonvent Santa Clara war, befindet sich nun eins der nobelsten und teuersten Hotels der Stadt. In den Vierteln der Altstadt wimmelt es vor Touristen aus aller Welt. Hätte Rainer seine Pläne damals umgesetzt und hier eine Immobilie erworben, er wäre heute ein reicher Mann.

Abends führt er Camila zum Essen aus. Vorm Eingang des feinen Fischrestaurants am Parque de La Marina bleibt er stehen und greift ihre Hand.

»Wenn wir da jetzt reingehen, werden sich alle Blicke auf uns richten. Der alte Gringo und die hübsche junge Schwarze, du weißt schon. Du darfst deinen Blick nicht senken, hörst du? Du bist etwas Besonderes. Lass die Leute denken, was sie wollen.«

Camila nickt, doch Rainer ist noch nicht fertig.

»Wir werden auch keinen Tisch hinten in der Ecke akzeptieren.«

Er richtet diese Worte an seine Begleiterin, doch eigentlich sind sie für ihn selbst gedacht, denn Camila geht weitaus souveräner mit der Situation um als er. Mit selbstverständlicher Eleganz durchschreitet sie den Raum und nimmt an dem Tisch mit den weißen Stoffservietten Platz, den der Ober ihnen zuweist. Es wird ein bemerkenswerter Abend, den sie in einer kleinen Bar an der Stadtmauer ausklingen lassen, in der Merengue getanzt wird, ein lateinamerikanischer Tanz, bei dem Rainer keine besonders gute Figur abgibt, was Camila aber nicht davon abhält, ihn immer wieder lachend auf die Tanzfläche zu ziehen.

Zwei Tage später fahren sie mit dem Bus zurück nach Apartadó. Sie holen ein paar Taschen und Tüten mit Camilas Sachen aus der Wohnung ihrer Mutter und nehmen das Schnellboot über den Golf.

Auf der Lodge wird Camila zunächst herzlich empfangen. Siely bereitet dem Paar ein mehrgängiges Dinner zu, das sie abseits der Hotelgäste und nur von einem gewaltigen Mond beleuchtet auf dem Balkon des Haupthauses zu sich nehmen. Auch die anderen Angestellten und die immer noch regelmäßig zu Wartungs- und Instandhaltungsarbeiten anrückenden Handwerker aus Capurganá behandeln Camila zuvorkommend und freundlich. Doch der Schein trügt, und schon nach wenigen Wochen bröckelt die Fassade. Besonders Siely scheint die neue Patróna als Bedrohung zu empfinden, auf die sie mit kleinen Spitzen und immer schroffer werdenden Bemerkungen reagiert.

»Ich hoffe, du hast aus deinen Erfahrungen mit Hámilton und dieser Puta damals in Cartagena gelernt und packst dein Geld immer gut weg«, sagt sie eines Abends zu Rainer.

»Was willst du damit andeuten, Siely?«

»Nur was ich dir schon mal gesagt habe. Dass es hier Menschen gibt, für die du eine wandelnde Brieftasche bist.«

»Redest du von Camila? Das meinst du nicht ernst.«

»Just saying, Rainer …«

Am Osterwochenende kommt es zum Eklat. Camilas Familie ist über die Feiertage zu Besuch gekommen. Das Hotel ist ausgebucht, und Siely bringt es kaum über sich, Evita, Jaboah und den kleinen Pepe mit der gleichen Freundlichkeit zu bewirten wie alle anderen. Unwirsch knallt sie ihnen die Teller hin und vermeidet jeden Blickkontakt. In der Küche stellt Rainer sie zur Rede.

»Gibt es hier ein Problem, Siely?«

»Nicht dass ich wüsste.«

»Was soll dieses Theater gegenüber unseren Gästen?«

»Redest du von unseren *Gästen*, Rainer, oder von diesen unkultivierten Bauern aus Apartadó?«

Rainer senkt die Stimme. »Sei leise, man kann dich hören.«

»Mir doch egal! Hast du dir die mal genauer angeschaut, hast du denen mal beim Reden zugehört? Glaubst du, es ist gut fürs Geschäft, solche Leute hier sitzen zu haben?«

»Es ist die Familie meiner Freundin, Siely, das sind ehrbare Leute.«

»Es ist die Familie deiner kleinen Schlampe, so sieht es aus! Können die überhaupt lesen und schreiben?«

»Halt dein dreckiges Maul, Siely«, sagt Rainer durch die Zähne. »Ich warne dich.«

»Nein, *du* halt dein Maul, du verdammter …«, beginnt Siely, dann schaut sie an ihm vorbei und verstummt. Rainer folgt ihrem Blick. Camila. Sie steht hinter ihm in der Tür, die Arme vor der Brust verschränkt.

»Was ist hier los?«

»Alles in Ordnung, mein Schatz«, sagt Rainer. »Siely, sie hat nur …«

»Ich hab sie gehört. Alle da draußen können sie hören«, sagt Camila. Dann wendet sie sich an Siely: »Ich glaube nicht, dass Ihre Hilfe hier noch gebraucht wird.«

»Hah!«, macht Siely. »Du willst mich feuern? *DU* willst *MICH* feuern?«

»Jetzt beruhigen wir uns alle mal wieder, okay?«, sagt Rainer, doch Camila lässt ihren Blick nicht von Siely, die bereits ihr Handy hervorgekramt hat.

»Wie ich mich hier behandeln lassen muss«, giftet sie, »es ist … – Ja? Ja, ich bin's, du musst mich abholen … Ja, natürlich an der beschissenen Lodge, was denkst du denn … Ja, jetzt sofort …«

»Siely, jetzt mach doch keinen Scheiß«, sagt Rainer.

»Lass sie«, sagt Camila ruhig, ohne ihn anzusehen.

»ICH SEHE AUCH, DASS ES SCHON DUNKEL IST,

DU SCHWUCHTEL!«, brüllt Siely in den Hörer. »Okay, bis gleich … Und beeil dich gefälligst!« Sie steckt das Telefon zurück in die Hosentasche, zieht ihren Kittel aus und pfeffert ihn mit den Worten »Ich hatte eh nicht vor, in deiner Küche zu sterben« vor Rainer auf den Boden, dann stürmt sie aus der Tür und den Pfad runter zum Steg.

Von einem Tag auf den anderen übernimmt Camila die Verantwortung für die Küche. Ihre Mutter geht ihr dabei zur Hand, und auch wenn alles etwas länger dauert als gewohnt, schon tags drauf bekommt Rainer so viele positive Rückmeldungen auf das Mittagessen wie selten zuvor. Camila lernt schnell und fühlt sich von Tag zu Tag sicherer. Nach der Abreise ihrer Familie stellt sie neues Personal ein, dem sie mit einer natürlichen Autorität gegenübertritt. Sie erweitert die Speisekarte, unterstützt Rainer bei der Kommunikation mit den Lieferanten und Behörden und bringt die Transportgesellschaft dazu, aus Turbo anreisende Lodgegäste künftig am Pier auf der anderen Seite des Hügels abzusetzen, so dass Rainer sich die Organisation der Überfahrten durch Lancheros aus Capurganá von nun an sparen kann.

Eines Abends kurz nach Weihnachten, das Hotel ist ausgebucht und das Restaurant voller Gäste, nimmt sie Rainer in der Küche zur Seite. Wortlos hält sie ihm einen schmalen Streifen Papier hin. Es dauert einen Moment, bis er versteht. Die beiden sind seit über anderthalb Jahren ein Paar, über Kinder haben sie in dieser Zeit nie gesprochen. Er selbst ist vor ein paar Wochen vierundsechzig Jahre alt geworden. Er gibt ihr einen Kuss und nimmt sie in den Arm. Er weiß nicht, was er sagen soll. Einen Moment stehen sie eng umschlungen da, dann kümmern sie sich wieder um ihre Gäste.

Am nächsten Morgen war er weg. Abgehauen, nach Apartadó. So jedenfalls erzählte es mir Newton, als ich auf dem Weg zum Frühstück an der blauen Hütte vorbeikam. Auf einen Besen gestützt, stand er da. Er schien auf mich gewartet zu haben.

»But … but when will he be back?«, fragte ich. »And why didn't he say anything?«

Newton zuckte mit den Schultern. Dann bedeutete er mir, ihm in die Küche zu folgen. Auf dem Tisch, beschwert von einer Kaffeetasse, lag ein Zettel mit meinem Namen. Ich faltete ihn auseinander und las.

Alena, stand da in krakeliger Handschrift, *ich muss jetzt an meine Familie denken. In den Vorratskammern ist ausreichend Proviant für Wochen oder Monate. Alles, was ich für die Semana Santa eingekauft habe. Newton wird regelmäßig vorbeikommen und nach dem Rechten sehen. Bleib, solange du willst. R.*

Newton lehnte in der offenen Tür und sah mich an. War das Mitleid in seinem Blick? Oder Spott? Er hob die Augenbrauen. »Special character, el patrón.«

»Kannst du laut sagen«, sagte ich, und als hätte er mich verstanden, brach Newton in schallendes Gelächter aus.

Noch am selben Vormittag zeigte er mir, wie man die Wasserfilteranlage in der Küche bediente, die Gasflasche am Herd wechselte und das Ungetüm von Generator in Gang setzte. Danach führte er mich zu dem Reservoir auf dem Hügel, der die Tanks auf dem Gelände mit Süßwasser versorgte. Gemeinsam befreiten wir das Auffangbecken des Speichers von den

Blättern, Ästen und Steinchen, die die Abflüsse zu den Gummischläuchen verstopften, durch die das Wasser in die Tanks auf dem Gelände geleitet wurde. Anschließend packte er ein paar Sachen zusammen und verschwand über den Hügel Richtung Capurganá.

Rainer hatte nicht zu viel versprochen, die Speisekammern waren gut gefüllt. Kiloweise Reis in großen blauen Eimern, ein halbvolles Fass Zucker, große Schachteln mit Kartoffelpüreepulver und ausreichend Mehl, Salz und Pfeffer. Dutzende Packungen Nudeln und Tortillas stapelten sich in den Schränken und jede Menge Konserven, Thunfisch und Sardinen, Champignons, Bohnen, Linsen, Erbsen, Oliven. Die Tiefkühltruhe war randvoll mit portioniertem Huhn, Fisch und Gemüse. In einem der beiden Kühlschränke lagerten dicke Blöcke Butter, H-Milch und Käse, der andere war bis oben hin voll mit Coca-Cola- und Club-Colombia-Flaschen. Ich würde vorerst also weder verhungern noch verdursten, und für den Fall, dass der Strom ausfiel, gab es noch achtzehn Gallonen Diesel für den Generator, außerdem vier große Gasflaschen für den Herd und mehrere Kartons Kerzen.

Das Beste aber war das bordeauxrote Täschchen aus Nappaleder, das ich zwischen zerlesenen Taschenbüchern, alten Reiseführern und von Hotelgästen zurückgelassenen Klamotten in einem Lost-and-found-Karton im Regal entdeckte. Vorsichtig nahm ich es heraus und öffnete den Reißverschluss. Ein Beautycase, randvoll mit Make-up und Pflegeprodukten. Concealer, Lippenstift, Mascara, verschiedene Öle und Cremes, alles vom Feinsten, darunter ein stark nach Lavendel duftendes Chakren-Spray und ein Moisturizer von La Mer, 280 Euro bei Sephora. Lydia, dachte ich, jede Wette. Sie musste das Täschchen bei der eiligen Abreise im Badezimmer ihrer Cabaña vergessen haben, wo Yenifer, Camila oder Rainer es gefunden hatten. Auf einmal glaubte ich, sie sogar zu riechen, ihr Parfüm, den Conditioner in ihrem Haar. Im vorderen Fach befand sich ihre Reiseapotheke. Tabletten gegen Übelkeit, Durchfall und Migräne, Collagen-Kapseln, Jodtabletten, eine Wundsalbe und eine Venencreme, und dann, ich konnte mein Glück kaum fassen: ein Röhrchen Valium, *Diazepam Tablets, 2 mg*, noch fast voll. Flugangst, dachte ich, und: arme Lydia. Dann zog ich den Reißverschluss zu und ging mit meinem neuen Beautycase unter dem Arm und einem breiten Grinsen im Gesicht zu meiner Cabaña.

Nachmittags gegen vier zog sich der Himmel zu. Von Norden her ging ein starker Wind, mit irrem Getöse warfen sich die Wellen gegen die Felsen und spülten Berge von Plastikmüll und Algen an den Strand. Am nächsten Vormittag räumte ich das Zeug weg und verbrannte alles in den beiden Tonnen am Waldrand, so wie ich es bei Rainer und Newton gesehen hatte. Anschließend nahm ich mir die Algen vor. Danach waren meine Arme und Beine von oben bis unten mit Pusteln übersät, und am Morgen drauf sah der Strand aus wie tags zuvor, so dass ich den Kampf aufgab und dazu überging, den angespülten Müll als einen letzten Gruß aus der Zivilisation zu betrachten.

Nach ein paar Tagen sah es aus wie auf einer Müllkippe. An der Uferlinie türmten sich Algenteppiche, immer zahlreicher kreisten die dunklen Rabengeier am Himmel. Jeden Morgen hielt ich nach besonderem Treibgut Ausschau und dachte mir kleine Geschichten dazu aus, stellte mir die ehemaligen Besitzer all der Zahnbürsten und Flipflops und Kinderspielzeuge vor, der Basecaps, der Asthma-Inhalatoren. Schon bald hatte ich eine stattliche Kollektion zusammen, und wer wissen will, wie Gestrandetsein sich anfühlt, der kann sich ja mal an einen windumtosten Strand stellen und Frisbee gegen sich selbst spielen.

Dann fiel mir auf, dass von Tag zu Tag weniger Müll angespült wurde. Es dauerte einen Moment, bis ich verstand. Natürlich. Die Ausgangssperre war in Kraft getreten und der Bootsverkehr eingestellt. Aus Richtung Capurganá zogen riesige Rauchschwaden über die Bucht. Offenbar nutzte man die Abwesenheit der Touristen dazu, die immensen Müllberge außerhalb der Stadt abzufackeln, von denen Rainer mir erzählt hatte. Immer mal wieder vernahm ich das Brummen von Motorsägen in den Wäldern, vereinzelte Schüsse und etwas, das klang wie Maschinengewehrsalven.

Um meine Vorräte zu schonen und meinen Tagen einen Sinn zu geben, begann ich, mich selbst zu versorgen. Jeden Morgen holte ich mir eine Handvoll Eier bei den Hühnern, die ihre Nester in dem Raum neben der Waschküche hatten. Ich sammelte die Früchte des Mandelbaums auf, öffnete die Schale mit einem spitzen Stein und pulte die Nüsse mit meinem Wohnungsschlüssel heraus, so war der auch nochmal zu etwas gut. Mit einem Bambusstamm schüttelte ich Kokosnüsse aus den Palmen, die ich anschließend mit der Machete öffnete. Euphorisiert von meiner erfolgreichen Ernte, machte ich mich über die Milch und das Fruchtfleisch her. Es dauerte nicht lange, und die Magenkrämpfe setzten ein. Einen Tag und zwei Nächte lang wurde ich von einem fiesen Durchfall geplagt und achtete fortan darauf, alles Ungekochte erst einmal in kleinen Portionen zu genießen.

Zaghaft erkundete ich die Umgebung, nahm mal diesen, mal jenen Pfad ins Dickicht und wagte mich dabei jedes Mal ein Stück weiter vor. Ich orientierte mich an einem schmalen Bachlauf, an dessen Ufer ich schöne dicke Papayas und Sternfrüchte fand, und als ich dann auch noch auf diesen riesigen Mangobaum traf, dessen Früchte prall und schwer an den weiten Ästen hingen, fühlte ich mich wie ein Kind, das endlich den Bonbonladen gefunden hat. Die Bananen pflückte ich direkt vom Baum, genau wie die Zitronen und die Avocados, die ich auf der anderen Seite des Hügels entdeckte und einzeln pflückte – aus Angst, erwischt zu werden, ausschließlich nachts und im Dunkeln. Ein Stück weiter, hinter den Häusern, gab es herrliche Wassermelonen und nach Lakritz schmeckende Jackfruits, allerdings auch angeleinte Wachhunde und bewaffnete Männer, die, wenn ich Rainers Andeutungen richtig verstanden hatte, auf der Payroll der Paramilitärs standen.

Eines Morgens nach dem Aufwachen wurden mir drei Anrufe in Abwesenheit angezeigt, alle von Sonja, dazu mehrere Nachrichten bei WhatsApp und Insta. Ich nahm eine Sicherheitsnadel, öffnete das SIM-Karten-Fach und schleuderte die SIM-Karte ins Meer. Anschließend meldete ich mich bei meinen Messengerdiensten und Socials ab, und abends, nach dem Genuss mehrerer Rum-Colas, löschte ich auch meinen E-Mail-Account.

Es gab nichts, um das ich mich noch hätte kümmern müssen. Die Wohnung gehörte ihr, genau wie die gesamte Inneneinrichtung. Den Dauerauftrag für meinen Anteil an der Miete hatte ich schon Tage zuvor gekündigt, mein Bankkonto wie immer im Minus. Meine Eltern waren tot, und Freunde hatte ich, von Sonjas Clique und ein paar versprengten und größtenteils längst zu dauergestressten Müttern kleiner Quälgeister gewordenen ehemaligen Kommilitoninnen abgesehen, keine.

Tage später fiel die Verbindung ohnehin aus. Es hatte ein heftiges Gewitter gegeben, die ganze Nacht waren Äste, Blätter und Steine auf die Cabañas und den Strand gekracht, morgens trieben dunkle Baumstämme im grauschwarzen Wasser wie Leichen. Wie es aussah, hatte ein Kurzschluss in der Küche den Router außer Gefecht gesetzt, in der kaputten Glühbirne unter der Decke stand zentimeterhoch das Wasser. Nun war ich endgültig für niemanden mehr erreichbar. Kurz verfiel ich in Panik, doch dann machte sich ein unfassbares Gefühl von Ruhe und Frieden in mir breit, und schon nach wenigen Tagen kam mir die Vorstellung, stundenlang auf ein Display zu glotzen, sich ein paar lauwarme Likes abzuholen und das Weltgeschehen in Memes zu denken, völlig absurd vor.

Ich war immer gerne alleine gewesen, hatte mich meiner Einsamkeit aber immer geschämt. Einsamkeit war ein Makel, mit dem man nicht in der Öffentlichkeit gesehen werden wollte. Nun gab es keine Öffentlichkeit mehr. Ich war frei und konnte sein, wie ich wollte.

Anfangs kam Newton noch wie abgesprochen zweimal die Woche auf die Lodge. Er spritzte die Cabañas mit einem übelriechenden Termitenmittel ab, setzte die Scheiben der Türen und Fenster in der blauen Hütte ein und reinigte – das erschien mir besonders sinnlos – den Pool. Er kam immer zu Fuß und immer allein. Innerhalb von Tagen sei das ganze Land heruntergefahren worden, erklärte er mir in einem Mix aus Englisch und Spanisch, dann erzählte er von dem Besitzer eines Ferienhauses ganz in der Nähe, der bei seiner Ankunft auf dem Flugplatz von einem Mob bewaffneter Bürger am Verlassen seines Privatflugzeugs gehindert worden war. Ungeachtet dessen würde in Capurganá weiter gefeiert und gesoffen, wovon ich mich allabendlich überzeugen konnte, wenn die Bässe der Strandbars über die Bucht wummerten.

Weil auch die Benzos aus Lydias Reiseapotheke langsam zur Neige gingen und ich mich noch nicht bereit für den Entzug fühlte, bat ich ihn, mir Nachschub zu besorgen. Ich gab ihm die leeren Verpackungen mit, das Lorazepam-Döschen und die Diazepam-Schachteln, außerdem mein letztes Bargeld, knapp zwanzig Dollar. Tags drauf kam er zurück, ein durchsichtiges Tütchen mit einem Haufen verschiedenfarbiger Pillen in der Hand, die er mir wortlos auf den Küchentisch legte. Dann ging er rüber zur blauen Hütte, räumte ein paar Sachen zusammen, auch ein paar Dinge aus dem Geräteschuppen, bei denen ich mir nicht sicher war, ob sie wirklich ihm gehörten, und verschwand über den Hügel. Es war das letzte Mal, dass ich Newton sah.

»Das ist ja weiß!«, ruft die Schwester, als sie das Neugeborene in den Händen hält.

»Sei leise«, hört Rainer ihre Kollegin flüstern. »Hast du nicht den Vater gesehen? Den alten Gringo da draußen?«

Nassgeschwitzt und mit klopfendem Herzen sitzt er auf einem Plastikstuhl auf dem Gang der Clinica Panamericana in Apartadó. Es ist Mittwochvormittag, kurz nach halb elf, fast wäre er zu spät gekommen. Vor sechs Wochen, Camila war bereits im achten Monat, ist sie übers Meer gefahren, um sich in der Wohnung ihrer Mutter auf die Geburt vorzubereiten. Rainer blieb auf der Lodge, der Laden brummte, er konnte und wollte das Personal nicht alleine lassen. Bei ihrem Kurzurlaub auf den San-Blas-Inseln ein paar Monate zuvor hatte Camila angeregt, einen Geschäftsführer zu suchen und einzuarbeiten, der während ihrer Abwesenheit den Betrieb am Laufen halten könne, doch Rainer hat sich mit dieser Idee nie anfreunden können. Erst als Camilas Mutter Evita ihn anrief und sagte, die Wehen hätten eingesetzt, hat er den Laden dichtgemacht und das Boot nach Turbo genommen.

Endlich lässt ihn die Schwester in den Raum. Sie überreicht ihm das winzige Bündel, ein betörender, süßlich-milchiger Duft steigt Rainer in die Nase. Er weiß, dass sein altes Leben nun ein für alle Mal vorbei ist. Die Ungebundenheit, die Freiheit, die Frauengeschichten. Er ist jetzt Ehemann und Vater einer kleinen Tochter, er ist nicht länger nur für sich selbst verantwortlich.

Noch im Januar, kurz nachdem eine Ärztin aus Capurganá Camilas Schwangerschaft bestätigt hat, ist er nach Deutschland geflogen, um seine Geburtsurkunde und die Scheidungsunterlagen für die Hochzeit zu besorgen. Er kam bei seinem Bruder in Darmstadt unter, klapperte die Ämter ab und stattete auch seiner Exfrau in Niederhofen einen kurzen Besuch ab, brachte es während der anderthalb Stunden in Juttas Küche aber nicht über sich, ihr von dem eigentlichen Grund seiner Reise zu erzählen. Von seiner Beziehung zu Camila hatte er ihr nie ein Wort gesagt, und erst eine gute Woche später, nachdem er beim Zwischenstopp in Panama City die Eheringe besorgt hatte und zurück auf der Lodge war, fand er den Mut, sie in einer E-Mail von der bevorstehenden Hochzeit und Camilas Schwangerschaft zu unterrichten. Weil er sich schon denken konnte, wie ihre Reaktion ausfallen würde, löschte er Juttas Antwort ungelesen. Die Eheschließung erfolgte ein paar Tage später bei einem Notar in Acandí. Trauzeugen gab es keine, die Feier wollen Camila und er eines Tages nachholen.

Nachdem sie auf die Lodge zurückgekehrt und bei der Überfahrt fast ertrunken sind, stürzt Rainer sich wieder in die Arbeit. Er kauft einen neuen Laptop, stellt eine Köchin ein und erhöht die Preise. Lange Zeit waren die Übernachtungen auf der Tortuga Lodge viel zu günstig, das kann er sich nun nicht mehr leisten. Körperlich fühlt er sich fit, und er wird nach wie vor deutlich jünger geschätzt, als er ist, doch er macht sich nichts vor: Er ist kein junger Mann mehr, und er weiß, was das für ihn und seine kleine Familie bedeutet. Nicht ausgeschlossen, dass seine Tochter ihren Vater in ebenso jungen Jahren verlieren wird wie er den seinen. In der Zeit, die ihm noch bleibt, will er für Frau und Kind da sein und genug Kohle machen, um die beiden abzusichern und sich selbst einen halbwegs sorgenfreien Lebensabend zu ermöglichen. Dass er die Lodge nicht ewig betreiben kann, ist ihm ebenso klar wie seiner Frau. Spätestens in ein paar Jahren, wenn Saira eingeschult wird, werden sie diesen abgelegenen Flecken Erde verlassen müssen. Also schreibt Rainer das Grundstück schon mal zum Verkauf aus. Einfach mal gucken, was ein Verkauf ihm einbringen würde.

Immer mal wieder meldet sich ein Interessent, doch niemand beißt an. Anfangs geht er entspannt damit um, er hat es nicht eilig. Doch die Zeit fliegt nur so dahin, Saira wird ein Jahr alt, dann zwei. Rainer intensiviert die Suche nach einem Käufer, er lässt einen Fotografen kommen und ein Exposé erstellen, *Traumhotel zu verkaufen*, erstellt genaue Analysen der monatlichen Einnahmen und Ausgaben und setzt den Verkaufspreis herunter. Gleichzeitig muss er investieren, um die Anlage in Schuss zu halten. Der Dschungel und die Witterung sind erbarmungslos und die Instandhaltungskosten enorm. Weil seine Angestellten ständig vergessen, die Geräte bei Nichtbetrieb mit Tüchern abzudecken, verrosten ihm in der feuchtsalzigen Luft nacheinander zwei Generatoren, und wegen der Korrosion und der ständigen Stromausfälle gibt es einen immensen Verschleiß an Elektrogeräten.

»Komm rüber, kauf dir ein paar Solarpaneele und eine Schiffsbatterie«, rät sein Bruder ihm im Videochat, »dann baust du dir ein Windrad und hast Notstrom – du wohnst am Meer und hast Tag und Nacht den Wind, besser geht's doch nicht«, und als Rainer, dem das alles zu viel Aufwand ist, stattdessen in ein neues Diesel-Stromaggregat investiert, den Nachbau einer Lister aus dem indischen Rajkot, ein tonnenschweres Ungetüm, bei dessen erster Bedienung er sich gleich den kleinen Finger bricht, muss er sich von Wolfgang anhören, er sei *beratungsresistent*.

Er kauft ein größeres Boot und bietet Ausflugstouren nach La Miel und zu den San-Blas-Inseln an, bis es zum Streit mit einem der Lancheros kommt, der ihn bei der Reparatur des Motors übers Ohr zu hauen versucht. Camila rät ihm, die Sache auf sich beruhen zu lassen, doch Rainer hört nicht auf sie und macht den Lanchero zur Schnecke, am Pier von Capurganá und im Beisein all seiner Kollegen. Erst als zwei Strohmänner der Paramilitärs auf der Lodge erscheinen und ihm zu verstehen geben, dass er die Rechnung des Lancheros besser begleiche, sollte er vorhaben, sein Business noch eine Weile weiterzubetreiben, gibt Rainer sich geschlagen. Er verkauft das Boot, für einen Spottpreis, von dem er gerade mal den winzigen Kahn bezahlen kann, den er sich als Ersatz anschafft. Die lukrativen Ausflugstouren werden eingestellt, und dann verfault ihm im Hafen von Necoclí eine Ladung Palmblätter, mit der die Dächer der Cabañas neu abgedeckt werden sollten. Ob es am kolumbianischen Missmanagement liegt oder ob Rainer schlicht vergessen hat, jemanden zu schmieren, er wird es nie erfahren. Als er sein Geld zurückverlangt, lacht der Spediteur ihn aus: »Ich hab Ihren Namen nie gehört, bitte rufen Sie hier nicht mehr an.«

Rainers finanzielles Polster schrumpft, hinzu kommen die Schwierigkeiten mit Behörden und Personal. Er probiert es mit immer neuen Aushilfen und Arbeitern, meist geht es für ein bis zwei Monate gut, dann verlangen die Leute mehr Geld, tauchen betrunken bei der Arbeit auf oder bleiben gleich ganz weg. Rainer ist dünnhäutig geworden, grantig und aggressiv, auch viele seiner Gäste kann er kaum noch ertragen. Die hochnäsigen Rolos aus der Hauptstadt, für die es nur Bedienstete und zu Bedienende gibt, die Machos aus Medellín und die aufgetakelten Huren, die ihre Ehefrauen spielen.

»Was kostet ein Bier?«

»Fünftausend Pesos.«

»Und für mich?«

»Für dich sechstausend. Ihr Paisas habt doch Geld, oder?«

Da lachen sie, das gefällt ihnen. Rainer aber widern diese Spielchen zunehmend an, genau wie das affektierte Gebaren der internationalen Reiseblogger und Influencer, die es schon für eine krasse Erfahrung halten, wenn sie mal ein paar Tage nicht heiß duschen oder nicht ihre dämlichen Serien auf dem Laptop glotzen können. Blasierte Schwachmaten, für die alles nur Kulisse ist und die mit ihren Handys und Kameras über das Gelände pflügen, um genau die Bilder einzufangen, die sie schon von tausend anderen Websites, Social-Media-Accounts und YouTube-Kanälen kennen. Die unverschämtesten Vertreter dieser Zunft wollen im Tausch gegen *wohlwollende Berichterstattung* umsonst bei ihm übernachten oder andere Vorzugsbehandlungen herausschlagen, was Rainer rundheraus ablehnt, wenn auch aus Angst vor negativen Bewertungen immer hübsch lächelnd.

Die Gäste, mit denen man auch mal eine längere Unterhaltung führen kann und die offen sind, sich auf neue Erfahrungen und die Magie des Ortes einzulassen, werden immer seltener, die Anspruchshaltungen höher. Der Tourismus in der Region boomt, in Capurganá sind neue Hotels entstanden, darunter sich als *nachhaltig* und *eco* deklarierende Anwesen mit Outdoorduschen, Solardächern und allem Pipapo. Jedes Restaurant, jede Kneipe stellt sich krachend laute Boxen vor die Tür, aus dem einst verschlafenen Nest ist eine gigantische Freiluftdisco für gelangweilte Langweiler aus den wohlhabenden Zentren der westlichen Welt geworden, darunter nun auch scharenweise Amerikaner, die auf ihren San-Blas-Touren für ein bis zwei Nächte mit einer alles niederwalzenden Springbreakmentalität über die Stadt herfallen und noch den harmlosesten Teenager auf Drogen oder Sex anquatschen. Das Internet hat die Hotelbesitzer Capurganás in einen gnadenlosen Konkurrenzkampf versetzt, und an manchen Tagen fühlt Rainer sich nur noch wie ein mies bezahlter Angestellter von booking.com. Die Lodge ist zu einem Klotz am Bein geworden, er will einfach nur noch verkaufen. Aber er weiß auch, dass das nur gelingen kann, wenn er alles einigermaßen in Schuss hält. Also bleibt ihm nichts anderes übrig, als weiterhin all seine Zeit, seine Energie und sein Geld hineinzubuttern. Um die Ausgaben zu stemmen, braucht er eine möglichst hohe Auslastung mit glücklichen Gästen und Fünfsternebewertungen auf den von ihm zutiefst verachteten Internetplattformen. Ein Teufelskreis.

Jeden Morgen wird er von seinen Ängsten und Sorgen geweckt und hetzt mit einer niemals kürzer werdenden To-do-Liste im Kopf durch den Tag. In den freien Minuten arbeitet er die in seinen Postfächern aufgelaufenen Nachrichten ab. Er wird von Appetitlosigkeit geplagt, leidet an Kopfschmerzen und Schlafproblemen, und immer wieder Rückschläge Rückschläge Rückschläge, die kleinen wie die großen. Die durch den Klimawandel stärker werdende Brandung sorgt dafür, dass er die gesamte erste Reihe seiner Palmen verliert. Die Wurzeln der Bäume werden vom Meerwasser unterspült und verlieren ihre Haftung wie Zähne, bei denen sich das Zahnfleisch mehr und mehr zurückzieht, bis der Zahn einfach ausfällt. Die Palmen werfen ihre Kronen ab, nur der Stamm bleibt stehen wie ein trauriges Mahnmal, entblößt und enthauptet. Zusammen mit zwei Jungs aus Capurganá holt Rainer Schubkarrenladungen an Steinen aus dem Dschungel, um eine Stützmauer zu bauen und die verbliebenen Palmen am Strand zu sichern. Die Mauer wird ein solcher Pfusch, dass er sie schon ein Jahr später wieder abreißen muss.

Natürlich beeinflussen der Zustand der Bäume und die provisorischen Arbeiten den Anblick der Lodge und damit auch den Blick der potenziellen Käufer, wohlhabende Männer aus Kolumbien, England oder den USA, die sich wie die Könige bewirten lassen und keinen Cent dafür zahlen. Die Konflikte im Dariѐn haben zugenommen, über dem Urwald kreisen Helikopter mit Suchscheinwerfern, aus dem Dschungel hallen Schüsse herüber. Jesús wird wahrhaft hingerichtet, am helllichten Tag und vor seinem eigenen Haus, das er erst kurz zuvor auf der anderen Seite des Hügels hat bauen lassen, und dann, nach Jahren des Schweigens, melden sich die Paracos auch bei Rainer und verdonnern ihn zu einem saftigen Schutzgeld, das an jedem Monatsersten von einem Handlanger aus der Nachbarschaft eingesammelt wird. Wie zu seiner Zeit in Venezuela ist er zum Spielball der Ereignisse geworden, und immer öfter erwischt er sich bei dem sehnsuchtsvollen Gedanken an das geregelte Leben in Deutschland, jenem Hort der Sicherheit, vor dessen erstickender Enge er vor vielen Jahren Reißaus genommen hat.

Das erste Medikament hieß Mareol und stellte sich als harmloses Mittelchen gegen Schwindel und Übelkeit heraus, was man sich bei der bonbonfarbenen Verpackung auch gleich hätte denken können. Bei dem nächsten Medikament handelte es sich um ein Antidepressivum namens Escitalopram, und dann gab es noch eine Arznei namens Zopiclona, die Newton sich in zwei einzelnen Blisterstreifen von jeweils zehn Tabletten und ohne Verpackung hatte andrehen lassen. Benzos hatte er nicht bekommen, so dass mir nichts anderes übrigblieb, als endlich das Projekt *Ausschleichen* in Angriff zu nehmen. Ich reduzierte die Dosis Diazepam auf eine Tablette am Tag, nach vier Tagen auf eine halbe und nach weiteren vier Tagen auf eine Viertelportion. Es war die Hölle und viel zu abrupt, doch für eine sanfter getaktete Entwöhnung reichte mein Vorrat nicht. Alles tat mir weh, jede Bewegung verursachte mir Schmerzen, jeder Gedanke und jede Erinnerung, selbst die Luft, das Licht und das Rauschen in den Bäumen. Ich versuchte, mit diesem Zopiclona-Zeug gegenzusteuern, das sich aber als starkes Schlafmittel entpuppte, das mich eine halbe Stunde nach Einnahme komplett ausknockte. Ich war gerade dabei, meine Periodenunterwäsche aufzuhängen, die ich unter lauwarmem Wasser im Spülbecken gewaschen hatte, als mir die Augen schwer wurden und ich zu taumeln begann. Ich schaffte es noch so gerade die Treppen hoch zu meiner Cabaña und erwachte erst zehn Stunden später, mitten in der Nacht, aus einem traumlosen und erstaunlich erholsamen Schlaf. Fortan versuchte ich, tagsüber mit der reduzierten Menge Diazepam über die Runden zu kommen und mich abends mit einer Zopi wegzuballern. Am Ende blieb mir nichts anderes übrig, als auch hier die Dosis zu verringern und mich durch einen weiteren Entzug zu kämpfen.

Ich hatte jedes Zeitgefühl verloren. Ich schlief, wenn ich müde war, und war wach, wenn ich nicht mehr schlafen konnte.

Als ich wieder zu mir kam, hatte sich ein morbider Hauch von Verwesung über das Grundstück gelegt. Die Kokosnüsse fielen aus den Wipfeln der Palmen und verfaulten am Boden, genau wie die Blätter und Farne, die sich wie poröse Skelette zu Haufen türmten und als Unterschlupf für Mäuse und Ratten dienten. In den türlos gebliebenen Räumen der blauen Hütte hatten sich Fledermäuse eingerichtet, der Fußboden war über und über mit Kot bedeckt. Die Gräser färbten sich braun, und der Pool war zu einem Massengrab geworden, ein faulig riechender Tümpel, dessen Boden zentimeterhoch mit Cangrejos bedeckt war, während oben, im grünlich-trüben Schlick, ledrige Kröten trieben, die verwarzten Köpfe mit den starren toten Augen über Wasser, die Beine lang ausgestreckt in der brackigen Suppe. Beim Verlassen meiner Hütte trat ich eines Morgens beinahe auf einen dieser fetten grünschwarzen Frösche, der sich demonstrativ auf der Treppenstufe vor meiner Veranda sonnte. Ich geriet ins Schlingern, verlor auf den glitschigen Steinen einen meiner Flipflops und brach mir zwei Zehen am linken Fuß. Ein paar Tage lang konnte ich nicht richtig auftreten. Die Zehen liefen auberginenfarben an, die Knochen aber wuchsen erstaunlich schnell wieder zusammen, auch wenn der kleine Zeh nun ein wenig abstand.

Um Ostern herum kam der Regen. Zuerst war es nur ein dünnes Nieseln, nicht viel mehr als ein Knistern auf den Palmen. Dann zogen tiefschwarze Wolken landeinwärts, die sich in den Nächten über der Lodge entluden, das Salz von den Blättern wuschen und den mittleren Teil des Grundstücks in einen gigantischen See verwandelten. Die Hügel über Capurganá waren in dichten Nebel gehüllt, vom Boden stieg ein schwerer, modriger Geruch auf, meine Klamotten und die Laken wurden gar nicht mehr richtig trocken. Immer wieder gingen Blitz und Donner auf das Gelände nieder, stundenlange Verästelungen am elektrisch aufgeladenen Himmel. Nach jedem Gewitter beruhigte sich das Meer, manchmal von einer Stunde auf die andere, und in einer Nacht war es so klar, dass ich über mir die Milchstraße funkeln sah wie die selbstklebenden Leuchtsterne unter der Decke meines Kinderzimmers damals in Krasnojarsk. Wer außer dir wohl noch gerade auf dem Rücken im Gras liegt und dieses jahrtausendealte Schauspiel betrachtet, fragte ich mich, ganz allein und vor Ehrfurcht schweigend? Der darauffolgende Morgen war weich und blau und von einem sanften Aluminiumglanz überzogen.

Dann kam die Flut zurück, die Regenfälle wurden heftiger, und innerhalb weniger Tage begann alles wie verrückt zu sprießen und zu blühen. Grün schimmernde Leguane rasten über den Platz, dürre Eichhörnchen jagten die Palmen hoch, und dann trauten sich auch die scheuen Weißkopfäffchen mit den blassrosafarbenen Gesichtern aufs Grundstück, um sich an den Bananenstauden hinter meiner Cabaña gütlich zu tun. Meter für Meter holte der Urwald sich das Gelände zurück, und hätte ich nicht mit der Machete ein paar Wege und Flächen freigehalten, die Lodge wäre im Nullkommanichts vom Dschungel verschluckt worden. Sairas geheime Höhle war von den heftigen Regenfällen zerstört und hinweggespült worden, ihr beeindruckendes Scherbenmosaik unter Schlick und Schlamm begraben. Nur die kopflose Barbie hielt noch die Stellung. Im Wurzelwerk eines Baums verfangen, hockte sie im Gestrüpp, den rechten Arm zum Hitlergruß erhoben.

Eines frühen Morgens, es hatte die ganze Nacht furchtbar gegossen und gestürmt, vernahm ich ein tiefes Grummeln, das anders klang als der seit Tagen auf das Dach prasselnde Regen. Ein dumpfer Knall links über mir, das Splittern von Holz – ich schaffte es gerade noch, aus dem Bett und zur Tür zu springen, als ein riesiger Granitstein über dem Kleiderschrank durchs Dach krachte und neben mir auf dem Bett einschlug. Der Stein war gelblich-braun und von dünnen Pflanzensträngen durchzogen, die aussahen wie Krampfadern. Er musste sich bei einem Erdrutsch weit oben in den Hügeln gelöst haben. Das Bett und das Nachtschränkchen waren komplett zerstört. Im strömenden Regen lief ich runter zum Strand. Ich hockte mich in den Sand und sah zu, wie der Tag anbrach. Irgendwann, es war schon hell, und der Regen ließ langsam nach, ging ich zurück zu meiner Hütte. Wie ein fetter Buddha saß der Stein da und beobachtete mich beim Packen meiner Sachen. *Weggegangen, Platz vergangen.* An diesem Tag gab ich die Casa Sucre auf und zog nach vorne ins Haupthaus.

Ich hatte das düstere und heruntergekommen wirkende Gebäude noch nie betreten. Die unterste Etage war eine einzige Rumpelkammer. Alte Matratzen lehnten an den Wänden, überall Holzlatten und Bretter, Werkzeuge und haufenweise Spielzeug. Förmchen und Eimer, Puppen und Bürsten, ein Polly-Pocket-Häuschen, ein debil grinsendes M&M-Männchen mit Gitarre. Das von Sonne und Salz trüb gewordene Fenster an der Südseite hatte ein Loch, der Boden darunter war faulig und morsch. Offenbar regnete es rein, und das nicht erst seit gestern.

Über eine schmale Treppe mit wackligem Geländer ging es in die obere Etage, die aus einem einzigen Raum bestand, hinter dem sich, nur durch einen Vorhang getrennt, das Bad befand. Sämtliche Schrauben, Nägel und Scharniere waren verrostet, das Metall verwittert, durch die Ritzen der Bretter und Balken pfiff der Wind. An der von Grünspan überzogenen Brüstung des Balkons schimmerte noch hier und da die rosa Farbe durch, in der das Haus einmal gestrichen gewesen sein musste. Wie es aussah, hatten Rainer und Camila sich bei den Verschönerungs- und Instandhaltungsarbeiten der letzten Jahre ganz auf die Bereiche des Hotels konzentriert, in denen sich ihre Gäste bewegten, ihren eigenen Bereich hingegen vollständig vernachlässigt.

Als ich mich auf das Bett legte, kam ich mir vor wie eine Einbrecherin. Doch ich war so fertig, dass ich sofort einschlief, und beim Aufwachen Stunden später hatte ich das Haupthaus bereits als mein neues Zuhause akzeptiert. Abends stand ich mit einer Flasche Bier in der Hand auf dem Balkon, überblickte das Grundstück, das Meer und die leichte Krümmung des Ozeans am Horizont und dachte: Enjoy. Du hast dich lang genug selbst verachtet.

Es gab Höhen und Tiefen. An manchen Tagen lag ich nur zusammengekauert auf dem Bett und spürte diese alte Wut in mir, wie ein Echo, eine Reminiszenz an längst vergangene Zeiten. Dann sehnte ich mich nach einer menschlichen Stimme an meinem Ohr und nach Berührung, nach Fingern auf meinem Rücken und in meinem Haar, einem warmen Kuss, Liebe. Hin und wieder gönnte ich mir eine Escitalopram zum Runterkommen, doch ich stellte fest, dass das Zeug mich in den Tagen darauf nur noch dünnhäutiger machte. In einer dieser Phasen habe ich morgens den Hahn gekillt. Es war ganz einfach. Ich packte ihn einfach am Hals, warf ihn auf einen Holzpflock und hackte ihm mit der Machete den Kopf ab. Federn flogen durch die Luft, und der Körper zappelte noch eine Weile in einem irren Zickzack über den Platz. Als endlich Ruhe war, wischte ich mir die Hände an der Jeans ab und warf den Kadaver auf die Wiese hinter dem Zaun, wo ihn sich die Geier holten. Das morgendliche Gekrähe war mir auf die Nerven gegangen, seit ich ins Haupthaus gezogen war. Überrascht stellte ich fest, dass die Hennen auch weiterhin ihre Eier legten.

Manchmal schaute ich mir das Bild an, das ich vor seinem Verschwinden von Rainer gemacht hatte. Nicht gerade ein Meisterwerk, doch es zeigte nun mal eindeutig den ehemaligen *Young Man XVI, West-Germany, ca 1969*. Dieses Foto war meine Sicherheit. Mein Unterpfand, wenn ich einmal zurück in die Welt da draußen musste. Sollte ich mich dazu entscheiden, es zu veröffentlichen, es würde mir so manche Tür öffnen. Das zu wissen reichte mir erst einmal aus.

*

Ich spürte ihre Anwesenheit, bevor ich sie sah. Es war vormittags gegen elf. Ich saß an einem Tisch im Restaurant, vor mir das Deutsch-Spanisch-Wörterbuch, das ich im Haupthaus gefunden hatte und in dem ich jeden Tag ein paar Seiten las. Ich war gerade beim Buchstaben L und dem Begriff *latifundios* angekommen, *Großgrundbesitz*, als sich plötzlich etwas veränderte. Eine subtile Störung in meinem Energiefeld, als hätte sich eine Wolke vor die Sonne geschoben und als wären sämtliche Hintergrundgeräusche um ein paar Dezibel abgesenkt worden. Nur dass der Himmel wolkenlos blau war und das Meer vor sich hin rauschte, wie es das seit meiner Ankunft auf der Lodge in jeder einzelnen Sekunde getan hatte. Ich hielt inne. Mein Puls beschleunigte sich. Ganz langsam sah ich auf.

Sie standen oben am Weg. Zwei Männer. Ausgewaschene Jeanshosen, Schirmmützen auf dem Kopf, ausdruckslose Gesichter mit kurzen, dunklen Bärten. Unter ihren T-Shirts zeichneten sich die Pistolen ab, die sie im Hosenbund trugen. Unverwandt starrten sie mich an. Niemand bewegte sich. Ich überlegte, ihnen zu winken, schaffte es aber nicht, mich zu rühren. Schließlich drehten die Männer sich um, erst der eine, dann der andere. Mit ein paar Metern Abstand und den Händen an ihren Knarren stapften sie den Weg hoch zum Hügel und verschwanden im Dickicht des Dschungels.

An diesem Abend stellte ich mich vor den großen Wandspiegel im Bad. Ich erschrak. Strohig stand mir das Haar vom Kopf ab, mein Gesicht war kantig und hager, und mein ehemals so blasser Teint – meine *sibirische Alabasterhaut*, wie Sonja sie immer genannt hatte – war zu einem zerfurchten Lederhandschuh geworden. Ich sah unfassbar hart aus. Nase und Ohrläppchen glänzten bronzefarben im Licht der Badezimmerlampe, während die ungebräunt gebliebenen Krähenfüße tribalartige Muster um meine Augen bildeten. Die Klamotten schlackerten mir um den Körper, ich musste mindestens zehn Pfund abgenommen haben, und den Dreck in den Furchen meiner Hände und Füße wurde ich auch durch stundenlanges Einweichen und Schrubben nicht mehr los.

Ich beschloss, mich wieder mehr um mich und mein Äußeres zu kümmern. Mit einer Nagelschere schnitt ich mir das Haar zu einer Art Pixiecut, eine Frisur, an die ich mich aus Angst vor Sonjas Reaktion nie herangetraut hatte. Morgens nach dem Aufwachen lag ich noch eine Weile da, konzentrierte mich auf den warmen Wind auf meiner Haut, fasste mich an. Nachmittags machte ich Dehnübungen, abends eine Runde Face-Yoga vorm Spiegel, um die Mimik nicht zu verlernen, das Lächeln, das Erstauntsein, den Widerspruch. Und ich etablierte das Wochenende. Samstagnachmittags nahm ich eine ausgiebige Dusche, rasierte mir die Beine und cremte mich mit Bodylotion ein. Ich lackierte mir die Zehennägel, zupfte mir die Augenbrauen und legte etwas von Lydias Lippenstift auf. Dabei hörte ich eine der Salsa-CDs, die ich unter Rainers Sachen gefunden hatte, und trank ein oder zwei Flaschen Bier. Zum Abendessen gab es ein Glas Wein, und wenn ich richtig was erleben wollte, mixte ich mir danach noch eine Rum-Cola und drehte den Lautstärkeregler der Kompaktanlage auf acht. Ab achteinhalb begannen die Lautsprecher, furchtbar zu dröhnen.

Es muss bereits Mitte Mai gewesen sein, als die Männer zurückkamen. Diesmal waren sie zu dritt. Sie standen mit dem Rücken zu mir vorm Haupthaus, als ich aus der Küche kam. Auf der obersten Treppenstufe blieb ich stehen. Ich traute mich kaum zu atmen. Zum Verstecken oder Flüchten war es zu spät, und wohin denn auch.

Der eine rief etwas Richtung Haupthaus. Kurz war es ruhig, dann drehten die drei sich wie auf ein geheimes Zeichen zu mir um. Es war gespenstisch. Ernst und mit zusammengekniffenen Augen sahen sie mich an. Dann setzten sie sich langsam in Bewegung. Beim Gehen ließen sie die Augen nicht von mir. Ich trug einen kurzen Rock und ein mit Glitzersteinen verziertes Calvin-Klein-Shirt, das ich unter Camilas Sachen gefunden hatte. Ich straffte meinen Körper, bohrte mir die Nägel ins Fleisch der rechten Hand. Wo war die Machete?

»Hola!«, sagte ich, als die Männer zwei Meter vor mir stehen blieben, meine Stimme kaum mehr als ein Fiepsen. »Cómo estas?«

Ich versuchte zu lächeln. Sie verzogen keine Miene. Möglicherweise hatte ich sie geduzt. Ich wusste nicht, ob das in Ordnung war. Ich hatte seit zwei Monaten mit keinem Menschen geredet. Ich biss mir auf die Lippe, um das Zittern im Zaum zu halten.

Der eine sprach. Ich verstand nicht, was er sagte. Dann stellte er eine Frage. *Señor Rainer*, das verstand ich.

»Señor Rainer no esta aqui«, sagte ich.

Der Mann runzelte die Stirn. Der andere stand daneben und sagte nichts, starrte mich nur an. Der dritte war ein junger Mann, fast noch ein Kind. Dünner Bartflaum, Babyspeck, angespannte Kiefermuskeln, und wie der dastand, diese Körpersprache. Ein Trainee, dachte ich, wird noch angelernt. Hat das mit dem Pokerface noch nicht so gut drauf und ist vermutlich genauso nervös wie ich. Nicht gut, dachte ich. Ein nervöser Paramilitär oder Narco oder was das war, das war nicht gut.

»Where is he? Señor Rainer?«, fragte der Anführer. Er musste um die dreißig sein, jünger als ich, doch er war hier der Erwachsene und ich das Kind.

»He will soon be back.«

Ich weiß nicht, warum ich das sagte. Warum ich nicht einfach bei der Wahrheit blieb und ihnen sagte, dass Rainer mich zurückgelassen hatte, so wie mich alle zurückließen, dass ich keinen Kontakt zu ihm und seit gut zwei Monaten nichts von ihm gehört hatte. Es war klar, dass sie zurückkommen würden. Und dass ich dann in Erklärungsnot wäre. Schuldete Rainer ihnen Geld? Oder etwas anderes? Hatten sie ein Auge auf die Lodge geworfen?

»Tell him, we need to speak to him.«

»Sure.«

»As soon as possible, you understand?«

»I understand.«

»Okay«, sagte der Mann mit eisigem Blick.

»Okay«, sagte auch der andere.

Der Junge sagte nichts, fuchtelte nur mit den Fingern an seinem Gürtel herum.

Alles kommt ihm viel kleiner vor. Wie geschrumpft. Und so sauber und spießig. Das Schild im Innenhof, *Fußball spielen verboten*, das ordentlich am Rand des Sandkastens drapierte Kinderspielzeug und der mustergültig aufgeräumte Grillplatz hinten gegenüber der Parterrewohnung, in der damals die Voigts gewohnt haben. Und nirgends ein Mensch. Die Siedlung ist wie ausgestorben an diesem sonnigen Donnerstagnachmittag im Mai, der Rest des ehemaligen Plätzchens von hohem Gras überwuchert. Dahinter steht unverwüstlich die an einen vor langer Zeit verlorenen Krieg erinnernde Kanone.

Frühmorgens sind Camila, Saira und Rainer in Frankfurt gelandet und haben die Bahn nach Mainz genommen. Nach ein paar Stunden Schlaf in ihrem Hotel am Hauptbahnhof wurden sie am frühen Nachmittag von Wolfgang abgeholt. Gemeinsam machten sie sich auf zur Siedlung, und hier stehen sie nun, Rainer etwas ratlos und reizüberflutet, während sein Bruder bester Dinge ist und eine Story nach der anderen raushaut. Die Fußballspiele im Sommer, die Leiche des deutschen Soldaten im Geisterhaus, Rainers Malaisen mit der Kniescheibe und dieser Kerl namens Grusel-Uwe, der ihnen damals so unendlich alt vorkam, aber kaum älter als vierzig gewesen sein kann – Wolfgang hat das alles noch auf beeindruckende Weise präsent, und trotz des Jetlags und der Sprachbarriere schließen sowohl Camila als auch Saira Rainers Bruder gleich ins Herz. In einem Steakhaus am Schillerplatz essen sie zu Abend, dann begleitet Wolfgang die Gäste zu ihrem Hotel und nimmt die Bahn zurück nach Darmstadt.

Am nächsten Morgen geht Rainer zur Commerzbankfiliale an der Großen Bleiche und eröffnet ein Konto für Saira, auf das er bis zu ihrem achtzehnten Geburtstag monatlich hundert Euro überweisen will. Anschließend holen sie ihren Mietwagen ab, nehmen die Fähre auf die andere Rheinseite, fahren hoch zum Niederwalddenkmal und auf der Rheinuferstraße weiter nach Norden. Während Camila nicht müde wird, die Schönheit der frühsommerlichen Landschaft zu preisen, die sanft geschwungenen und bewaldeten Hügel auf beiden Seiten des in der Sonne glitzernden Stroms, die Burgen, Schlösser und Kirchtürme und die langsam auf und ab schippernden Ausflugsdampfer und Lastkähne, schnürt es Rainer mit jedem zurückgelegten Kilometer mehr die Kehle zu. Er fährt diese Strecke zum ersten Mal, und je näher sie Osterspai kommen, jenem unscheinbaren Örtchen, an dem vor über einem halben Jahrhundert die Leiche seines Vaters angespült wurde, desto mehr quälen ihn die alten Gefühle und Fragen. Wie kann es sein, dass ein menschlicher Körper eine Woche lang in einem Fluss treibt und dabei achtzig Kilometer zurücklegt, ohne dass ihn jemand sieht? Wie dunkel und kalt muss dieser nun so friedlich wirkende Strom an jenem Dezemberabend gewesen sein, an dem sein Vater entschied, ins Wasser zu gehen? Wie verzweifelt muss er gewesen sein, um sich zu diesem furchtbaren Schritt zu überwinden, und war es überhaupt eine bewusste Entscheidung? Was, wenn er am Ende einfach betrunken war und durch eine Unachtsamkeit in den Fluss gefallen und ertrunken ist?

Sie passieren den Loreleyfelsen und St. Goarshausen. Rainer versucht, sich nichts anmerken zu lassen. Camila hat keinen Schimmer, was diese Fahrt für ihn bedeutet. Weder hat er ihr die wahren Beweggründe für die Auswahl dieser Route genannt, noch haben sie jemals über die genauen Umstände vom Verschwinden seines Vaters geredet. Auf welchen Medikamenten ist er damals gewesen, oder andersherum: Wie lange hatte er diese Medikamente schon nicht mehr genommen? Und warum zur Hölle wurde der Körper im rechtsrheinischen Osterspai angespült und nicht auf der gegenüberliegenden Seite, wohin die Strömung ihn an der Biegung des Flusses hätte treiben müssen?

Hinter Filsen gehen Strom wie Straße in eine scharfe Rechtskurve. An einem Obststand kurz hinter dem Ortseingang Osterspai setzt Rainer den Blinker und fährt links ran.

»Ich muss mal.«

»Sollen wir nicht alle aussteigen und ein paar Meter gehen?«, fragt Camila. »Es ist so schön hier.«

»Nein«, sagt Rainer barsch.

Camila schaut ihn an.

»Ich meine … Da liegen noch schönere Orte vor uns. Ich muss nur kurz pinkeln, bin gleich wieder da.«

Er steigt aus dem Wagen, geht um den Obststand herum und einen abschüssigen Weg hinunter zum Ufer. Ein warmer Wind weht über den Fluss, leise schnatternd schwimmt eine Entenfamilie vorbei. Rainer bückt sich und hebt eine der vielen kleinen Körbchenmuscheln auf, mit denen der Boden übersät ist. Er dreht die Muschel in den Fingern und lässt sie wieder fallen. Über ihm rauschen die Blätter der Schwarzpappeln und Birken, gegenüber am Bopparder Hamm rattert ein Zug Richtung Süden. Ungläubig betrachtet er das Kiesbett und die Steine unterhalb des wuchtigen Schildes mit der Aufschrift *575*. Er kann es einfach nicht begreifen. Wo genau soll der Körper seines Vaters gelegen haben? Wo und in welchem Zustand wurde er gefunden und von wem? Benommen dreht er sich um und stellt sich an eine der Mandelweiden am Ufer. Er öffnet den Reißverschluss seiner Hose, schließt die Augen, atmet ein und wieder aus. Eine Weile steht er so da, bis über ihm zwei Schreimöwen vorbeiziehen und er zusammenzuckt.

Er schließt seinen Reißverschluss und wirft einen letzten Blick auf den Rhein, diesen *Vater aller deutschen Flüsse*, dann geht er zurück zum Wagen.

Camila ist gerade dabei, Saira zu beruhigen, die in ihrem Kindersitz aufgewacht ist und weint.

»Es ist alles gut, Prinzessin«, sagt Rainer. Dann lässt er den Anschnallgurt einrasten, setzt zurück und fährt, ohne noch einmal in den Rückspiegel zu schauen, weiter nach Norden.

Sie besichtigen das Deutsche Eck bei Koblenz und übernachten in einer kleinen Pension in einem Dorf an der Mosel. Am nächsten Morgen fahren sie zurück Richtung Süden, besuchen das Schloss Weikersheim und checken in ihrem Hotel in Bad Mergentheim ein, nur wenige Kilometer von Niederhofen entfernt, in unmittelbarer Nähe Juttas also, die ihnen jeden Augenblick beim Einkaufen entgegenkommen könnte, bei einem Arztbesuch oder sonst was. Ein seltsamer Thrill, den Rainer ebenfalls für sich behält. Still und ruhig sitzen sie auf der Terrasse eines Cafés. Saira schläft in ihrem Buggy, Camila genießt ihren Apfelkuchen und die Sonne, und mit einem Mal empfindet Rainer ein tiefes Gefühl von Stolz. Stolz auf das Erreichte, Stolz auf seine Familie, Stolz aber auch auf sein Heimatland, in dem alles so schön sauber und geordnet ist, anders als in Kolumbien, wo man ständig damit rechnen muss, übervorteilt und über den Tisch gezogen zu werden. Schon im Sommer vor Sairas Geburt, beim 7:1 im Halbfinale der Fußballweltmeisterschaft gegen Brasilien, ist Rainer aufgefallen, welch warme Gefühle er plötzlich nicht nur für die eigene Mannschaft, sondern auch für das durch dieses Team vertretene Land empfand. Ob es die Gründung einer eigenen Familie ist, die ihn auf so abstrakte Weise mit seiner Herkunft versöhnt? Oder wird er einfach langsam alt und sentimental?

»Wäre schon nicht schlecht, wenn unsere Tochter hier aufwachsen und zur Schule gehen könnte«, sagt Camila, als sie Saira zum Mittagsschlaf ins Bett gebracht haben.

Rainer schaut sie an. »Ich wollte es nicht sagen, aber …«

»Aber?«

»Ich habe vorhin dasselbe gedacht.«

»Wieso wolltest du das nicht sagen?«

»Weil das ein großer Schritt wäre.«

»Das stimmt«, sagt Camila. Sie lächelt. »Aber irgendwie muss unsere Tochter doch davon profitieren, einen Vater mit einem deutschen Pass zu haben, oder nicht?«

Noch am selben Abend beginnen sie, sich auf den einschlägigen Immobilienportalen durch die Angebote zu klicken. Sie kontaktieren mehrere Privatverkäufer und einen Makler, der ein wunderschönes Bauernhaus aus den Zwanzigern in der Nähe von Straubing im Portfolio hat – großzügiger Garten, alter Baumbestand, in den ehemaligen Ställen könnte man sogar einen kleinen Laden eröffnen oder ein Café –, und als Rainer das Licht löscht, hat es in seinem Kopf längst wieder zu arbeiten begonnen.

Tags drauf, vor der Tür eines Krankenhauszimmers in Sindelfingen. Rainer klopft, zaghaft zunächst, dann noch einmal energischer. Ein schwaches Krächzen: »Herein!«, und da liegt sie, seine Mutter, ganz entkräftet und mit trübem Blick. Wenige Tage zuvor wurde Frieda Nack mit Wasser in der Lunge hier eingeliefert und musste punktiert werden. Seit langem hat sie Probleme mit der Galle und der Leber, vor ein paar Jahren erst wurde ihr ein Herzschrittmacher eingesetzt. Neben ihr im Sessel sitzt Herr Baum, auch er deutlich klappriger geworden, aber immer noch gertenschlank und mit diesen listigen, wachen Augen.

Zunächst scheint Rainers Mutter ihn gar nicht zu erkennen. Verwirrt schaut sie von einem zum anderen. Eine Greisin mit mächtigen Tränensäcken, schwer atmend und röchelnd. Dann bleibt ihr Blick an Saira hängen, die bei ihrer Mutter auf dem Arm ist, und in diesem Moment passiert etwas mit ihr. Sie reißt die Augen auf und richtet sich auf. Wortlos starrt sie das Mädchen an. Gleich dreht die Kleine den Kopf weg und brüllt los, denkt Rainer, doch nichts dergleichen. Die beiden sehen aus, als hätten sie sich gegenseitig hypnotisiert.

»Was bist du denn für eine süße Maus?«, sagt die Mutter leise und streckt ihre Hände aus. Camila macht einen Schritt auf sie zu und setzt das Mädchen auf dem Krankenbett ab. Rainers Mutter greift Sairas Hand und küsst sie auf die Wange. Im Zimmer ist es mucksmäuschenstill.

Herr Baum findet als Erster die Sprache zurück. Er stößt einen unpassenden Pfiff aus, dann erhebt er sich ächzend aus seinem Sessel und gibt erst Rainer, dann Camila förmlich die Hand.

»Baum«, sagt er.

Camila lächelt. »Nice to meet you, Señor Baum.«

»Die ist aber hübsch«, sagt Herr Baum zu Rainer, ohne den Blick von Camila zu nehmen, und dann klopft es erneut an der Tür, und Wolfgang und Mia betreten das Zimmer.

Vom Kommen seines Bruders hat Rainer gewusst. Dass auch seine Schwester dabei sein würde, davon hat Wolfgang allerdings nichts gesagt. Seit Rainers Verrat vor über dreißig Jahren haben Mia und er sich nicht mehr gesehen. Einmal hat er zu Weihnachten bei ihr angerufen und ihr ein frohes Fest gewünscht. Damals war Mia noch mit dem Vogl zusammen und äußerst kurz angebunden.

»Hallo, Mia«, sagt Rainer. »Schön, dich zu sehen.«

»Ja«, antwortet sie. »Ist 'ne Weile her.«

»Die Mia will jetzt wieder Maria genannt werden«, krächzt die Mutter.

»Ist das wahr?«, fragt Rainer.

»Ja. Aber schon lange.«

»Die Mia hat nämlich eine Therapie gemacht, und danach war sie wieder die Maria.«

»Ach, Mama …«, sagt Mia, Maria, dann wendet sie sich an Rainer. »Ist nun mal mein Name, so wurde ich getauft.«

»Klar«, sagt Rainer und versucht, dem Blick seiner Schwester standzuhalten. Sie ist älter geworden, natürlich, aber noch immer hübsch und modisch gekleidet. Eine attraktive Frau Anfang sechzig. Ihren zweiten Mann hat Rainer nie kennengelernt, er ist auch heute nicht dabei. Der Peter lasse sich entschuldigen, sagt sie, »die Arbeit, es ist gerade viel zu tun«. Sie räuspert sich, dann kramt sie etwas aus ihrer Handtasche. »Hab dir was mitgebracht, Mama. Deine Lieblingspralinen.«

Rainer und Wolfgang werfen sich einen Blick zu. Auch in der zweiten Ehe ihrer Schwester scheint es nicht gut zu laufen.

Stunden später, im Außenbereich eines Cafés unweit des Sindelfinger Bahnhofs.

»Wirklich knuffig«, sagt Mia – Taufname hin oder her, für Rainer wird sie immer die Mia bleiben – , während sie Camila hinterherschaut, die die von den vielen Menschen und Eindrücken ganz quengelig gewordene Saira in den Buggy gesetzt hat, um eine Runde mit ihr um den Block zu drehen.

»Danke«, sagt Rainer.

»Sie meint deine Tochter«, sagt Wolfgang und grinst.

»Schon klar«, sagt Rainer.

Nachdem eine der Krankenschwestern die Besucher darum gebeten hat, ihrer Mutter nun ein wenig Ruhe zu gönnen, haben sie sich verabschiedet und sind mit zwei Autos in die Stadt gefahren. Jetzt sitzen die Geschwister zu dritt an einem Tisch, zum ersten Mal seit Jahrzehnten, alle ein großes Bier vor sich.

»Deine Frau aber auch. Das Mädel hat dir der Himmel geschickt«, sagt Mia mit einer Stimme, aus der Rainer so etwas heraushört wie: *Pass bloß auf, dass du das jetzt nicht vermasselst.*

»Muss wohl«, antwortet er und wechselt das Thema. »Vielleicht sehen wir uns ja bald wieder öfter.«

Wolfgang stellt seinen Bierkrug ab. »Aha?«

»Wie meinst du das?«, fragt Mia.

In groben Zügen erzählt er seinen Geschwistern von der Idee, nach Deutschland zu gehen, und von den Immobilien, die Camila und er sich bereits im Internet angeschaut haben. Der Makler aus Straubing hat sich morgens gleich zurückgemeldet. Für das fragliche Haus gebe es bereits einen Interessenten, schrieb er, es kämen aber sicherlich bald wieder passende Angebote rein – ob es denn auf jeden Fall ein altes Sacherl in diesem Landkreis sein solle?

Dass Wolfgang praktische Einwände erheben würde, damit hat Rainer gerechnet. Doch auch Mia reagiert zurückhaltend. Sie spricht von den hohen Lebenshaltungskosten in Deutschland, von den sechs bis acht Monaten Dunkelheit und Kälte im Jahr und der großen Umstellung vor allem für seine Frau. »Um deine Tochter mache ich mir keine Sorgen. Saira würde sich hier einleben und ihren Weg gehen. Aber Camila? Ich weiß nicht.«

»Hab mir schon gedacht, dass ihr bei der Ankündigung meiner Rückkehr in helle Freude ausbrechen würdet«, sagt Rainer und grinst.

»Ich mein's ernst, Rainer«, sagt Mia. »Deine Frau wird hier

eingehen. Sie weiß doch gar nicht, worauf sie sich einlässt. Was sie auf eurer Reise zu sehen bekommt, das ist nicht das wahre Deutschland. Allein schon wettertechnisch.«

»Camila ist kein Kind mehr, und sie macht ihre Entscheidung bestimmt nicht vom Wetter abhängig. Am liebsten hätte sie diese Reise im Winter gemacht. Um endlich mal Schnee zu sehen.«

»Schnee?« Mia schüttelt den Kopf. »Schnee ist die eine Sache, aber warte mal ihr Gesicht beim ersten Graupelschauer ab. Und was ist, wenn du mal nicht mehr so kannst, wie du willst? Camila hat hier doch niemanden. Männer werden ihr Avancen machen. Jüngere Männer, die ihr was bieten können. Und du, du wirst in Deutschland merklich schneller altern als in Kolumbien. Dort drüben bist du wer, dort hast du dir was aufgebaut und stellst etwas dar. Hier hingegen müsstest du ganz neu anfangen!«

Wolfgang wird noch deutlicher.

»Du bist Mitte sechzig. Deine Lebensversicherung ist futsch, und du hast keine Krankenversicherung mehr, du müsstest dich privat versichern. Weißt du, was das heißt? Wie teuer das ist? Und bevor du hier was kaufen kannst, musst du erstmal deine Lodge an den Mann bringen. Oder hast du so viel auf der hohen Kante?«

Rainer hat nichts mehr auf der hohen Kante, doch davon hat er seinem Bruder nie erzählt, und er wird es auch jetzt nicht tun.

»Ja, hab verstanden, ist gut jetzt«, brummt er, doch Wolfgang ist noch nicht fertig.

»Du kriegst deine mickrige Rente, hast weder Möbel noch Auto, und da haben wir von deiner Frau und deiner Tochter noch gar nicht angefangen. Die Maria hat recht. Glaubst du wirklich, du kannst denen hier das Leben bieten, das sie sich wünschen? Dass du immer noch so ein Träumer bist, Rainer, ich fass es nicht!«

Das Pfingstwochenende verbringen Rainer, Camila und Saira bei Nicola und Ornella in Italien. Die beiden haben vor Jahren ein altes Postgebäude in Orvieto gekauft und es zu einem feinen Boutiquehotel umgebaut, in dem die Gäste aus Kolumbien fürstlich empfangen werden. Doch das Reisen mit Kleinkind ist anstrengender als gedacht, so dass sie entscheiden, auf den Tagesausflug nach Rom zu verzichten, auch wenn Camila gerne einmal den Vatikan gesehen hätte.

»Nächstes Mal«, sagt Ornella.

Camila lächelt. »Ja, nächstes Mal.«

Auf dem Rückflug erzählt Rainer ihr von dem Gespräch mit seinen Geschwistern. Den genauen Wortlaut und die Schärfe ihrer Argumente lässt er weg, doch er hat nachgedacht, und auch wenn es ihm wie ein Einknicken vorkommt, eine Kapitulation, eine Niederlage, so muss er doch einsehen, dass die beiden an vielen Stellen nicht unrecht haben. Wie soll er das alles stemmen?

»Weißt du, das Leben hier ist nicht günstig«, sagt er zu Camila. »Und diese deutsche Bürokratie …«

Er müsse sich nicht rechtfertigen, antwortet Camila. Sie habe ihm längst angemerkt, dass ihm nicht ganz wohl bei der Sache sei, und wenn er nicht voll dahinterstehe, dann habe es keinen Sinn.

»Vielleicht sollten wir uns mal in Panama umschauen«, sagt Rainer verlegen. »Dort soll es ja immerhin ganz gute Schulen geben.«

In Frankfurt angekommen, holen sie einen weiteren Mietwagen ab und machen sich auf den Weg nach Bayern. Sie besuchen Johnnys Grab am Tegernsee und fahren weiter nach Rosenheim, zum Chiemsee und über die Grenze nach Salzburg, die letzten Tage verbringen sie in München. Tierpark Hellabrunn, Englischer Garten, Spaziergänge an der Isar, Rainer rattert sein Programm runter. Er versucht, sich am Riemen zu reißen und seiner Familie gegenüber weiterhin den engagierten Fremdenführer zu geben, doch auf einmal sieht er überall nur noch wohlstandsverwahrloste und stressgeplagte Deutsche, die auf ihre Smartphones starrend den Hund, die Frisur oder die neue Sonnenbrille spazieren führen und kaum jemals ein Lächeln erwidern. Sein Feuer ist erloschen. Was hat er hier noch verloren?

Auf dem Weg nach Frankfurt machen sie ein letztes Mal halt in Sindelfingen. Rainers Mutter wurde zwischenzeitlich aus dem Krankenhaus entlassen. Sie ist geschwächt und kann sich kaum auf den Beinen halten, was ihren Martin aber nicht davon abhält, sich wie eh und je von ihr bedienen zu lassen. Auch an seinem Feldwebelton hat sich nichts geändert.

»Braucht deine Frau eine Extraeinladung?«, schnauzt er, als Rainer sich an den Esszimmertisch setzt. Seine Mutter hat sich aufgerafft und noch ein letztes Mal ihre berühmten Wirsingrouladen mit Kartoffelklößen und Soße gekocht, Camila ist ihr dabei zur Hand gegangen, während Rainer das gute Geschirr aus der Anrichte geholt und den Tisch gedeckt hat.

»Camila ist gerade mit dem Kind im Bad«, antwortet Rainer.

»Ach so«, brummt Herr Baum und schiebt die Unterlippe vor. Er schaut sich um, dann beugt er sich ein Stück vor: »Kannst sie natürlich auch dalassen.«

»Wie bitte? Wen soll ich dalassen?«

»Deine Frau.« Herr Baum legt ein schmieriges Grinsen auf. Er hat Rainer noch nie zuvor geduzt. »Bei euch in den Kolonien gibt's doch bestimmt genügend andere scharfe Weiber.«

Für einen Moment hält Rainer die Luft an. Dann kommt seine Mutter mit der Soße rein.

»Worüber redet ihr?«

»Dies und das«, ruft Herr Baum. Und: »Jetzt wird aber endlich gespachtelt!«, und tut sich ordentlich auf.

Beim Mittagessen driftet Rainers Mutter immer wieder weg. Dann lässt sie plötzlich einen leisen statischen Ton erklingen oder schüttelt langsam und missbilligend den Kopf, obwohl niemand etwas gesagt hat, das Gesicht eine Maske. Nach dem Essen schließt Herr Baum die Videokamera an den Fernseher an und nötigt die Gäste, sich Mitschnitte vergangener Reisen anzuschauen. Die Kalmückensteppe, die Lofoten und die endlosen Prärien Kanadas – Frieda Nack und er sind in den letzten Jahrzehnten gut rumgekommen, und Herr Baum, der prinzipiell keine Gespräche führt, sondern Vorträge hält, lässt es sich nicht nehmen, jede dritte Aufnahme mit ausschweifenden Anekdoten und Hintergrundwissen zu garnieren.

»Guck mal, Frieda, weißt du noch?«, ruft er alle paar Minuten, woraufhin Rainers Mutter aus ihrem Dämmer hochschreckt und sich geräuschvoll die Spucke aus dem Mundwinkel saugt: »Was? Ach ja, Elista, die Pagoden, das war schön …«, bevor ihr langsam wieder das Kinn auf die Brust sackt. Bis Rainer es nicht mehr aushält und Camila bittet, Saira schon mal die Schuhe anzuziehen, sie würden gleich gehen. Dann steht er auf und führt seine Mutter behutsam ins Schlafzimmer.

»Das war doch schön, oder?«, sagt er, nachdem er ihr ins Bett geholfen und sich zu ihr gesetzt hat. »Hast du gesehen, wie die Kleine sich gefreut hat, dich wiederzusehen?«

Schweigend liegt seine Mutter da, mit unendlich müden Augen, dabei so angespannt und verbissen wie eh und je.

»Hör auf zu kämpfen, Mama«, sagt Rainer und nimmt ihre Hand. »Halt nicht krampfhaft an allem fest.«

»Aber der Wolfgang … Und der Rainer!«

»Ich bin der Rainer, und ich bin hier.«

»Aber …«

»Du musst für niemanden mehr da sein. Wir kommen alleine zurecht, hörst du?«

Endlich wird sie ruhiger. Ihr Griff lockert sich, sie lässt los und sinkt tiefer ins Kissen. »Was für eine Plackerei«, sagt sie noch, ein paar Minuten später hört Rainer sie tief und gleichmäßig atmen.

Den ersten Teil des Weges kannte ich schon von meinen Erkundungstouren. Ich überquerte den Hügel, kam an meinem Mangobaum vorbei und bog rechts ab. Vorsichtig kletterte ich einen steilen, felsigen Abstieg hinunter und ging über Klippen, Kies und Gras weiter die Küste entlang nach Norden. Mit einem Heidenlärm zog ein Schwarm Papageienvögel über das vor mir liegende Tal. Ich nahm eine improvisierte Fußgängerbrücke über einen schmalen Bach, passierte eine saftig grüne Wiese, auf der mehrere Kühe standen, und dachte, fuck, Schleswig-Holstein. Ein heißes, tropisches Schleswig-Holstein, ein Schleswig-Holstein nach dem Zwei-Grad-Ziel vielleicht.

Dann tauchten die ersten Fincas vor mir auf. Allein stehende Häuser mit meterhohen, von Stacheldraht umgebenen Zäunen, in deren Gärten sich mit weißen Planen abgedeckte Gartenmöbel befanden und blaue Pools ohne Wasser. Ich überquerte einen Rasen und watete knöcheltief über die flachen Steine eines erstaunlich kühlen Bachlaufs. In der Ferne erkannte ich die südlichen Ausläufer Capurganás, und auf einmal wusste ich nicht mehr, was ich dort eigentlich wollte. Die ganze Nacht hatte ich wach gelegen und am Ende keinen anderen Ausweg gesehen, als die Lodge zu verlassen und in die Zivilisation zurückzukehren. Noch im Morgengrauen hatte ich einen Rucksack gepackt, eine Garnitur Wechselwäsche, meine Kamera, meinen Reisepass und ein paar Flaschen Wasser. Ich hatte ausgiebig gefrühstückt, das Geschirr gespült und die Klinge der Machete am Schleifstein hinter der Küche geschärft. Dann hatte ich sämtliche Türen geschlossen und war losmarschiert, und nun war ich fast in diesem Städtchen angekommen, von dem ich schon so viel gehört hatte, und wusste nicht weiter. Bei der Vorstellung, Newton oder Yenifer, einem der Lancheros oder einer der anderen Personen über den Weg zu laufen, die ich auf der Lodge getroffen oder von denen Rainer mir erzählt hatte, irgendeiner Siely, einem Diego oder John-Jairo, wurde mir ganz anders. Man wird dich auslachen und wegschicken oder, schlimmer noch, festhalten und einsperren, dachte ich, und statt weiter auf die nur noch wenige hundert Meter entfernten Häuser zuzugehen, schlug ich mich nach links in den Busch. Ich folgte dem Bachlauf und lief in einem weiten Bogen an dem Städtchen vorbei, über Hügel und Felsen und durch dichter werdenden Urwald.

Nach zwei oder drei Stunden kam ich an einen Wasserfall. Ich wusch mir das Gesicht und die Arme und aß ein paar der Arepas, die ich mir morgens gebraten und eingepackt hatte. Anschließend legte ich mich unter einem majestätischen Baum auf den Rücken. Die Krone spendete mindestens fünfzig Meter weit Schatten, es war, als schaue man in die Kuppel einer Kathedrale. Ich schloss die Augen, und als ich sie wieder öffnete, stand die Sonne bereits tief am Himmel. Ich hatte die Orientierung verloren. Ich wusste, dass es keinen Sinn machte umzukehren. Hierbleiben konnte ich aber auch nicht, also füllte ich meine Flaschen auf und ging weiter. Ging einfach weiter. An einer Gabelung hielt ich mich rechts und folgte einem ansteigenden Pfad, nicht viel mehr als eine erahnte, vielleicht nur eingebildete Schneise durchs Dickicht. Der Aufstieg war anstrengend und der Baumbewuchs derart dicht, dass ich immer nur wenige Meter geradeaus sehen konnte. Auf der Spitze einer Bergkuppe erwartete mich das kahle Gerippe eines Baums, eine bizarr verformte Skulptur, vom Blitz getroffen und im Sterben erstarrt. Ich trank einen Schluck Wasser, dann folgte ich einem schmalen Pfad, der den Hügel hinabführte, und stieß am Rande einer Lichtung auf ein zurückgelassenes Lager. Plastikflaschen, Tassen, Besteck, die Reste einer Feuerstelle. Hinter einem Gebüsch lagen zahlreiche Kothaufen, umschwirrt von dicken Fliegen. An einem der Sträucher hing ein zerfetztes Kinder-T-Shirt, darunter lag ein blutverschmiertes Paar Gummistiefel in Größe vierunddreißig.

Ein paar hundert Meter weiter, hinter einer Kurve, kam mir ein Mann entgegen. Ich umklammerte den Griff meiner Machete und blieb stehen. Der Mann ging weiter auf mich zu. Argwöhnisch schaute er mich an, doch als er fast auf meiner Höhe war und ich ihn grüßte, »Buenas tardes, señor«, erwiderte er meinen Gruß mit einem Nicken. Ich setzte mich wieder in Bewegung, und als mich endlich traute, einen Blick über die Schulter zu werfen, war der Kerl verschwunden.

Eine der gefährlichsten Flüchtlingsrouten der Welt, hatte Rainer gesagt. Ob ich überhaupt noch in Kolumbien war? Oder schon in Panama? Hatte ich die Grenze von Süd- zu Mittelamerika bereits passiert, ohne es zu merken?

Irgendwann setzte die Dämmerung ein, und der Mond kam raus. Zuerst nahm ich nur diese hellen Lichtstrahlen wahr, die zackig durch die Bäume brachen. Dann kletterte, ganz langsam, wie ein geduldiger Gott, dieser makellose Kreis über den Hügel. Vollmond. Die Strahlen reflektierten auf dem feuchten Boden und warfen silbrige Schatten, ihr Glitzern umspielte die Blätter der Bäume und Pflanzen. Ich ging weiter und wurde erneut vom Urwald verschluckt. Ich stolperte über Steine und Baumwurzeln, stützte mich auf etwas Pelzigem ab und hörte überall Schlangen durchs Unterholz zischen. Ich lief durch mächtige Spinnenweben, spürte, wie die Spinnen mir durchs Haar krochen, über den Hals und durchs Gesicht, und bliebe ich nicht in Bewegung, da war ich mir sicher, würden sofort Kolonnen von Blattschneiderameisen an meinen Beinen hoch- und unter meine Kleidung krabbeln und mich anpissen, anknabbern, auffressen. Also ging ich weiter, wie die Motte gegen das Licht, und mein Licht war der Mond, dieser dicke, wässrige Ball, der mich magisch anzog.

Nach einer Weile vernahm ich das Rauschen des Meeres, doch es dauerte noch mindestens eine Stunde, bis ich die Spiegelung des Mondes auf der Wasseroberfläche aufblitzen sah. Als ich die Ebene erreichte und aus dem schützenden Dach des Dschungels hervortrat, blieb ich wie angewurzelt stehen.

Der Sandstrand war von dunklen Flecken übersät. Felsen, dachte ich, oder angespülte Baumstämme. Dann sah ich, dass einige der Flecken sich bewegten. Ich ging etwas näher ran, holte meine Kamera heraus, stellte den Blitz ein und drückte auf den Auslöser. Keine zwei Meter vor mir hockte eine riesige Wasserschildkröte im Sand und schaute mich an. Das Tier war gut zwei Meter lang und einen Meter breit, der Kopf so groß wie meiner, mindestens. Vorsichtig stach ich die Machete in den Sand und ließ mich auf die Knie sinken.

Auf die Frage, ob es in dieser Gegend Schildkröten gebe, hatte Rainer mir von der Leatherbackturtle erzählt, der größten Schildkröte der Welt, die er selbst aber noch nie zu Gesicht bekommen habe. Die Leatherbackturtle hätte eine Lebenserwartung von bis zu einhundertzwanzig Jahren, hatte er gesagt, und um ihre Eier zu legen, kehre sie in die Gegend zurück, in der sie selbst zur Welt gekommen sei.

Was mochte diese Schildkröte wohl wiegen? Achthundert Kilo, mehr? Wie alt mochte sie sein? War sie bei meiner Geburt schon auf der Welt gewesen, möglicherweise sogar bei der Geburt Rainers? Hatte sie sich bereits durch ihre Welt dort unten bewegt, als hier oben noch ein Weltkrieg tobte, als die Atombombe erfunden wurde, dann das Fernsehen, die Digitalfotografie, das Internet? Sie sah weise aus. Ich nannte sie Loreley.

»Loreley«, sagte ich leise. »Du alte Nixe.«

Sie sah mich an. Und irgendwie auch nicht. »Lena«, seufzte sie, »ich habe zu tun.«

»Ich weiß«, antwortete ich. »Störe ich dich?«

»Was soll ich sagen? Eigentlich nicht.«

»Kann ich bleiben?«

»Du kannst tun und lassen, was du willst. Aber wozu?«

»Ich leiste dir nur ein bisschen Gesellschaft. Ich bleib auch ganz still.«

»Nicht dass ich das bräuchte«, sagte sie, »aber gut, in Ordnung.«

Mit ihren gewaltigen Flossen schaufelte sie den Sand zur Seite und grub sich tiefer in die Erde. Nach einer Weile hatte sie die richtige Position erreicht, um mit der Eiablage zu beginnen. Ihr Kopf ruhte im Sand, während der hintere Teil ihres Körpers weit in das Loch hinabhing. Nach jedem Ausstoß von Eiern bedeckte sie die Lage behutsam mit Sand und drückte ihn fest. Um uns herum waren zahlreiche weitere Meeresschildkröten mit der Eiablage beschäftigt, doch ich wich nicht von Loreleys Seite. Auf die Idee, ein weiteres Foto zu machen, kam ich nicht.

Es musste eine Stunde vergangen sein, als sie sich endlich an das Absichern ihrer Brutstelle machte. Sie drehte sich wie irr im Kreis, deckte ihr Nest ab und ebnete die Kuhle ein. Es sah aus, als würde sie tanzen. Immer wieder streckte sie ihren Kopf in die Höhe und saugte tief und geräuschvoll die schwere Luft ein.

»Es wird alles gut«, hörte ich mich sagen. »Bald ist es geschafft.«

Loreley gab ein Ächzen von sich, dann fing sie an zu weinen. Eine murmelgroße Träne trat aus ihrem linken Auge, sog sich mit Sand voll und blieb als exzentrischer Gesichtsschmuck an ihrem Augenlid hängen. Ich streichelte ihre Vorderflosse. Sie fühlte sich an wie ein alter Stiefel.

»Ich muss jetzt los«, sagte Loreley.

»Kann ich mitkommen?«

»Ich fürchte, das geht nicht.«

»War nur Spaß«, sagte ich.

»Verstehe«, sagte sie, und dann: »Du kommst alleine klar, oder?«

»Logo«, antwortete ich.

»Dann mach's gut, Lena.«

Keuchend und schnaufend machte sie sich auf den Weg. Auf den paar Metern zum Wasser musste sie mehrmals anhalten. Überfordert schaute sie sich um, offenbar hatte sie Probleme, sich zu orientieren. Dann aber erreichte sie den rettenden Ozean und verschwand in den Wellen. Am Strand war nur eine aufgewühlte Sandburg zurückgeblieben. Es dämmerte bereits. Ich war müde und hellwach. Jeden Augenblick würde ein neuer Tag anbrechen.